포르투갈의 높은 산

포르투갈의 높은 산

THE HIGH MOUNTAINS
OF PORTUGAL

얀 마텔 장편소설 공경희 옮김

YANN MARTEL

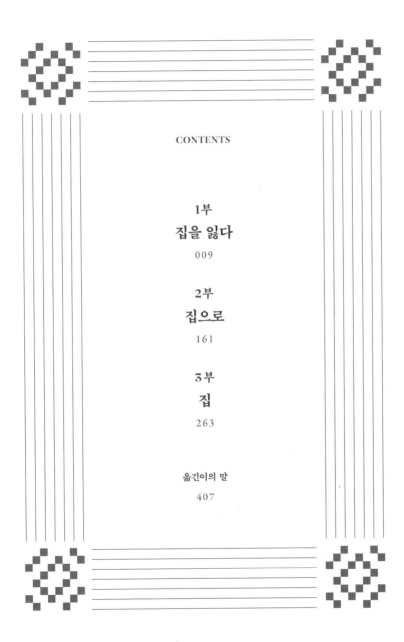

CONTENTS

내 인생의 이야기,

앨리스, 테오, 롤라, 펠릭스, 재스퍼에게 바칩니다.

1부

집을 잃다

일러두기 ──────────────────

1. 외국 인명과 지명을 비롯한 고유명사는 국립국어원 외래어표기법 및 용례에 따라 표기하되, 국내에서 이미 굳어진 경우에 한해서는 관용적 표기로 옮겼다.
2. 본문 내 각주는 내용의 이해를 돕기 위해 모두 번역자가 넣은 것이다.
3. 본문에 나오는 포르투갈어 단어 및 문장은 발화 상황에서는 우리말 발음으로 표기하고, 원어와 그 뜻을 각주로 달았다.
4. 원서의 이탤릭체는 고딕으로 표기했다.
5. 본문 내 큰따옴표는 원서에 따라 표기했다. 동일 인물의 직접 발화가 계속 이어지는 경우, 문단이 새로 시작될 때마다 여는 큰따옴표를 넣되, 닫는 큰따옴표는 발화가 완전히 끝날 때에만 넣었다.

토마스는 걸어서 가기로 한다.

빈민가인 알파마 지구의 상 미구엘 가에 있는 허름한 아파트에서 나무가 우거진 라파에 있는 숙부의 웅장한 저택까지는, 리스본의 여러 구역을 지나는 먼 길이다. 걸어서 족히 한 시간은 걸린다. 하지만 화창하고 포근한 날의 아침 산책이 어쩌면 그의 마음을 어루만져 줄 것이다. 게다가 어제 숙부의 하인인 사비우가 와서 그의 여행 가방과 포르투갈의 높은 산을 여행하는 데 필요한 문건들이 담긴 목제 트렁크를 가져갔으니, 토마스는 거추장스러울 게 없다.

그는 재킷의 가슴 주머니를 더듬는다. 보드라운 천에 싼 율리시스 신부의 일기가 주머니 안에 들어 있다. 일기를 이렇게 몸에 지니고 다니는 건 어리석은 짓이다. 행여 잃어버리기라도 한다면 그에겐 재앙이나 다름없는 일이 될 테니까. 지각이 있다면 트렁크에 담아 가는 게 마땅하겠지만, 숙부를 찾아갈 때면 늘 그렇듯 이날 아침도 그에게는 용기를 얻을 만한 뭔가가 필요하다.

이렇게 흥분한 와중에도 토마스는 평소 드는 단장 대신 숙부가 준 단장을 가져가야 된다는 것을 기억한다. 손잡이는 상아, 자루는 아프리카 마호가니로 만들어진 이 단장은 독특하게도 손잡이 바로 아래 옆쪽에 둥근 소형 거울이 튀어나와 있다. 이 거울은 살짝 볼록해서 상이 아주 넓게 비친다. 하지만 거울을 단 것은 전혀 쓸모없는 아이디어였는데, 본시 단장은 지속적으로 움직이면서 사용하기 때문에 거울에 비친 상 역시 흔들리고 움직여서 아무 도움이 되지 않았다. 그래도 토마스는 숙부가 맞춤 주문해 선물한 이 멋쟁이 단장을 그를 방문할 때마다 들고 간다.

그는 상 미구엘 가를 지나 상 미구엘 광장으로 접어들어, 상 조앙 다 프라사 가를 걷다가 제주스 문으로 들어선다―어릴 때부터 익숙한 도시라서 여유롭게 누비고 다닌다. 아름답고 분주한 도시, 상업과 문화의 도시, 도전과 보상의 도시. 제주스 문에서 토마스는 도라가 미소 지으며 팔을 뻗어 그의 몸을 쓰다듬던 기억에 휩싸인다. 이 순간에는 단장이 도움이 된다. 도라에 대한 추억은 늘 그를 휘청거리게 만드니까.

"내가 부자 남자를 만났네요." 아파트에서 둘이 나란히 누워 있을 때 도라가 말했다.

"난 부자가 아니야." 토마스가 대답했다. "부자는 바로 내 숙부지. 나는 그의 가난뱅이 형의 가난뱅이 아들일 뿐이야. 마르팅 숙부는 성공했지만 내 아버지는 사업에 실패하셨어, 숙부의 성공에 정확히 반비례해서."

그는 아무에게도 말한 적 없는, 아버지가 사업에 연이어서 실패하고, 매번 구해주는 동생에게 더욱 기대는 신세가 됐다는 파란만장한 사연을 처음으로 담담하고 정직하게 말하고 있었다. 도라에게는 이런 속사정을 내보일 수 있었다.

"아이참, 당신은 그렇게 말하지만 부자들은 망해도 3년은 간다잖아요."

토마스는 웃음을 터뜨렸다. "부자들이 그런가? 숙부가 재산상의 비밀이 있다는 생각은 안 해봤는데. 또 만일 그렇다면, 내가 당신 말대로 정말 부자라면, 왜 나와 결혼하지 않으려는 거지?"

걸어가는 그를 사람들이 빤히 쳐다본다. 몇몇이 한마디씩 던지고 농담을 하는 사람도 있지만 대개는 도와주려는 의도로 말을 건다. "조심해요, 그러다 넘어지겠수!" 어떤 부인이 걱정스럽게 외친다. 토마스는 이런 시선에 익숙하다. 그는 선량한 이들에게 미소 지으며 고개만 까딱할 뿐 그들의 관심은 무시한다.

라파를 향해 천천히 한 걸음씩, 자유롭고 가뿐하게 발걸음을 내딛는다. 매 걸음 발을 높이 들었다가 느긋하게 내려놓는다. 우아한 걸음걸이다.

오렌지 껍질을 밟지만 미끄러지지 않는다.

잠자는 개를 미처 보지 못했지만 꼬리를 밟지 않고 살짝 피해 걷는다.

휘어 도는 계단을 내려가다가 발을 헛디디지만 난간을 붙잡은 덕에 다시 쉽게 걸음을 옮긴다.

그런 사소한 가벼운 실수가 또 일어난다.

결혼 이야기가 나왔을 때 도라는 얼굴에서 웃음기를 거두었다. 그녀는 그랬다. 명랑하게 굴다가도 순식간에 몹시 침울해졌다.

"아뇨, 당신은 집안에서 쫓겨날 거예요. 가족보다 중요한 건 없어요. 가족을 등지고 어떻게 살아요."

"당신이 내 가족인걸." 토마스가 도라를 똑바로 보면서 말했다.

그녀가 고개를 저었다. "아뇨, 난 당신 가족이 아니에요."

그의 두 눈은 그를 안내하는 역할에서 벗어나, 배의 뒤쪽 갑판 의자에 앉은 한 쌍의 여행객처럼 느긋하게 그의 두상에 박혀 있다. 토마스는 땅바닥을 내려다보기보다는 꿈꾸듯 내내 주위를 둘러본다. 그의 두 눈이 새삼 구름과 나무의 윤곽을 주시한다. 새의 자취를 따라간다. 푸르르거리며 수레를 끌고 오는 말을 지켜본다. 전에는 미처 몰랐던 건축학적 세부 사항도 눈에 들어온다. 카이스 드 산타렝 가를 지나는 분주한 행인들을 관찰한다. 이 모든 것으로 볼 때 1904년 12월 말, 어느 상쾌한 날의 쾌적한 아침 산보라 할 만하다.

도라, 아름다운 도라. 그녀는 숙부 집의 하녀였다. 숙부의 집에 고용된 그녀를 처음 본 순간 토마스는 한눈에 사랑에 빠졌다. 그는 도라에게 눈을 뗄 수도, 머리에서 그녀를 지울 수도 없었다. 토마스는 그녀에게 특별히 정중하게 대하려고 애썼고, 이런저런 소소

하고 짧막한 대화에 도라를 끌어들였다. 그렇게 해서 그는 도라의 날렵한 코와 반짝이는 검은 눈, 작고 하얀 치아, 움직임을 계속 바라볼 수 있었다. 토마스는 전에 없이 숙부의 집을 자주 찾아갔다. 도라가 하인이 아닌 한 여성으로 대접받는다는 것을 알아차린 그 순간을 토마스는 기억할 수 있었다. 도라의 눈이 그의 눈을 빠르게 스쳐 지나가면서 잠시 둘의 눈길이 얽혔고, 그녀는 고개를 돌렸다―하지만 그 전에 그녀의 입가에 토마스의 마음을 읽은 미소가 순간적으로 떠올랐다가 사라졌다.

그러자 토마스의 내면에서 엄청난 뭔가가 해소되면서, 계급과 지위, 완전히 불가능하고 받아들일 수 없을 것만 같던 장벽이 순식간에 사라져버렸다. 다시 숙부의 집을 찾았을 때, 토마스가 도라에게 코트를 건네주면서 둘의 손이 닿았고, 두 사람은 잠시 그대로 가만히 있었다. 그때부터 토마스와 도라는 급속도로 가까워졌다. 토마스는 이제껏 성 경험 상대는 고작 매춘부 몇 명이 다였고, 그때마다 미친 듯 흥분한 뒤에 미친 듯 낙담했다. 매번 그는 스스로를 부끄러워하며 다시는 그 짓을 하지 않겠노라 맹세하면서 달아났다. 하지만 도라와는 미친 듯 흥분한 뒤에 또 미친 듯 흥분했다. 그녀는 그의 가슴에 머리를 묻고 덥수룩한 가슴 털을 만지작대며 장난치곤 했다. 토마스는 어디로도 달아나고 싶지 않았다.

"나와 결혼해줘, 나와 결혼해줘, 나와 결혼해줘." 토마스가 애원했다. "우리는 서로에게 재산이 될 거야."

"아니, 우리는 가난해지고 외톨이가 되기만 할 거예요. 당신은 그게 어떤 건지 몰라요. 나는 뭔지 아니까 당신이 겪게 하고 싶지 않아요."

열애가 정체기로 접어들면서 둘 사이에 가스파르가 태어났다. 토마스가 끈질기게 간청하지 않았다면, 아기가 생겼다는 게 밝혀졌을 때 도라는 숙부의 집에서 쫓겨났을 것이다. 유일하게 그의 편을 들어준 아버지는 그에게 도라를 사랑하면서 살라고 말했지만, 그와 반대로 숙부는 침묵으로 그를 비난했다. 도라는 주방에 처박혀서 남들 눈에 띄지 않게 일하는 신세가 되었다. 가스파르는 로부 집안에서 똑같이 눈에 띄지 않게 살았고, 눈에 띄지 않게 어머니를 사랑하는 아버지로부터, 마찬가지로 눈에 띄지 않는 사랑을 받았다.

토마스는 의심받지 않는 선에서 최대한 자주 찾아갔다. 도라는 휴일에 아이를 데리고 토마스를 만나러 알파마 지구로 왔다. 그들은 공원 벤치에 앉아 가스파르가 노는 모습을 지켜보곤 했다. 그런 날이면 여느 커플과 다름없었다. 토마스는 사랑과 행복에 젖었다.

그가 정류장을 지날 때 트램이 철로 위를 덜컹대며 달려온다. 트램은 3년밖에 안 된 새로운 교통수단으로, 빛나는 노란색이고 전기로 움직인다. 승객들이 트램을 타려고 뛰어가고, 급히 트램에서 내린다. 토마스는 사람들을 피해 간다—한 사람과 부딪힌 것만 제외하면. 서둘러 그와 사과의 말을 주고받은 뒤, 토마스는 가던 길을 간다.

보도에 몇 군데 돌이 튀어나왔지만 그는 별일 없이 넘는다.

그의 발이 어느 카페의 의자 다리에 부딪친다. 그저 부딪쳤을 뿐 다른 불상사는 생기지 않는다.

죽음은 도라와 가스파르를 단번에 단호하게 덮쳤고, 숙부가 부른 의사는 최선을 다했지만 소용이 없었다. 처음에는 인후통과 피로감을 느낀 정도였지만 곧이어 열과 오한과 몸살이 일었다. 침을 삼키는 것조차 고통스러워했고, 호흡곤란과 발작이 일어났다. 그러다가 숨이 막힌 듯 눈을 한 번 부릅뜨고는 정신을 잃었다─둘은 잿빛으로 변한 몸뚱이를 뒤틀다가 숨이 끊어져, 자신들이 몸부림치느라 구겨진 이불처럼 움직임을 멈추었다. 그는 두 사람이 각각 세상을 떠날 때 곁을 지켰다. 가스파르는 다섯 살, 도라는 스물네 살이었다.

며칠 뒤 아버지의 임종은 지키지 못했다. 토마스는 슬픔에 젖어 로부 저택의 음악실에서 사촌과 말없이 앉아 있었다. 그때 숙부가 침울한 얼굴로 들어와서 말했다. "토마스, 끔찍한 소식이 있다. 실베스트르가…… 네 아버지가 죽었다. 난 하나뿐인 형제를 잃었구나." 그 말은 소리에 불과했지만 토마스는 마치 커다란 바위가 떨어진 것처럼 몸이 산산이 부서지는 고통을 느꼈고, 상처 입은 짐승처럼 울부짖었다. 따뜻한 곰 같았던 아버지! 그를 길러주고, 그의 꿈을 응원해주었던 분!

1주일 사이에─가스파르는 월요일, 도라는 목요일, 아버지는 일요일에 세상을 떠났다─그의 심장은 터져버린 고치처럼 풀려버렸다. 거기서 나비는 나오지 않고 잿빛 나방이 나와서, 영혼의 벽에 들러붙어 날아가지 않았다.

두 번의 장례식이 있었다. 한 번은 시골 출신의 하녀와 그녀의 사생아를 위한 장례로 하잘것없이 치러졌고, 또 한 번은 부자의 가난뱅이 형을 위한 호화로운 장례식으로, 조문객들은 사려 깊게도 고인의 사업 실패에 대해서는 함구했다.

토마스는 다가오는 마차를 보지 못하고 차도로 내려서다가, 마부가 외치는 소리에 얼른 인도로 올라선다.

그는 등을 돌리고 서 있는 남자를 스쳐 지나간다. 그가 손을 들고 말한다. "미안합니다." 사내는 너그럽게 어깨를 으쓱하면서 그가 가는 모습을 지켜본다.

천천히 한 걸음씩, 몇 걸음마다 어깨 너머를 흘끔대면서 등 뒤에 뭐가 있는지 살핀다. 그는 뒤로 걸어서 라파로 향한다.

"왜? 왜 이러는 게냐? 왜 보통 사람처럼 걷지 않는 거야? 이 엉뚱한 짓거리는 그만하면 충분하다!" 숙부는 두어 차례 호통을 쳤다. 그러자 토마스는 뒤로 걷기를 옹호하는 열띤 주장을 펼쳤다. 바람, 비, 태양, 벌레들의 습격, 침울한 타인들, 불확실한 미래 등을 감당하는 데에는 뒤통수나 재킷의 등판, 바지의 엉덩이 부분같이 방패막이가 되어주는 것들이 더 적합하지 않냐고. 그런 것들이 우리의 보호막, 우리의 갑옷이라고. 그것들은 예측불허의 변화를 가져오는 운명을 견디도록 되어 있다고. 또한 뒤로 걸으면 더 섬세한 부분, 즉 얼굴, 가슴팍, 옷에 멋을 더하는 세부 장식을 앞쪽의 잔인한 세상으로부터 가릴 수 있고, 그 익명성은 돌아보고 싶을 때

간단히 몸을 돌림으로써 자발적으로 깨뜨리는 거라고 말했다. 뒤로 걷기의 운동적인 특성에 대한 주장은 말할 것도 없었다. 그는 언덕을 내려갈 때 뒤로 걷는 것보다 자연스러운 방식이 어디 있냐고 주장한다. 발 앞쪽은 민첩하고 섬세하게 땅을 디디고 종아리 근육은 긴장과 이완을 정확하게 조정할 수 있다. 따라서 내려가는 움직임은 탄력이 있고 부담이 없다. 또 발이 걸려 넘어진다 해도 살집이 있는 엉덩이 덕분에 완충이 될 테니, 뒤로 걸을 때보다 안전한 보행법이 있을까? 앞으로 넘어져서 팔목이 부러지는 것보다는 낫다. 그러나 토마스는 뒤로 걷기에 대해 과도하게 고집을 부리지 않는다. 그는 예외를 둔다. 예를 들어 알파마의 빙글빙글 도는 긴 나선계단을 올라갈 때나 뛰어야 할 때는 앞으로 걷는다.

이 모든 변명에 답답해하며 숙부는 손사래를 쳤다. 성공한 사업가 마르팅 아우구스투 멘데스 로부는 성미가 급했다. 숙부의 퉁명스러운 다그침에도 토마스는 끝내 속내를 감추었지만, 숙부는 사실 토마스가 뒤로 걷는 이유를 알고 있었다. 어느 날 토마스는 숙부가 집에 찾아온 친구와 나누는 대화를 들었다. 숙부가 목소리를 잔뜩 낮춰 말해서 그는 귀를 바짝 세워야 했다.

"······그렇게 어처구니없는 광경은 또 없을 걸세." 숙부는 낮고 작은 목소리로 말하고 있었다. "한번 상상해보게. 그 아이 앞에, 그러니까 그 아이의 뒤쪽에 가로등이 하나 서 있네. 나는 비서인 베네디투를 부르고, 우린 말없이 넋을 잃고 지켜보면서 마음속으로 똑같은 의문을 갖는다네. 조카가 가로등에 부딪치는 건 아닐까? 마침 그때 다른 보행자가 길 반대쪽에서 나타나네. 그 남자는 토마스가 자신을 향해 뒤로 걸어오는 모습을 보고 있지. 그가 고개를 갸우뚱하는 걸 보면, 조카의 요상한 걸음걸이에 흥미를 느끼는 거라네. 그런 사람은 그냥 지나치지 않는다는 걸 나는 경험상 알고 있네. 말을 걸거나 농담을 던지거나, 최소한 당황한 눈길이라도 던지면서 지나가게 마련이지. 토마스가 가로등에 도착하기 몇 발짝 전에 남자는 종종걸음으로 다가와 어깨를 툭 쳐서 그 아이를 멈추게 한다네. 토마스는 뒤돌아보지. 베네디투와 나는 둘이 주고받는 말을 듣지 못하지만, 몸짓은 볼 수가 있지. 사내가 가로등을 손으로 가리키네. 토마스는 미소 지으면서 고개를 끄덕이고는 가슴팍에 손을 얹어 감사를 표하고, 사내도 미소로 답하지. 둘은 악수를 나누고 서로 손을 흔들면서 각자 가던 길을 간다네. 사내는 거리를 내려가고 토마스는—몸을 홱 돌려서 다시 한번 뒷걸음질로—거리를 올라가지. 그는 어렵지 않게 가로등을 빙 돌아서 가네.

"그런데 잠깐! 끝이 아니라네. 아까 그 보행자는 몇 걸음 걸어간 뒤에 고개를 돌려 토마스를 힐끗 쳐다보고는, 그 아이가 여전히 뒤로 걷는 것을 발견하고 놀란다네. 그의 얼굴에 근심 어린 표정이 떠오르지만—조심해요, 주의하지 않으면 사고를 당하겠소!—한편으로 당황하는 기미도 있네. 토마스가 그를 쳐다보고 있었고, 그가 고개를 돌려 빤히 보는 것도 봤거든. 빤히 보는 게 무례한 행동이라는 걸 우리 모두 알지 않나. 사내는 얼른 고개를 돌려 다시 앞을 보지만 한발 늦었지. 그는 가로등에 부딪치고 마네. 추가 종을 때리듯 그는 쾅 하고 부딪치지. 베네디투와 나, 둘 다 동정심에 본능적으로 얼굴을 찡그리네. 그 사람은 비틀거리면서 양손을 얼굴과 가슴에 대고 인상을 찌푸리지. 토마스가 그를 도와주러 달려간다네─그 아이는 앞으로 뛰어간다네. 토마스가 평범한 모습으로 앞으로 뛰어갈 거라고 생각한다면 오산이네, 그 아이의 발걸음엔 반동이 없네. 토마스는 마치 컨베이어 벨트 위에 서 있는 것처럼, 큰 보폭으로 몸통을 일자로 움직이면서 앞으로 나아가네.

"두 사람 사이에 또 대화가 오가지. 토마스는 몹시 걱정스러운 마음을 표하고, 상대는 계속 한 손으로 얼굴을 누르면서 손을 내두르지. 토마스가 땅바닥에 떨어진 사내의 모자를 줍네. 두 사람이 다시 악수를 나누고 한 번 더 말없이 손을 흔든 뒤, 가여운 사내는 비틀비틀 걸음을 옮기네. 토마스는─그리고 베네디투와 나는─사내의 뒷모습을 바라보지. 그가 길모퉁이를 돌아가자 그제야 토마스는 평소처럼 뒤로 걷기 시작하네. 하지만 그 사건은 분명히 그를 허둥지둥하게 만들었지. 이제 그 아이가 가로등에 쾅 부딪치거든. 방금 전만 해도 그 가로등을 절묘하게 피했는데 말이지. 토마스는 뒤통수를 문지르면서 몸을 돌려 가로등을 노려보네.

"하지만 파우스투, 그래도 그 아이는 고집을 굽히지 않는다네. 아무리 자주 머리를 부딪쳐도, 아무리 발이 걸려 넘어져도 계속 뒤로 걷는다네." 토마스는 숙부가 웃음을 터뜨리고 숙부의 친구인 파우스투가 따라서 웃는 소리를 들었다. 그러고 나서 숙부는 더 심각한 말투로 덧붙였다. "그가 그러기 시작한 것은 어린 아들 가스파르가 디프테리아로 죽은 날이었다네. 아이는 우리 집 하녀가 낳은 사생아였지. 하녀 역시 병으로 죽었네. 운명의 장난인지 며칠 뒤엔 내 형 실베스트르가 한낮에, 대화 중에 죽음을 맞았지. 이미 토마스는 어려서 어머니를 여의었지. 그런데 이제 아버지마저 세상을 떠났으니. 완전히 비극의 주인공이 된 거야! 그런 비극을 겪으면 어떤 이들은 다시는 소리 내어 웃지 않는다네. 술에 빠지는 사람들도 있고. 내 조카의 경우 뒤로 걷기를 선택했네. 벌써 1년째라네. 이 기이한 애도가 언제까지 지속될 것 같은가?"

숙부가 모르는 것은 그가 뒤로 걷는 것이, 세상을 등지고, 신을 등지고 뒤로 걷는 것이 애도하기 위해서가 아니라는 점이다. 그는 반발하면서 걷는다. 인생에서 소중한 모든 것을 빼앗긴 마당에, 반발 말고 달리 뭘 할 수 있겠는가?

토마스는 돌아가는 길을 택한다. 노바 드 상 프란시스쿠 드 파울라 가를 빠져나와 사크라멘투 가를 올라가기 시작한다. 거의 다 왔다. 그는 고개를 돌려 어깨 너머를 보면서—앞에 가로등이 있다는 것을 염두에 두고—정교한 처마 돌림띠와 복잡한 띠 장식과 높은 창문을 갖춘 숙부의 웅장한 저택 뒷면을 올려다본다. 누군가의 시선이 느껴져 바라보니, 3층 구석 창가에 사람이 서 있다. 숙부의 집무실이 위치한 곳이니 마르팅 숙부일 것이다. 그는 머리를 돌리고, 가로등을 조심스럽게 비켜서 자신 있게 성큼성큼 걸어간다. 숙부의 저택을 에워싼 담을 따라서 걷다 보니 대문에 도착한다. 그는 몸을 돌려서 종을 당기려고 공중에 손을 뻗다가 그 자세로 멈춘다.

그리고 다시 손을 내린다. 숙부가 자신을 발견하고 기다리고 있다는 것을 알면서도 그는 시간을 끈다. 그러고 나서 재킷 가슴 주머니에서 낡은 가죽 일기장을 꺼내 무명천을 벗긴 다음, 담장에 등을 대고 미끄러지듯 바닥에 주저앉는다. 토마스가 책 표지를 가만히 들여다본다.

하느님의 겸허한 종
율리시스 마누엘 로자리우 핀투 신부의
말씀을 따르는 삶과 선물에 대한 지침

그는 율리시스 신부의 일기를 잘 안다. 모든 구절을 암기하고 있다. 토마스는 아무 부분이나 펼쳐서 읽는다.

노예선들은 짐을 내릴 섬이 가까워지면 숫자를 세고 치워야 할 것들이 많다. 항구가 시야에 들어오면 사람을 배의 우현과 좌현, 양쪽으로 내던진다. 그중 일부는 힘없이 축 늘어져 있고, 일부는 뭔가 이야기하려는 듯 희미하게 손을 움직인다. 이미 죽거나 중병을 앓는 노예들이 이렇게 버려지는 것은 첫째, 그들이 더 이상 값어치가 없기 때문이고, 둘째, 병을 전염시켜 다른 노예들의 값어치도 떨어뜨릴 수 있기 때문이다. 배에서 추방되는 산 노예들의 절규와 그들의 몸이 물에 내던져질 때 나는 첨벙 소리가 바람결에 실려 내 귀에 들

려온다. 그들은 복작대는 림보[*]로 사라진다, 아나차베스 만[**]
의 밑바닥으로.

　숙부의 집 역시 인생을 다 살지 못하고 끝나버린 생명들의 림보
다. 토마스는 눈을 감는다. 외로움이 코를 킁킁대는 개처럼 다가온
다. 외로움은 고집스럽게 그의 주위를 맴돈다. 토마스가 손으로 쫓
아내지만, 외로움은 그를 혼자 내버려두지 않는다.

　토마스가 율리시스 신부의 일기를 발견한 것은 인생이 회복할
수 없을 만큼 황폐해지고 몇 주 지나지 않아서였다. 국립 고미술
박물관에서 학예사 보조로 일하는 그에게 우연히 찾아온 일이었
다. 리스본 총대주교인 주제 세바스티앙 드 알메이다 네투가 수세
기에 걸쳐 포르투갈 제국 전역에서 수집한 기독교와 비기독교의
유물들을 박물관에 기증한 참이었다. 네투 대주교의 허락으로 박
물관 측은 토마스를 세르파 핀투 가에 있는 성공회 기록 보관소에
파견해서, 기증받은 아름다운 유물들의 정확한 출처나 제단, 성배,
십자가나 예배용 시편, 그림이나 책이 리스본 교구의 수중에 들어
오게 된 경위를 파악하게 했다.

　토마스가 보기에 관리가 잘된 기록 보관소는 아니었다. 그간 리
스본 대주교의 비서들은 수천 종의 서류와 문건을 정리하는 세속

---

[*]　　가톨릭에서, 천국과 지옥, 연옥 가운데 어디에도 들어가지 못한 자가 머무는 변방의 영계(靈界).
[**]　　17세기 노예무역의 중계 기지 역할을 한 상투메 섬의 북동부에 있는 만.

적인 업무를 꼼꼼히 챙기지 않은 게 분명했다. 1788년부터 1808년까지 리스본 총대주교를 지냈던 주제 프란시스쿠 드 멘도사 발데레이스에게 헌정된 개가식 서가의 '미우데자스'—잡동사니를 뜻하는 말이다—구역에서 토마스는 수제 가죽 표지의 얇은 책을 발견했다. 손 글씨로 적힌 책 제목은 얼룩덜룩하게 탈색되었지만 읽을 만했다.

이것은 어떤 인생일까, 어떤 선물일까? 그는 궁금했다. 어떤 지침들일까? 이 율리시스 신부는 누구일까? 책을 펼치자 책등에서 작은 뼈들이 바스러지는 소리가 났다. 손 글씨가 놀랄 만한 생생함을 선사하며 불쑥 모습을 드러냈고, 검은 잉크가 상앗빛 종이와 선명한 대조를 이루었다. 깃펜으로 쓴 이텔릭체의 본문은 다른 시대의 것이었다. 책장마다 가장자리에 노란빛이 감도는 것으로 보아, 글이 쓰여진 날 이후 거의 빛을 보지 않은 것 같았다. 토마스는 발데레이스 추기경이 이 책을 읽은 적이 있는지 의심스러웠다. 사실 표지나 책 안쪽 어디에도 기록 보관소의 메모가 없고—분류 번호도, 날짜도, 코멘트도 없었다—기록 보관소의 목록에 책에 대한 언급이 없는 걸로 미루어, 이 책을 읽은 사람이 아무도 없음이 분명했다.

첫 번째 페이지를 꼼꼼히 살피던 토마스는 위쪽에 날짜와 지명이 기록되어 있는 것을 발견했다. 1631년 9월 17일, 루안다[*]. 토마스는 조심스럽게 책장을 쭉 넘겼다. 다른 날짜들이 보였다. 마지

---

[*]   앙골라의 수도로 17세기 포르투갈 식민 치하의 행정 중심지. 노예무역의 주요 항구.

막으로 기록된 해는 달이나 날짜는 알 수 없었지만 1635년이었다. 그렇다면 일기였다. 여기저기 지리적인 언급이 있었다. '바이룬두 산맥…… 풍고 은동고 산맥…… 옛 벵겔라 루트'는 포르투갈 치하 앙골라의 지명 같았다. 1633년 6월 2일, 새로운 지명이 나왔다. '이 역병 도는 대륙의 다습한 해안을 따라 북쪽으로 지루하게 며칠 올라가면, 아프리카의 머리에서 떨어진 비듬 같은' 기니 만에 있는 작은 식민지 섬, 상투메. 몇 주 후 적은 문장에 토마스의 눈이 쏠렸다. 'Esta é a minha casa.' '이곳이 집이다.' 하지만 이 문장은 한 번만 적힌 게 아니었다. 한 페이지 전체를 덮고 있었다. 짧은 문장 하나가 한 페이지 전체에 걸쳐 빼곡히 적혀 있고, 반복되는 글자들이 위아래로 살짝 오르내렸다. '이곳이 집이다. 이곳이 집이다. 이곳이 집이다.' 그러다가 그 문장이 중단되고 대개 더 종잡을 수 없는 산만한 이야기가 나오다가, 몇 장 뒤에 그 문장이 다시 나타나 반 페이지를 뒤덮었다. '이곳이 집이다. 이곳이 집이다. 이곳이 집이다.'

이게 무슨 의미일까? 이 광적인 반복은 무엇일까? 마찬가지로 한 문장이 되풀이되며 빼곡히 적혀 있는 어느 페이지에서, 마침내 답이 될 만한 것을 발견했다. 이번에는 문장이 거의 두 페이지를 뒤덮고 있었는데, 긴 반복의 끝에 실마리가 드러나 있었다. 이 글을 쓴 이가 매 순간 마음속으로 완성했을 문장이었다. '이곳이 집이다. 이곳이 집이다. 이곳이 주께서 나를 품어 데려가실 때까지 두신 집이다.' 율리시스 신부는 심한 향수병에 시달렸음이 분명했다.

토마스는 어떤 페이지에서 독특한 스케치를 발견했다. 얼굴 드

로잉이었다. 다른 부분은 대충 윤곽만 잡았지만 슬픔에 젖은 눈매는 예외적으로 꼼꼼하게 그려져 있었다. 토마스는 몇 분 동안 그 눈을 살폈다. 그는 눈에 깃든 슬픔에 빠져들었다. 최근에 잃은 아들에 대한 기억들이 머릿속에서 소용돌이쳤다. 그날 기록 보관소를 떠나면서 그는 가방 속의 지루한 서류 더미 사이에 일기를 숨겨 가지고 나왔다. 그는 자신의 목적에 대해 스스로에게 솔직했다. 이것은 비공식적인 대출이 아니라—엄연한 절도 행위였다. 250년 넘게 율리시스 신부의 일기를 방치한 리스본 성공회 기록 보관소에서 이제 와서 그 책을 아쉬워하지는 않을 테니, 여유를 갖고 제대로 검토하고 싶었다.

토마스는 짬이 나자 일기를 읽으며 필사하기 시작했다. 더디게 진도가 나갔다. 일기의 필체는 처음엔 쉽게 알아봤지만, 점점 비뚤비뚤하고 휘갈겨 쓰여서 단어를 짐작해서 읽어야 했다. 이상하게도 차분하던 필체가 뒤로 갈수록 점점 눈에 띄게 나빠졌다. 맨 뒤 페이지들은 거의 해독이 불가능했다. 아무리 노력해도 파악할 수 없는 어휘가 많았다.

율리시스 신부가 앙골라에 있을 때 쓴 글은 본분에 충실한 기술이자 절제된 취미에 지나지 않았다. 그는 루안다 주교의 수하에 불과했다. 주교가 '부둣가 그늘에서 대리석 옥좌에 앉아 있는' 동안 율리시스 신부는 지쳐서 인사불성이 되도록 뛰어다니면서 노예들에게 세례를 주었다. 하지만 상투메에서 그는 간절한 힘에 사로잡혔다. 그는 어떤 물건을, 일기 제목에 나오는 선물을 만들기 시작했다. 그것을 만드는 데 정신을 몰두하고 모든 기운을 쏟았다. 율리시스 신부는 '가장 안성맞춤인 목재'와 '충분한 도구'를 구한다고 언급했고, 젊을 때 숙부의 상점에서 배운 것을 기억해냈다. 그는 보존을 위해 수차례 기름을 칠하면서 '사랑을 바치는, 장인과도 같이 빛나는 손'이라고 묘사했다. 일기의 마지막으로 가면서 자신이 만든 창조물의 웅장한 면모를 극찬하는 묘한 구절이 나왔다.

그것은 빛난다. 그것은 비명을 지른다. 그것은 짖는다. 그것은 포효한다. 진실로 신전의 장막이 맨 위에서 아래까지 찢길 때 신의 아들은 크게 울부짖고 마지막 숨을 거둔다. 그것은 완성된다.

율리시스 신부는 무엇을 만드는 법을 배웠을까? 숙부의 상점은 무엇을 만드는 곳이었을까? 그는 무엇에 기름칠을 했을까? 무엇이 빛나고, 비명을 지르고, 짖고, 포효했을까? 토마스는 율리시스 신부의 일기에서 명확한 대답은 찾지 못하고 힌트만 얻었다. 신의 아들이 크게 외치고 마지막 숨을 거둔 게 언제인가? 십자가에서. 그렇다면 의문의 물건이 십자고상일 수도 있을지 토마스는 궁금했다. 어떤 종류의 조각품인 것은 분명했다. 하지만 그 이상의 뭔가가 있었다. 율리시스 신부의 설명에 따르면 그것은 가장 독특한 작품이었다. 토마스의 영혼 속에서 나방이 파닥거렸다. 그는 도라의 임종을 기억했다. 병들어 누워 지내면서 도라는 양손에 십자고상을 쥐었고 그렇게 뒤척이고 몸부림치면서도, 크게 비명을 지르면서도 그것을 놓지 않았다. 벽에 걸도록 되어 있는 작은 십자고상은 광이 별로 나지 않는 싸구려 황동 재질이었다. 도라는 작고 휑한 방에서 십자가를 가슴에 꼭 안고 죽었고, 토마스는 홀로 침대 옆 의자에 앉아 그녀의 곁을 지켰다. 씨근대던 호흡이 극적으로 멈추며 마지막 순간이 왔음을 알리자(반면 그들의 아들은 꽃잎이 떨어지듯 아주 조용히 떠났다), 토마스는 강을 따라 급히 떠내려가는 얼음장이 된 기분이었다.

이후 기나긴 밤이 끝나고 새날이 계속 이어졌고, 토마스는 오지 않는 장의사를 기다리면서 공포감에 떠밀려 도라의 방에서 나갔다가 충동에 이끌려 돌아오기를 반복했다. "당신 없이 나더러 어떻게 살라고?" 어느 시점에서 토마스는 그녀에게 애원했다. 그의 관심이 십자고상에 쏠렸다. 그때까지 토마스는 신앙적으로 표류하고 있어서, 겉으로는 순종했지만 내적으로는 무심했다. 이제 그는 믿음의 문제가 철저히 확고하게 받아들이거나 철저히 확고하게 받아들이지 않거나 둘 중 하나임을 깨달았다. 토마스는 완전한 믿음과 완전한 불신 사이에서 균형을 잡으며 십자고상을 바라보았다. 그는 운명이 어떻게 되든 내던져버리기 전에는 십자고상을 유품으로 간직하리라 생각했다. 하지만 도라, 아니 도라의 시신이 그것을 놓지 않으려 했다. 토마스가 십자고상을 빼내려고 침대에서 주검을 들어 올리는데도 도라의 손과 팔이 그것을 꽉 잡고 놓지 않았다(대조적으로 가스파르의 시신은 커다란 봉제 인형처럼 나긋

나긋했다). 토마스는 분노하고 흐느끼면서 포기했다. 그 순간 각오가—협박에 더 가까웠지만—솟구쳤다. 토마스는 십자고상을 노려보면서 이를 악물고 내뱉었다. "당신! 당신 말이야! 내가 당신을 상대해주지, 두고 보라고!"

마침내 장의사가 도착해서 도라와 그녀가 움켜쥔 저주받은 십자고상을 내갔다.

율리시스 신부가 만든 게 휘갈겨 쓴 일기에서 유추할 수 있는 물건이라면, 그것은 충격적이고 예사롭지 않은 아주 독특한 것이었다. 그야말로 기독교를 발칵 뒤집어놓을 물건. 그것은 토마스의 협박을 현실로 만들어줄 터였다. 하지만 그게 여태 남아 있을까? 성공회 기록 보관소에서 몰래 반출한 일기장을 아파트로 가져와서 다 읽은 순간에 사로잡힌 의문이 바로 그것이었다. 결국 그 물건은 태워지거나 조각조각 쪼개졌겠지. 하지만 물건의 가치가 하락한 것은 근대산업이 부상하면서부터였고, 일일이 수작업하고 유통 속도가 느리던 산업화 이전 시대에 물건의 가치란 대단했다. 심지어 옷가지도 그냥 버리는 일이 없었다. 예수의 얼마 안 되는 옷가지는 그를 미천한 대중 선동가로만 생각했던 로마 병사들이 나눠 가졌다. 평범한 옷가지도 나눠 입었는데 대형 조각품이라면, 더구나 그것이 사실상 종교적인 의미가 있는 성물이라면, 분명히 보존돼 있을 것이다.

그것의 운명을 알아내는 방법은? 두 가지 가능성이 있었다. 그 물건이 상투메에 그대로 남아 있거나, 아니면 상투메를 떠났거나.

상투메 섬은 빈곤했고 교역의 무대가 되었으니 그 물건이 섬을 떠났을 것이라고 토마스는 추측했다. 본국인 포르투갈로 왔으면 좋았겠지만, 아프리카 연안을 따라 늘어선 많은 교역소와 교역 도시 가운데 한 군데로 옮겨졌을 가능성도 있었다. 어느 쪽이든 그것은 배로 운반됐을 터였다.

사랑하는 이들이 죽은 뒤, 토마스는 율리시스 신부가 만든 물건의 흔적을 좇으며 몇 달을 보냈다. 토헤 두 톰부 국가 기록 보관소에서, 율리시스 신부가 사망한 해로부터 몇 년간 아프리카 서부 연안을 운항한 포르투갈 선박들의 항해 일지를 찾아서 검토했다. 토마스는 그 조각품이 포르투갈 선박에 실려 상투메를 떠났다는 추정하에 조사해나갔다. 만약 외국 선박 편에 실려 섬을 떠났다면, 그게 어디로 갔는지는 오직 하느님만 알 것이다.

마침내 그는 로돌푸 페레이라 파셰쿠라는 선장의 항해 일지를 찾아냈다. 파셰쿠의 갈레온*은 1637년 12월 14일 화물 속에 '십자가의 주를 표현한 이상하고 경이로운' 물건을 싣고 상투메를 떠났다. 토마스의 맥박이 빨라졌다. 이 쇠락한 식민지와 관련된 성물에 대한 기록은 이게 처음이자 마지막이었다.

항해 일지에는 각 품목마다 하역지가 적혀 있었다. 노예 해안과 황금 해안을 따라 늘어선 이런저런 정박지에서 막대한 양의 물건이 하역되어 팔리거나 무역을 통해 사들인 다른 물품으로 대체되

---

* 15~19세기 스페인에서 전투나 무역용으로 쓰인 대형 범선.

있다. 토마스는 파셰쿠 선상의 항해 일지에 그려진 십자가 옆의 단어를 읽었다. 리스보아. 그것이 고국에 도착했던 것이다! 그는 국가 기록 보관소의 열람실에 어울리지 않는 환호성을 질렀다.

토마스는 율리시스 신부의 십자고상이 리스본에 도착한 후 어디로 갔는지 파악하려고 국가 기록 보관소를 이 잡듯 뒤졌다. 결국 답은 국가 기록 보관소가 아니라, 그가 이 일을 시작한 성공회 기록 보관소에서 나왔다. 그보다 더 분통 터지는 아이러니는 따로 있었다. 두 통의 편지가 발데레이스 추기경의 문서 서가에서, 그것도 토마스가 빼돌린 율리시스 신부의 일기 바로 옆에서 발견된 것이다. 일기와 편지가 끈으로 묶이기만 했어도 고된 수고를 피할 수 있었으리라.

첫 편지는 1804년 4월 9일에 브라간사의 주교인 안토니우 루이스 카브랄 에 카마라가 쓴 것으로, 자비로운 발데레이스 추기경께서 최근 화재로 성직자석이 소실된 포르투갈의 높은 산의 한 지역 교회에 선물을 하사하실지 묻는 내용이었다. 주교는 교회 이름을 지목하거나 지명을 밝히지 않고 '어느 멋지고 유서 깊은 교회'라고만 칭했다. 카마라 주교의 서신에 첨부된 답장 사본에서 발데레이스 추기경은 이렇게 말했다. '한동안 리스본 교구에 있던 성스러운 물건을 그대들에게 보내게 되어 기쁘오. 십자가의 주님을 독특하게 묘사한 이 초상은 아프리카의 식민지에서 건너온 것이오.' 편지가 아프리카 식민지에서 건너온 일기 옆에 있었으니, 그 초상이 율리시스 신부의 작품이 아닌, 주님의 다른 초상일 리가 있을까?

그것을 목전에 두고도 발데레이스 추기경이 알아보지 못했다는 게 놀라웠다. 하지만 성직자는 그것에 대해 모르고 있었다—그러니 보이지 않았던 것이다.

서신을 통해 알 수 있는 것은, 아프리카 물건 자체는 카마라 주교 재임기 중에 교구 사무실을 거쳐 유출된 흔적이 없다는 사실이었다. 토마스는 초조했다. 제작 당시에 이상하고 놀라운 것으로 여겨졌던 작품은 리스본에서 특별한 물건이 되었고, 그러다가 시골 속인들의 손에 넘어갔다. 혹은 그 본질이 의도적으로 외면받았을 것이다. 토마스는 다른 통로를 추적해야 했다. 십자고상은 화재가 일어났던 교회로 보내질 예정이었다. 기록에 따르면 카마라가 브라간사 주교로 임명된 1793년부터 그가 발데레이스 추기경에게 편지를 보낸 1804년까지, 포르투갈의 높은 산 인근 여러 교회에 크고 작은 화재가 발생했다. 축일 기간 동안 교회를 촛불과 햇불로 밝히고 향을 태우니 화재의 위험이 있을 수밖에. 카마라 주교는 십자고상이 '어느 멋지고 유서 깊은 교회'에 보내질 거라고 밝혔다. 어떤 교회이기에 주교가 그렇게 호의적으로 묘사하고 있을까? 토마스는 고딕 양식이나 로마네스크 양식의 교회일 거라고 추측했다. 15세기나 그 이전에 지어진 교회라는 뜻이었다. 브라간사 교구의 사무원은 교회사에 정통한 인물은 아니었다. 토마스는 여기저기 들쑤신 끝에, 화재로 피해를 입은 다섯 군데 교회가 카마라 주교의 칭송을 받을 만하다고 예측할 수 있었다. 상 줄리앙 드 팔라시우스, 산탈랴, 모프레이타, 구아드라밀, 에스피뇨젤라의 교회들로, 서로 멀리 떨어져 있었다.

토마스는 각 교회의 신부에게 편지를 썼다. 신통치 않은 답장이 돌아왔다. 그들은 모두 자기 교회를 칭송하고, 그 유구함과 아름다움을 극찬했다. 그들의 말에 따르면 포르투갈의 높은 산에 성 베드로 성당을 흉내 낸 교회들이 퍼져 있는 것 같았다. 하지만 교회 심장부에 있는 십자고상에 대한 언급은 거의 없었다. 저마다 십자가가 믿음의 감동적인 결실이라고 주장했지만, 어떤 경위로 어디서 왔는지 아는 사제는 없었다. 결국 토마스는 직접 찾아가서 율리시스 신부가 만든 십자고상의 본질을 확인할 수밖에 없다고 결론지었다. 십자고상이 이 나라의 북동쪽 끝, 멀고 외진 지역인 포르투갈의 높은 산까지 보내졌다는 게 골칫거리였다. 이제 곧 그는 그 물건을 눈앞에서 보게 될 것이다.

토마스는 사람의 목소리를 듣고 깜짝 놀란다.

"안녕하세요, 토마스 도련님. 저희를 만나러 오셨지요, 그렇지 않으신가요?"

늙은 관리인 아폰수다. 그가 대문을 열어놓고 토마스를 내려다보고 있다. 어떻게 문 열리는 소리가 들리지 않았을까?

"네, 맞아요, 아폰수."

"몸이 안 좋으세요?"

"괜찮아요."

그는 일기를 재빨리 주머니에 도로 넣으면서 걸음을 옮긴다. 관리인이 종의 줄을 당긴다. 종이 쩽그랑 소리를 내고 토마스의 신경도 날카로워진다. 그는 들어가야만 한다, 반드시 들어가야만 한다. 도라와 가스파르가 죽은 이 집만이 아니라, 이제는 모든 집이 그에게 영향을 끼치고 있었다. 사랑은 방이 많은 집이다. 사랑을 먹이는 방, 사랑을 즐겁게 하는 방, 사랑을 씻기는 방, 사랑에게 옷을 입히는 방, 사랑을 쉬게 하는 방. 이 방들은 또한 웃음을 위한 방, 이야기를 듣는 방이거나 비밀을 털어놓는 방이거나 심통이 나는 방이거나 사과하는 방이거나 단란함을 위한 방이 될 수도 있다. 물론 새로 들어온 식구들을 위한 방들도 있다. 사랑은 집이다. 매일 아침 수도관은 거품이 이는 새로운 감정들을 나르고, 하수구는 말다툼을 씻어 내리고, 환한 창문은 활짝 열려 새로이 다진 선의의 싱그러운 공기를 받아들인다. 사랑은 흔들리지 않는 토대와 무너지지 않는 천장으로 된 집이다. 그에게도 한때 그런 집이 있었다, 그것이 무너지기 전까지는. 이제 그의 집은 어디에도 없고—알파마의 아파트는 수도사의 방처럼 을씨년스럽다—어느 집이든 발을 디디면 그의 집이 없다는 사실만 상기될 뿐이다. 애초에 율리시스 신부에게 끌린 것도 그 때문이라는 걸 토마스는 안다. 둘 다 집이 없다는 점 때문에. 토마스는 상투메 총독 부인의 죽음에 대한 신부의 글을 떠올린다. 그녀는 섬에 사는 유일한 유럽 여인이었다. 그녀 이외에 유럽 여자라곤 바다 건너 800킬로미터 떨어진 라고스에나 있었다. 율리시스 신부는 총독 부인을 실제로 대면한 적은 없었다. 그저 몇 차례 보기만 했다.

이 전염병 도는 섬에서 백인의 죽음을 맞이하는 것은 리스본에서 겪었을 때보다 더 침통함을 불러온다. 더구나 망자가 여인이라면! 그녀의 선종善終은 가장 견디기 힘든 충격이다. 나와 비슷한 모습을 한 여인을 보면서 받은 위로를 다시 느낄 수 없다는 사실에 두렵다. 그 아름다움, 고상함, 우아함을 다시는 보지 못하리. 내가 얼마나 더 버틸 수 있을지 모르겠다.

토마스와 아폰수는 자갈 깔린 안뜰을 가로지르고, 관리인이 토마스 앞에서 공손히 걷는다. 토마스는 평소처럼 뒤로 걷기 때문에, 두 사람은 등을 맞대고 보조를 맞춘다. 중앙 출입구로 올라가는 계단 밑에서 아폰수는 옆으로 비켜서서 인사를 한다. 계단 몇 개만 올라가면 되기 때문에 토마스는 뒤로 올라간다. 현관문에 닿기도 전에 등 뒤에서 문이 열리고, 그는 뒤로 걸어 집 안으로 들어간다. 어깨 너머를 힐끗 보니 다미앙이 보인다. 오랜 세월 숙부의 집사였던 그를 토마스는 어릴 때부터 알았다. 다미앙이 양손을 펼치고 미소 지으며 그를 기다리고 있다. 토마스가 빙그르르 돌아 다미앙과 마주 선다.

"안녕하세요, 다미앙."

"토마스 도련님, 반갑습니다. 건강하시지요?"

"그럼요, 고마워요. 가브리엘라 숙모님은 어떠세요?"

"좋으십니다. 태양처럼 저희를 비추시지요."

태양 이야기가 나왔으니 말인데, 높은 창문들을 통해 들어온 햇살이 현관홀의 잡동사니를 비추고 있다. 숙부는 아프리카 특산품, 그 가운데 주로 상아와 목재 무역으로 큰돈을 벌었다. 한쪽 벽에 걸린 커다란 코끼리 상아 두 개. 그 사이엔 풍부한 색감으로 표현된 광택 도는 카를루스 1세 국왕의 초상화가 있다. 영광스럽게도 국왕은 이 집을 방문했을 당시 그 초상화 앞에서 포즈를 취해주기도 했다. 다른 벽들에는 얼룩말과 사자 가죽이 걸렸고, 그것들 위로 동물 머리들이 올려져 있다. 사자와 얼룩말뿐 아니라 일런드영양, 하마, 누, 기린의 머리도 보인다. 의자와 소파도 가죽으로 덮였다. 벽감과 선반에는 목걸이, 소박한 목각 흉상, 부적, 칼과 창, 화려한 천, 북 등등 아프리카 수공예품들이 놓여 있다. 다양한 소재의 그림들은—포르투갈인 지주와 시중 드는 원주민의 모습을 그린 초상화들뿐만 아니라 포르투갈 점령지가 표시된 대형 아프리카 지도—배경이 되어 일부 개성을 자아낸다. 그리고 오른쪽으로는 높이 자란 화초 사이에 교묘하게 놓인 박제된 사자가 있다.

흡사 뒤죽박죽 박물관, 문화의 난장판이라 할 만한 홀에는 공예품들이 두서없이 나열되어 있었다. 하지만 도라는 이곳을 보자 눈을 반짝거렸다. 그녀는 이 식민지의 풍요에 감탄했다. 이 광경을 본 그녀는 포르투갈 제국을 자랑스럽게 여기게 되었다. 도라는 손이 닿는 거리에 있는 물건은 다 만져보았다. 사자만 빼고.

"숙모님이 건강하시다니 다행이에요. 숙부님은 집무실에 계시나요?" 토마스가 묻는다.

"뜰에서 도련님을 기다리고 계십니다. 저를 따라오시지요."

토마스는 뒤로 돌아서 다미앙을 따라, 현관홀을 지나 그림과 진열장이 줄지은 카펫 깔린 복도를 걸어간다. 그들은 다른 복도로 접어든다. 토마스의 앞쪽에서 다미앙이 프렌치 윈도 두 짝을 열고 비켜선다. 토마스는 반원형 계단참으로 나간다. 숙부의 크고 호탕한 목소리가 들린다. "토마스, 이베리아 코뿔소를 봐라."

토마스는 오른쪽 어깨 너머를 본다. 너른 뜰로 이어지는 계단을 내려가던 그는 잠시 주춤하더니, 부리나케 숙부에게로 가 그 옆에서 몸을 돌린다. 두 사람은 악수를 나눈다.

"마르팅 숙부님, 오랜만입니다. 잘 지내시죠?"

"어떻게 안 그럴 수 있겠니? 내 하나뿐인 조카를 만나는 큰 기쁨을 누리는데 말이다."

토마스가 다시 숙모의 안부를 물어보려는데, 숙부는 손을 내저어 인사치레를 막는다. "됐다, 됐어. 자, 내 이베리아 코뿔소에 대해 어떻게 생각하니?" 그가 손으로 가리키면서 묻는다. "내가 가진 야수들 중 최고의 자랑거리거든!"

문제의 그것이 뜰 한가운데 서 있고, 멀지 않은 곳에 키가 크고 호리호리한 체격의 관리인 사비우가 있다. 토마스는 그것을 골똘히 쳐다본다. 부드럽고 뽀얀 빛이 거즈처럼 그것을 감싸며 돋보이게 하지만, 토마스의 눈에는 우스꽝스러운 흉물처럼 보인다. "이거…… 대단하네요." 그가 맞장구친다.

모양새가 볼썽사나워도, 토마스는 늘 한때 포르투갈의 시골구석을 누볐던 그 동물의 운명이 서글퍼 보였다. 사실 이베리아 코뿔소의 마지막 보루는 포르투갈의 높은 산이 아니었던가? 이 동물에 대한 포르투갈인들의 상상은 흥미롭다. 인류의 진보는 그것의 멸종을 초래했다. 어떤 의미에서 보면 근대화에 치여 쓰러졌다고 할 수 있었다. 어처구니없는 일이지만, 세상에서 사라지고 난 뒤에야 사람들이 그리워하는 옛 사상처럼 그것은 멸종될 때까지 사냥되고 쫓기다가 사라져버렸다. 그리고 이제 그것은 포르투갈인 특유의 구슬픈 정서, 즉 사우다드를 고유한 형태로 표현하는 파두의 소재로서 종종 등장할 뿐이다. 사실 오래전에 사라진 동물을 생각하면 토마스는 사우다드에 휩싸인다. 그는 말 그대로, 탕 도세멘트 트리스트 쿠안투 웅 히노세론트*, 코뿔소처럼 애처롭게 슬프다.

숙부는 토마스의 반응이 만족스럽다. 토마스는 좀 불안하게 그를 지켜본다. 아버지의 동생은 탄탄한 골격에 제법 살집이 있어서 부유한 티가 나고, 익살스럽게 으스대는 분위기를 풍긴다. 그는 호사스럽고 안전한 라파 지구에 산다. 또 온갖 겉만 번지르르한 신문물에 다리가 후들거릴 만큼 큰돈을 쏟아붓는다. 몇 해 전에는 사람의 다리로 움직이는 바퀴 두 개의 운송 수단인 자전거에 사로잡혔다. 언덕이 많고 자갈길이 깔린 리스본에서 자전거는 단순히 비효율적일 뿐만 아니라 위험하기까지 했다. 자전거를 안전하게 탈 만한 길은 공원의 보행로뿐이다. 일요일에 재미로 자전거를 타고 빙

---

*   táo docemente triste quanto um rinoceronte.

빙 돌면, 보행자들은 짜증 내고 개들은 겁을 먹는다. 숙부는 마구
간 하나를 프랑스제 푸조 자전거들로 채워놓았다. 그러다가 모터
달린 자전거를 손에 넣었는데, 페달 자전거보다 훨씬 속도가 빨랐
을 뿐 아니라 소음도 더 컸다. 그리고 지금 여기, 최근 그의 호사
취미의 대표 격인 수집품이 놓여 있다. 근래에 구입한 물건이다.
"하지만 숙부님." 토마스가 조심스럽게 말한다. "제 눈에 보이는
것은 겨우 자동차인걸요."

　"겨우라?" 숙부가 대답한다. "흠, 이 기술적인 경이는 이 나라에
다시 생명을 불어넣은 영원한 정신이지." 그는 자동차의 발판, 그
러니까 앞바퀴와 뒷바퀴 사이의 가장자리에 붙은 좁은 플랫폼에
한 발을 올린다. "망설여지더구나. 어떤 차를 너한테 빌려줘야 될
까? 다라크, 드 디옹부통, 유닉, 푸조, 다임러, 아니면 미국산 올즈
모빌? 선택하기 어려웠지. 너는 내 사랑스러운 조카이고, 사무치
게 그리운 형을 추억하며 최고의 차로 결정했다. 이건 최신품인 4
기통 르노란다, 기술이 만든 걸작이지. 이걸 봐라! 이 차는 이성의
힘으로 빛날 뿐 아니라 시의 매력으로 노래하는 창조물이야. 우리
도시를 그토록 더럽히는 동물은 없애버리자고! 자동차는 잠을 자
지 않아도 된다—말이 그걸 이길 수 있겠니? 힘도 비교가 되지 않
아. 이 르노는 14마력 엔진을 가진 것으로 평가되지만, 그건 어디
까지나 엄격하게 산정한 결과란다. 실제로는 아마 20마력은 출력
해낼 거야. 그리고 기계의 마력은 동물의 마력보다 훨씬 강력하단
다. 말 서른 필이 마차를 끄는 것을 상상해봐라. 말 서른 필이 두 줄

로 서서 발을 구르고 안달하는 광경이 그려지니? 흠, 상상할 필요는 없겠구나, 여기 네 눈앞에 떡하니 있으니까. 말 서른 필이 금속 상자에 압축되어 이 앞바퀴들 사이에 들어가 있지. 그 성능! 그 경제성! 불이 이렇게 눈부시게 획기적인 이유로 타는 건 최초일 거야. 또 자동차 속 어디에 말처럼 불쾌한 내장이 들어 있니? 그런 건 없단다. 다만 연기를 내뿜지만 그거야 공기 중에서 사라지지. 자동차는 담배만큼이나 무해하단다. 내 말을 명심하거라, 토마스. 금세기는 뿜어져 나오는 연기의 세기로 기억될 게다!"

숙부는 겉만 번지르르한 프랑스제 물건에 대한 자부심과 기쁨에 환한 미소를 짓는다. 토마스는 여전히 입을 꾹 다물고 있다. 그는 숙부의 자동차에 대한 열정에 공감하지 않는다. 이 신문물 몇 대가 최근 리스본의 거리에 등장했다. 북적거리긴 해도 별로 시끄럽지 않은 도시를 오가는 마차들 사이에서, 자동차들은 윙윙거리는 커다란 곤충처럼 떠들어대며 귀를 피곤하게 하고 눈을 따갑게 하고 코에 악취를 풍긴다. 토마스는 자동차에서 아름다움을 보지 못한다. 숙부의 버건디색 차도 예외가 아니다. 우아함이나 균형미 같은 것이 부족해 보인다. 말 서른 필을 밀어 넣은 좁은 마구간과 비교하면 승차석은 터무니없이 넓다. 또 승차석을 비롯해 많은 부분 금속으로 만들어져 번쩍거리고 딱딱하다─비인간적이라고 느낄 만도 하다.

짐승이 끄는 흔한 짐마차를 타고 포르투갈의 높은 산에 갈 수도 있겠지만, 여행 예정 시기는 크리스마스 무렵이다. 명절 휴가에다 박물관 수석 학예사에게 무릎을 꿇다시피 해서 얻은 휴가까지 합쳤지만, 그래 봤자 임무 수행에 주어진 기간은 단 열흘. 거리는 너무 멀고 시간은 너무 촉박하다. 동물이 끄는 짐마차로는 어림도 없을 것이다. 그러니 토마스로서는 숙부가 인심 써서 내어준 볼썽사나운 발명품을 이용하는 것 외엔 다른 도리가 없다.

문이 덜컥이는 소리가 나더니 다미앙이 커피와 무화과 페이스트리가 담긴 쟁반을 들고 뜰로 들어선다. 쟁반을 올릴 작은 탁자가 설치되고 의자 두 개도 준비된다. 토마스와 숙부가 앉는다. 데운 우유를 붓고 설탕을 넣는다. 가벼운 대화가 오가야 마땅하지만, 토마스는 단도직입적으로 묻는다. "그래서 이건 어떻게 작동합니까, 숙부님?"

그가 이렇게 묻는 것은 자동차 바로 뒤에 있는 것을 생각하기 싫기 때문이다. 차는 숙부의 저택 담장가에, 하인 숙소로 이르는 오솔길 옆에 있다. 거기 오렌지 나무들이 줄지어 서 있다. 아들 가스파르가 둘레가 크지 않은 나무 뒤에 숨어서 그를 기다리던 곳이다. 가스파르는 아버지와 눈이 마주치기 무섭게 소리를 지르면서 달아나곤 했다. 토마스는 그 오솔길을 지나가는 그의 모습을 숙부 내외와 그 염탐꾼들이 보지 않기라도 하는 것처럼, 자신들의 숙소로 들어가는 그를 하인들이 모른 체해주기라도 하는 것처럼, 꼬마 어릿광대를 쫓아서 달려갔다. 그랬다, 그 오렌지 나무들을 쳐다보느니 자동차 얘기나 하는 편이 낫다.

"그래, 당연히 궁금했을 게야! 굉장한 걸 네게 보여주마!" 숙부가 대답하면서 의자에서 벌떡 일어난다. 토마스가 그를 따라서 자동차 앞쪽으로 가는 동안, 숙부는 작고 둥근 철제 보닛의 잠금장치를 풀고 위로 치켜 경첩으로 고정시킨다. 반짝이는 금속 재질의 파이프들과 볼록한 돌기들이 복잡하게 뒤엉켜 있는 모습이 드러난다.

"대단하지!" 숙부가 말한다. "배기량 3,054cc의 직렬형 4기통 엔진이란다. 기가 막히게 아름다운 역작이지. 저 늘어선 순서를 봐라. 엔진, 라디에이터, 마찰 클러치, 피니언 섭동식 기어박스, 후륜 구동 차축. 이 배열하에서 미래가 펼쳐질 게다. 우선 경이로운 내 연기관부터 설명하마."

그는 불투명한 엔진 벽 안에서 일어나는 마법을 보여주려고 손가락으로 가리킨다. "여기 기화기가 가솔린 증기를 연소실 안으로 분사하지. 자석이 점화 플러그를 가동시키면 증기가 점화되어 폭발한단다. 여기 피스톤들이 눌러지고 그것은……."

토마스는 아무것도 알아듣지 못한다. 말없이 잠자코 쳐다볼 뿐이다. 숙부는 의기양양하게 설명을 마친 뒤 손을 뻗어 운전석에 놓인 두툼한 책자를 집는다. 그는 책자를 조카의 손에 쥐어준다. "자동차 설명서다. 제대로 이해 못 한 부분이 명확히 나와 있을 게다."

토마스는 설명서를 쳐다본다. "프랑스어로 되어 있네요, 숙부님."

"그래. 르노 프레르는 프랑스 회사지."

"하지만……."

"내가 프랑스어-포르투갈어 사전을 넣어두었다. 자동차에 적절하게 기름칠하는 데 최대한 신경 써야 한다."

"자동차에 기름칠을 하라고요?" 숙부가 프랑스어라도 하는 건지 알아듣기 어려운 말을 한다.

로부는 조카의 의아해하는 표정을 모르는 체한다. "흙받기가 멋들어지지 않니? 이게 무엇으로 만들어졌는지 알겠니?" 그는 흙받기 하나를 손으로 찰싹 때리면서 스스로 대답한다. "코끼리 귀란다! 앙골라 여행을 기념하려고 주문 제작을 맡겼지. 승차석의 바깥쪽도 마찬가지고. 가장 부드러운 코끼리 가죽만 썼단다."

"이건 뭡니까?" 토마스가 묻는다.

"경적. 경고할 때, 주의를 줄 때, 상기시킬 때, 달랠 때, 불평할 때 쓰지." 숙부가 운전대 왼편, 자동차 가장자리에 달린 크고 둥그런 고무를 꽉 쥔다. 둥근 고무에 붙은 나팔에서 튜바 소리 같은 경적이 살짝 떨리면서 터져 나온다. 요란한 소리가 주의를 끈다. 말을 탄 사람이 겨드랑이에 백파이프처럼 거위를 끼고 있다가 위험할 때마다 쥐어짜는 장면을 상상을 하자, 토마스는 터져 나오는 웃음을 참을 수가 없다.

"제가 해봐도 될까요?"

그는 경적을 몇 차례 누른다. 누를 때마다 웃음이 터진다. 숙부가 별로 달갑지 않은 기색을 보이자 토마스는 웃음을 멈추고, 알아듣기 힘든 새로운 설명에 집중하려 애쓴다. 이건 설명이 아니라 차라리 숭배다. 냄새 나는 쇳덩이 장난감이 감정을 드러낼 수 있다면 당황스러워서 얼굴이 발그레해졌을 것이다.

이번에는 운전대에 대한 설명이다. 운전대는 완벽한 원 모양이고 큰 정찬용 접시만 하다. 로부 숙부는 다시 운전석에 팔을 뻗어서 운전대에 한 손을 올린다. "차를 왼쪽으로 돌게 하려면, 운전대를 왼쪽으로 돌리면 돼. 차를 오른쪽으로 돌게 하려면 운전대를 오른쪽으로 돌리면 되고. 똑바로 가려면 운전대를 똑바로 잡으면 돼. 아주 논리적이지."

토마스가 찬찬히 쳐다본다. "하지만 가만히 있는 운전대에게 어떻게 왼쪽이나 오른쪽으로 돌라고 말을 할 수가 있지요?" 그가 묻는다.

숙부가 얼굴을 긁적댄다. "이해 못 할 게 뭐가 있는지 모르겠구나. 운전대 꼭대기가, 내 손 옆이 보이지? 여기가 보이지, 그렇지? 흠, 거기 점이 있다고 상상해봐, 작고 하얀 점이. 이제 내가 운전대를 이쪽으로 돌리면……." 여기서 로부는 운전대를 당기듯 움직인다. "……그 작고 하얀 점이 **왼쪽**으로 움직이는 게 보이지? 그렇지? 그러면 자동차는 왼쪽으로 움직일 거야. 그리고 내가 운전대를 그쪽으로 돌리면……." 여기서 그는 운전대를 밀듯 움직인다. "……그 작고 하얀 점이 **오른쪽**으로 움직이는 게 보이지? 그 경우, 자동차는 오른쪽으로 돌 거야. 이제 핵심이 뭔지 알겠지?"

토마스의 표정이 어두워진다. "하지만……." 그가 손가락으로 가리키면서 말한다. "운전대의 맨 아래를 보세요! 작고 하얀 점이 거기에 있다면, 차는 운전대와 반대 방향으로 움직이는 겁니다. 말씀하시는 대로 점이 운전대의 꼭대기에 있으면 운전대를 오른쪽으로 돌리는 거지만, 점이 운전대의 아래쪽에 있다면 운전대를 왼쪽으로 돌리는 거거든요. 또 운전대의 양쪽은 어떻습니까? 오른쪽과 왼쪽, 양쪽으로 돌리면, 한쪽은 위로 올라가고 다른 쪽은 아래로 내려갑니다. 그러면 어느 쪽이든, 어느 방향으로 운전대를 돌리든 운전자는 운전대를 동시에 좌우상하로 돌리는 거지요. 운전대를 특정한 한 방향으로 돌린다는 숙부님의 주장은 그리스 철학자 엘레아학파의 제논이 고안한 역설처럼 들리는데요."

로부는 어리둥절해서 운전대를 쳐다본다. 운전대의 맨 위, 운전대의 맨 아래, 운전대의 양쪽. 그가 길고 깊은 숨을 한 번 내쉰다. "토마스, 그렇다 해도 너는 이 자동차가 설계된 대로 운전해야만 해. 운전대의 꼭대기에 시선을 고정해라. 다른 쪽은 모두 무시해. 계속 설명할까? 짚어야 될 다른 세부 사항들이 있단다. 예를 들면 클러치와 변속레버의 조작법……." 그는 손짓과 발짓을 동원해서 설명하지만, 말도 몸짓도 토마스를 이해시키기엔 역부족이다. 예를 들어 '토크*'는 무엇인가? 이베리아 반도는 종교재판장 토르케마다**가 쓴 철사 줄만 해도 충분하지 않던가? 또 어느 제정신인 사람이 '더블 클러치'란 말을 알아들을 수 있을까?

"유용하게 쓸 만한 물건을 몇 가지 마련해두었다."

숙부가 차의 뒤쪽 절반을 차지하는 승차석의 문을 열어 당긴다.

---

*   torque. 기계의 회전 모멘트. 프랑스어로 둥그렇게 사린 철사 줄이라는 뜻도 있다. 여기서 숙부는 전자의 뜻으로 말하는데, 토마스는 후자의 뜻으로 이해한다.

**   15세기 스페인의 초대 종교 재판장. 이교도를 무참히 처형한 것으로 전해진다.

토마스가 몸을 숙여서 차 내부를 들여다본다. 차 안은 상대적으로 컴컴하다. 그는 차 내부의 특징을 눈여겨본다. 집 내부의 요소들을 갖추고 있다. 최고급의 검은색 가죽 소파, 벽, 반들반들한 삼나무를 댄 천장도 있다. 앞창과 옆 창들은 우아한 주택의 창문들처럼 고급 유리와 반짝이는 새시로 만들어져 투명함을 뽐내고 있다. 그리고 좌석 위쪽의 뒤창은 깔끔하게 테가 둘러져서 벽에 건 그림이라 해도 믿을 만하다. 하지만 그 작은 규모라니! 천장은 아주 낮다. 좌석은 두 사람 이상은 편히 앉지 못한다. 양쪽 옆 창은 한 사람이 겨우 내다볼 만한 크기다. 뒤창으로 말하자면, 그게 그림이라면 소품일 것이다. 또 이 좁은 공간에 들어가려면 몸을 한껏 굽혀서 문을 지나야 한다. 말이 끄는 마차에서 느꼈던 확 트인 개방감은 어디 갔을까? 토마스는 물러나서 자동차의 사이드미러를 빤히 쳐다본다. 욕실에 그럴싸하게 어울릴 것 같다. 그리고 숙부가 엔진 속의 불에 대해 뭐라고 말하지 않았던가? 가슴이 철렁 내려앉는다. 일부 거실, 욕실, 난로를 갖춘 바퀴 위의 이 작은 집은, 삶이란 망각을 향해 달리면서도 집의 안락함을 느끼려는 노력에 불과하다는 사실을 서글프게 인정하고 있다.

그는 또한 차 안의 여러 물건들을 주의 깊게 살펴본다. 개인적인 소지품이 담긴 옷 가방. 그보다 더 중요한 건 잊어서는 안 될 온갖 중요한 문서들이 담긴 트렁크다. 브라간사 주교의 비서를 비롯해 포르투갈의 높은 산의 여러 교구 신부들과 교환한 서신들, 율리시스 신부의 일기 필사본, 그 지역 마을 교회에서 발생한 화재 사건

관련 기사들, 17세기 중반 리스본으로 귀환하는 포르투갈 선박의 항해 일지에서 발췌한 내용, 그 밖의 북부 포르투갈 건축의 역사에 관한 다양한 논문들. 율리시스 신부의 소중한 일기는 그가 주머니에 넣어 갖고 다니지 않을 때는—그건 어리석은 짓이라고, 그는 속으로 되뇐다—트렁크 속에 안전하게 보관되어 있다. 하지만 옷가방과 트렁크 옆에 통, 상자, 깡통, 주머니들이 잔뜩 놓여 있다. 차 내부는 40인의 도적을 먹이고도 남을 물건들이 쌓인 동굴 같다.

"알리 바바가 따로 없군요, 마르팅 숙부님! 뭐가 이렇게 많아요? 제가 아프리카 횡단이라도 하는 줄 알겠어요. 겨우 며칠 거리인 포르투갈의 높은 산에 가는 것뿐이라고요."

"예상보다 먼 길일 게다." 숙부가 대답한다. "너는 자동차를 본 적 없는 지역으로 들어가는 거야. 혼자 힘으로 버틸 능력이 필요하겠지. 그래서 질 좋은 캔버스 방수포와 담요 몇 장을 준비해두었다. 차 안에서 자는 게 훨씬 나을 테지만. 저기 있는 상자에 자동차 연장들이 전부 담겨 있다. 그 옆에는 오일 깡통이 있고. 이 5갤런들이 철제 통에는 라디에이터에 넣을 물을 담아두었다. 이 통엔 자동차의 불로장생약인 휘발유가 들어 있지. 가능하면 자주 통들을 채우도록 해라. 어떤 지역에서는 휘발유를 못 구해서 비상용에 의존해야 될 테니까. 도중에 약방, 자전거포, 대장간, 철물점이 있는지 찾아보도록 하고. 그런 곳에 휘발유가 있을 거야. 석유 스피릿, 미네랄 스피릿 같은 이름으로 부를지 모르겠다만. 연료를 구입하기 전에는 냄새를 맡아봐. 또 네가 먹을 식량도 준비해두었다. 자동차는 잘 먹은 운전자가 몰 때 가장 잘 나간다. 자, 이게 잘 맞는지 보려무나."

숙부는 차 바닥에 놓인 주머니에서 옅은 색 가죽 장갑을 꺼낸다. 토마스는 어리둥절해하면서 양손에 장갑을 낀다. 편안하게 맞는다. 신축성이 좋은 가죽 장갑은 주먹을 쥐자 삑삑 소리를 낸다.

"감사합니다." 토마스가 머뭇거리며 말한다.

"장갑을 잘 간수하렴. 그것도 프랑스제란다."

다음으로 숙부는 크고 흉측한 고글을 건네준다. 토마스가 아직 고글을 다 쓰지도 않았는데, 숙부가 베이지색 코트를 꺼낸다. 모피 내피가 달린 코트는 그의 무릎 아래까지 내려온다.

"왁스로 코팅된 면과 밍크로 만든 거란다. 최고 품질이지." 숙부가 말한다.

토마스가 코트를 입는다. 코트가 무겁고 펑퍼짐하다. 마침내 로부는 턱 아래로 끈을 묶는 모자를 씌워준다. 장갑을 끼고 고글을 쓰고 코트를 입고 모자까지 쓰니, 그는 거대한 버섯이 된 느낌이다. "숙부님, 왜 이런 의상을 입는 겁니까?"

"당연히 차를 운행하기 위해서지. 바람과 먼지를 막기 위해. 비와 추위를 막기 위해. 지금은 12월이야. 운전석을 못 봤구나?"

토마스가 쳐다본다. 숙부의 말이 일리가 있다. 자동차의 뒷부분은 사방이 막힌 승차석이다. 하지만 그 앞의 운전석은 지붕과 앞창을 제외하면 비바람에 노출되어 있다. 양옆에 문이나 창문이 없다. 바람, 먼지, 비가 쉽게 들이칠 것이다. 토마스는 속으로 투덜댄다.

숙부가 승차석에 물품을 잔뜩 쌓아두지 않았다면 자신은 비바람을 피해 뒤에 앉아 가고 사비우가 차를 운전했을 것이다.

숙부가 계속 말한다. "지도란 지도는 모두 구해서 넣어두었다. 지도가 별 도움이 안 될 때는 나침반에 의지해라. 너는 북북동 방향으로 가야 하는 거야. 포르투갈의 도로 상태는 최악이지만, 차량에 고급 서스펜션 시스템―겹판 스프링―이 장착되어 있지. 이 완충 장치는 아무리 깊게 팬 바큇자국 위라도 지나가게 해줄 게다. 도로 때문에 시달릴 때는 포도주를 잔뜩 마셔라. 차 안에 포도주 부대 두 개를 넣어두었다. 노상의 여관과 역마차는 피해야 한다. 널 못마땅해할 거야. 그럴 만도 하지. 자동차에 생계를 직접적으로 위협받는 이들이 어느 정도 적개심을 가질 거라는 건 예상할 수 있는 일이잖니. 자, 나머지 물품은 차차 파악될 게다. 이제 그만 가봐야겠구나. 사비우, 준비됐나?"

"네, 주인님." 사비우가 군대식으로 민첩하게 대답한다.

"난 가서 외투를 입고 오마. 내가 리스본 변두리까지 태워다 주겠다, 토마스."

숙부는 집으로 들어간다. 토마스는 우스꽝스러운 운전용 의상을 벗어서 승차석에 도로 놔둔다. 숙부가 뛰듯이 활기찬 걸음걸이로 뜰로 돌아온다. 어깨에 외투를 걸치고 손에 장갑을 끼고, 흥분해서 붉게 상기된 두 뺨에는 두려우리만치 들뜬 기운이 감돈다.

"그런데 말이다, 토마스." 로부가 소리친다. "너에게 물어본다는 걸 잊었구나. 도대체 왜 포르투갈의 높은 산에 그토록 가고 싶어

하는 거냐?"

"뭔가 찾고 있습니다." 토마스가 대답한다.

"뭘?"

토마스는 머뭇거린다. "그게 교회에 있는데요." 마침내 그가 입을 연다. "다만 어느 마을 어느 교회에 있는지는 확실히 모릅니다."

숙부가 토마스 옆에 서서 조카를 찬찬히 살핀다. 토마스는 더 말해야 할지 고민한다. 숙부는 고미술 박물관을 찾을 때마다 흐릿한 눈빛으로 전시물을 응시하곤 했다.

"찰스 다윈에 대해 들어보셨어요, 숙부님?" 토마스가 묻는다.

"그래, 들어봤지." 로부가 대답한다. "뭐야, 다윈이 포르투갈 높은 산의 어느 교회에라도 묻혀 있다는 게냐?" 그는 웃음을 터뜨리며 말을 잇는다. "다윈의 시신을 가져와서 고미술 박물관의 명당자리에 두고 싶은 게야?"

"아닙니다. 일을 하다 우연히 기니 만에 있는 상투메 섬에서 기록한 일기장을 발견했습니다. 15세기 말부터 포르투갈 식민지였던 섬이지요."

"궁금한 섬이지. 앙골라에 가는 길에 한번 들른 적이 있다. 거기 코코아 농장에 투자해도 괜찮겠더구나."

"노예무역을 하던 시기에는 주요 거점이었습니다."

"흠, 지금은 형편없는 초콜릿 생산지야. 하지만 농장은 근사하단다."

"그렇겠지요. 서로 무관한 세 가지 요소를―앞서 말한 일기, 리스본으로 귀환하는 선박의 항해 일지, 포르투갈의 높은 산의 어느 교회에서 일어난 화재—취합하는 과정에서 뜻밖의 보물을 발견하고, 그 위치를 대략 파악했습니다. 저는 위대한 발견을 목전에 두고 있습니다."

"네가? 하면 그 보물이라는 게 정확히 뭐냐?" 숙부가 토마스를 골똘히 쳐다보면서 묻는다.

토마스는 몹시 유혹을 느낀다. 요 몇 달 아무에게도 이야기하지 않았다. 특히 동료들에게는 그가 발견한 것에 대해서는 물론이고 심지어 그것을 찾고 있다는 사실조차 함구해왔다. 그는 그 모든 걸 개인적인 시간에 아무도 모르게 진행했다. 하지만 비밀은 늘 세상에 알려지기를 갈망한다. 그리고 어차피 며칠 뒤면 물건은 발견될 것이다. 그러니 숙부에게 말 못 할 이유가 있을까?

"그건…… 성물입니다. 제 생각엔 십자고상이 분명해요." 그가 대답한다.

"이 가톨릭 국가에 딱 필요한 것이로구나."

"아니요, 잘못 아셨어요. 이것은 아주 기묘한 십자고상입니다. 경이로운 십자고상이지요."

"그래? 그게 다윈과 무슨 관계가 있다는 거냐?"

"아시게 될 거예요." 토마스가 열의로 붉어진 얼굴을 하고 대답한다. "그 십자고상의 예수에 중요한 이야기가 담겨 있거든요. 그렇다고 저는 확신해요."

숙부는 더 상세한 설명을 기다리지만 이야기는 거기서 끝난다.

"흠, 그게 너한테 큰 재산을 안겨주면 좋겠구나. 떠나보자." 그가 말한다. 로부는 운전석에 오른다. "엔진에 시동 거는 법을 가르쳐주마." 그가 손뼉을 치면서 외친다. "사비우!"

사비우가 차에서 눈을 떼지 않으면서, 채비를 하고 앞으로 나간다.

"엔진을 작동시키기 전에 휘발유 마개를 '열림'으로 돌려야 하고…… 잘했네, 사비우…… 여기 운전대 밑의 스로틀 핸들은 중간 위치에 두고…… 그래…… 그리고 변속레버는 이렇게 중립에 놓아라. 다음에 자석식 스위치를…… 여기 계기판에 있지…… '작동'으로 켜는 거야. 그런 다음 보닛 뚜껑을 열어…… 보닛을 전부 열 필요는 없단다. 저기 앞쪽에 작은 뚜껑이 보이지?…… 그리고 기화기의 플로트를 한두 차례 눌러서 공기가 들어가게 하는 거야. 사비우가 어떻게 하는지 보이지? 뚜껑을 닫고 나면 이제 시동 핸들을 돌리기만 하면 돼. 그리고 운전석에 앉아서 핸드브레이크를 풀고 1단 기어를 넣고 출발하는 거지. 애들 놀이처럼 쉽지. 사비우, 준비됐나?"

사비우는 엔진과 정면으로 마주 서서 다리를 벌리고 발을 바닥에 단단히 붙인다. 그가 몸을 굽혀 자동차 앞쪽에 튀어나온 가는 막대기인 시동 핸들을 잡는다. 팔을 앞으로 곧게 내밀고 등을 반듯하게 편 그가 갑자기 몸을 곧추세우며 핸들을 힘껏 위로 올리더니, 핸들을 반 바퀴 돌리면서 체중을 실어서 아래로 잡아당긴다. 그리고 처음에 했던 것처럼 위로 올린다. 사비우가 힘껏 한 바퀴 돌린

결과, 차체 전부가 흔들릴 뿐만 아니라 핸들이 두 번, 어쩌면 세 번 빙그르르 돈다. 토마스는 핸들이 돌아가는 동안 이런 흔들림만 수반되지 않았다면, 사비우의 담대함에 대해 한마디 언급할 생각이었다. 그때 자동차가 큰 소리를 내면서 살아난다. 내장 깊숙한 데서 덜덜 요란한 소리를 내기 시작하더니 고막이 찢어질 듯한 폭발이 이어진다. 차가 흔들리고 몸서리를 치기 시작하자, 숙부가 외친다. "자, 타거라. 이 놀라운 발명품이 뭘 할 수 있는지 보여주마."

토마스는 내키지 않지만 급히 차에 올라, 숙부 옆자리에 앉는다. 운전석에는 푹신한 시트가 깔려 있다. 숙부는 손과 발로 조작하며 이것저것 당기고 누른다. 사비우가 담장 옆에 서 있는 오토바이에 걸터앉더니 시동을 걸고 출발하는 광경이 보인다. 사비우가 같이 가주면 좋으련만.

그때 홱 하더니, 기계가 움직인다.

즉시 차는 속도를 내면서 갑자기 방향을 틀어 안뜰을 빠져나가, 로부 저택의 열린 대문의 문턱을 넘는다. 자동차는 파우 드 반데이라 가로 들어서서 급격하게 우회전한다. 토마스는 매끈한 가죽 좌석에서 미끄러져 숙부와 부딪친다.

그는 지금 체험하고 있는, 뼈가 울리고 넋이 나갈 것 같은 진동이 믿기지 않는다. 이 진동은 소음을 만들어내는 것과 직접적인 관련이 있는 게 분명하다. 이런 진동은 오직 이런 소음에서만 생길 수 있을 테니까. 기계는 분명 이렇게 흔들리다가 산산조각이 나리라. 토마스는 숙부가 말한 완충 스프링의 요지를 잘못 알아들었음을 깨닫는다. 그것의 목적은 길에 팬 홈에서 자동차를 보호하는 게 아니라 자동차로부터 홈을 보호하는 것임에 틀림없다.

더 당황스러운 것은 이 기계가 저절로 앞으로, 그것도 엄청난 속도로 움직인다는 사실이다. 토마스는 가족과 하인들까지 로부 일가가 총동원되어 기계를 밀고, 그들이 그를 끌어당기고 있다고 농담을 하며 웃는 모습을 상상—기대—하면서, 머리를 옆으로 내밀고 뒤를 돌아본다(차를 미는 사람들 중에 도라가 있다면 얼마나 좋을까!). 하지만 차를 미는 사람은 없다. 동물이 기계를 끌거나 밀지 않는다는 게 그에게는 비현실적으로 느껴진다. 이런 방식으로 움직이는 것은 원인 없는 결과이고, 그에게는 불안하리만큼 부자연스러운 현상이다.

아, 산의 정상처럼 높은 라파 지역! 자동차는—캑캑, 털털, 쿨럭, 꿀렁, 타닥타닥, 달가닥, 쉬쉬, 푸우, 징징, 으르렁—파우 드 반데이라 가의 끝으로 내달리면서 자갈길에서 쉼 없이 터지는 탁탁 소리로 존재를 드러낸다. 그러다가 사정없이 요동치며 왼쪽으로 틀더니, 가파른 프리오르 가를 절벽에서 떨어지듯 내려간다. 토마스는 오장육부가 깔때기 속으로 빨려 들어가는 기분을 느낀다. 차가 내리막길 끝에 이르자 그는 운전석 바닥에 쿵 주저앉는다. 기계가 중심을 잡을 새도 없이—그는 평정을 되찾지는 못해도 자리는 다시 찾아 앉는다—프리오르 가의 마지막 오르막을 솟구치듯 올라서, 반대로 가파른 내리막인 산타 트린다드 가로 들어선다. 자동차는 철로 된 턱 같은 산타 트린다드의 트램 선로 위에서 신나게 춤을 추기 시작하고, 토마스는 좌석에서 이리저리 떠밀리면서, 부딪치는 줄도 모르는 숙부와 부딪치거나 반대쪽 좌석 끝으로 미끄러져서 차에서 튕겨나갈 뻔하기를 반복한다. 발코니들 앞을 나는 듯이 지날 때는 사람들이 얼굴을 찌푸리고 차를 쳐다보는 것이 토마스의 눈에 들어온다.

숙부는 맹렬한 확신에 차서 상 조앙 다 마타 가로 우회전한다. 그들은 거리를 질주한다. 토마스는 햇빛 때문에 앞이 보이지 않지만 숙부는 아무렇지 않은 것 같다. 자동차는 산투스 오벨류 가를 내달리다가 산투스 길의 커브를 득달같이 달린다. 산투스 광장에 도착하자 토마스는 쾌적한 공원에서 느긋하게 산보하는 보행자들을 간절하게―그리고 잠깐―바라본다. 숙부는 공원을 빙 돌아 정신없이 좌회전해서, 빈트 에 쿠아트루 드 줄류 대로로 내던지듯 차를 진입시킨다. 오른편으로는 쏟아지는 햇빛 속에 라파의 찰싹이는 강물, 숨이 멎을 듯한 타구스강이 펼쳐지지만, 장관을 감상할 새도 없이 차는 뿌연 바람과 소음에 휩싸여서 분주한 리스본 도심으로 돌진한다. 두케 다 테르세이라 광장의 복잡한 교차로를 아주 급히 도는 바람에 차가 고무줄 새총을 쏜 것처럼 아르세날 가로 날아간다. 부산한 코메르시우 광장은 방해물이라기보다 그저 재미난 도전일 뿐이다. 광장 가운데 서 있는 주제 1세의 동상이 언뜻 토마스의 눈에 들어온다. 아! 당시 재상을 지낸 폼발 후작*은 그가 만든 거리들이 어떤 위협의 대상이 될지 알았다면, 이곳을 재건하지 않았을 것이다. 그들은 굉음을 내며 색이 번진 것 같은 풍경 속을 계속 앞으로 나아간다. 온갖 부류의 통행자들이 ─ 말, 수레, 마차, 짐마차, 트램, 무리를 지은 사람들과 개들이 ─ 그들 주위에서 갈팡질팡한다. 토마스는 언제라도 동물이나 사람과 부딪치리라 예상하지만, 숙부는 목숨을 앗아 갈 충돌이 일어나기 직전에 방향을 틀거나 급정지해서 사고를 막는다. 수차례 토마스는 비명을 지르고 싶지만 겁에 질려 얼굴이 굳어버렸다. 대신 그는 발에 쥐가 날 정도로 바닥을 꽉 밟는다. 숙부가 구명부표처럼 붙잡아도 된다고 하면, 토마스는 냉큼 매달리고 싶다.

가는 길 내내 숙부는 ─ 행인들에게 욕설을 퍼붓지 않을 때는 ─ 즐거운 기색이 역력하다. 붉은 얼굴에서 흥분이 뿜어져 나오고, 입가는 미소로 주름지고, 눈을 반짝이며, 정신없이 웃음을 터뜨리거나 환호성과 감탄사를 연발하면서 혼잣말을 내뱉는다. "놀라워! ……대단해! ……환상적이군! ……내가 너한테 말하지 않더냐? ……자, 그게 좌회전하는 방법이란다! ……대단해, 정말로 대단해! ……봐라, 봐. 우린 틀림없이 시속 50킬로미터로 달리고 있을 게다!"

타구스강이 크고 순한 짐승처럼 무심하고 평온하게 흐르는 동안, 그 옆의 안달 난 벼룩이 강둑을 따라 뛰어가는 듯하다.

들판 옆쪽, 자갈이 깔리지 않은 시골길에서 숙부는 마침내 자동차를 세운다. 그들 뒤쪽으로 얼마간 떨어진 곳에, 리스본의 스카이

─────────

＊　　포르투갈의 정치가. 주제 1세의 신임을 얻어 재상으로 임명된 폼발은 1755년 대지진으로 파괴된 수도 리스본의 재건을 맡아 새롭게 도시를 건설했다.

라인이 어린아이의 갓 나기 시작한 치아처럼 솟아 있다.

"우리가 얼마나 멀리 왔는지 봐라—게다가 이렇게나 빨리!" 쾌적한 고요 속에서 숙부의 목소리가 울린다. 그는 생일을 맞은 사내아이처럼 환한 표정을 짓고 있다.

토마스는 아무 말 못 하고 몇 초간 숙부를 쳐다보다가, 나뒹굴듯 운전석 밖으로 나간다. 그는 비틀비틀 걸어 근처 나무로 가서 기대어 선다. 그러고는 몸을 숙이고 토사물을 쏟아낸다.

숙부는 이해한다는 내색을 한다. "차멀미를 하는 게지." 그는 운전용 장갑을 벗으면서 경쾌하게 진단을 내린다. "희한한 노릇이야. 탑승자는 멀미를 하기도 하지만 운전자는 멀미를 하지 않거든. 차량을 통제할 수 있고, 언제 둔덕을 넘고 회전을 할지 예측할 수 있기 때문일 거야. 아니면 운전하는 데 신경 쓰느라 배 속의 불쾌감을 모르고 지나가는 거든. 일단 운전대를 잡으면 괜찮아질 게다."

토마스는 그 말을 알아듣는 데 시간이 걸린다. 이 철제 종마의 고삐를 잡는다는 게 상상이 되지 않는다. "사비우가 저와 동행하지 않나요, 아닙니까?" 그가 손수건으로 입 가장자리를 닦고 숨을 가쁘게 쉬면서 묻는다.

"사비우를 딸려 보내지 않을 거야. 내 다른 차들은 누가 관리하라고? 게다가 이 르노가 운행하기에 최적의 상태라는 걸 사비우가 확인했단다. 네게 사비우는 필요 없을 게다."

"하지만 사비우는 이걸 운전해야 할 텐데요, 숙부님."

"이걸 운전한다고? 왜 그러길 바라는 거냐? 이런 획기적인 발명품을 운전하는 전율을 하인에게 내주고 싶은 사람이 누가 있겠니? 사비우는 여기 놀려고 온 게 아니라 일하려고 온 거다."

바로 그때 문제의 하인이 나타난다. 그는 털털대는 오토바이를 능숙하게 도로 밖으로 몰아 자동차 뒤에 세운다. 토마스가 다시 숙부에게 몸을 돌린다. 자가용을 서너 대 소유할 수 있는 재력과 직접 운전하고 싶어 하는 괴벽을 가진 친척이 있는 건 지독한 악운이다.

"사비우는 숙부를 차로 모시잖아요."

"공적인 경우에만 그렇지. 그가 차를 몰아주는 사람은 주로 가브리엘라라고. 그 멍청한 생쥐는 운전할 엄두를 내지 않거든. 너는 젊고 똑똑하다. 그러니 잘할 게다. 그렇지 않은가, 사비우?"

그들 옆에 조용히 서 있던 사비우가 고개를 끄덕여 맞장구치지만, 토마스는 자신을 바라보는 사비우의 눈길에서 주인의 낙관적인 믿음에 전적으로 동의하고 있지는 않음을 느낀다. 불안감이 토마스의 배 속을 휘젓는다.

"마르팅 숙부님, 부탁입니다. 저는 이런 일에 경험이 없어서……"

"여길 봐라! 스로틀을 중간 지점에 놓고 중립에서 출발하면 된다. 계속 가려면 1단 기어를 넣은 다음 클러치를 천천히 떼면서 가속페달을 밟는 거야. 속도가 나면 기어를 2단으로 올리고 다음에 3단을 넣으면 된다. 쉬워. 평편한 땅에서 출발하기만 하면 되지. 금방 요령을 터득할 게다."

숙부는 뒤로 물러나서 자동차를 골똘히 감상한다. 토마스는 잠시 조용해진 동안, 친절과 염려가 그의 마음속에 자리 잡아 숙부를 누그러뜨려 주길 기대한다. 하지만 숙부는 마지막 결론을 내린다.

"토마스, 네 눈앞에 고도로 숙달된 오케스트라가 있고, 그 오케스트라가 비할 데 없이 아름다운 교향곡을 연주한다는 점을 알았으면 좋겠구나. 곡의 음조는 멋진 변주를 들려준다. 음색은 묵직하고도 찬란하고, 선율은 단순하지만 점점 고조되며, 빠르기는 아다지오로도 충분히 훌륭하지만 비바체와 프레스토의 중간 정도로. 내가 이 오케스트라의 지휘자일 때 나는 영광스러운 음악을 듣는다. 미래의 음악을 말이야. 이제 너는 지휘대에 올라가게 될 거고 나는 네게 지휘봉을 넘겨줄 거야. 네가 위험을 헤쳐나가야 해." 그는 자동차 운전석을 톡톡 두드린다. "여기 앉아라" 하고 그가 말한다.

토마스는 갑자기 폐에 공기가 부족한 것 같다고 느낀다. 숙부는 사비우에게 엔진에 시동을 걸라고 손짓한다. 다시 한번 내연기관이 으르렁대는 소리가 전원의 공기를 채운다. 토마스는 선택의 여지가 없다. 너무 오래 기다려왔고, 너무 늦게 알아차렸다. 괴물의 운전대 앞에 앉을 수밖에 없으리라.

그가 차에 올라탄다. 숙부가 다시 지적하고, 설명하며, 고개를 끄덕이고, 미소를 짓는다.

"괜찮을 게다." 숙부가 결론짓는다. "일이 잘 풀릴 거야. 돌아와서 만나자, 토마스. 행운을 빈다. 사비우, 남아서 토마스가 출발하도록 도와주게."

숙부는 마지막으로 문을 쾅 닫고 몸을 돌려 자동차 뒤로 사라진다. 토마스는 숙부를 찾으려고 목을 길게 빼고 돌아본다. "마르팅 숙부님!" 그가 소리친다. 오토바이가 굉음과 함께 출발하고, 덜덜거리는 소리를 내며 점점 멀어진다. 날렵한 기계 양옆으로 허리 살집이 튀어나온 채, 숙부는 천둥소리를 내는 기계를 타고 도로 너머로 사라졌다. 그게 토마스가 본 그의 마지막 모습이었다.

토마스는 사비우에게 눈을 돌린다. 숙부가 오토바이를 타고 떠났고, 이제 그가 차를 타고 떠나야 할 차례라는 생각이 머리를 스친다. 그러면 사비우는 어떻게 리스본 북동쪽 외곽에서 서쪽 라파의 숙부 집으로 돌아가나?

사비우가 나직하게 말한다. "자동차를 운전한다는 건 얼마든지 가능한 일입니다. 약간의 연습이 필요할 뿐이지요."

"난 연습을 해본 적이 없다고!" 토마스는 외쳤다. "연습을 해본 적이 없을 뿐만 아니라 지식도 없고, 흥미도 없고, 소질도 없단 말이야. 내 목숨을 살려주는 셈치고 이 망할 것을 어떻게 사용해야 되는지 다시 설명해줘."

사비우는 공장에서 만든 동물을 조종하는 법을 기억하기 벅찰 만큼 세세하게 다시 설명한다. 그는 지칠 줄 모르는 끈기를 발휘해 긴 시간 동안, 어떤 순서로 페달을 밟고 떼야 하며, 레버를 당기고 밀어야 하는지 가르친다. 그는 토마스에게 운전대를 좌우로 돌리는 것을 상기시킨다. 또 엔진의 시동을 걸 때뿐만 아니라 시동을 끌 때 필요한 스로틀 핸들 조작법을 가르친다. 그리고 마르팅 숙부가 언급하지 않은 점들도 설명한다. 가속페달을 힘껏 밟는 것과 가볍게 밟는 것의 차이. 브레이크 페달 사용법. 자동차를 정지시키고 나서 당겨야 되는 중요한 핸드브레이크. 사이드미러 사용법. 사비우는 시동 핸들 돌리는 방법도 알려준다. 토마스가 시동 핸들을 돌리자, 차 안에서 묵직한 게 돌아가는 느낌이 든다. 걸쭉한 소스 통에서 꼬챙이에 꿴 수퇘지가 돌아가는 것 같다고 할까. 꼬챙이를 세 번째로 돌리자 돼지가 폭발한다.

그는 엔진을 반복해서 꺼뜨린다. 매번 사비우가 용감하게 차 앞쪽으로 되돌아가서, 차가 다시 생명을 얻어 으르렁거리게 만든다. 그러더니 그는 기계에 1단 기어를 넣어주겠다고 제안한다. 토마스가 미끄러지듯 운전석 옆자리로 옮겨 간다. 사비우는 필요한 조작을 한다. 기어가 허락하는 듯한 한숨을 쉬자 기계가 조금 앞으로 나간다. 사비우는 양손을 어디에 두고 발로 무엇을 밟아야 하는지 가리킨다. 토마스가 다시 제자리로 돌아온다. 사비우는 운전석에서 발판으로 물러나서는, 토마스에게 진중하게 고개를 끄덕이고 차에서 내려선다.

토마스는 밀려나고, 버려지고, 유기당하는 느낌이다.

앞의 도로는 일직선이고 기계는 1단 기어에서 툴툴대며 시끄럽게 나아간다. 운전대는 딱딱하고 비우호적이다. 양손으로 쥔 운전대가 떨린다. 토마스가 그것을 한쪽으로 돌린다. 이게 왼쪽인가? 오른쪽인가? 가늠이 되지 않는다. 차를 움직이지 못할 것만 같다. 숙부는 어떻게 그리도 수월하게 조작했을까? 게다가 계속 가속페달을 밟고 있자니 몹시도 지루하고 발에선 이미 쥐가 나기 시작한다. 오른쪽으로 살짝 휘어진 첫 커브에서 차가 도로를 가로질러 도랑 쪽으로 향하면서 그에게 조치를 취하라고 경고하고, 그는 발을 들어서 이 페달 저 페달을 마구 밟는다. 기계가 쿨럭대면서 덜컥 선다. 다행스럽게도 끽끽대는 대혼란이 멈춘다.

토마스는 이리저리 둘러본다. 숙부는 사라지고 사비우도 사라지고, 시야에 아무도 없다―그리고 그가 사랑하는 리스본 역시, 접시에 먹고 남은 음식이 치워지듯 사라지고 없다. 정지 상태라기보다는 진공 상태인 적막 속으로, 그의 마음속으로 어린 아들이 뛰어든다. 가스파르는 저택의 안뜰에 나와 놀다가 길고양이처럼 다른 하인에게 쫓겨 들어가곤 했다. 또 가스파르는 자전거, 오토바이, 자동차가 줄줄이 늘어선 차고 주위를 어슬렁댔다. 숙부가 봤더라면, 차량과 관련해 가스파르가 같은 취향을 가졌다는 걸 알았을 텐데. 가스파르는 걸신들린 사람처럼 자동차를 바라보았다. 그러고 나서 아이는 죽었고 이제 안뜰에는 고요한 공허만이 남아 있다. 저택의 다른 부분들 역시 도라나 아버지의 부재를 느끼게 한다. 이 문, 저 의자, 이 창문 할 것 없이. 사랑하는 이를 잃은 우리는 무엇인가? 그는 상실감을 극복하게 될까? 토마스는 면도를 할 때 거울에 비친 눈동자에서 빈 방들을 본다. 그는 자신의 삶에 출몰한 유령처럼 추억 주위를 배회한다.

울음은 그에게 새로운 일이 아니다. 죽음의 3연타를 당한 후 많이, 정말 많이 울었다. 대부분 도라, 가스파르, 아버지의 추억이 슬폼의 원천이자 핵심이었지만, 알 수 없는 이유로 재채기처럼 아무 때나 눈물을 왈칵 쏟을 때도 많다. 분명히 지금의 상황은 본질이 전혀 다르다. 시끄럽고 통제 불능인 기계와 세 개의 관이 영향력 면에서 어떻게 같을 수 있나? 그런데 이상하게도 똑같이 강렬한 두려움, 가슴 저린 외로움, 무력감이 차올라 똑같이 혼란스럽다. 토마스는 폭발 직전의 두려움과 함께 짙어지는 슬픔에 젖어서 흐느끼고 숨을 헐떡인다. 그는 재킷 주머니에서 일기를 꺼내어 얼굴에 대고 누른다. 일기에서 장구한 세월의 냄새가 난다. 눈을 감는다. 아프리카에서, 적도의 서부 해안 저편 바다에서, 포르투갈 식민지인 상투메 섬에서 피난처를 구한다. 슬픔은 그를 포르투갈의 높은 산으로 이끄는 사내를 찾고 있다.

토마스는 율리시스 마누엘 로자리우 핀투 신부에 대한 정보를 찾으려고 애썼지만, 역사는 그를 거의 완전히 잊어버린 듯했다. 두 개의 날짜가 대략적인 개요를 알려줄 뿐 다른 흔적은 없었다. 코임브라에 있는 상 티아구 교구 기록부에 따르면 그는 1603년 7월 14일에 태어났고, 1629년 5월 1일 같은 도시의 성십자 교회에서 사제 서품을 받았다. 그가 어떤 삶을 살다가 언제 죽었는지와 같은 자세한 정보는 알아내지 못했다. 시간의 강에서 저 멀리 하류로 흘러내려 간 율리시스 신부가 남긴 것은, 일기라는 나뭇잎 하나가 전부였다.

토마스는 얼굴에서 일기를 뗀다. 눈물이 표지를 망가뜨렸다. 마음이 편치 않다. 박물관 직원이니만큼 책을 훼손해서 화가 난다.

그는 셔츠로 표지를 닦는다. 우는 습관은 얼마나 기이한가. 동물이 울던가? 분명히 동물도 슬픔을 느끼리라—하지만 슬픔을 눈물로 표현할까? 그는 의심스럽다. 고양이나 개, 야생동물이 우는 소리를 들어본 적이 없다. 울음은 인간만의 습성인 듯하다. 그는 울음의 목적이 무엇인지 모른다. 실컷, 심지어 몸부림치며 울지만, 그 마지막에는 뭐가 남는가? 황량한 피로감. 눈물 콧물에 젖은 손수건. 울었다는 걸 누구에게나 알리는 빨간 눈. 그리고 울음에는 품위가 없다. 울음은 예의범절을 초월한 개인의 언어이고, 표현 방식도 제각각이다. 얼굴 찌푸림, 눈물의 양, 흐느낌의 음색, 목소리의 높이, 소란의 크기, 안색에 미치는 영향, 손의 움직임, 취하는 포즈가 다 다르다. 사람은 오직 울 때 울음—울음의 개인적 특성—을 발견한다. 이것은 타인에게뿐 아니라 자신에게도 낯선 발견이다.

토마스의 마음에 결단이 솟구친다. 포르투갈의 높은 산에 그를 기다리는 교회가 있다. 그는 거기 도착해야만 한다. 이 바퀴 달린 철제 상자가 도와줄 테니 그 조종대 앞에 마땅히 앉아야 한다. Está é a minha casa. 이곳이 집이다. 그는 페달들을 내려다본다. 레버들을 쳐다본다.

출발하기에 좋은 시간이다. 자동차를 출발시키는 건 문제가 없다. 사비우가 여러 차례 출발시키는 것을 봤기 때문이다. 양팔을 쭉 펴고 등을 세우고 다리를 움직이면서 그는 시동 핸들을 돌린다. 따뜻한 엔진은 다시 출발하려는 성질이 있는 것 같다. 문제는 기계를 움직이게 하는 것이다. 페달과 레버를 어떤 순서로 사용하더라도 마지막 결과는 늘 똑같다. 앞으로 나가지는 않고 끽끽대고 화나서 짖는 소리만 격렬하게 난다. 토마스는 휴식을 취한다. 그는 운전석에 앉는다. 자동차 옆에 선다. 짧은 산책에 나선다. 발판에 앉아서 빵과 햄, 치즈, 말린 무화과를 먹고 포도주를 마신다. 심드렁한 식사다. 자동차가 계속 머릿속을 맴돈다. 자동차는 길가에 어울리지 않는 모습으로 서 있다. 마차와 소달구지가 지나가다가 자동차를 알아보지만—토마스를 발견한다—가는 길이든 나오는 길이든 리스본이 지척이기에, 사람들은 말이나 소를 채근하며 크게 소리치거나 손짓으로만 인사를 건넨다. 토마스는 설명할 필요가 없다.

마침내 일이 벌어진다. 무수한 헛수고 끝에 가속페달을 밟자 기계가 앞으로 나간다. 맞는 방향이기를 바라면서 운전대를 힘껏 돌린다. 과연 제대로 돌렸다.

이제 차는 도로 가운데서 앞으로 움직인다. 양쪽의 도랑을 피하기 위해 그는 정해진 코스로만 자동차를 끌고 가야 한다. 앞에 가느다랗게 줄어든 지평선이 죽은 듯이 누워 있다. 그 불가사의한 점을 향해서 똑바로 가려니 지친다. 기계는 계속 코스에서 벗어나고 싶어 하고, 도로에는 둔덕과 구덩이가 있다.

사람들도 보이는데, 리스본에서 멀어질수록 토마스를 더 빤히 쳐다본다. 하지만 더 괴로운 것은 물건과 농산물을 잔뜩 싣고 리스본으로 가는 짐마차와 수레다. 그것들이 토마스의 앞쪽에 나타나서 지평선을 가린다. 가까이 다가오면서 점점 도로를 많이 차지하는 것 같다. 짐마차들이 따가닥거리면서 느릿느릿하게, 당당하게,

멍청하게 다가오는 동안 그는 그들을 향해 내달린다. 그들을 들이받지 않고 옆으로 달리려면 코스를 정확히 계산해야 한다. 긴장해서 눈이 피곤하고, 운전대를 꽉 잡느라 손이 아프다.

느닷없이 신물이 난다. 페달을 밟는다. 자동차가 쿨럭대면서 급하게 멈추는 바람에 그가 운전대에 부딪친다. 차에서 내리니 기운이 없지만 마음은 놓인다. 그가 놀라서 눈을 깜빡거린다. 브레이크 페달을 밟았을 때 경치가 펼쳐지며 그의 주위에서 물결쳤다. 왼쪽으로 나무, 언덕, 포도밭이, 오른쪽으로 들판과 타구스강이 촘촘히 뻗어 있다. 운전을 하는 동안은 이런 풍경을 보지 못했다. 그를 집어삼킬 듯한 도로만 있을 뿐이었다. 언제나 호의를 베푸려는 땅에 사는 것은 얼마나 행운인가. 이곳에서 포도주가 빚어지는 것도 놀랄 일이 아니다. 이제 도로는 텅 비고 토마스만 홀로 남았다. 날이 저물며 오팔 같은 노을빛이 몇 가닥 흩뿌리는 가운데, 그는 초저녁 시골의 고즈넉함에 마음이 누그러진다. 율리시스 신부의 일기에 나오는 구절이 기억나서 나직하게 읊조린다.

나는 자유로운 자들이 아니라 자유롭지 못한 자들의 목자가
된다. 자유로운 자들에겐 자신들의 교회가 있다. 내 무리의
교회는 벽이 없고 주님께 이르는 천장도 없다.

토마스는 폐와 눈으로 주변의 광활한 교회를, 포르투갈의 비옥한 매력을 받아들인다. 얼마나 멀리 왔는지 모르지만, 걷는 것보다

는 멀리 왔을 게 분명하다. 여행 첫날은 이만하면 충분하다. 내일
은 더 멀리 갈 것이다.

방수포로 잠자리를 만드는 것이 무척 성가실 것 같다. 그는 숙
부가 권한 대로 막힌 승차석을 침실로 삼는 쪽을 선택한다. 숙부
가 여행을 위해 기부한 물품들을 살펴보니 다음과 같은 것들이 눈
에 띈다. 가벼운 냄비와 프라이팬. 하얀 고체 연료를 사용하는 소
형 버너. 그릇, 접시, 컵, 조리 도구는 전부 쇠로 되어 있다. 수프
분말, 롤빵과 식빵, 육포와 생선포, 소시지. 신선한 채소, 생과일과
말린 과일. 올리브, 치즈, 분말 우유, 코코아 가루, 커피, 꿀, 쿠키
와 비스킷. 식용유 한 병, 향신료와 조미료, 큰 물통. 운전용 재킷
과 그것과 세트인 장갑, 모자, 흉한 고글. 자동차 바퀴 여섯 개, 로
프, 도끼, 날카로운 칼, 성냥과 초, 나침반, 무지 노트, 연필, 지도
한 벌. 프랑스어-포르투갈어 사전. 르노 설명서, 모직 담요, 공구함
과 다른 운전 필수품, 휘발유 통. 캔버스 방수포, 가는 끈, 나무못,
기타 등등.

이렇게나 많이! 숙부의 넘치는 배려 덕에 그는 차 안에서 몸을
누일 자리를 만들기 어렵다. 토마스는 소파 위를 치우고 거기 누우
려고 한다. 자리가 충분치 않다—거기서 자려면 무릎을 가슴에 붙
이고 누워야 될 것이다. 그는 승차석의 넓은 앞 유리창으로 운전석
을 들여다본다. 운전석 의자는 약간 딱딱하지만, 벤치처럼 평편하
고 높이가 고르다. 양쪽이 문으로 막히지 않았으니 거기 누우면 다
리를 밖으로 뻗을 수 있을 것이다.

그는 자동차 설명서와 사전과 함께, 빵, 대구포, 올리브, 포도주가 담긴 부대, 숙부가 준 재킷을 골라 승차석에서 운전석으로 옮긴다. 등을 시트에 대고 누우니 발이 운전석 밖으로 나간다. 누운 채 사전을 가슴에 올려놓고 자동차 설명서를 손에 들고서, 숙부의 말대로 운전에 대한 공부를 시작한다.

알고 보니 기름칠이 아주 중요하다. 엄습하는 공포감 속에서 기어, 클러치, 클러치 컵, 뒤 차축, 앞뒤 전동축 조인트, 모든 바퀴의 베어링, 앞 차축 조인트, 축 베어링, 연결 축, 전철轉轍막대의 조인트, 마그네토 축, 문의 경첩, 그 밖에도 수많은 부품들이 ― 기본적으로 기계 속에서 움직이는 모든 것이 ― 과도한 기름칠을 필요로 한다는 것을 깨닫는다. 매일 아침 엔진을 가동하기 전에 약간의 기름을 뿌려야 되는 것들이 많지만, 2~3일에 한 번이나 1주일에 한 번이면 되는 것들도 있는 반면, 주행거리가 기준인 것들도 있다. 토마스는 자동차를 다른 각도에서 본다. 그것은 정신없이 삐약대는 백여 마리의 병아리 떼처럼 목을 길게 빼고 부리를 벌린 채, 기름 방울을 달라고 외치며 욕망으로 온몸을 떤다. 이 애원하는 입들을 모두 어떻게 기억할까? 율리시스 신부의 선물에 대한 지침은 얼마나 더 간단했던가! 고국의 뛰어난 장인들에게 최고급 페인트를 구하는 축복을 누린다면 그의 걸작을 제대로 다시 칠해달라는 부탁이 전부였다. 그는 형편없는 이국땅의 재료를 쓸 수밖에 없었지만.

밤바람이 강해지자 토마스는 숙부가 준 코트가 고맙다. 밍크는 따뜻하고 부드럽다. 그는 코트를 도라라고 상상하면서 잠을 청한다. 그녀 역시 따뜻하고 부드럽고, 상냥하고 우아했으며, 아름답고 배려심이 많았다. 하지만 도라를 그리워하는 마음 뒤로 걱정이 밀려들고—그 모든 애원하는 입들!—그는 잠을 설친다.

다음 날 아침 식사를 한 뒤, 토마스는 기름통을 찾아서 설명서에 나온 대로 한 구절 한 구절, 삽화 하나하나, 한 문단 한 문단, 한 페이지 한 페이지를 따라 한다. 자동차 전체에 기름을 칠하면서, 그는 보닛을 들어 올려 경첩으로 고정시키고 기계 안쪽에 고개를 처박는다. 내부의 부품에 기름칠을 하기 위해 운전석 바닥을 들어내고, 심지어 땅바닥을 기어서 기계 아래로 미끄러져 들어간다. 지겹고 까다롭고 더러운 일이다. 그런 다음 그는 자동차에 물을 준다. 이제 긴급한 문제에 맞서야 한다. 숙부가 기술적인 완벽의 결정체라고 주장한 기계에는 가장 기본적인 기능이 하나 빠져 있다. 화장실. 그는 근처 잡목림의 낙엽 더미를 이용해야 한다.

열이 식은 엔진을 출발시키는 것은 지난한 고역이다. 그의 팔다리 힘이 더 세면 좋으련만. 기계가 한번 씩씩거리고 덜덜거린 뒤에 '이랴' 하고 힘을 내기까지는 사람을 미치게 만드는 난문제가 기다리고 있다. 기계가 깨어나는 순간부터 운 좋게 앞으로 휙 나아가게 되기까지는 장장 네 시간이나 걸린다. 그는 운전대를 잡고 도로에 집중한다. 포보아 드 산타 이리아라는 리스본 인근의 작은 마을에 가까워진다. 이 마을은 리스본에서 도로를 따라 북동쪽으로 달리다 보면 나타나는 가장 가까운 주거지로, 그의 머릿속 지도에서 이

때껏 잠자고 있던 곳이다. 마을로 들어가면서 토마스의 심장이 북처럼 쿵쿵댄다.

셔츠 앞쪽에 냅킨을 두르고 닭다리 따위를 손에 든 사내들이 나타나 쳐다본다. 면도용 브러시를 든 이발사들과 얼굴이 거품투성이인 사람들이 쫓아 나와 쳐다본다. 노파 무리가 성호를 긋고 쳐다본다. 사내들이 대화를 멈추고 쳐다본다. 아낙들이 장을 보다 말고 쳐다본다. 한 노인은 거수경례를 하고 쳐다본다. 여자 둘이 깜짝 놀라 실소하며 쳐다본다. 벤치에 앉은 노인들이 이가 없어 합죽한 입을 오물대면서 쳐다본다. 아이들은 비명을 지르면서 숨으러 뛰어가며 쳐다본다. 말 한 마리가 힝 울면서 뛰어올라 마부를 깜짝 놀라게 하면서 쳐다본다. 큰길 옆 우리에서 양들이 낙심한 듯 매애 울면서 쳐다본다. 소 떼가 음매 울면서 쳐다본다. 나귀가 히잉 울면서 쳐다본다. 개들이 왈왈 짖으면서 쳐다본다.

이 극성스럽게 뜯어보는 눈길들 속에서 토마스는 가속페달을 충분하게 꽉 밟지 못하고 만다. 기계가 한 번, 두 번 쿨럭대더니 죽어버린다. 그가 페달을 탁탁 밟는다. 아무 변화가 없다. 그는 분노를 가라앉히려고 눈을 감는다. 잠시 후 눈을 뜨고 주위를 둘러본다. 앞쪽, 옆쪽, 뒤쪽에 천 개의 눈동자가, 사람 동물 할 것 없이 그를 향하고 있다. 아무 소리도 들리지 않는다.

눈동자들이 끔뻑이면서 적막감이 허물어진다. 포보아 드 산타 이리아 주민들은 수줍게 서서히 다가오며 사방으로 자동차를 에워싸고, 마침내 열 겹, 열다섯 겹이 된다.

몇 사람은 환한 미소를 지으며 토마스에게 질문을 던진다.

"누구신가요?"

"왜 멈췄어요?"

"이게 어떻게 움직이는 거요?"

"이건 값이 얼마나 하우?"

"부자이신가 봐요?"

"결혼은 했수?"

몇 명은 노려보면서 투덜댄다.

"누구 귀를 떨어뜨리려고 이러는 거요?"

"왜 남의 얼굴에 먼지를 뿌리고 야단이에요?"

아이들은 엉뚱한 질문들을 쏟아낸다.

"얘 이름이 뭐예요?"

"이건 뭘 먹어요?"

"뒤 칸에 말이 들어 있죠?"

"이거 응가는 어떻게 생겼어요?"

많은 사람들이 앞으로 나와서 기계를 쓰다듬는다. 대다수는 순하게 침묵하면서 쳐다보기만 한다. 거수경례를 하던 사내는 토마스가 우연히 그를 쳐다볼 때마다 경례를 한다. 뒤쪽에서는 양, 말, 나귀, 개 들이 각자 시끄럽게 다시 울기 시작한다.

마을 사람들과 시답지 않은 말을 주고받은 지 한 시간이 지나자, 토마스가 마을을 떠나기 전에는 사람들이 가지 않으리란 게 분명해진다. 그에겐 목적지가 있지만 마을 사람들은 갈 데가 없다.

이 순간 토마스는 말수 없는 성격을 극복해야 한다. 수줍음의 늪에 빠져 점점 내면으로 파고들던 그는 운전석에서 나와 발판에 서서, 사람들에게 기계에서 물러나달라고 부탁한다. 사람들은 그의 말을 듣지 않거나 아예 알아듣지 못하는 눈치다. 토마스가 힘주어 당부하지만, 마을 사람들은 계속 앞으로 파고들고 그 수가 점점 많아진다. 자동차 주변에 구경꾼이 너무 많아지자, 그는 인파를 뚫고 빠져나가 시동 핸들이 있는 곳으로 가야 하고, 사람들을 뒤로 떠밀어 핸들을 돌릴 공간을 마련해야 한다. 멍하니 바라보던 몇 사람이 발판에 올라선다. 어떤 이들은 운전석에 올라타려고 앞으로 나서지만 차갑게 쏘아보는 눈길에 포기한다. 만면에 미소를 지은 아이들은 정신없이 희희덕대면서 연신 고무 경적을 누른다.

불길하게도, 시동 핸들까지 몇 차례 오가고 잇달아 페달들과 레버들을 한바탕 조작하자 자동차가 앞으로 나가는가 싶더니 곧 멈춘다. 앞에서 사람들이 비명을 지르고 놀란 가슴을 부여잡자, 사방에서 울부짖는 소리가 난다. 여자들은 소리치고 아이들은 울고 남자들은 중얼댄다. 거수경례를 하던 사내는 경례를 멈춘다.

토마스는 사과의 말을 외치고 운전대를 두드리면서, 자동차를 아주 강한 어조로 힐난한다. 그는 성난 사람들을 달래러 뛰어나온다. 그는 자동차의 바퀴들을 발로 찬다. 코끼리 귀로 만든 흙받기를 손으로 후려갈긴다. 흉측한 보닛을 욕한다. 시동 핸들을 사납게 돌려서 기계를 준비시킨다. 그러나 아무 효과가 없다. 포보아 드 산타 이리아 주민들의 선의는 포르투갈의 겨울 태양 속에서 증발

해버렸다.

토마스는 서둘러 운전석으로 돌아간다. 기적적으로 자동차가 끽끽대더니 떨면서 살짝 앞으로 나아간다. 포보아 드 산타 이리아 주민들이 겁을 먹고 물러나 길을 터준다. 토마스는 기계를 채근한다.

가속페달을 발로 꾹 밟으면서 단호하게 옆 마을인 알베르카 두 히바테주로 내달린다. 그는 사람들과 그들의 눈길을 모른 체한다. 알란드라 마을도 마찬가지다. 알란드라를 지나자 포르투 알투라고 적힌 표지판이 오른쪽의 타구스강 방향을 가리킨다. 작은 두 섬 사이에 다리 세 개가 놓여 있다. 그는 동쪽 강변 뒤편의 평편하고 황량한 전원을 내다보고 자동차를 세운다.

엔진을 끄고 승차석에서 포르투갈 지도를 꺼낸다. 깔끔하게 접어 라벨을 붙인 지도가 여러 장 있다. 전국 지도와 이스트레마두라, 히바테주, 알투 알렌테주, 베이라 바이샤, 베이라 알타, 도루 리토랄, 알투 도루의 지방 지도가 있다. 이웃한 스페인 영토인 카세레스, 살라망카, 사모라의 지도도 준비되어 있다. 숙부는 그를 위해 포르투갈의 높은 산에 이르는 가능한 모든 길과 길을 헤맬 경우까지도 대비해두었다.

토마스는 전국 지도를 살펴본다. 그가 생각했던 그대로다. 타구스강의 북서쪽으로 포르투갈 연안과 그 인근을 따라서 마을과 도시가 밀집해 있다. 대조적으로 강 너머의 시골, 타구스강의 동쪽과 스페인 접경 지역에는 주거지가 드문드문 있는 것을 볼 수 있다. 도시인 카스텔루 브랑쿠, 코빌량, 구아르다가 위험해 보이지만 이곳들을 피해서 갈 수 있을 것이다. 그 도시들 외에 어떤 운전자가 호즈마니냘, 메이모아, 자바 같은 동네를 겁낼까? 토마스는 들어본 적도 없는 작은 마을들이다.

그는 자동차를 출발시키고, 다른 페달들을 밟고 변속레버를 1단에 놓는다. 운이 따른다. 우회전한 뒤에 다리가 나올 때까지 길을 따라 달린다. 첫 번째 다리 입구에서 그는 망설인다. 목조 다리다. 숙부의 말 서른 필 이야기가 기억난다. 하지만 설마 엔진이 말 서른 필의 무게는 아니겠지? 토마스는 앙골라에서 새 부임지인 상투메로 가는 율리시스 신부의 바닷길 경험을 염두에 둔다.

바닷길 여행은 지옥과도 같은데, 노예 552명과 유럽인 간수 36명이 타고 있는 비좁고 악취 나는 노예선을 타고 있다면 더더욱 그렇다. 우리는 죽은 듯이 고요한 적막과 거친 물살에 시달린다. 노예들은 밤낮 없이 신음하고 울부짖는다. 그들이 있는 선실의 후끈한 악취가 배 전체를 휩싼다.

토마스는 계속 나아간다. 그는 노예들이 아니라 고작 망령에 시달릴 뿐이다. 그리고 그의 배는 강을 고작 세 번만 넘으면 된다. 다리를 건너는 것은 덜컹대는 일이다. 그는 기계를 다리 밖으로 몰고 갈까 봐 두렵다. 세 번째 다리를 빠져나와 강 동쪽 편에 도착하자, 그는 동요한 나머지 계속 운전할 수가 없다. 운전대를 잡은 김에 방법을 제대로 익히기로 결심한다. 그는 차를 멈추고 승차석에서 필요한 것들을 꺼낸다. 설명서와 사전을 옆에 두고 운전대 앞에 앉아서 변속레버, 클러치페달, 가속페달의 적절한 작동을 익힌다. 안내서가 이해를 돕지만, 거기서 얻는 지식은 어디까지나 이론일 뿐이다. 실전에 적용하는 게 관건이다. 중립 기어에서—숙부는 그렇게 말했지만 그는 뭐가 중립이라는 건지 알 수가 없다—매끄럽게 1단으로 바꾸는 게 도무지 어렵다. 이후 남은 하루를 불안하고 초조하게 길 위에서 보내면서, 자동차를 500미터쯤 전진시켰다. 하지만 기계는 으르렁거리고 캑캑거리고 부들부들 떨다가 완전히 멈춘다. 토마스는 밤이 되도록 욕설을 중얼대다가 잠자리에 든다.

흐릿한 빛 속에서 추위가 마수를 뻗칠 때, 그는 율리시스 신부의 일기에서 평온을 구한다.

제국을 사람에 비유한다면 앙골라는 금괴를 손에 쥔 사람
인 반면, 상투메는 주머니 속의 동전을 짤랑대는 사람에 불
과하다.

사제는 분개한 장사치의 말을 인용한다. 토마스는 율리시스 신부가 살아내야 했던 시기의 역사에 대해 공부한 적이 있다. 신부가 상투메에 발을 디딘 것은 설탕과 초콜릿 사이, 그러니까 이 섬이 설탕의 주요 수출지였던 16세기 후반과 초콜릿 열매 수출지인 현재, 즉 20세기 초반 사이였다. 3세기에 걸친 궁핍, 불황, 절망, 쇠퇴의 진창이 시작되는 시기에, 율리시스 신부는 짧은 생애의 나머

지를 그곳에서 살게 될 예정이었다. 그 시절 상투메는 버려지다시피 한 농장들과 불화하는 권력자들의 섬이었다. 이들은 생사람을 잡아먹는 짓, 즉 노예무역으로 변변찮은 살림살이를 메워나갔다. 섬은 노예 선박에 물자—물, 나무, 참마, 옥수수가루, 과일—를 대주고, 섬에 필요한 노예들을 받았지만—미미하나마 계속 설탕, 면화, 쌀, 생강, 야자유를 생산했다—섬의 백인들은 주로 노예 중개인으로 활약했다. 앙골라처럼 대규모의 노예를 지속적으로 공급하는 건 꿈도 꿀 수 없었지만, 베냉 만은 기니 만의 전 지역으로 이어지는 문턱이었고 그 연안에 노예가 많았다. 상투메는 지옥 같은 뱃길인 대서양을 횡단하는 선박들에게 이상적인 중간 거점이어서 '중간 항로'로 불렸다—토마스는 속이 뒤틀리는 표현이라고 생각했다. 그와 동시에 포르투갈령 브라질과 그곳의 노예노동에 대한 탐욕스러운 갈구로 들어가기 좋은 뒷문이기도 했다. 노예들이 수천 명씩 왔다. 율리시스 신부는 '이 주머니는 망연자실한 아프리카의 영혼들로 짤랑거린다'라고 지적하고 있다.

그가 노예선을 타고 상투메까지 간 것은 우연이 아니었다. 율리시스는 노예의 사제가, 노예의 영혼을 구원하는 소임을 맡은 사제가 되려고 지원했다. '나는 낮은 자들 가운데 가장 낮은 자들, 인간은 잊었지만 신은 잊지 않은 영혼들을 섬기고 싶다.' 그는 상투메에서 자신의 절박하고도 새로운 소임을 이렇게 설명한다.

1세기 반 전, 2세에서 8세까지의 히브리인 어린이 몇 명이

섬에 보내졌다. 이 악의 종자에서 가련한 식물이 자라나 온
땅에 독을 퍼뜨리고 방심한 것들을 오염시켰다. 내게 주어진
사명의 무게는 그때의 곱절에 달한다―우선 아프리카의 영
혼들을 신에게로 이끌어야 하고, 더 나아가 그 영혼에 갈고
리를 걸고 있는 더러운 유대인들의 뿌리를 잘라내야 한다.
주님의 파수꾼인 나는 매일 항구에서 시간을 보내며 노예선
들이 짐을 싣고 들어오기를 기다린다. 배가 도착하면 나는
배에 올라 아프리카인들에게 세례를 주고 성경을 읽어준다.
너희는 모두 하느님의 자녀들이라고 지칠 줄 모르고 되풀이
한다. 나는 또 이따금 스케치를 한다.

　이방인들을 낯선 언어와 다른 신앙으로써 맞아들이는 것이 신부
의 소임이고, 그는 무조건적인 성실함으로 임무를 수행한다. 이 시
기 일기 속의 율리시스 신부는 그 시대의 전형적인 성직자답게 주
님에게 경도되어 있고, 무지와 경멸에 젖어 있는 듯이 보인다. 그
것이 변하리란 것을 토마스는 알고 있다.
　그는 불안한 마음으로 잠에 빠진다. 운전을 하든 잠을 자든 자동
차 안에서는 도무지 편하지가 않다.
　아침이 되자 그는 씻고 싶지만 승차석에서는 비누도 수건도 찾
을 수가 없다. 평소처럼 시동을 거느라 한바탕 진땀을 빼고 나서
출발한다. 갈아엎은 들판의 밋밋하고 단조로운 풍경 사이로 난 도
로가 그를 포르투 알투로 이끈다. 예상했던 것보다 큰 고장이다.

자동차를 모는 솜씨가 능숙해졌지만 이 새로 생긴 능력이 주는 침착성은 사방에서 몰려드는 구경꾼들 때문에 완전히 망가진다. 사람들이 손을 흔들고 소리치고 가까이 다가온다. 청년 한 명이 자동차와 나란히 달린다.

"안녕하세요!" 청년이 소리친다.

"안녕하세요!" 토마스도 고함을 지른다.

"엄청난 기계네요!"

"고마워요!"

"멈추지 않을 건가요?"

"네!"

"왜요?"

"아직 갈 길이 멀어요!" 토마스가 소리친다.

청년이 저만치 물러난다. 곧이어 다른 청년이 나타나 고함을 지르며 대화를 시도한다. 그가 포기하자 또 다른 청년이 나타난다. 포르투 알투를 지나는 내내 토마스는 기계 옆에서 달리는 흥분한 사람들과 연신 소리쳐 대화를 나눈다. 마침내 마을의 끄트머리에 다다르자 그는 기계를 능숙하게 다루었다는 승리의 함성을 지르고 싶지만, 목이 잠겨서 소리가 나오지 않는다.

탁 트인 전원에서 변속레버를 쳐다본다. 그는 지난 사흘간 달려왔고, 기계가 앞으로 나아가는 건 부정할 수 없는 사실이었다―하지만 그건 달팽이도 마찬가지다. 설명서가 분명히 밝히고 있고, 또 숙부가 리스본에서 몸소 증명해 보인 사실은 운전의 성과는 오직 기어를 더 높였을 때에야 얻을 수 있다는 것이다. 그는 머릿속으로 연습을 한다. 결국 운전은 하느냐, 하지 않느냐로 요약된다. 페달, 버튼, 레버—이것들을 필요에 따라서 떼느냐 밟느냐, 밀어내느냐 당기느냐. 그는 길에서 눈을 떼지 않고—또는 숨도 쉬지 않고—이런 조작을 모두 해본다. 클러치페달이 따끔거리는 것 같다. 마치 자기는 할 일을 다 했으니 등에서 발을 떼라고 신호하는 것 같아서 그는 발을 뗀다. 그와 동시에 가속페달이 아주 살짝 앞으로 나가는 것 같다. 클러치페달과 달리 가속페달은 발로 눌러주기를 간절히 바라는 눈치다. 토마스는 페달을 더 힘껏 누른다.

괴물이 2단 기어에서 앞으로 휙 나간다. 천둥 같은 소리와 함께 도로가 바퀴 밑으로 빠르게 사라진다. 차가 풍경을 향해 나아가는 게 아니라, 풍경이 차 밑으로 끌려 들어가는 것 같다. 마치 완벽하게 차려진 식탁에서 식탁보를 휙 빼내는 아슬아슬한 기술을 보는 듯하다. 번개 같은 속도로 달릴 때만 그 기술이 발휘된다는 통렬한 깨달음과 함께 풍경이 사라진다. 전에는 빠르게 가는 게 두려웠지만, 이제는 너무 느리게 갈까 봐 두렵다. 2단 기어가 고장 나면, 그는 전신주에 처박히는 것으로 끝장나는 정도가 아니라 도자기 같은 전경과 함께 와장창 깨져버릴 것이기 때문이다. 이 광적인 질주 속에서 그는 접시 위의 찻잔처럼 흔들리고, 그의 눈은 본차이나 도자기의 광채처럼 번득거린다.

토마스는 쏜살같은 움직임 속에서 정면을 응시하며 꼼짝 않고 공간을 질주한다. 그러면서 정지된 사색적인 풍경을, 어제 본 듯한 고즈넉한 포도밭이나 율리시스 신부가 자주 찾았던 해변을 갈망한다. 목적지에 다다른 순례자처럼 그가 기도하는 마음으로 주저앉으면 잔잔한 파도가 발치에 밀려온다. 하지만 신부는 그 나름대로 흔들리고 있지 않은가? 토마스가 이 시한폭탄 기계 속에서 떠는 것처럼, 신부 역시 고뇌에 찬 생각들을 일기 곳곳에 적으면서 손을 떨었으리라.

신부는 곧 상투메에 환멸을 느끼게 된다. 그에게 상투메의 자연은 앙골라보다 나을 게 없다. 상투메에서도 소나기는 지칠 줄 모르고 초목은 더위에 질식해간다. 숨이 턱턱 막히는 후텁지근한 무더위 중간중간 폭우가 쏟아지는 우기를 보내는 것도, 불볕더위와 짙은 안개를 머금은 구름이 낮게 드리우는 건기를 보내는 것도 힘들다. 율리시스 신부는 '푸른 잎을 노래하게 하고 사람은 죽게 만드는' 온실 같은 날씨를 몹시 불평한다. 거기에 부수적으로 우연한 괴로움들이 더해진다. 사탕수수 공장의 악취, 형편없는 음식, 들끓는 개미 떼, 체리씨 크기만 한 진드기, 왼손에 베인 상처의 감염.

그는 덥고 습한 섬과 그곳에 사는 불행한 사람들의 결합을 나타내는 표현인 '물라토의 적막'에 대해 말한다. 물라토의 적막은 모든 감각 속을 파고든다. 노예들은 언짢은 듯 말이 없고 무슨 일이든 채근당해야 하고 적막 속에서 일한다. 상투메에서 생을 마감하는 유럽인들의 경우 흔히 퉁명스럽고 짜증이 난 듯 말을 하고 아마 그렇게 들리기도 할 터인데, 그 말에 노예들은 신속히 따르지 않으며, 말은 결국 적막에 휩싸인다. 농장에서 노예들은 해가 뜰 때부터 질 때까지 노래는 물론이고 심지어 대화도 하지 않고, 정오에 한 시간 먹고 쉬는 동안에는 적막을 더욱 의식하게 된다. 일하는 날의 하루는 대화 없는 식사와 고독과 편치 않은 잠으로 마감된다. 상투메는 활개 치는 벌레 떼 때문에 낮보다 밤이 더 소란하다. 그러다가 해가 뜨고, 이 모든 일은 적막 속에서 다시 시작된다.

적막을 살찌우는 것은 절망과 분노, 두 감정이다. 혹은 율리시스 신부의 표현에 따르면 '검은 구멍과 빨간 불꽃'이다(토마스는 그 둘에 대해 너무도 잘 알고 있지 않은가!). 율리시스 신부와 섬 사제들과의 관계에 팽팽한 긴장감이 흐른다. 그는 자신의 불만이 어떤 성질의 것인지 알려주지 않는다. 원인이 무엇이건 간에 결과는 명확하다. 그는 점점 모든 이들과 단절된다. 일기의 뒤로 갈수록 동료 유럽인들과의 교류에 대한 언급이 점점 줄어든다. 달리 누가 있겠는가? 성직자라고 해도, 사회적 지위, 언어, 문화의 장벽은 백인과 노예 사이의 우호적인 관계 형성을 방해한다. 노예들은 우연히 마주친 유럽인과 소통할 땐 눈을 크게 뜨고 경계한다. 자유를 얻은 노예이자 현지 물라토인의 경우, 유럽인들에게 얻어내는 것이라곤 불확실한 것들뿐이다. 유럽인들과 거래하고 그들의 일을 해주고, 또 그들의 눈에 띄지 않는 것—그게 최선의 방책이다. 율리시스 신부는 한탄한다.

원주민의 오두막들이 밤사이에 사라지고, 고립된 백인들 주위에 공허의 파문이 형성된다. 내가 바로 그 백인이다. 나는 아프리카에 고립된 백인이다.

토마스는 기계를 세우고 하늘을 올려다보고 나서, 오후의 서늘하고 구름 낀 날씨 때문에 더 이상의 운전은 하지 않기로 결정한다. 이런 날은 밍크코트를 두르고 가만히 앉아 있는 게 더 낫다.

다음 날, 마을 하나 보이지 않는 도로가 코수까지 이어지고, 거기 소하이아 강 위로 다리가 놓여 있다. 폭이 좁은 다리 밑에서 평화롭게 수면 위를 거닐던 해오라기와 왜가리가 놀라 퍼더덕 날아간다. 사방이 온통 잿빛인 날, 유일하게 화사한 색채를 뽐내고 있는 오렌지 나무들을 보자 토마스는 즐겁다. 그는 해가 나오기를 바란다. 태양은 색채를 끌어내고 윤곽선을 돋보이게 하고, 혼을 불어넣어 비로소 풍경을 완성한다.

폰트 드 소르라는 마을의 외곽에서 차를 세운다. 토마스는 걸어서 마을로 향한다. 걸으니 좋다. 그는 힘차게 뒤로 발을 움직인다. 뒤로 폴짝폴짝 뛰다시피 한다. 그런데 갑자기 그를 괴롭히는 이 가려움은 뭘까? 그는 두피와 얼굴과 가슴팍을 긁는다. 그의 몸뚱이가 씻어달라고 울부짖는다. 겨드랑이에서 냄새가 나기 시작하고 아랫도리도 마찬가지다.

그는 마을로 들어간다. 사람들이 그를, 그의 걸음걸이를 쳐다본다. 토마스는 가능한 한 자주 물품을 채워놓으라는 숙부의 조언에 따라 휘발유를 구입하기 위해 약방을 찾는다. 그는 계산대에 있는 사내에게 휘발유가 있느냐고 묻는다. 몇 가지 이름을 댄 뒤에야 무섭도록 진지한 사내는 고개를 끄덕이고, 선반에서 0.5리터도 안 될 작은 유리병을 꺼낸다.

"더 있습니까?" 토마스가 묻는다.

약제사는 몸을 돌려서 두 병을 더 내린다.

"더 많이 필요한데요."

"더 이상은 없습니다. 이게 제가 갖고 있는 전부입니다."

토마스는 낙심한다. 이런 식이라면 폰트 드 소르와 포르투갈의 높은 산 사이에 있는 약방을 전부 뒤져야 할 것이다.

"그럼 이 세 병을 사겠습니다." 그가 말한다.

약제사는 휘발유 병 세 개를 계산대로 가져간다. 여느 거래와 다름없지만 약제사의 태도가 좀 수상하다. 그는 병들을 신문지 한 장에 싸더니, 손님 둘이 상점에 들어오자 서둘러 물건을 토마스에게 쭉 내민다. 약제사가 그를 뚫어져라 보는 것을 토마스는 눈치챈다. 부끄러움이 그를 압도한다. 그가 머리 양쪽을 긁는다. "뭐가 잘못됐습니까?" 토마스가 묻는다.

"아니요, 아닙니다." 약제사가 대답한다.

토마스는 어리둥절하지만 아무 말 하지 않는다. 그는 약방에서 나와 마을을 빙 돌아 걸으면서, 자동차를 몰고 지날 길을 기억해 둔다.

한 시간 후 폰트 드 소르로 다시 돌아왔을 때 모든 게 어긋난다. 그는 완전히 길을 잃는다. 차를 몰고 마을 주위를 돌아다닐수록 더 많은 사람들의 시선을 받는다. 모퉁이를 돌 때마다 인파가 그에게 달려든다. 급커브에서 그는 운전대를 부여잡고 정신없이 씨름을 하다가 또 오도 가도 못 하게 된다.

호기심에 찬 사람들과 화난 사람들이 그에게 밀려든다.

인파가 몰리는데도 토마스는 자동차를 무사히 출발시킨다. 1단 기어를 넣을 수도 있겠다 싶다. 하지만 운전대를 바라보자 어느 방향으로 돌려야 될지 혼란스럽다. 급격하게 꺾어진 거리로 들어가려고 운전대를 몇 번 돌렸더니 결국 차가 꼼짝하지 않는다. 그는 합리적으로 문제를 해결하려 애쓰지만—이쪽인가? 저쪽인가?—어떤 결론도 내리지 못한다. 자동차 헤드라이트 높이의 인도에 뚱뚱한 50대 남자가 서 있는 것이 보인다. 다른 사람들보다 말쑥한 차림새다. 토마스가 몸을 내밀고 시끄러운 엔진 소리 사이로 그에게 외친다. "실례합니다! 제게 친절을 베풀어주시지 않을는지요. 기계에 문제가 생겼는데, 복잡한 문제긴 하지만 따분하시지는 않을 겁니다. 말씀해주세요, 거기 바퀴가, 선생님 바로 앞에 있는 바퀴가 돌아가고 있습니까?"

사내는 뒤로 물러서서 바퀴를 내려다본다. 토마스는 운전대를 꽉 잡고 돌린다. 자동차가 완전히 정지한 상태여서 운전대를 돌리는 데 힘이 많이 든다.

"저기," 토마스가 크게 외친다. "바퀴가 돌아가고 있나요?"

사내는 당혹스러운 듯하다. "돌아가냐고요? 아니요, 이게 돌아가고 있다면 당신 차가 움직이고 있겠죠."

"내 말은 바퀴가 다른 쪽으로 돌아가고 있느냐는 겁니다."

사내는 자동차의 뒤쪽을 쳐다본다. "다른 쪽? 아니, 아니요, 그쪽으로도 안 움직여요. 전혀 안 움직이는데."

구경꾼 여럿이 그의 말이 맞는다는 듯이 고개를 끄덕인다.

"미안합니다. 제가 명확하게 말하지 않았군요. 바퀴가 수레바퀴처럼 회전하고 있냐고 묻는 게 아닙니다. 그보다는……." 토마스는 적당한 단어를 궁리하다가 말을 잇는다. "……이게 제자리에 발끝으로 서서 도느냐는 거지요, 말하자면 발레리나처럼요?"

사내는 의심스럽게 바퀴를 쳐다본다. 그가 좌우에 있는 사람들을 쳐다보지만, 그들은 아무 의견도 밝히지 않는다.

토마스가 다시 힘껏 운전대를 돌린다. "바퀴에서 어떤 움직임이라도 있습니까, 조금이라도?" 그가 소리친다.

사내가 큰 소리로 대답하고, 구경꾼 여럿이 함께 소리친다. "네! 네! 보여요. 움직이고 있어요!"

누군가 말한다. "문제가 해결됐군요!"

구경꾼들이 환호하면서 손뼉을 친다. 토마스는 그들이 가버렸으면 좋겠다. 그를 도와준 뚱보 사내가 흡족해하면서 다시 말한다. "아까보다 많이 움직였어요."

토마스는 그에게 더 가까이 오라고 손짓한다. 사내가 조금만 다가온다.

"잘됐습니다, 잘됐어요." 토마스가 말한다. "도와주셔서 진심으로 고맙습니다."

사내는 한쪽 눈을 깜빡이고 살짝 고개를 끄덕이는 것 이상의 반응을 보이지 않는다. 대머리 위에 깨진 달걀을 얹어도 노른자만 살짝 흔들릴 것 같다.

"그런데 말해보십시오." 토마스가 몸을 앞으로 숙이고 힘을 주어 말하며 추궁한다. "어느 방향으로 바퀴가 돌아갔습니까?"

"어느 방향?" 사내가 따라서 말한다.

"네. 바퀴가 왼쪽으로 돌았습니까, 아니면 오른쪽으로 돌았습니까?"

사내가 시선을 내리깔고 눈에 띄게 침을 꿀걱 삼킨다. 그의 반응을 기다리는 구경꾼들 사이에 무거운 침묵이 흐른다.

"왼쪽인가요, 오른쪽인가요?" 토마스가 사내와 뭔가 공모하려는 듯 몸을 더 가까이 숙이면서 재차 묻는다.

달걀노른자가 흔들린다. 잠시 침묵이 흐르고 온 동네가 숨죽인 듯 고요하다.

"몰라요!" 마침내 뚱보 사내가 새된 목소리로 외치면서 달걀노른자를 쏟는다. 그는 인파를 밀치고 냅다 달린다. 볼품없는 안짱다리의 마을 유명 인사가 뛰어가는 걸 보면서 토마스는 멍해진다. 유일한 협력자를 잃어버렸다.

한 사내가 외친다. "왼쪽이었을 수도 있고 오른쪽이었을 수도 있소. 구분하긴 힘듭디다."

동조하는 웅성거림이 일어난다. 이제 구경꾼들은 더 냉정해져서 그들의 관대함이 초조함으로 변하는 듯하다. 토마스가 페달에서 발을 떼자 시동이 꺼진다. 그는 차에서 내려서 시동 핸들을 돌린다. 토마스는 자동차 앞에 있는 구경꾼들에게 간청한다. "제 말 좀 들어보세요! 이 기계는 움직일 겁니다, 이게 펄쩍 뛴다고요! 자제분들을 위해, 여러분을 위해 제발 물러서세요! 부탁합니다! 이것은 아주 위험한 장치입니다. 뒤로 물러서요!"

옆에 있는 남자가 토마스에게 조용히 말을 건넨다. "아이쿠, 저기 데메트리우와 그의 모친이 오는군요. 저 부인과 마주치면 곤란할 텐데."

"데메트리우가 누구입니까?" 토마스가 묻는다.

"이 동네 사는 천치예요. 모친이 옷을 말끔하게 입혀놓았지만요."

토마스가 거리를 올려다보니, 마을의 유명 인사가 다시 돌아오고 있다. 그는 눈물범벅이 된 얼굴로 흐느껴 울고 있다. 체격이 아주 왜소한, 검은 옷을 입은 여자가 그의 손을 잡아끈다. 그녀는 손에 방망이를 들었다. 그녀의 시선이 토마스에게 꽂힌다. 아들의 손목을 부여잡은 모습이 느긋한 주인을 재촉하는 작은 개처럼 보인다. 토마스는 운전석으로 몸을 돌려 기계장치들을 움켜쥔다.

그는 기계가 앞으로 뛰쳐나가지 **않도록** 어르고 달랜다. 토마스가 페달을 조작하자 자동차는 으르렁대지만, 떠받친 작은 돌멩이가 빠져버린 큰 바위처럼 앞으로 기울어지기만 할 뿐 비탈길을 굴러 아랫마을을 덮치지는 않는다. 구경꾼들이 놀라 어안이 벙벙한 채 얼른 사방으로 물러난다. 토마스는 가속페달을 더 힘껏 밟는다. 본능적으로 방향을 제대로 선택하기를 바라면서 운전대를 돌릴 채비를 하는데, 운전대가 저절로 돌아가자 당황한다. 그리고 그 방향이 맞았다는 게 증명된다. 차량은 슬며시 앞으로 나가 교차로에 무사히 들어선다. 나무 방망이가 쇠붙이를 내려치는 쩽그랑 소리가 나지 않았다면 토마스는 경이감에 젖어 계속 앞을 응시했을 것이다.

"네가 감히 내 아들을 놀려?" 깨진 달걀의 어머니가 소리를 지른다. 그녀가 힘껏 내리쳐서 헤드라이트 하나가 와장창 깨진다. 토마스는 겁에 질린다─숙부의 보물단지인데! "내가 뜨거운 맛을 보여주지!" 그녀가 계속 쏘아붙인다.

때마침 기계의 보닛이 성난 어머니에게 딱 맞는 높이에 있다. 방망이가 위로 올라갔다가 아래로 곤두박질친다. 쾅 하고 부딪치면서 보닛에 골짜기가 생긴다. 토마스는 가속페달을 더 꽉 밟고 싶지만 여전히 주위에 구경꾼들이 많이 몰려 있다. "제발 간곡히 부탁합니다, 방망이질을 멈추세요!" 그가 소리친다.

이제 차폭등이 그녀의 손이 쉽게 닿을 거리에 있다. 그녀는 다시 한번 내리친다. 유리가 깨지면서 조명이 날아간다. 아들이 슬픔을 가누지 못하고 계속 엉엉 울자, 제정신이 아닌 어머니가 다시 방망이를 높이 든다.

"널 개밥으로 던져주고 그 개를 씹어 먹을 테다!" 그녀가 소리를 지른다.

토마스는 가속페달을 힘껏 밟는다. 여자의 방망이가 아슬아슬하게 사이드미러에서 빗나가고 대신 승차석 문의 유리가 깨진다. 토마스와 부상당한 자동차는 비명을 지르면서 앞으로 돌진해 폰트 드 소르를 벗어난다.

몇 킬로미터 내달리다 토마스는 잡목림 옆에 기계를 세운다. 밖으로 나가서 절단 난 자동차를 바라본다. 승차석에서 유리 파편을 털어낸다. 자신의 야수들 중에서도 가장 자랑스럽게 여기는 이 차에 무슨 일이 일어났는지 알게 된다면, 숙부의 얼굴은 납빛으로 변하리라.

바로 앞에 호즈마니날이 있다. 외진 작은 마을이라고 그가 비웃은 곳 중 하나가 아닌가? 호즈마니날, 너는 내게 아무런 해도 끼치지 못하겠구나, 하고 우쭐댔는데. 이제 이 마을은 그에게 오만의 대가를 톡톡히 치르게 할까? 토마스는 기계 안에서 하룻밤 더 잘 채비를 한다. 이번에는 숙부의 코트와 담요를 챙긴다. 그는 트렁크에서 소중한 일기를 꺼내서 아무 데나 펼친다.

태양은 위로를 가져다주지 않고, 잠도 가져다주지 않는다. 더 이상 음식은 나에게 만족을 주지 않고, 사람들과 함께 있는 것도 마찬가지다. 숨을 쉬는 것은, 내가 느끼지도 못하는 낙관을 남에게 보여주는 것에 지나지 않는다.

토마스는 깊이 심호흡을 하면서 율리시스 신부가 구하지 못했던 낙관을 찾으려 한다. 이 비통한 일기가 그에게 격한 기쁨을 가져다주다니 이상하다. 가여운 율리시스 신부. 그는 그리도 큰 희망을 품고 상투메에 도착했다. 질병과 고독, 목적의 상실로 인해 기운을 잃기 전, 그는 돌아다니고 구경하면서 많은 시간을 보냈다. 그런 산책은 절망을 떨쳐버리기 위한 것일 뿐, 그 외에 아무것도 아니었다—자포자기해서 무더운 오두막에 처박혀 있는 것보다는 자포자기해서 떠돌아다니는 게 나을 테니. 그리고 신부는 자기가 본 것에 대해 기록했다.

오늘 한 노예가 내 구두를 보고 아프리카인의 피부로 만들어졌느냐고 내게 물었다—사실상 그런 의미의 질문을 했다. 구두와 피부는 같은 색이다. 그 사람을 먹었어요? 그의 뼈가 쓸모 있는 가루가 되었나요? 일부 아프리카인들은 우리 유럽인들이 인육을 먹는다고 믿는다. 그런 생각은 자신들이 밭 노동에 쓰인다는 사실에 경악한 데서 비롯된다. 그들의 경험상 생활의 물질적인 부분, 소위 먹고사는 일이라 불리는 것에는 큰 노력이 필요치 않다. 열대 지역에서 텃밭 농사를 짓는 데는 시간과 일손이 거의 들지 않는다. 사냥은 더 품이 들지만 단체 활동이고 즐거움의 원천이니 수고가 아깝지 않다. 그러니 백인이 농사 이상의 무슨 꿍꿍이가 있는 게 아니라면 왜 그렇게 많은 아프리카인을 잡아가겠는가? 나는 노예에게 내 구두는 그들 동포의 살가죽으로 만든 게 아니라고 안심시켰다. 그가 내 말에 설득되었다고는 말할 수 없겠지만.

노예들과 율리시스 신부는 알지 못한 것을 토마스는 안다. 브라질의 사탕수수밭과 이후 아메리카 대륙의 목화밭에는 끝없이 노동력이 필요했다. 한 남자나 여자가 살기 위해서라면 그렇게 열심히 일할 필요가 없을 테지만, 어떤 체계 안에서 작은 부품은 쉬지 않고 굴러가야만 한다.

그들이 어디서 왔는지—어떤 지역, 어떤 부족 출신인지—상관없이 노예들은 곧 똑같이 침울한 행동에 젖어든다. 그들은 무기력하고 수동적이고 무심해진다. 감독들이 그들의 행동을 바꾸려고 마구 채찍을 휘두르면서 열을 낼수록, 이런 태도는 더욱 고질적이 된다. 노예들이 보이는 무력감의 신호 중 내게 가장 충격을 주는 것은 토식증이다. 그들은 개처럼 땅을 손으로 파고 흙을 동그랗게 뭉쳐서는, 입을 벌려 그것을 씹어 삼킨다. 주님의 부엽토를 먹는 것이 비기독교적 행위인지 아닌지 가늠할 수 없다.

토마스는 고개를 돌려 어두워지는 들녘을 바라본다. 땅 위에서 비참해지면—그것을 먹는 걸까? 나중에 율리시스 신부는 자신의 경험을 기록한다.

내 안에서 어둠이 피어난다. 영혼을 짓누르는 해초. 나는 천천히 씹는다. 맛이 나쁘지는 않고 혀에 닿는 촉감이 불쾌할 뿐이다. 주님, 얼마나 더 오래 있어야 할까요, 얼마나 더 오래? 몸이 좋지 않은 게 느껴지고, 사람들의 시선에서 내가 악화되었음을 알 수 있다. 마을로 걸어갈 때면 나는 지친다. 대신 나는 해안으로 가서 바다를 하염없이 바라본다.

율리시스 신부를 괴롭힌 게 무엇이었건 간에 아프리카의 유럽인들은 달갑지 않은 질환들을 얻었다. 말라리아, 이질, 호흡기 질환, 심장병, 빈혈, 간염, 나병. 그중에서도 영양실조와 더불어 매독이―더디고 고통스럽게 그를 죽음으로 내몰았다.

토마스는 아들을 떠올리면서 잠에 빠진다. 숙부의 저택이 밤에 휩싸이면 그는 하인들 거처에 있는 도라의 방에 슬며시 들어가곤 했다. 그녀는 긴 하루의 노동을 마치고 이미 잠들어 있기 일쑤였다. 그러면 토마스는 자는 가스파르를 품에 끌어당겨 꼭 안아주었다. 그의 방해에도 모자가 얼마나 곤히 잘 수 있는지 놀라웠다. 토마스는 축 늘어진 아들을 안고 가만히 노래를 불러주곤 했다. 아들이 잠에서 깨어 같이 놀 수 있길 바라면서.

다음 날 아침 그는 머리와 가슴팍이 가려워 잠에서 깬다. 일어나서 꼼꼼하게 몸을 긁는다. 자라난 손톱 끝에 거무스름한 테가 끼어 있다. 몸을 씻은 지 닷새가 지났다. 곧바로 포근한 침대와 뜨거운 목욕을 할 수 있는 여관방을 구해야만 한다. 순간, 지나야 되는 옆 마을이 그가 비웃은 마을 중 한 곳임이 떠오른다. 토마스는 호즈마니냘에 대한 두려움에 자동차 기술의 정점인 3단 기어를 넣는다. 출발하기가 무섭게 그는 기어를 2단에 넣는다. 조금도 머뭇대지 않고 손과 발로 조작하기를 반복하며 변속레버를 예전에 조작했던 것보다 멀리 밀어낸다. 자동차가 거침없는 속도로 변한다. 3단 기어는 내연기관을 살아나게 하고 외연기관이 굉음을 내며 운석처럼 빠르게 시골길을 달리게 만드는 화력과 같다. 하지만 이상하게도, 소리조차 기계를 따라잡지 못하는 듯 3단 기어가 2단 기어보다 조용하다. 운전석 주위에서 바람이 휘휘 분다. 기계가 어찌나 빠른지 도로의 전신주가 빗살처럼 촘촘하게 박혀 있는 것처럼 보이기 시작한다. 전신주들 너머의 경치로 말하자면, 아무것도 보이지 않는다. 풍경이 겁에 질린 물고기 떼처럼 휙휙 스친다. 빠른 속도 때문에 흐릿하게 보이는 땅 위에서 토마스는 오직 두 가지만 의식한다. 요란하게 흔들리는 자동차의 실루엣과 앞에 난 도로. 그는 낚싯바늘에 걸린 것처럼 그 두 가지 매력의 최면에 걸려들었다. 그는 탁 트인 전원에 있지만, 몰입하고 있는 그의 머릿속은 터널을 지나고 있다. 주위의 소음을 겨우 인식할 정도로 정신이 아득한 가운데 그는 기름칠을 걱정한다. 작은 엔진 부품 하나가 말라서 열을 받아 불꽃이 튀고, 기계 전체가 휘발유가 일으키는 파랑, 주황, 빨강의 무지갯빛 화염에 휩싸이는 상상을 한다.

불꽃은 터지지 않는다. 자동차는 그저 끽끽대고 울부짖으며 무지막지한 식욕으로 도로를 집어삼킨다. 호즈마니날에 사악한 주민이 있더라도—실제로는 선량한 주민이 있더라도—토마스는 아무도 보지 못한다. 마을이 단숨에 사라진다. 토마스는 어떤 형체가—남자? 여자?—몸을 돌리고 그가 있는 쪽을 쳐다보다가 넘어지는 것을 본다.

호즈마니냘을 지나 몇 킬로미터를 달린 후 그는 역마차와 마주친다. 숙부는 이런 경우에 대해 미리 경고하지 않았던가? 토마스는 속도를 늦추고, 다른 길이 나타나거나 역마차가 옆으로 빠질 때까지 기다릴지 생각한다. 하지만 그는 외길인 시골 도로에서 점점 조바심이 난다. 그의 기계 안에서 힘차게 뛰는 말 서른 필과 승합마차 앞에서 달리는 말 네 필은 비교가 불가능하다.

그는 가속페달을 밟는다. 캑캑대고 쿨럭대고 부들부들하면서 기계는 더 단호하게 도로를 거머쥔다. 토마스는 양손이 앞으로 당겨지고 머리가 뒤로 젖히는 기분을 느낀다. 자동차와 역마차 사이의 거리가 줄어들기 시작한다. 그는 마차 지붕 위로 나타나는 사내의 머리를 본다. 사내가 토마스에게 손을 흔든다. 잠시 후 도로의 오른쪽에서 달리던 역마차가 가운데로 움직인다. 숙부의 경고 이면에는 사실 이런 이유가 숨겨져 있었던 걸까? 마차가 변덕스럽게 도로를 누비기 때문에? 토마스는 역마차의 움직임을 예절로, 문간에 선 신사가 숙녀에게 길을 내주는 것처럼 그가 지나가도록 옆으로 비켜주는 것으로 해석한다. 사내가 손을 흔들자, 토마스의 이런 생각은 확고해진다. 그는 자동차가 달리도록 채근한다. 그는 자동차를 역마차의 오른쪽 공간으로 몰아간다. 기계의 모든 부분이 흔들린다. 마차의 승객들은 앞뒤로, 이쪽저쪽으로 마구 흔들리자 창문의 가장자리를 꽉 붙들고 목을 길게 빼고 토마스를 쳐다본다. 호기심, 놀람, 두려움, 못마땅함. 얼빠진 표정도 가지가지다.

어찌 보면 그의 동료인 역마차 마부 두 명이 보이자, 그는 가속 페달에서 가만히 발을 뗀다. 마부들과 그는 항로가 교차하는 선박들의 선장들처럼 서로 인사를 나눌 것이다. 그는 조사하면서 선장들의 항해 일지를 아주 많이 읽었다. 역마차와 자동차가 달리고 흔들리는 방식은 배와 비슷한 구석이 있다. 인사를 하려고 손을 드는 토마스의 만면에 미소가 번진다.

그는 역마차의 마부들을 올려다보다가 그들의 표정에 충격을 받는다. 승객들이 다양한 표정을 짓는 반면 마부들은 딱 한 가지 표정, 철두철미하게 못마땅한 표정만 짓고 있다. 아까 몸을 돌려 그에게 손을 흔든—사실은 주먹을 흔든 것이었을까?—사내가 토마스에게 개처럼 짖고 으르렁대면서, 마치 자동차 지붕으로 뛰어들 것처럼 군다. 고삐를 쥔 마부는 더 부아가 난 것 같다. 화가 나서 얼굴이 상기되고 입에서 계속 고함이 쏟아진다. 그는 긴 채찍을 휘둘러 말에 박차를 가한다. 채찍이 공중에 뱀처럼 솟구쳤다가 휘어지듯 떨어지더니, 총알이 발사되듯 날카로운 소리와 함께 휘갈겨진다. 토마스는 그제야 말들이 채근받아 전속력으로 달려왔음을 알아차린다. 말들의 노력 덕분에 발아래 땅이 흔들리는 걸 그는 느낄 수 있다. 자동차 고무바퀴와 서스펜션 스프링에도 불구하고, 말들의 힘차고 경이로운 발놀림이 그의 뼈를 흔들고 그의 뇌에 경외감을 안긴다. 상대적으로 그는 느릿느릿하게 지나간다. 거리에서 노인 보행자를 추월하는 사내처럼 느긋하고 편안해서, 모자를 살짝 들어 올리며 상냥한 말을 건넬 정도의 여유를 가진 것처럼. 하지만 도로 옆을 지나가는 사람이 본다면 토마스와 역마차 모두 가공할 속도로 공간을 질주하는 것처럼 보일 것이다. 거리의 연로한 보행자와 사내가 평행으로 달리는 특급 열차들의 지붕 위에서 나아가고 있는 것 같다.

강한 집중력을 발휘하자, 그를 둘러싼 적막 속에서 갑자기 망치질하는 듯한 말발굽 소리, 흔들리는 역마차가 비명처럼 삐걱거리는 소리, 마부들의 호통, 겁먹은 승객들의 날카로운 탄식, 갈라지는 채찍 소리, 자동차의 포효가 터져 나온다. 토마스는 가속페달을 있는 힘껏 밟는다. 자동차는 앞으로 나아가지만 더디게 움직인다.

날카로운 금속성의 더 큰 소음이 귀를 찌른다. 마부가 말들에게서 채찍을 거두고 이제 자동차 지붕을 휘갈기고 있다. 토마스는 자신의 등에 채찍질이라도 당하는 것처럼 찡그린다. 마부의 조수가 양팔을 위로 들고 있다. 그의 머리 위에 쇠 경첩이 달린 나무 상자가 있다. 묵직해 보인다. 사내가 상자를 자동차에 내던지자, 폭탄처럼 자동차 지붕에 떨어지고, 이어 상자와 안에 담긴 물건들이 긁히는 소리를 내면서 미끄러진다. 토마스와 1미터도 안 되는 거리에서 말들이 먼지바람을 일으키고 거품을 잔뜩 내뿜는다. 겁을 먹은 말들의 눈망울이 툭 불거진다. 말들이 더 가까이 다가온다. 마부가 말들을 자동차로 내몰고 있다! 죽음이 나를 덮치는구나, 하고 토마스는 속으로 중얼댄다.

자동차가 전속력으로 달리자 말들은 포기한다. 기계가 단호하게 앞으로 나아가고, 토마스는 그것을 매끄럽게 도로 가운데로 되돌려놓을 수 있다. 오른쪽 선두마를 스치듯 지날 때 사이드미러로 보니, 말은 차 후미를 피하느라 머리를 쳐들고 있다.

토마스가 앞으로 나간 순간 지친 말들이 비틀거리다가 멈춘다. 뒤에서 마부들이 계속 고함을 지른다. 사이드미러로 보니, 승객들이 역마차에서 쏟아져 나와 마부들과 서로 소리치며 삿대질을 한다.

역마차와 마주치고 기진맥진한 토마스는 멈추고 싶지만, 역마차가 따라올까 걱정스러워 그대로 내달린다. 그의 침울한 배가 꾸준히 앞으로 나아가자, 그는 다시 도로에 집중한다. 배 속이 풍랑이 이는 바다처럼 요동친다. 가려움이 도져서 몸이 배배 꼬인다.

그는 가늠해본다. 며칠이나 운전을 한 걸까? 생각하면서 헤아린다. 하루, 이틀, 사흘, 나흘―나흘 밤. 허락받은 열흘 중 4박 5일이 지났다. 휴가는 겨우 열흘. 아직 히바테주 지역을 벗어나지 못했으니 목적지까지 반의반도 못 간 셈이다. 어떻게 이 임무를 고작 며칠 만에 완수할 수 있다고 상상했을까? 실소가 나올 지경이다. 토마스는 마법 양탄자라는 숙부의 장담에 걸려들었다. 고미술 박물관의 수석 학예사는 그의 늦은 복귀를 참아주지 않을 것이다. 단 하루라도 결근하면 그는 쉽사리, 간단히 해고될 것이다. 그게 그가 사는 직장이라는 세상이다. 거기서 그는 하찮고 대체 가능한 부속품에 불과하다. 토마스와 수석 학예사, 수집 관리자, 박물관의 다른 학예사들의 관계는 율리시스 신부와 주교, 섬의 성직자들의 관계보다 나을 게 없다. 동료들과 식사도 함께하지 않고 외로운 섬처럼 앉아 있는 일터가 행복하겠는가? 토마스는 이따금 율리시스 신부가 상투메에서 겪은 모든 불행과 그가 박물관에서 겪는 불행이 똑같을지도 모른다는 생각이 들곤 한다. 똑같은 권태로움. 똑같이 고독한 일의 본질, 그리고 그 고독이 타인과의 긴장된 만남으로 깨지곤 하는 것. 똑같은 육체의 불편함. 토마스의 경우 퀴퀴한 지하 창고나 덥고 먼지 날리는 다락방에서 끝 모를 시간을 보낸다. 똑같이 숨이 막히는 괴로움. 똑같이 이해하려는 몸부림.

농장에서 멀찍이 떨어진 곳에 마련된 작은 제단들을 본다. 나무나 구운 진흙으로 대충 만든 제단의 주변에는 조가비들과 썩어가는 과일이 놓여 있다. 제단이 없어지면—그런 짓을 한 사람은 내가 아니다—어딘가 다른 곳에 또 생긴다. 난 이런 제단들을 만나는 게 기쁘다. 고향 마을에서 다양한 공예품을 만들던 노예들이 이곳에서는 의무적인 농사일 외에 아무것도 하지 않는다. 금속공예도 목공예도 바구니 짜기도 하지 않는다. 장신구나 옷도 만들지 않고, 보디페인팅도 노래도 하지 않는다. 아무 일도 하지 않는다. 이 질펀한 초록의 섬에서 그들은 노새처럼 일한다. 오직 이 제단들에서만 그들의 예전 삶의 흔적을, 충만을 향한 모색을 볼 수 있다.

토마스는 의문에 휩싸인다. 그가 바라는 게 '충만을 향한 모색'인가? 아이 같은 감수성을 가졌으니 가스파르가 율리시스 신부의 선물에 반하는 상상을 한다. 하지만 그는 도라가 용납할지 의심스럽다. 그는 순전한 진실을 도모하면서도 도라를 속상하게 만들 일을 할까 봐 늘 괴로웠다. 하지만 그 보물은 존재한다! 그는 이미 거기 있는 것을 드러내려는 것뿐이다. 토마스는 마음속으로 도라에게 간청하고, 그녀의 용서를 빈다. 이것은 모든 피조물을 드높이는 일이야, 내 사랑. 아니, 아니야, 신성모독 따위는 없어. 하지만 도라가 그를 믿지 않으리란 것을, 그녀와의 언쟁에서 지리라는 것을 토마스는 안다. 그래도 기계를 멈출 수가 없어서 그는 울면서 운전을 한다.

아탈라이아 마을 외곽에서 토마스는 마침내 멈춘다. 그는 기계의 지붕에 가해진 손상을 가늠하려고 흙받기에 올라선다. 눈앞에 펼쳐진 광경은 처참하다. 마부가 내던진 상자에 큰 자국이 패었고 솜씨 있게 휘두른 채찍에 긴 홈집이 생겼다. 버건디색 지붕에는 실금들이 생겼다. 큼직한 페인트 조각은 벗겨질 태세다. 승차석을 들여다보니 삼나무로 된 천장 판자는 부러진 뼈들처럼 쪼개져서 튀어나와 있다.

그는 휘발유를 구하려고 아탈라이아에 걸어 들어간다. 각종 잡화를 파는 작은 상점이 보인다. 토마스가 연료를 여러 가지 이름으로 말한 뒤에야 상점 여주인은 고개를 끄덕이면서 작은 병 하나를 꺼낸다. 토마스가 더 달라고 청한다. 주인은 놀란다. 하지만 어쩌랴! 자동차는 기름 몇 컵만으로는 달리지 않는 것을. 자동차는 만족할 줄 모르는 악마다. 그는 상점에 있는 휘발유를 다 산다. 그래

봤자 고작 두 병이지만.

다시 자동차로 돌아와서 지금껏 모은 휘발유를 굶주린 야수에게 먹이다가, 그는 우연히 빈 병의 라벨을 본다. 토마스가 화들짝 놀란다. 이와 벼룩 약품이라니! 해충 및 해충 알 박멸 보장이라고 라벨에 적혀 있다. 적당량을 사용할 것. 먹지 말 것. 화기 옆에 두지 말 것.

상점 주인들과 약제사들이 이 고약한 액체가 왜 그렇게 많이 필요한지 물어봐주었다면 좋지 않았을까? 그는 자동차의 연료로 휘발유를 구입했지만, 그들은 살충제로 판매했다. 그들은 토마스를 머리에 이, 벼룩 등등이 휘젓고 다니는 해충 덩어리로 생각했다. 그들이 그를 미심쩍은 눈으로 봤을 만도 했다. 토마스는 잠자코 있는다. 하지만 당연하다. 당연한 일이다. 다른 설명의 여지는 없다. 상점 주인들과 약제사들이 옳다. 그는 온몸이 완전히 미칠 만큼 가렵고, 그의 머리는 이, 벼룩 등등이 휘젓고 다니는 해충 덩어리이기 때문이다.

토마스는 다른 손을 쳐다본다. 거꾸로 든 병이 비워질 때까지 휘발유가 콸콸 쏟아진다. 이게 마지막 병이다. 휘발유를 몇 병이나 갖고 있었을까? 열댓 병쯤 될 것이다. 여행을 시작한 이후 내내 승차석의 커다란 통 옆에서 휘발유 병들이 덜컥덜컥 부딪쳤다. 이제 휘발유는 다 떨어졌고 구할 수 있는 것도 없다. 토마스는 탱크의 자그마하고 둥근 입구를 당겨서 떼어내려는 듯 움켜쥔다. 성공하지 못한다. 그의 고통과 안도—살충제가 든 욕조—사이에 열리지 않는 좁은 문간이 놓여 있다.

토마스는 궁금해한다. 누가 나를 만졌더라? 누가 내 옷을 건드렸지? 누구한테 병이 옮았을까? 감염된 시점은 포보아 드 산타 이리아 혹은 폰트 드 소르 중 한 곳을 지날 때였음이 분명하다. 두 곳 모두에서 그는 주위에 몰려든 사람들로부터 자동차를 구해내는 와중에도 어깨를 문질렀다—사실 온몸을 비볐다.

그는 정신없이 몸을 긁어댄다.

하늘이 어둡다. 비가 뿌리기 시작하고, 토마스는 자동차 안에서 비를 피한다. 자동차 앞창에 빗물이 들이치고 물방울이 얼룩져서 창으로 도로를 내다보기가 어렵다. 계속 비가 내리자 토마스는 생각한다. 그의 숙부는 기계가 빗속에서 작동하는지에 대해선 아무런 언급도 하지 않았다. 자동차가 도로 위에서 버티리라 믿기지 않는다. 그는 비가 그치기를 기다릴 것이다.

어스름이 내리더니 독기처럼 어둠이 다가든다. 사방에서 역마차들이 달려드는 꿈을 꾼다. 한기가 든다. 발이 운전석 밖으로 뻗쳐서 빗줄기에 젖는다. 간간이 가려움증이 잠을 깨운다.

아침에도 여전히 비가 내리고 있다. 너무 오한이 나서 빗속에서 씻고 싶지 않다. 손을 적셔서 얼굴을 닦는 정도만 한다. 토마스에게 유일하게 위로가 되는 건 율리시스 신부도 섬에서 비에 시달렸다는 점이다. 그곳에서는 사람들이 정신을 놓을 만큼 비가 줄기차게 내렸다. 그에 비하면 이 유럽의 가는 빗줄기가 무슨 대수이겠는가?

외진 도로에 이따금 나타나는 이라곤 농부뿐인데, 그들은 그저 이야기나 나눌 요량으로 가던 길을 멈춘다. 혼자 나귀를 끌고 도로를 따라서 다가오는 사람들이 있는가 하면, 손바닥만 한 땅을 갈던 소작농들이 들판에서 불쑥 모습을 드러내기도 한다. 그중 누구도 비를 꺼리지 않는 듯하다.

다가오는 농부마다 모두 반응이 똑같다. 그들은 차의 바퀴를 꼼꼼히 살펴보고는 작지만 멋지다고 생각한다. 그들은 사이드미러를 자세히 들여다보고는 기발하다고 생각한다. 그들은 기계의 조종장치를 빤히 쳐다보고는 위압적이라고 생각한다. 그들은 자동차의 엔진을 뚫어져라 응시하고는 알 수가 없다고 생각한다. 모두 자동차 자체를 놀라운 물건으로 여긴다.

단 한 사람, 양치기만 기계장치에 무관심한 듯 보인다. "잠깐 같이 앉아도 되겠수?" 양치기가 묻는다. "춥고 몸이 꿉꿉해서 말이우."

이미 그의 양 떼가 자동차를 에워싸고 있고, 작은 개가 주위를 뛰어다니면서 끊임없이 짖으며 양 떼를 꼼짝 못 하게 한다. 양들이 귀에 거슬리는 소리로 계속 울어댄다. 토마스가 고개를 끄덕이자 양치기는 자동차의 다른 쪽으로 돌아서 운전석 옆자리에 올라앉는다.

토마스는 사내가 말을 하리라 기대하지만, 무뚝뚝한 양치기는 한마디도 하지 않고 앞만 바라볼 뿐이다. 몇 분이 지나간다. 비가 꾸준히 쉭쉭 내리는 소리와, 매애 하는 양 울음소리와 개가 깽깽 짖는 소리에 침묵이 갇힌다.

결국 입을 여는 사람은 토마스다. "내가 왜 여행을 하는지 말씀드리지요. 지금까지 힘겨운 여정이었습니다. 나는 잃어버린 보물을 찾고 있습니다. 그게 있을 만한 곳을 알아내느라 1년을 보냈고―이제는 압니다. 아니, 대략 알고 있어요. 거의 다 파악됐어요. 그걸 발견하면 리스본의 국립 고미술 박물관으로 가져갈 테지만, 파리나 런던의 훌륭한 박물관에 어울릴 정도의 가치가 있을 겁니다. 문제의 물건은, 그것은―글쎄요, 그게 뭔지 말할 수는 없지만 상당히 인상적인 물건입니다. 사람들이 입을 헤벌리고 쳐다볼 겁니다. 그게 소동을 일으킬 거예요. 신은 내 사랑하는 이들에게 한 짓의 대가를 이 물건을 통해 톡톡히 치르게 될 겁니다."

촌로는 고작 토마스를 힐끗 보면서 고개만 끄덕일 뿐이다. 양 떼만이 그의 중대한 고백을 제대로 평가하는 듯 떨리는 매애 소리를 낸다. 이 양들의 털은 크림색의 굽이치는 솜털이 아니었다. 이 피조물들은 앙상한 얼굴에 눈이 툭 불거졌고, 털은 누더기를 뒤집어쓴 것 같은 데다 엉덩이에 똥이 엉겨 붙었다.

"말해보세요." 토마스가 양치기 노인에게 묻는다. "동물들에 대해 어떻게 생각하십니까?"

양치기는 다시 한번 그를 힐끗 보지만 이번에는 말문을 연다. "무슨 동물 말이오?"

"음, 예를 들면 이것들요." 토마스가 대답한다. "노인장의 양들을 어떻게 생각하십니까?"

드디어 노인이 말한다. "그것들은 내 밥줄이지요."

토마스는 잠시 생각에 잠긴다. "그렇습니다, 노인장의 밥줄이지요. 거기서 심오한 핵심을 집어내시는군요. 양이 없으면 노인장은 밥줄이 끊어질 테고, 머잖아 죽을 겁니다. 이 의존관계는 일종의 평등을 양산하지요, 안 그렇습니까? 개별적이 아니라 집단적으로. 한 집단으로서 노인장과 노인장의 양들은 시소의 맞은편 끝에 있고, 그 가운데 어디쯤에 지레 받침이 있습니다. 양쪽은 균형을 유지해야 됩니다. 그런 의미에서 우리는 그들보다 나을 게 없지요."

촌로는 한마디도 대답하지 않는다. 그 순간 토마스는 극성스러운 가려움증에 휩싸인다. 이제 온몸이 가렵다. "실례합니다만, 개인적인 사정이 있어서요." 그가 양치기에게 말한다. 토마스는 발판을 따라서 승차석으로 간다. 승차석의 넓은 창문을 통해 양치기의 뒤통수가 잘 보인다. 토마스는 소파에 몸을 내던지고 비틀면서 가려움과 씨름을 벌이고, 손톱으로 벌레 고문관들을 꾹꾹 누른다. 쾌감이 강렬하다. 양치기는 뒤돌아보지 않는다.

토마스는 비를 막기 위해서 깨진 유리창에 담요를 덮고, 담요 끝자락을 문으로 눌러서 고정시킨다. 비가 자동차 지붕을 단조롭게 두드린다. 그는 흩어진 물품들 사이에서 공간을 만들어 가죽 소파에 앉고, 담요를 덮으며 새우처럼 몸을 웅크린다……

그가 깜짝 놀라며 깬다. 5분을 잤는지 55분을 잤는지 알 수가 없다. 여전히 비가 내리고, 양치기 노인은 보이지 않는다. 빗물이 번진 자동차 창을 내다보니 앞쪽 도로에 뿌연 잿빛 형체가 보인다—양 떼. 토마스는 승차석 문을 열고 발판에 올라선다. 양 떼 한가운데 서 있는 양치기는 구름 위를 걷고 있는 듯이 보인다. 개가 여전히 설치고 다니지만 이제 토마스의 귀에는 개 짖는 소리가 들리지 않는다. 양 떼는 도로를 내려가다가 옆으로 빠져 시골길로 접어든다.

빗줄기 속에서 토마스는 양 떼가 점점 작아지는 것을 본다. 양 떼가 비탈길 뒤편으로 사라지기 시작하는 순간, 이제 검은 점으로 보이는 양치기가 걸음을 멈추고 돌아본다. 잃어버린 양 한 마리를 찾는 걸까? 아니면 토마스를 돌아보는 걸까? 토마스가 힘차게 손을 흔든다. 토마스는 노인이 그의 작별 인사를 알아봤는지 판단할 수가 없다. 검은 점이 사라진다.

그는 운전석으로 돌아간다. 조수석에 작은 꾸러미가 있다. 빵 한 쪽, 하얀 치즈 한 덩이, 꿀이 담긴 작은 질그릇이 보자기에 싸여 있다. 크리스마스 선물인가? 크리스마스가 정확히 언제였더라? 나흘 정도 남았던가? 날짜가 가는 걸 잊고 있었음을 그는 깨닫는다. 어찌 되었건 양치기의 따뜻한 친절이라니. 토마스는 마음이 뭉클해졌다. 그는 음식을 먹는다. 꿀맛이 따로 없다! 이렇게 구수한 빵을, 이렇게 감칠맛 나는 치즈를, 이렇게 감미로운 꿀을 먹어본 게 언제였는지 기억이 나지 않는다.

비가 그치고 하늘이 갠다. 겨울 햇살에 도로가 마르기를 기다리는 사이, 그는 차에 기름칠을 한다. 그런 다음 조급하게 출발한다. 아레스라는 작은 마을의 초입에 도착하자 그는 걸어서 마을로 들어간다. 반갑게도 약방을 발견한다.

"재고를 다 사겠습니다. 말들이 이에 심하게 물렸거든요." 계산대 뒤의 남자가 작은 휘발유 병을 꺼내자, 토마스가 말한다.

"대장장이 히폴리투에게 가보시는 게 좋겠네요." 약제사가 말한다.

"대장장이가 왜 그런 물건을 갖고 있나요?"

"말이 그의 관심사니까요. 이에 심하게 물린 말들을 포함해서요. 그런데 손님의 발은 어떻게 된 겁니까?"

"내 발이오?"

"네. 무슨 이상이 있는 겁니까?"

"아무 이상 없는데요. 왜 발에 이상이 있겠습니까?"

"손님이 걸어 다니는 걸 봤거든요."

"내 발은 더할 나위 없이 멀쩡합니다."

더할 나위 없이 멀쩡한 발로 뒷걸음질하며 마을을 걸어 다니면서, 토마스는 골목 아래서 히폴리투의 대장간을 찾아낸다. 대장장이가 어마어마한 휘발유 통을 갖고 있는 것을 알고 토마스는 깜짝 놀란다. 너무 기뻐서 어지러울 지경이다. 이 정도 분량이면 자동차에 연료를 채울 뿐 아니라 엉망이 된 몸도 달래줄 것이다.

"주인장, 이걸 다 사겠습니다. 말 열두 필이 이에 심하게 물렸거든요."

"저런, 이걸 말에게 쓰려는 건 아니시겠죠. 그걸 바르면 말에게 몹쓸 짓을 하는 겁니다. 피부에 아주 독하거든요. 물에 개어 바르는 가루면 될 거예요."

"그러면 휘발유를 왜 이렇게 많이 갖고 있지요? 뭐에 쓰려고요?"

"자동차에요. 자동차는 새로 고안된 물건이지요."

"잘됐습니다! 나도 자동차를 한 대 갖고 있는데, 마침 연료를 달라고 아우성이거든요."

"왜 진작 말하지 않았습니까?" 쾌활한 촌사람이 묻는다.

"말들이 마음에 걸려서요. 짐승들이 너무 딱해서 그랬습니다."

대장장이 히폴리투스는 토마스의 말 열두 필이 고통받는 사연이 안타까워, 이 치료제를 미온수에 개어 부분적으로 바르는 법을 친절하고 세세하게 설명한다. 약이 마른 다음에는 조심스럽게 솔질과 빗질을 하는데 머리끝부터 시작해서 몸통의 뒤쪽으로, 그러고는 다시 몸통 아래쪽으로 내려가야 한다. 시간이 많이 걸리는 일이지만, 말은 최상의 치료를 받을 가치가 충분하다.

"말을 데려오시면 제가 치료를 도와드리죠." 히폴리투스는 말을 사랑하는 동지애로 덧붙인다.

"나는 이 지역 사람이 아닙니다. 자동차만 갖고 왔습니다."

"그러면 말을 치료할 엉뚱한 약을 찾아서 먼 길을 오셨군요. 여기 가루약을 받으세요. 열두 필이라고 했지요? 여섯 통이면 될 거고, 여덟 통이면 넉넉할 겁니다. 그리고 이 빗과 솔 세트도 필요할 거예요. 최고 품질을 자랑하죠."

"고맙습니다. 얼마나 안심이 되는지 짐작도 못 할 거예요. 말해 보세요, 휘발유를 판 지 얼마나 됐습니까?"

"음, 여섯 달쯤이오."

"장사는 어떤가요?"

"손님이 첫 고객입니다! 내 평생 자동차를 본 적이 없어요. 하지만 자동차는 미래의 탈것이지요, 그렇다고 합디다. 게다가 난 영리한 사업가입니다, 아무렴요. 난 장사가 뭔지 알아요. 최신을 좇는 게 중요하죠. 누가 고물딱지를 사고 싶겠어요. 처음으로 소문을 내고 자랑하고 싶은 게 인지상정 아니겠습니까. 그게 시장을 독점하는 방법이고요."

"이 큰 통을 어떻게 여기까지 가져왔습니까?"

"역마차에 실어서요."

그 말에 토마스의 심장이 두근거린다.

"하지만 그거 아세요?" 히폴리투가 덧붙여 말한다. "그들에게 자동차에 쓸 거라고는 말하지 않았습니다. 이가 있는 말을 치료할 용도라고 둘러댔지요. 그 사람들은, 그 역마차 마부들은 자동차라고 하면 이상하게 굴거든요."

"그렇습니까? 곧 들어올 역마차가 있나요?"

"네, 한 시간쯤 뒤에 도착합니다."

토마스는 자동차로 뛰어서 돌아갈 뿐만 아니라 앞으로 달린다.

그가 숙부의 르노를 은행 강도만큼이나 다급히 대장간으로 가져가자, 히폴리투는 깜짝 놀란다. 토마스가 점포에 끌고 온 약동하는, 부르릉대는 발명품에 충격을 받은 그는 어리둥절해하면서도 기뻐한다.

"그러니까 이게 그거군요? 정말 크고 소란스럽네요! 흉하지만

나름대로 예쁜 구석이 있어요. 내 마누라처럼 말이죠." 히폴리투가
큰 소리로 외친다.

토마스가 기계를 끈다. "완전히 동감입니다. 자동차에 대해서 말
입니다. 솔직히 말하자면 흉하기 짝이 없지요."

"흠, 당신 말이 맞는 거 같네요." 대장장이가 생각에 잠기고, 자
동차가 그의 장사와 생활 방식에 어떤 타격을 가져올지 궁리하는
기색이 역력하다. 그의 이마에 주름이 잡힌다. "뭐, 장사는 장사니
까. 휘발유는 어디에 담을까요? 나한테 알려주십쇼."

토마스가 열심히 손짓한다. "여기, 여기, 여기랑 여기."

그는 히폴리투가 연료 탱크, 연료 통, 살충제 유리병 전부에 휘
발유를 채우게 한다. 토마스는 허기진 눈길로 병들을 바라본다. 한
병을 몽땅 몸에 들이붓고 싶은 마음뿐이다.

"또 오십시오!" 토마스가 연료와 말을 위한 가루약이 든 깡통
여덟 개, 최고급 빗과 붓 세트의 값을 치르자, 히폴리투가 외친다.
"머리끝에서 시작해서 뒤에서 앞으로, 등 쪽에서 아래로 바르는 것
을 잊지 마시고. 가여운 것들 같으니!"

"고맙습니다, 고마워요!" 토마스가 외치며 속도를 내서 달린다.

아레스를 지난 후 그는 도로에서 벗어나, 분명하게 나 있는 오솔
길로 들어선다. 토마스는 샛길이 희미하게 표시된 지도가 그를 다
시 큰 도로로 이끌어주리라 믿는다. 이렇게 샛길로 더 큰 마을인
니자를 우회해 가다 보면, 다시 큰길이 나올 것이다. 그는 오솔길
에서 다른 작은 길, 또 다른 작은 길로 들어선다. 오솔길의 상태가

점점 더 나빠진다. 사방이 돌멩이 천지다. 그는 최선을 다해 이 구역을 헤치고 나간다. 한편 지면이 굽이치는 파도처럼 솟았다가 내려앉아서, 그는 주위를 멀리까지 내다볼 수가 없다. 배를 타고 섬으로 향하던 율리시스 신부도 이렇게 광활한 곳에서 갇혀 지냈을까?

바다 같은 구불구불한 도로들을 돌다 보니 길이 사라져버린다. 잘 정돈된 평편한 길이 사라지고 한결같이 돌투성이에 불분명한 길이 펼쳐진다. 길은 삼각주로 유입되는 강처럼 그를 헤매게 만든다. 토마스는 계속 길을 헤치고 나가지만, 결국 조심하라는 목소리를 듣는다. 목소리는 다급히 그에게 길을 되돌아가라고 채근한다.

그는 자동차를 돌리지만 이쪽을 보는 것과 저쪽을 보는 게 별반 다르지 않다. 토마스는 혼란에 빠진다. 사방이 전부 돌멩이 천지고 고요하고 황량한 시골길이 나 있다. 은빛 도는 초록색 올리브나무는 눈 닿는 데까지 뻗어 있고, 볼록볼록한 하얀 구름 떼는 하늘 높이 걸려 있다. 토마스는 길 잃은 조난자다. 밤이 내리고 있었다.

결국 그가 밤을 보내려고 닻을 내리게 된 것은 길을 잃어 곤경에 빠졌기 때문이 아니다. 좀 더 사적인 이유 때문이다. 작은 해충들의 거대한 군단이 그의 몸 전체에서 난동을 부리는 통에 더는 참을 수가 없다.

오르막에 도착하자 차의 앞면이 나무에 닿도록 차를 세운다. 나무들의 풍성한 결실이 향기를 내뿜어 공기가 유난히 포근하다. 주위에 아무 소리도 들리지 않는다. 벌레 소리도, 새소리도, 바람 소리도 나지 않는다. 귀에 박히는 소리라고는 그가 내는 몇 가지 소음뿐이다. 소리의 부재 속에서, 그는 눈으로 더 많은 것을 인식한다. 특히 여기저기서 돌밭인 땅을 용감하게 뚫고 나온 가냘픈 겨울꽃들을. 분홍, 연파랑, 빨강, 하양―그는 그 꽃들이 어떤 종류인지는 모르고, 아름답다는 사실만 안다. 토마스는 깊이 숨을 들이마신다. 이야기 속 이베리아 코뿔소들이 자유롭게 거닌 마지막 전초지가 이 땅이었다고 쉽게 상상할 수 있다.

걸어 다녀도 사방에 아무런 인기척도 없다. 그는 혼자 있을 수 있는 곳을 찾을 때까지 기다렸다가 문제를 처리하고 싶었고, 이제 그런 자리를 발견한다. 그 순간이 왔다. 그는 자동차로 돌아간다. 어떤 인간도―어떤 부류의 존재도―이런 가려움은 견딜 수가 없을 것이다. 하지만 신비의 약으로 적들을 박멸하기에 앞서 그는 마지막으로 가려운 곳을 긁어 시원함을 맛본다.

열 손가락을 공중에 든다. 까매진 손톱이 번들거린다. 그는 전투의 함성을 지르면서 싸움에 뛰어든다. 손톱으로 머리와―정수리, 양옆, 목덜미―수염이 덥수룩한 뺨과 목을 빡빡 긁는다. 민첩하고 힘차고 열띤 동작이다. 왜 우리는 고통이나 쾌감이 이는 순간에 동물 소리를 낼까? 토마스는 그 이유를 모르지만 동물 소리를 내고 동물 같은 표정을 짓는다. 아아아아아! 하고 소리를 내지른다. 오오오오오! 하고 소리를 내지른다. 재킷을 벗어 던지고, 셔츠의 단추를 풀어 벗고, 속옷을 찢는다. 그는 몸통과 겨드랑이에 달라붙은 적들을 공격한다. 사타구니에 가려움증이 물밀 듯이 밀려온다. 허리띠를 풀고 바지와 속옷을 발목까지 내린다. 손가락을 새 발톱처럼 오그려서 털이 많은 성기 부분을 정신없이 긁는다. 이런 시원함을 느껴본 적이 있던가? 토마스는 잠시 멈추고 그 기분에 젖는다. 그러다가 다시 긁기 시작한다. 손을 다리 쪽으로 옮긴다. 손톱 밑에 피가 스민다. 그러거나 말거나. 하지만 파괴범들은 그의 엉덩이가 갈라진 곳에 재집결했다. 거기 역시 털이 많다. 그는 온몸에 털이 많다. 하얀 피부에 검은 털이 숲처럼 빽빽하게 난 것이 늘 토마스를 몹시 난처하게 했다. 그의 가슴 털을 쓸어내리는 도라의 손길에서 항상 위로를 받았지만, 그 기억을 제외하면 털이 많은 게 혐오스럽다. 그는 유인원이다. 그러므로 머리털을 자르고 면도를 한다. 평상시에는 깔끔하고 단정한 사람이고, 정숙하고 차분하다. 하지만 지금 이 순간 그는 가려움증 때문에 제정신이 아니다. 발목은 바지에 갇혀 있다. 그는 구두를 내던지고 양말을 벗고, 바지의 한쪽 가랑이에서 발을 뺀 다음 다른 발을 뺀다. 한결 낫다—이제 다리를 들어 올릴 수가 있다. 양손으로 엉덩이를 공략한다. 사투를 벌이는 와중에 손이 날아다니고 이 발 저 발을 번갈아 땅에 디디며 폴짝폴짝 뛴다. 그는 동물 소리를 내고 동물 표정을 지으면서 아아아아아아! 하고 신음하고, <u>오오오오오</u>! 하고 신음한다.

벌새 날개처럼 파르르 손을 떨고 원숭이처럼 흡족한 표정으로 사타구니를 긁는데 시골 사람이 눈에 들어온다. 바로 가까운 곳에 있다. 그는 토마스를 쳐다본다. 알몸으로 폴짝폴짝 뛰면서 말도 없는 괴상한 짐차 옆에서 동물 소리를 내며 미친 듯이 몸을 긁어대는 사내를 쳐다본다. 토마스는 그 자리에서 얼어붙는다. 언제부터 그를 지켜보고 있었을까?

이런 순간에는 어떻게 해야 될까? 어떻게 대처해야 품위를, 인간다움을 회복할 수 있을까? 그는 얼굴에서 동물 표정을 거둔다. 똑바로 선다. 최대한 진중하게—재빨리 몸을 숙여 옷가지를 챙기면서—자동차로 걸어가서 승차석 안으로 사라진다. 극심한 굴욕감에 사로잡혀 꼼짝할 수가 없다.

해가 지고 하늘이 잉크처럼 새까매지자, 어둠과 고독이 그를 짓누르기 시작한다. 그리고 전방위적인, 철저한, 광범위한 굴욕감은 해충을 치료해주지 않는다. 그는 여전히 날뛰는 해충에 뒤덮여 있다. 실제로 벌레 소리가 들린다. 그는 조심스럽게 자동차 문을 연다. 밖을 내다본다. 주위를 둘러본다. 아무도 없다. 시골 사람은 가고 없다. 토마스는 몽당 초에 불을 붙인다. 촛불이 플러시 천으로 꾸민 내부를 해칠 위험이 있어 고민하다가 휘발유 병 하나의 마개를 빼서 불 붙인 초를 꽂는다. 매력적인 효과가 나타난다. 차 안이 아늑한, 정말 아주 조촐한 거실로 보인다.

여전히 알몸인 채로 그는 밖으로 나온다. 말의 이를 잡는다는 가루약이 든 통과 휘발유 로션 두 병을 꺼낸다. 히폴리투가 알려준 것보다 나은 방법을 쓸 참이다. 그는 이 약을 물이 아닌 휘발유에 개어서 연고의 박멸 효과를 배가시킬 것이다. 게다가 남은 물도 없다. 승차석에 있던 물통의 물은 그와 자동차가 마셔서 이미 바닥났다. 토마스에게 남은 것은 포도주 부대 하나뿐이다. 그는 휘발유와 가루약을 냄비에 넣고 너무 걸쭉하거나 너무 되지 않은 정도로 섞는다. 고약한 냄새가 난다. 토마스는 연고를 손가락으로 몸에 펴 바르기 시작한다. 그가 얼굴을 찌푸린다. 온몸을 긁어서 피부가 연약해져 있다. 연고가 화끈거린다. 하지만 토마스는 연고가 해충에 치명타를 날릴 것을 기대하며 화끈대는 것을 참는다. 약병에 붙은 딱지에는 '적당량을 사용할 것'이라고 나와 있다. 지시대로 한다, 적당량을 바른다. 머리와 얼굴에 연고를 떡칠한 뒤, 겨드랑이 아래와 가슴팍과 배, 다리와 발에 바른다. 음부에도 겹겹이 두껍게 바른다. 연고 반죽이 몸에서 떨어지면 그는 두 배의 양을 덧바른다. 엉덩이 부분에 바르기 위해 발판 위에 연고를 듬뿍 바르고 그 위에 앉는다. 그곳에. 고개를 꼿꼿이 들고 양팔을 몸에 딱 붙이고, 몸통 위로 손을 쫙 펴고 가만히 앉아 있다. 조금만 움직여도, 심지어 숨만 쉬어도 연고가 떨어질 뿐 아니라 화끈거림이 심해진다.

지독하게 화끈거린다. 토마스는 이 상태에 익숙해지려 애쓰지만 그러지 못한다. 이제 연고가 피부를 헤집고 살 속으로 파고드는 것 같다. 그는 산 채로 구워지고 있다. 하지만 그것은 벌레들도 마찬가지다. 벌레들과 알들이 천 단위로 죽어가고 있다. 그는 조금만 더, 그것들이 다 박멸될 때까지 고통을 견뎌야 한다. 그러고 나면 점차 회복기에 들어서리라. 그는 천천히 지글지글 구워지는 가운데 계속 기다린다.

그때 일이 벌어진다. 꽝! 토마스는 그 폭발력뿐 아니라 놀라움과 두려움 때문에 발판에서 내동댕이쳐진다. 그는 해충도 통증도 까

맑게 잊고 몸을 돌려 멍하니 바라본다. 자동차에 불이 붙었다! 아
끼는 휘발유 병 속에서 촛불 하나만 흔들리며 타고 있었지만, 이
제 승차석 전체에서 큰 불꽃들이 너울댄다. 토마스는 뒤통수가 따
끔거리자 불꽃이 승차석에서 그의 머리로 옮겨붙었다는 것을 알아
차린다. 한순간 불꽃은 그의 수염, 가슴, 몸통 전체로 퍼진다. 이제
사타구니로 옮겨붙은 불은 퍽! 하고 소리를 내더니 오렌지색 숲을
이룬다. 토마스가 비명을 지른다. 다행스럽게도 이 제거제는 가연
성이 아니다. 하지만 머리, 가슴팍, 성기에—휘발유가 일으킨 불
이 연고와 털을 헤치고 맨살에 닿은 곳은 어디든—찌르는 듯한 통
증이 느껴진다. 토마스는 불을 끄려고 온몸을 손으로 때리면서 폴
짝폴짝 뛴다. 불꽃이 다 사그라들자 가만히 서 있는 그의 몸에서
기둥같이 연기가 피어오른다.

자동차는 여전히 타고 있다. 토마스는 자동차로 달려간다. 달려가
면서 전날 깨진 승차석 유리창에 들이치는 비를 막느라 젖은 담요를
바닥에서 낚아챈다. 그는 승차석으로 뛰어든다. 담요를 휘두르자 몸
에 바른 연고가 떨어져 나가고, 가까스로 불길이 잡힌다.

토마스는 승차석에서 트렁크를 꺼내 연다. 거기 담긴 율리시스
신부의 일기는 멀쩡하다. 마음이 놓여서 하마터면 소리를 지를 뻔
한다. 하지만 승차석이—그 꼬락서니라니! 소파 가죽이—검게 타
서 버석버석하다. 양옆의 금속판이—불에 그을었다. 천장은 숯 검
댕이 묻어 까맣다. 운전석 앞쪽을 제외한 모든 유리창이 날아가서
사방에 유리 파편이 튀었다. 식량, 자동차 용품, 옷가지가 죄다 그

슬리고 탔다. 사방에 재와 숯이 된 이 제거제가 뒹군다. 냄새는 또 어찌나 고약한지!

그는 마지막 남은 적포도주를 마시고 운전석에 쏟아진 유리 조각들을 치운 다음, 밍크코트를 덮고 알몸으로 눕는다. 고통이 그를 고문하고, 꿈에 숙부가 나와 그에게 고함친다. 밤이라 한기가 들지만 아픈 곳들이 화끈거린다.

아침 햇살 속에서 조심조심 옷을 입는다. 아무리 조심스럽게 옷을 걸쳐도 여린 살갗이 긁힌다. 그는 최선을 다해서 승차석을 쓸고 닦는다. 다시 트렁크를 열고 일기를 확인한다. 그와 율리시스 신부를 잇는 끈을 잃고 싶지 않다. 토마스는 신부에게서 고통으로 인해 완전해진 인간을 보게 되었다. 그가 닮고 싶은 사람을. 고통에 시달리면서 아무것도 하지 않으면 아무것도 되지 않지만, 고통에 시달리면서도 뭔가를 하면 어떤 사람이 될 수 있을 테니까. 그리고 그게 지금 토마스가 하고 있는 일이다. 그는 무엇인가를 하고 있다. 그는 포르투갈의 높은 산으로 내달려 소임을 완수해야만 한다.

하지만 그는 예상치 못한 문제와 맞닥뜨린다. 자동차 바로 앞에 나무가 버티고 있다. 나무를 빙 돌아 지나갈 만한 공간이 없다. 이런 상황은 처음이었다. 언제나 자동차 앞에 공간이 있어 운전대를 돌려 빠져나갈 수 있었다. 그는 불평하고, 비난하고, 저주를 퍼붓는다. 해결책을 생각해내려 애쓰다, 결국 한 가지 분명한 방법을 떠올린다. 나무를 잘라버리는 방법. 승차석에 준비된 물품 중에 도끼가 있다. 그는 방금 전 숯 검댕을 뒤집어쓴 도끼를 봤다. 사려 깊고 선견지명이 있는 숙부가 이런 경우에 대비해 준비했음이 분명하다. 대장정에는 장애물을 베어버려야 하는 그 나름의 불운이 따른다. 하지만 나무가 워낙 크고 줄기도 두꺼운 데다, 그의 몸은 지금 몹시 따갑다!

토마스는 안절부절못한다. 바람이 드나드는 승차석에서 서류가 담긴 트렁크가 눈에 띄자, 그는 흩어진 기운을 한데 모은다. 토마스는 도끼를 집어 든다.

그는 나무의 옆면, 자동차가 볼모로 잡힌 곳의 반대쪽을 마주 보고 선다. 도끼를 위로 들어 흔든다. 나무를 패고 패고 팬다. 나무껍질이 저만치 날아가지만 여린 나무 속살은 고무 같아서 도끼날이 박히지 않는다. 도끼는 날카롭지만 뒤로 튕겨 매번 아주 작은 흠집만 낼 뿐이다. 토마스는 반복해서 같은 자리를 패는 기술이 없다. 게다가 도끼를 휘두를 때마다 연약한 살이 뻣뻣한 옷에 쓸린다.

금세 그는 땀으로 목욕을 한다. 그는 쉬고, 먹고, 다시 나무를 공략한다. 아침이 이렇게 지나간다. 그러다가 어느새 이른 오후로 접어든다.

늦은 오후 나무줄기 옆면에 큰 구멍이 생긴다. 구멍이 줄기의 반쯤 넘게 패었지만 나무는 넘어갈 기미가 보이지 않는다. 손에 상처가 생기고 피가 흐른다. 손이 몹시 아프지만, 온몸에서 느껴지는 통증을 덜어주지는 않는다. 토마스는 기진맥진해서 서 있기조차 버겁다.

더 이상은 나무를 팰 수가 없다. 장애물을 치워야 한다, 지금 당장. 토마스는 체중을 이용해서 나무를 넘어뜨리기로 결정한다. 자동차의 흙받기 모서리에 한 발을 걸치고 다른 발은 보닛의 가장자리에 올린 다음, 맨 아래 가지에 손을 뻗는다. 손으로 나무껍질을 잡는 게 고문이지만, 그는 가까스로 다른 가지에 다리를 걸어 몸을 위로 당긴다. 도끼질에 시달린 뒤여서 비교적 쉽게 나무를 타는 데 성공하자 기분이 좀 나아진다.

그는 나뭇가지를 따라 움직인다. 다른 두 가지에 매달린다. 물론 나무가 땅에 쓰러지면 그도 나무와 함께 넘어갈 것이다. 하지만 과히 높지 않으니 중심을 잡을 수 있을 것이다.

손바닥에 감도는 지독한 아픔을 무시하고 토마스는 몸을 앞뒤로 흔들기 시작한다. 나무의 우듬지가 흔들흔들 춤을 춘다. 당장에라도 날카롭게 갈라지는 소리가 나고, 바닥까지의 짧은 거리를 휙 날아가 떨어질 것 같다.

그런데 나무는 조용히, 고무 같은 탄성으로 쓰러진다. 느릿느릿 고꾸라진다. 토마스는 고개를 돌려서 위로 솟아오르는 땅을 본다. 부드럽게 땅에 닿는다. 하지만 발이 가지에서 미끄러지고, 토마스의 발은 나무가 내민 가장 무거운 가지 밑에 깔리고 만다. 토마스는 아파서 비명을 지른다.

그가 발을 비틀어 뺀다. 발가락을 꼼지락거린다. 뼈가 부러지지는 않았다. 토마스는 몸을 돌려서 자동차를 쳐다본다. 순간적으로 땅바닥에 있는 무언가가 눈에 들어온다. 그가 서서 오랫동안 고초를 겪을 때는 몰랐던 것이다. 나무 그루터기가 너무 높다. 자동차가, 차의 밑바닥이 그루터기를 타넘지 못할 것이다. 나무의 더 낮은 곳을 팼어야 했는데. 하지만 그렇게 했더라도, 나무는 여전히 그루터기에 붙어 있었을 것이다. 나무는 부러지지 않고 넘어갔다. 나무와 그루터기가 서로 붙어 있는 부분이 뒤틀렸고, 그곳을 도끼로 찍어봤자 이전보다 더 꼼짝하지 않을 것이다. 또 어찌어찌 나무 줄기의 나머지를 도끼로 잘라서 그루터기가 더 짧아진다고 해도, 그가 나무를 끌어낼 수 있을까? 상상조차 할 수 없다. 이 나무는 키 작은 관목이 아니다.

그의 노력은 헛수고가 되었다. 나무가 그를 조롱한다. 여전히 가지 틈에 끼여 있던 토마스는 나무와 함께 푹 쓰러진다. 그가 어설프게 흐느끼기 시작한다. 그는 눈을 꼭 감고 서러움에 자신을 내맡긴다.

목소리가 들리더니 누군가 손으로 그의 어깨를 건드린다.

"형씨, 아프겠소."

토마스가 깜짝 놀라서 고개를 든다. 시골 사람 한 명이 불쑥 나타난다. 사내는 새하얀 셔츠를 입었다. 토마스는 목이 메어 울음을 삼키고 손등으로 얼굴을 닦는다.

"아주 멀리 튕겨 날아왔구먼!" 사내가 말한다.

"그렇습니다." 토마스가 대답한다.

사내가 자동차와 나무를 쳐다본다. 토마스는 사내의 말을 나무에서 멀리 튕겨 날아왔다는 뜻으로 알아듣는다(사실 그는 나무에서 내팽개쳐지지 않았다. 토마스는 둥지 안의 새처럼 나무 속에 있다). 하지만 시골 사람은 **자동차**에서 튕겨 날아왔다는 뜻으로 한 말이었다. 토마스가 나무에 부딪쳐서 차에서 나뭇가지로 튕겨 나갔다고 생각하는 게 분명하다.

"손과 발이 아프네요. 목도 몹시 마르고요!" 토마스가 말한다.

시골 사람은 한 팔로 토마스의 허리를 감싼다. 단신이지만 힘이 세서 토마스의 발이 땅에 닿지 않게 부축한다. 그는 토마스를 안고 가다시피 차로 데려가서 발판에 앉힌다. 토마스가 양쪽 발목을 주무른다.

"어디 부러졌소?" 사내가 묻는다.

"아닙니다. 단순히 타박상입니다."

"물 좀 마셔요."

사내가 호리병을 꺼낸다. 토마스는 호리병 물을 벌컥벌컥 들이켠다.

"고맙습니다. 물도 그렇고 도와주신 것도요. 어떻게 감사드려야 될지 모르겠네요. 제 이름은 토마스입니다."

"내 이름은 시망이오."

시망은 쓰러진 나무와 자동차의 깨진 창, 불탄 승차석, 수많은 흠집과 긁힌 자국을 빤히 쳐다본다. "이렇게 끔찍한 사고가 있나! 정말 힘이 센 기계군요!" 그가 탄식한다.

토마스는 시망이 바닥의 도끼를 알아차리지 못하기를 바란다.

"나무가 저리되다니." 시망이 덧붙인다.

"선생님의 나무입니까?"

"아니오. 이건 카지미루의 숲이오."

처음으로 토마스는 나무를 앞길을 막는 장애물이 아닌 나름의 권리를 가진 사물로서 바라본다. "수령이 얼마나 됩니까?"

"겉모습으로 봐서는 200살에서 300살쯤. 올리브를 주렁주렁 맺는 튼실한 놈이오."

토마스는 기함한다. "정말 미안합니다. 카지미루 씨가 몹시 역정 내겠군요."

"그 사람은 이해할 거요. 누구에게나 사고는 일어나기 마련이니까."

"말해주십시오, 카지미루 씨가 둥근 얼굴에 잿빛 머리를 한 그 나이 드신 분입니까?"

"그래요, 아마도 카지미루일 것 같소."

어젯밤 토마스의 해충 댄스를 구경한 시골 사람이 카지미루일 것이다. 그는 자신의 올리브 숲에서 벌어진 사고를 다른 각도에서, 더 못마땅하게 볼 거라고 토마스는 생각한다.

"기계가 여전히 작동할 것 같소?" 시망이 묻는다.

"틀림없이 그럴 겁니다." 토마스가 대답한다. "단단한 놈이거든요. 하지만 저는 이 기계를 뒤로 움직여야 합니다. 그게 고민입니다."

"기계를 중립에 두시오. 그리고 우리가 밀어봅시다."

또 그 중립이라는 말. 토마스는 왜 기계가 중립 상태에서 뒤로 움직일 수 있다는 건지 몰랐지만, 시망은 뭔가 알고 말하는 듯하다.

"이미 중립에 있는걸요. 핸드브레이크만 풀면 됩니다." 토마스가 말한다.

그는 다시 구두를 신고 운전석으로 기어 올라간다. 아픈 손으로 핸드브레이크를 푼다. 아무 일도 일어나지 않는다. 시망의 응급조치가 나무를 자르는 방법보다 더 효과가 있을지 토마스는 의심스럽다.

"와봐요." 시망이 말한다.

토마스는 그가 있는 자동차 앞부분으로 간다. 자동차를 밀어낸다는 이 방책은 어처구니가 없다. 그래도 친절히 그를 도와주었고 이제 옆에서 기계를 밀 채비를 한 사람에게 예의를 차리려고 토마스는 어깨를 자동차에 붙인다.

"하나— 둘— 셋!" 시망이 외치면서 차를 밀고, 토마스도 아주 힘껏은 아니지만 차를 밀어낸다.

놀랍게도 자동차가 움직인다. 사실 그는 어리둥절한 나머지 차를 따라 움직여야 한다는 것도 잊은 채 바닥으로 고꾸라져 얼굴이 처박힌다. 순식간에 차량은 나무로부터 3마신* 떨어진 곳에 서 있다.

시망이 환하게 웃고 있다. "혀를 내두를 만한 기계구먼!"

"네, 그렇지요." 토마스가 아연실색해서 대꾸한다.

토마스가 땅바닥에서 몸을 일으키고, 신중하게 도끼를 집어 든다. 그는 도끼를 다리 가까이 아래로 들고 자동차 승차석에 가져다

---

* 말의 코끝에서 궁둥이까지 거리. 1마신은 약 2.4미터.

둔다. 시망은 여전히 감탄하며 자동차를 응시하고 있다.

토마스는 여기서 밤을 보내고 싶은 마음이 간절하지만, 카지미루가 현장에 나타날 테고 250년 된 올리브나무를 훼손한 것을 변명해야 한다는 생각에 그냥 떠나기로 한다. 게다가 그는 길을 잃었다. 여기서 밤을 보내면 아침에도 여전히 길을 잃은 상태일 것이다.

"시망, 여길 빠져나갈 길을 찾게 도와줄 수 있을지 궁금했습니다. 길을 잃은 것 같아서요."

"어디로 가고 싶은 거요? 니자?"

"아니요, 막 거기서 오는 참입니다. 저는 빌라 벨랴 드 로당으로 가는 길입니다."

"빌라 벨랴? 완전히 길을 잃었구먼. 하지만 문제없을 거요. 내가 길을 알고 있소."

"잘됐네요. 자동차를 출발시킬 수 있게 좀 도와주시겠습니까?"

상처가 난 손으로 시동 핸들을 돌릴 생각을 하니 토마스는 아찔하다. 그는 시망이 그 일을 기꺼이 해주리라 기대한다. 과연 예상대로다. 시골 사람의 얼굴에 환한 미소가 번진다.

"네, 물론이오. 내가 어떻게 하면 되겠소?"

토마스는 그에게 시동 핸들을 보여주고 그걸 어느 방향으로 돌릴지 알려준다. 기계가 생명을 얻어 살아나자 시망은 번개에 맞은 사람과 다를 바 없다―효과가 똑같다. 토마스는 운전석에 타고 그에게 손을 흔들고, 시망은 허둥지둥 차에 오른다. 토마스는 1단 기어를 넣고 차가 앞으로 움직이자 승객을 힐끗 쳐다본다. 시망은 토마스가 숙부를 쳐다보며 지었을 표정을 하고 있다. 기계는 어른이 된 남자들을 사내애들로 바꿔놓는다. 시망의 세파에 시달린 얼굴에 기쁨이 넘쳐난다. 그가 비명을 지르며 키득거린다 해도 토마스는 놀라지 않을 것이다.

"어느 쪽으로 가야 됩니까?" 토마스가 묻는다.

시망이 손으로 가리킨다. 몇 분마다 시망은 코스를 바로잡아 주고, 그러자 곧 차도가 나타난다. 그런 다음 더 매끄럽고 양옆에 경계가 있는 제대로 된 도로가 나타난다. 운전이 점점 수월해지고 달리는 속도가 빨라진다. 시망의 즐거움은 여전히 줄지 않는다.

족히 반시간은 달린 후 그들은 진정한, 훌륭한 차도에 다다른다. 토마스가 자동차를 세운다.

"도로를 보고 이렇게 행복해질 줄은 몰랐습니다. 어느 쪽이 빌라 벨랴 드 로딩입니까?" 토마스가 묻는다.

시망이 오른쪽을 가리킨다.

"정말 깊이 감사드립니다, 시망. 헤아릴 수 없이 큰 도움을 주셨네요. 보답을 해야 하는데." 토마스가 검게 그을린 재킷의 주머니에 손을 넣는다.

시망은 고개를 젓는다. 혀가 몸속 깊숙한 데서 길을 잃기라도 한 것처럼 그는 어렵사리 말을 꺼낸다. "이 놀라운 기계에 타본 것이 내게는 보답이지요. 감사해야 될 사람은 나예요."

"별일 아닌걸요. 길을 가던 중이셨는데 이렇게 멀리 오시게 해서 면목이 없습니다."

"걸어서 그리 멀지 않아요."

시망은 마지못해 조수석에서 내리고, 토마스는 기계를 앞으로 나아가게 한다. "고맙습니다. 다시 한번 감사드립니다." 토마스가 외친다.

시망은 사이드미러에서 보이지 않을 때까지 손을 흔든다.

바로 얼마 뒤, 차가 한쪽으로 끌리면서 퍽퍽퍽퍽 소리가 나자 토마스는 문제가 생긴 것을 알아차린다. 페달 두 개를 차례로 꽉 밟아본다.

차량 주위를 몇 바퀴 돈 뒤에야 오른쪽 앞바퀴에―그는 적절한 단어를 고심한다―바람이 빠진 것을 발견한다. 둥근 바퀴는 이제 그리 둥글지 않다. 설명서에 이런 경우를 다룬 대목이 있었다. 바퀴가 둥근 모양을 유지하는 상태에서는 기름칠이 불필요하다는 게 분명해지자 토마스는 그 대목을 건너뛰었다. 그는 설명서를 꺼내서 그 부분을 찾는다. 얼굴이 하얗게 질린다. 이것은 중요한 기술적인 작업이다. 프랑스어를 세세히 번역하기 전이지만 그 정도는 알 수 있다.

잭의 성격과 작용 이해하기, 잭 조립하기, 차체 아래 잭을 놓을 자리 찾기, 자동차를 잭으로 들어 올리기, 나사를 풀고 바퀴 빼기, 발판에서 뺀 여분의 바퀴를 끼우기, 새 바퀴의 나사를 꽉 조이기, 모든 것을 제자리에 돌려놓기―숙달된 운전자라면 반시간이면 끝날 작업이다. 생짜인 토마스는 꼬박 두 시간이나 걸린다.

마침내 더러워진 손이 후끈거리고, 온몸이 쑤시고 땀이 흐르는 가운데 작업이 마무리된다. 다시 길을 갈 수 있으니 기뻐야 마땅하지만, 토마스는 기운이 쭉 빠지는 느낌만 든다. 운전석으로 돌아가서 앞창을 물끄러미 응시한다. 머리가 삐죽삐죽하고, 반갑지 않은 턱수염이 자라고 있다. "지친다! 지쳐!" 토마스가 나직하게 내뱉는다. 인간은 고난을 통해 무엇을 얻을 수 있을까? 눈을 뜨게 해줄까? 고난의 결과로 더 많은 것을 이해하게 될까? 율리시스 신부의 경우를 보면, 아주 오랜 기간 동안 이런 질문들의 답은 '아니다'였던 것 같다. 토마스는 이와 관련된 사건을 떠올린다.

오늘 나는 농장에서 벌어진 싸움을 보았다. 노예 둘이 맞붙었다. 다른 노예들은 멍한 표정으로 주변에 서 있었다. 싸움의 원인인 여자 노예는 시큰둥하고 무심한 표정으로 지켜봤다. 누가 이기든 상관없이 그녀는 패배할 터였다. 계속해서 알아들을 수 없는 모국어를 외치면서 둘은 싸웠다. 처음에는 말과 몸짓으로, 그러다가 주먹으로, 이후에는 연장을 들고 싸웠다. 자존심의 상처가 몸의 상처가 되고, 타박상과 출혈이 광적인 난도질이 되어 결말에 이르기까지, 상황은 신속히 진행되었다. 노예 한 명이 몸통에 깊은 자상을 입고 머리가 반쯤 뭉개진 채 죽었다.

그러자 그 여자를 포함한 다른 노예들은 감독이 현장에 오지 않도록 몸을 돌려 하던 일로 돌아갔다. 승리한 노예는 냉정한 표정으로 시신에 흙을 던지고는 사탕수수 베는 작업을 재개했다. 나서서 사실을 알리거나 설명하거나 비난하거나 두둔하는 노예는 아무도 없을 터였다. 그저 침묵과 사탕수수 베는 소리뿐. 주검의 부패는 벌레 떼와 시체를 먹는 새들과 동물들로부터 시작되어, 햇빛과 비로 인해 급속히 진행될 것이다. 곧 그는 하나의 덩어리로 남으리라. 만약 감독이 이 덩어리를 밟으면, 그제야 검게 팬 깊은 상처 사이로 흰 뼈와 썩어가는 붉은 살점이 드러나겠지. 그러면 감독은 사라진 노예의 소재를 파악하게 될 것이다.

이 소름 끼치는 장면에 대해 율리시스 신부는 한마디 의미심장한 말을 남겼다.

주님의 상처가 그랬다. 죽은 노예의 상처와 비슷했다. 그의 손, 그의 발, 가시면류관에 살갗이 뚫린 그의 이마와 특히 병사의 창에 찔린 옆구리의 상처―새빨간, 아주아주 선명한, 눈길을 끄는 상처.

그런 것은 그리스도의 고통이었다. '새빨갛'고 '눈길을 끄는 것'. 하지만 그의 목전에서 죽도록 싸운 두 사내의 고통은? 그들은 말할 가치가 없다. 구경한 노예들이 나서서 알리거나 설명하거나 비난하거나 두둔했다 해도 율리시스 신부에게는 마찬가지였을 것이다. 그는 노예들의 고통에 귀 멀고 입이 닫힌 듯했다. 아니, 더 정

확히 말하면 그것을 특별하게 여기지 않는 듯했다. 그들은 **고통받지**
만 그건 나도 마찬가지다 ─ 그러니 그게 뭐 어떤가?

토마스가 자동차를 몰고 가는 중에 대지는 변하기 시작한다. 그
가 아는 포르투갈은 숭고한 미를 지닌 땅이다. 인간과 동물 공히
노동의 소리를 기리는 땅. 의무에 헌신하는 땅. 이제 황야의 요소
가 끼어들기 시작한다. 둥근 바위들의 거대한 노두露頭. 메마르고
볼품없는 암녹색 초목. 떠도는 염소 떼와 양 떼. 지면을 뚫고 나온
나무의 뿌리가 나무에 대해 말해주듯, 그는 솟은 바위들 속에서 포
르투갈의 높은 산의 징조를 본다.

그는 안달이 난다. 그는 카스텔루 브랑쿠에 가까워지고 있고, 그
곳은 일부러 선택한 시골길에서 만날 수 있는 가장 크고 제대로 된
도시다. 한 가지 생각이 토마스의 머리를 스친다. 그는 한밤중에
자동차를 몰고 도시를 지날 참이다. 그러면 사람들을 피할 수 있을
텐데, 문제는 바로 사람들이기 때문이다. 사람들이 빤히 쳐다보고
소리치고 몰려들지만 않는다면 거리, 가로수 길, 대로 같은 것들은
감당할 수 있었다. 가령 카스텔루 브랑쿠를 새벽 두 시경, 기어를 3
단에 놓고 전속력으로 달려 지나간다면, 야간 노동을 하거나 술에
취한 몇 사람 정도만 만나고 말 것이다.

카스텔루 브랑쿠가 가까워지자 그는 자동차를 놔두고 도보로,
여느 때처럼 뒤로 걸어 도시로 향한다. 그는 마차를 모는 사내에
게 차를 얻어 탄다. 알고 보니 도시까지 상당히 멀어서 마차를 타
길 잘했다는 생각이 든다. 사내는 토마스에게 도로에서 혹시 이상

한 차를 못 봤느냐고 묻는다. 토마스는 자신이 그 차의 운전자라는 말은 하지 않고 그것을 봤다는 말만 한다. 사내는 놀라움과 걱정이 섞인 말투로 기계에 대해 말한다. 쇠붙이의 양에 놀랐다고. 마치 금고를 연상시킨다고.

카스텔루 브랑쿠에서 토마스는 자동차를 몰고 갈 길을 결정한다. 도심을 피해 북서쪽으로 빙 돌아갈, 북쪽으로 난 길을 발견하자 반갑다. 다만 그 도로에 진입하는 대목만 까다로울 뿐이다.

토마스는 약제사 세 명에게 말이 이에 옮았다고 둘러대고 휘발유 열 병을 사지만, 의도치 않게 이 제거제도 세 통이나 구한다. 그는 이것들을 봉지 두 개에 똑같이 나눠서 든다. 그는 하룻밤 호텔에 투숙해서 몸을 씻고 쉬려고 마음먹지만, 그가 찾은 호텔 두 곳에서 방을 내주기를 거부한다. 식사하려고 간 식당도 마찬가지다. 주인들은 그를 위아래로 훑고 그슬린 얼굴과 불에 탄 머리칼을 찬찬히 살피더니―한 명은 코를 감싸 쥔다―문을 가리킨다. 토마스는 피곤한 나머지 항의도 못 한다. 식료품점에서 먹을 것을 사서 공원의 벤치에 앉아 먹는다. 분수대에서 물을 벌컥벌컥 들이켠 뒤 얼굴과 머리에 끼얹고, 머리통에 달라붙은 숯 검댕을 벗기려 한다. 포도주 부대 두 개를 가져오지 않은 게 후회스럽다. 물을 받아 가면 좋았을 것을. 그는 자동차가 있는 곳까지 뒤로 걸어가면서, 멀어지는 카스텔루 브랑쿠를 바라본다.

토마스는 자동차 승차석에서 밤이 내리기를 기다리며, 한가롭게 일기장을 넘기면서 시간을 보낸다.

처음에는 상투메에 온 노예들의 출신이 율리시스 신부의 관심과 흥밋거리였다—그는 새로 온 노예들의 출신지를 일기장에 기록했다. '음분두 부족'이라거나 '초크웨 부족'이라거나. 하지만 포르투갈령 아프리카 식민지 이외의 출신지에 대해서는 애매하게 적었다. 또 상투메는 요충지여서 온갖 국적—네덜란드, 영국, 프랑스, 스페인—을 가진 노예선들이 모였고, 노예 수가 엄청나게 증가하자 그는 점점 지쳐갔다. 노예들은 점차 익명의 상태에서 신부의 맥빠진 축복을 받았다. 그는 이렇게 썼다. '한 영혼이 어디 출신인가가 중요할까? 에덴의 추방자들은 다양하다. 한 영혼은 하나의 영혼으로서 축복받으며, 신의 사랑으로 인도되어야 한다.'

하지만 어느 날 변화가 일어났다. 율리시스 신부는 그답지 않게 흥분하면서 일기를 썼다.

나는 항구에 있고, 네덜란드 노예선이 싣고 온 짐들을 부리고 있다. 포로 넷이 내 눈을 끈다. 그들이 족쇄와 쇠사슬에 묶여서 발을 끌며 트랩을 내려올 때, 나는 멀리서 그들을 본다. 이 가여운 영혼들은 무엇이란 말인가? 그들은 등을 잔뜩 굽히고 의지가 꺾인 채 내키지 않는 걸음을 걷는다. 나는 그들의 감정을 안다. 나와 그들이나 매한가지로 고갈된 상태다. 다시 내 몸에 열이 오른다. 예수님은 로마인, 사마리아인, 수로보니게 족속, 그 외의 다른 이들에게 똑같이 손을 내미셨다. 나도 그래야 한다. 그들에게 더 가까이 가고 싶지만 너무 기운이 없다. 햇살이 매우 강하다. 배에서 내린 선원 한 명이 지나가고 있다. 나는 그를 손짓으로 부른다. 내가 손으로 가리키며 포로들에 대해 묻자, 그는 그들이 콩고강 유역의 정글 깊은 곳에서 잡혔다고, 어느 부족으로부터 팔려 온 게 아니라고 말해준다. 여자 셋, 아이 하나. 네덜란드어 실력이 형편없어서 나는 선원의 말을 온전히 알아듣지 못한다. 난 그가 '악사'라는 단어를 쓴다고 믿는다. 그들은 어떤 부류의 예능인들일 것이다. 선원은 그 어휘를 다른 뉘앙스로 말하지 않았다. 뭐요? 내가 그에게 말한다. 신세계에서 저녁 식사를 마친 백인 사내를 즐겁게 해주려고 콩고의 밀림에서 데려왔다는 겁니까? 선원이 웃는다.

이제 그 넷이 가르시아의 농장에 갇혀 있다는 것을 알게 되었다. 아이의 어머니가 감독관에게 달려들어서 벌로 심하게 맞았다. 그들은 옷을 입으려 하지 않았고, 형편없는 공연을 한 것 같았다. 그들의 운명은 곧 결정될 것이다.

너무 기운이 없어서 오래 서 있을 수가 없지만, 오늘 나는 가르시아의 농장에 가서 갇힌 포로들을 만나려고 어둡고 후덥지근한 감옥 안으로 들어갔다. 반항한 여자는 상처 때문에 죽었다. 그녀의 주검이 아직 거기 있고, 그녀 곁에 축 처져 있는 아이는 거의 의식이 없다. 땅바닥에 놓인 과일이 썩어간다. 남은 두 여자는 굶어 죽으려는 걸까? 나는 그들이 알아듣지 못할 줄 알면서도 말을 걸었다. 그들은 대꾸하지 않지만 심지어 내 말을 듣지도 못하는 것 같다. 나는 그들을 위해 신의 가호를 빌어주었다.

다시 가본다. 코를 찌르는 악취! 아이는 확실히 죽어 있다. 처음에는 살아남은 두 사람에게 어제보다 더 다가가지 못했다. 나는 그들에게 마가복음을 읽어주었다. 마가를 선택한 것은, 늘 사랑이 넘치는 친절로 빛나면서도 의구심과 불안으로 괴로워하는, 가장 인간적인 메시아를 보여주는 가장 겸허한 복음서이기 때문이다. 나는 피곤해질 때까지, 더위와 악취에 거의 나가떨어질 때까지 봉독했다.

이후 나는 침묵 속에 앉아 있었다. 막 떠나려는데 포로 가운데 가장 어린, 사춘기 여자아이가 몸을 뒤척인다.

그녀는 기어서 내 맞은편 철창 벽에 몸을 기댄다. 나는 그녀에게 속삭인다. "필랴, 오 세뇨르 아마트. 드 온드 벤스 투? 콘타므 소브르 오 자르딩 두 에뎅. 콘타므 아 투아 이스토리아. 오 케 피제무스 드 에라두?"[*] 그녀는 아무런 반응도 하지 않았다. 시간이 흘렀다. 그러다가 그녀가 고개를 돌려 내 눈을 응시했다. 그녀는 잠시 동안만 바라보다가 이내 몸을

---

[*] Filha, o Senhor ama-te. De onde vens tu? Conta-me sobre o Jardim do Éden. Conta-me a tua história. O que fizemos de errado(딸이여, 주님은 그대를 사랑하신다. 그대는 어디에서 왔는고? 내게 에덴동에 대해 말하라. 내게 그대의 사연을 말하라. 우리가 무엇을 잘못했는가?)

움직였다. 그녀는 내가 가까이 있어도, 내가 관심을 주어도 얻을 게 없다고 짐작했다. 나는 잠자코 있었다. 내 혀는 신부의 위선적인 말 한마디 없이 가만히 있었다. 나는 변해버렸다. 나는 보았다. 나는 지금까지 보고 있다. 나는 본다. 그 짧은 눈길은 그 순간까지 마음속에서 울려 퍼진 적 없는 비참함을 보게 만들었다. 나는 내가 기독교인이라고 생각하고 그 감옥에 들어갔다. 나는 내가 로마 병사라는 걸 깨닫고 그곳을 나왔다. 우리는 동물보다 나을 게 없다. 오늘 내가 다시 갔을 때 그들은 죽어 있었고, 시신은 치워져 태워진 상태였다. 이제 그들은 자유롭다, 내내도록 그래야 마땅한 것을.

율리시스 신부의 다음 일기는 독한 비난조로, 상투메 섬의 교양 있는 종교 당국과의 마지막 균열을 그린다. 그는 성당에서 고함을 지르고 반항하며 미사를 방해하고 소동을 피웠다. 즉각적인 조치가 내려졌다.

오늘 나는 주교에게 소환되었다. 내가 동등하지 않은 자들을 만났고, 그 만남에서 그들이 동등하다는 것을 알게 되었다고 주교에게 말했다. 우리가 그들보다 나을 게 없다고. 사실 우리가 더 못하다고. 주교는 하늘에는 천사들, 지옥에는 천벌받은 자들의 위계가 있으므로 여기 지상에도 위계가 있다고 내게 윽박질렀다. 그 경계가 흐려져서는 안 된다고. 나는 주교에게 파문破門이라는 가장 혹독한 조치를 받고 쫓겨났다. 그의 눈에 나는 더 이상 직분 있는 자가 아니다. 하지만 여전히 나를 떠받치는 주님의 손길이 느껴진다.

토마스는 경이롭다. 이 대목을 읽을 때마다 그렇다. 프랑스와 영국의 해적이나, 돈만 바라고 일하는 용병과 다를 바 없는 네덜란드 선원들이 신의 공동체에서 쫓겨나는 것이야 그럴 수 있다—하지만 임명받은 포르투갈 신부에게 그런 조치가 취해진다면? 그건 상투메의 기준으로도 극단적인 엄단의 조치다. 하지만 노예무역으로 살아가는 곳이라면 열렬한 해방론자를 성가신 존재라 여겼을 것이다.

율리시스 신부가 처음으로 그 선물을 언급한 게 바로 그때다. 토마스는 매번 이 문장을 읽으면서 전율한다.

이제 나의 사명이 무엇인지 안다. 죽음이 나를 데려가기 전에 신을 위해 이 선물을 만들 것이다. 감사하게도 가르시아의 농장에서 지옥처럼 갇혀 있는 그녀를 만났을 때 스케치를 해두었다. 그녀의 눈은 내 눈을 뜨게 했다. 나는 인간이 자초한 파괴를 증언할 것이다. 우리가 동산에서 몰락한 것이 얼마나 엄청난 일인지를!

토마스는 페이지를 넘겨 문제의 스케치를 천 번째 쳐다본다. 탐사를 떠난 것은 바로, 이 사로잡힌 눈을 그린 스케치 때문이었다.

대지에 밤이 내리고, 차를 몰고 카스텔루 브랑쿠를 지날 때가 되었다. 그는 망가지지 않은 차폭등을 켜고 빛의 심지를 조절한다. 너울대는 불꽃이 따스한 빛의 원을 흘린다. 살아남은 헤드라이트의 눈부시게 흰 불꽃이 성난 뱀처럼 쉭쉭댄다. 결정유리 상자가 빛을 앞으로 비춘다. 저쪽 헤드라이트에서 불이 들어온다면, 이렇게 짝짝이가 되진 않았을 텐데. 외눈박이 키클롭스가 좀 안타까워 보인다.

토마스는 앞으로의 코스를 검토한다. 머릿속에는 일련의 표식들을 입력해두었다. 결정을 내려야 되는 지점마다 그는 세세히—집, 상점, 건물, 나무를—눈여겨봐 두었다. 이런 밤 시간에는 인파가 없기 때문에 더 여유를 갖고 정확한 방향을 잡을 수 있을 것이다.

어쩐지 반딧불이 같은 것에 타고 있는 듯한 착각은—빛이 들어오는 쪽에서 멀리 물러나자 정말 그럴듯해 보인다—기계를 출발시키자마자 흩어져버린다. 흔들리며 포효하는 차는, 입에서 가느다란 불꽃을 내뿜고는 있지만 어쩐지 용을 연상시킨다.

불빛은 가느다랄 뿐만 아니라 효과가 전혀 없다. 가까이에서 보기엔 밝을지 몰라도, 칠흑 같은 밤의 장막에 뚫린 작은 핀 구멍에 불과할 뿐이다. 헤드라이트는 자동차의 코아래 도로의 지형을 어설프게 드러낸다. 그 뒤로 펼쳐진 것들이—모든 바큇자국, 모든 모퉁이—무시무시하고 변화무쌍한 놀라움을 준다.

토마스가 유일하게 의지하는 것—완전히 비이성적인 줄 알지만 어쩔 수가 없다—은 경적을 눌러대는 일이다. 마치 밤이 도로를 가로막은 검은 소라도 되어서, 경적을 몇 번 울리면 놀라 길을 비켜주기라도 한다는 듯이.

그는 카스텔루 브랑쿠를 향해 더듬더듬 나아가면서 기어를 1단 이상 넣지 않는다.

포르투갈의 햇빛은 진주같이 부드럽게 빛나고, 감칠맛 나고 포근하다. 어둠 역시 그 나름대로 마찬가지다. 집의 그늘 속에, 소박한 식당의 뜰 안에, 거대한 나무의 숨겨진 부분들에 짙고 풍성하고 윤택한 어둠의 주머니들이 있다. 밤사이에 이 주머니들이 펼쳐져 새들처럼 공중으로 날아간다. 포르투갈에서 밤은 친구다. 이것이 토마스가 아는 낮과 밤이다. 다만 머나먼 어린 시절, 밤은 공포의 온상이었다. 당시 그는 떨면서 비명을 질렀다. 그때마다 아버지는 그를 달래기 위해 달려왔고, 잠에 덜 깬 채로 비틀비틀 침대로 와서 아들을 품에 안아주었다. 토마스는 아버지의 넉넉하고 따뜻한 가슴에 기대어 잠이 들곤 했다.

가로등이 밤을 밝히는 리스본과 달리 카스텔루 브랑쿠에는 가로등이 없다. 낮에는 아주 또렷했던 여정의 모든 표식이 이제 장막에 휩싸인다. 거리들이 대왕 오징어의 촉수처럼 솟구친다. 그는 도시의 북서쪽을 휘감은 도로를 찾지 못한다. 대신, 카스텔루 브랑쿠는 공포의 온상이다. 토마스는 한쪽 방향으로 코스를 잡으려 애쓰지만 결국 도시의 변두리, 어딘지 모를 변두리에 도착하고, 들어가는 도로마다 T자형 삼거리에서 끝나서, 어느 쪽으로 가나 도심 속으로 더 깊이 들어가게 된다. 그보다 나쁜 것은 사람들이다. 그를 에워싼 주택들과 건물들처럼 사람들이 어둠 속에서 불쑥 나타나, 갑자기 외눈박이 기계의 흰 빛에 얼굴을 드러낸다. 일부는 겁을 먹고 소리치며 토마스에게 공포심을 퍼뜨리고는 얼어붙어 서 있고, 어떤 이들은 몸을 돌려 달아난다. 밤의 정적 속에서 자동차가 아주 시끄러운 것은 사실인 데다가, 그는 계속해서 끝없이 경적을 울려댄다―하지만 그 때문에 이목만 끈다. 처음에는 주변에 거의 아무도 없지만, 앞 못 보는 생물이 해저에서 허둥지둥 달아나듯 도시를 헤집고 다니자, 점점 많은 사람들이 덧창을 열고, 점점 많은 사람들이 머리를 산발하고 날카로운 눈빛으로 거리로 뛰쳐나온다. 토마스는 기어를 2단에 넣고 사람들보다 빨리 달린다. 잠시 후 도시를 지나는 다른 순환도로에서 그는 더 많은 무리들과 마주친다. 토마스는 사람들을 보고 사람들은 토마스를 본다. 그들이 그를 향해 달려오고, 그는 다른 도로로 내달린다. 그는 기어를 3단으로 올린다.

빠져나갈 수 없으면 숨어야 한다. 여러 차례 모퉁이를 돈 뒤, 한적한 대로의 중간쯤에서 토마스는 갑자기 기계를 세운다. 그는 서둘러 차폭등과 헤드라이트의 불빛을 끈다. 어둠과 적막이 그를 집어삼킨다. 그는 귀 기울인다. 야밤의 인파가 그를 찾아낼까? 대담하게 차 밖으로 나가본다. 모퉁이들을 살피고 거리들을 내려다본다. 푸근한 어둠만 있을 뿐이다. 야밤의 인파를 따돌린 것 같다.

이후 밤의 나머지 시간을 카스텔루 브랑쿠를 걸어 다니면서 동이 트자마자 운전할 코스를 정한다.

심야의 도시 탐험 중 나무와 벤치가 있는 광장과 만난다. 한쪽 구석에 어둠에 싸인 동상이 있는 평범한 광장이다. 움직임을 포착한 토마스는 깜짝 놀라고, 이내 그게 뭔지 알아차린다. 그날 광장에는 장이 섰다. 상인들의 노점이 그대로 있고 탁자 밑에 그들이 버린 과일과 야채, 고깃점이 뒹군다. 쓰레기 사이를 개들이 어슬렁대고 있다. 거대한 돔 같은 밤 아래, 잠시 동안의 소요 후에 다시 잠든 해저와 같이 적막한 도시에서, 토마스는 버려진 음식을 주워 먹는 떠돌이 개들을 응시한다. 개들은 기대에 차서 찌르고 킁킁대며 돌아다니다가 이따금 먹이를 찾아내곤 고마워하며 먹는다. 몇 마리가 고개를 들고 그를 노려보지만 다시 먹을 것을 찾으러 되돌아간다. 그가 개들을 받아들이듯 개들도 그를 받아들인다.

자동차로 돌아가자 토마스는 조가비 속에 숨은 바다 생물처럼 고마움을 느낀다. 그는 승차석에 누워 잠깐 눈을 붙인다. 아아, 한밤의 산책과 잠 못 이루는 사람들 때문에 힘들었다. 토마스는 늦잠을 잔다. 어느 무례한 구경꾼이 누른 기계의 경적 소리에 그는 정신을 차리고, 승차석의 열린 창으로 얼굴을 들이민 사람들을 보고 소스라치게 놀란다. 그들은 휘둥그레진 눈으로 그를 쳐다보고 코를 벌름거리며 숨을 들이쉰다. 토마스는 문틈을 비집고 나가기 위해 승차석 문을 밀어 밖에 있는 사람들을 밀쳐내야 한다. 그는 발판에 서서 새날의 싱그러운 공기를 들이마신다. 밤을 빠져나와 다행이지만, 이제 카스텔루 브랑쿠의 전 주민이나 다름없는 인파가 그를 에워쌌다. 그들은 파란 바닷물처럼 밀려들어, 자동차를 만지고 때리면서 부서진 파도마냥 그에게 떠들어댄다. 어딜 가나 똑같은 충고의 말, 이해력 부족, 차가 앞으로 나갈 때의 놀람, 인파를 따돌리기 위한 뜀박질을 피하느라 기운이 쭉 빠진다. 그는 꾸벅꾸벅 졸다가 운전대에 얼굴을 부딪친다.

한낮에 잠에서 깬 그는 힘없이 계산해본다. 손가락을 꼽으며 머릿속으로―첫날, 다리, 폰트 드 소르, 역마차 등등―하루하루 헤아린다. 곧 한 손의 손가락을 모두 펼친다. 그런 다음 다른 손의 손가락을 하나만 빼고 펼친다. 계산이 맞는다면 9일. 오늘은 길을 나선 지 아흐레 되는 날이다. 얼마 안 되는 식료품과 필수품은 거의 바닥났다. 이틀 후 이른 아침이 오면, 박물관의 수석 학예사가 그의 복귀를 기다리고 있을 것이다. 토마스는 양손으로 머리를 감싼다. 카스텔루 브랑쿠는 목적지까지 절반도 못 미치는 지점이다. 사명을 포기해야 할까? 하지만 그런다 해도 시간에 맞춰 리스본에 돌아가지 못할 것이다. 지금 돌아가면 직장과 사명, 두 가지 모두에 실패하는 셈이리라. 포르투갈의 높은 산을 향해서 계속 나아간다면 직장에서만 실패하는 셈이 되겠지. 만약 사명이 성공을 거둔다면, 어쩌면 그는 일자리를 되찾을지도 모른다. 그렇다면 그는 계속 나아갈 작정이다, 꾸준히 밀고 나가리라. 이것이 현명한 처사다. 하지만 밤이 오고 있다. 행보는 내일부터 이어갈 것이다.

대지가 변하면서 기후가 변한다. 포르투갈 내륙 지역의 겨울은 춥고 습한데, 자동차의 승차석이 금속으로 만들어진 데다 깨진 창으로 바람이 들어서 추위가 더 심하다. 토마스는 밖으로 나간다.

희미하게 빛나는 도로 뒤로는 어둠뿐이다. 그는 궁리한다. 동물도 권태를 느끼지만 고독도 마찬가지일까? 그럴 것 같지 않다. 이런 종류의, 육신과 영혼의 고독은 모를 것이다. 그는 고독한 종에 속해 있다. 소파로 가서 밍크코트와 담요 석 장으로 몸을 감싼다. 때때로 잠이 들지만, 추운 밤 승차석에서 기다리는 꿈을 꾸었고, 깨어 있으나 잠이 드나 계속 불행한 상태이기는 매한가지다. 몇 시간이 지나자 한 가지 의문이 토마스의 마음 한구석에 자리 잡는다. 크리스마스가 언제더라? 그것도 모르고 지나간 걸까?

아침에 기계가 계속 움직이는 걸 보니 그는 다행스럽다. 나아갈수록 농한기의 경작지가 펼쳐지고 거대한 바위가 계속 나타나고 대지는 점점 황폐해진다. 그러다가 쭉 뻗은 평원이 빛을 내며 또렷하게 모습을 드러낸다.

그는 정기적으로 길을 잃기 시작한다. 지금까지는 지도와 꾸준히 나타나는 도로들과 행운이 따라준 덕에 오래 헤매는 일은 없었지만, 카스텔루 브랑쿠를 지나면서부터는 사정이 달라진다. 하루하루가 시간의 안개 속으로 사라져간다. 토마스는 절망 속에서 어느 마을로 차를 몰다가 한 주민을 발견하고 그에게 묻는다. "저는 사흘째 라폴라 두 코아를 찾아다니고 있습니다. 어딥니까? 어느 방향에 있는지요?" 마을 노인은 고통을 주는 악취 나는 기계에 탄, 고통에 찬 악취 나는 사내를 질겁해서 쳐다보면서(전날과 그 전날, 그가 마을을 질주하는 것을 보았다) 소심하게 대꾸한다. "여기가 라폴라 두 코아요." 다른 곳에서 또 길을 잃은 토마스는 알메이다가 어딘지 알려달라고 간청한다. 마을 주민은 미소 지으면서 외친다. "알메이다? 노 에스타 아퀴, 옴브레. 알메이다 에스타 델 오트로 라도 데 라 프론테라."* 나긋나긋한 포르투갈어가 아닌 억센 스페인어를 듣자, 토마스는 아연실색해서 사내의 입을 멍하니 쳐다본다. 그는 국경인 줄 몰랐던 곳이 넘지 못할 산처럼 솟아오를까 두려워하며 포르투갈로 내달린다.

나침반은 도움이 되지 않는다. 나침반은 항상 도로에서 벗어나 황량한 벌판을 가리키고, 그가 흔들리듯 나침반 바늘도 흔들린다.

사람이 길을 잃는 방식은 다양할 수 있지만 헤매는 상태는, 그 느낌은 늘상 똑같다. 마비, 분노, 무기력, 절망감. 마세두 드 카발레리우스 부근을 지날 때 늑대 소년 무리가 자동차에 돌을 던져서 코끼리 가죽이 뜯기고 금속 보닛에 흠집이 난다. 그중 최악은 운전석의 유리창이 박살나서, 운전용 코트와 고글, 모자 차림으로 휘몰아치는 찬바람을 맞으며 운전해야 된다는 것이다. 그나마 고급 장갑은 승차석 화재 때 바싹 타버려서 끼지 못한다. 또 한 번 바퀴에 펑크가 나고, 발판 밑 여분의 바퀴는 이미 구멍이 나 있기에 이번에는 직접 바퀴를 수선해야 한다.

어느 날 오후 토마스는 마침내 목적지에 도착한다. 보이지 않는 가운데 — 하지만 지도는 그에게 도착했다고 말해준다 — 그는 포르

---

* "¿Almeida? No está aquí, hombre. Almeida está del otro lado de la frontera(알메이다? 여기가 아닌데요, 형씨. 알메이다는 국경 건너편이에요)."

투갈의 높은 산에 들어선다. 완만하게 솟은 지면과 도로의 비탈이 점점 가팔라지는 것을 보고 토마스는 도착했음을 알 수 있다. 그는 환희에 젖는다. 곧, 얼마 지나지 않아 그가 찾고 있던 교회를 발견할 테고, 그의 예사롭지 않은 통찰력이 눈부시게 증명되리라. 그는 사명의 완수를 목전에 두고 있다. 1년간 뒤로 걷는 것으로 표출한 분노와 절망을 이제 관습에 어긋나는 십자고상으로 표출하리라. 그의 얼굴에 환한 미소가 떠오른다.

도로는 곧 꾸준히 평편하게 이어진다. 그는 당황해서 좌우를 둘러본다. 포르투갈이 자랑하는 지역을 지나가고 있다. 모든 나라는 산지라는 반짝이는 보석을 과시하고 싶어 하기 마련이라, 높은 산이 되기에는 너무 낮고 쓸모 있는 옥토가 되기에는 너무 높은 이 메마른 황무지에 거창한 이름이 붙게 되었다. 하지만 포르투갈의 높은 산에는 산이 없다. 그저 언덕들 외에, 트라스 우스 몬트스*엔 아무것도 없다. 이곳은 넓고 기복이 많으며 나무가 거의 없는 스텝이다. 서늘하고 건조하며, 투명하고 무덤덤한 햇살로 표백된 곳. 눈과 바위를 예상했던 곳에서 그는 낮고 완만하며 금빛 도는 누런 풀밭을 발견한다. 눈 닿는 곳까지 펼쳐진 초지에 드문드문 수풀이 우거져 있다. 유일하게 보이는 최고봉들은 기묘한 곰보 자국이 있는 바위들로, 지질적인 활기의 부산물이다. 개천이 여기저기서 예기치 않은 활기를 띠고 흐른다. 스텝은 발음이 같은 어휘가 의미

---

* 포르투갈 북동부 지방.

하듯 다른 곳으로 나아가기 위한 일시적인 지대다. 역사적으로 살림살이가 팍팍한 세대들은 서둘러 이 척박한 땅에서 벗어나 더 풍요로운 지역으로 이동했고, 토마스 역시 서둘러 이곳을 떠나고 싶다. 마주치는 마을들은, 군락이 형성되지 않은 광활하게 탁 트인 공간에서 느껴지는 외로움을 더욱 짙게 만든다. 마주치는 모든 남녀는—아이들은 전혀 보이지 않는다—세월의 냄새를 풍기고 외로움을 발산한다. 이곳 사람들은 혈암 지붕을 얹은 단순한 네모꼴의 단단한 돌집에서 산다. 주거 공간이 가축우리 위에 지어졌기 때문에 인간과 동물, 두 무리가 서로 의존하면서 지낸다. 인간들은 온기와 자양분을 받고, 동물들은 먹이와 안전을 얻는다. 대지는 경제적으로 별로 쓸모가 없다. 작고 척박한 귀리밭, 큰 채소 텃밭, 밤나무, 벌통, 많은 닭, 돼지우리, 돌아다니는 염소와 양 떼만 있을 뿐이다.

포르투갈에 그런 추위가 있는지 몰랐을 만큼 밤에는 한기가 든다. 그는 옷을 죄다 껴입고 담요 몇 장을 둘둘 말고 잔다. 캔버스 방수포를 조각조각 잘라 깨진 창문을 대충 막는다. 이렇게 하니 승차석이 아주 어둡다. 그는 승차석을 덥히려고 촛불을 켠다. 어느 날 아침 문득 깨어나보니 설경이 펼쳐져 있다. 한낮이 되기 전에 눈이 녹아서 차를 운전할 수 있으리라. 이제 앞창 유리가 없어 너무 춥기 때문에, 그는 속도를 낮춰야 한다.

낮의 풍경에서 균형 잡힌 아름다움을 보는 순간들이 있다. 그런 아름다움은 종종 지형보다는 날씨와 빛의 움직임과 더 관련이 있다. 이제는 남쪽에서처럼 헤매지 않는다. 마을도 도로도 더 적었으니까. 하지만 오래전 진취적인 정부가 만든 도로들은 이후 정부들의 무관심 속에 바큇자국이 패어 너덜너덜하다. 사실 이곳은 온통 행정 당국의 기억상실 속에서 살아가는 느낌을 자아낸다. 하지만 여타 지역처럼 포르투갈의 높은 산에는 교회들이 지어졌다. 풍부한 역사를 지닌 지역이다. 토마스는 지도를 찬찬히 살펴서 상 줄리앙 드 팔라시우스, 산탈랴, 모프레이타, 구아드라밀, 에스피뇨젤라, 이 다섯 마을의 위치를 찾는다. 조사를 제대로 했다면—그리고 그래야 한다, 반드시 그래야 한다—역사의 부침을 겪은 한 마을에서 율리시스 신부의 고뇌에 찬 창작물을 발견하게 되리라.

그는 우선 상 줄리앙 드 팔라시우스로 향한다. 그 교회의 나무 십자고상은 평범하고 딱히 눈에 띄지 않는다. 구아드라밀의 교회 중앙에 있는 십자고상도 마찬가지다.

에스피뇨젤라로 가는 도중에 그 일이 벌어진다.

그는 싸늘한 새벽에 깬다. 포르투갈 해안 지대의 질펀한 공기와 달리, 밝고 냄새가 없고 건조한 공기가 느껴진다. 도로 옆의 자갈을 밟자 바싹 말라 사각거리는 소리를 낸다. 새 울음에 깜짝 놀란다. 위를 쳐다본다. 바로 그 순간 매 한 마리가 비둘기와 부딪친다. 허공이 흔들린다. 깃털들이 흩날리더니 매가 발톱에 비둘기를 끼고 안정되게 날기 시작하면서 완만한 기울기로 비행한다. 매는 날개를 퍼덕여 고도를 확보한다. 토마스는 멀리 사라지는 새를 지켜본다.

한 시간쯤 지나자, 그가 운전하는 도로의 양쪽이 대지처럼 평편하게 펼쳐진다. 바로 그때 자동차 보닛의 주둥이 부분 위로 아이가―더 정확히 말하면 그 손이―나타난다. 그 광경이 너무도 이상하고 예상치 못한 일이라서 토마스는 자신이 본 것을 믿을 수가 없다. 나뭇가지였나? 아니, 그것은 분명 작은 손이었다. 아이가 자동차 앞부분에 매달려 있다면, 손이 그쯤에서 보이리라. 그리고 만약 아이가 자동차 앞에 매달렸다가 미끄러진다면, 움직이는 기계 밑으로 떨어질 것이다. 몸이 자동차에 치이면 어떤 소리가 날까? 분명히 방금 소리가 났다. 푹신한 것이 빠르게 쿵 하는 소리.

그의 마음은 충격을 받은 듯 더디게 움직이다가 갑자기 다급해진다. 아이를 확인해야만 한다. 아마도 다쳤을 것이다. 적어도 겁에 질렸거나. 만약 아이가 거기 있다면. 토마스는 운전석에서 머리를 내밀고 뒤를 돌아본다.

뒤로 멀어져가는 작고 정지된 덩어리를 본다.

그는 기계를 멈추고 밖으로 나온다. 모자와 고글을 벗는다. 숨이 가쁘다. 덩어리는 멀리 있다. 그는 그것을 향해 뒤로 걷는다. 고개를 돌릴 때마다 그것이 더 가까워지고, 그의 가슴은 더 조여든다. 걸음이 더 빨라진다. 가슴속에서 심장이 쿵쾅댄다. 그는 몸을 돌려 덩어리를 향해 앞으로 달려간다.

진짜 아이다. 사내아이. 대여섯 살쯤 되었을까. 헐렁한 옷을 입고 있다. 큼직한 두상을 가진, 놀라운 금발의 시골 아이. 예쁘장하고 조화로운 얼굴엔 온통 흙 자국이다. 그리고 눈은 또 어찌나 포르투갈 사람다운지―파란색인가? 일부는 격세유전, 일부는 외국인의 흔적이리라. 그 움직임 없는 눈이 그를 오싹하게 만든다.

"애야, 괜찮니? 애야?"

소리를 들으면 살아나기라도 할 것처럼 마지막 말을 더 크게 외친다. 아이의 눈은 깜빡이지 않는다. 창백한 얼굴은 침울한 표정으로 얼어붙어 있다. 토마스는 무릎을 꿇고 아이의 가슴을 만진다. 정적만이 느껴진다. 몸 아래에서 작은 피의 강이 나타나 여느 강처럼 땅바닥을 타고 흐른다.

토마스는 덜덜 떤다. 그는 머리를 든다. 산들바람이 불고 있다. 어느 쪽으로 고개를 돌리든 장엄한 일상이 펼쳐진다. 여기는 야생 초목, 저기는 경작한 들녘, 그리고 도로, 하늘, 태양. 모든 것이 제자리에 있고 시간은 평소처럼 흐르고 있다. 그러다가 한순간, 아무 경고도 없이 작은 사내아이가 모든 것을 고꾸라트렸다. 분명히 들녘은 알아채리라. 들녘은 먼지를 일으키며 일어나, 더 가까이 다가와서 근심스러운 표정을 지을 것이다. 도로는 뱀처럼 몸을 틀고 슬픈 선언을 할 테지. 태양은 황량하게 어두워질 테고. 중력이 교란되고 사물들은 존재의 망설임 속에서 떠다닐 것이다. 하지만 아니다. 들녘은 여전히 그대로 있고 도로는 계속 단단하게 고정되어 있다. 그리고 아침 해는 눈도 깜빡이지 않고 태연하게 계속 빛난다.

토마스는 마지막으로 멈추었던 곳을 떠올린다. 바로 몇 킬로미터 전이었다. 그는 시동을 켜둔 채 운전대에 이마를 대고 잠깐 눈을 붙였다. 그 쉬는 사이 아이가 차 앞부분에 올라갔을 가능성도 있을까? 토마스가 고개를 숙이고 있느라 알아차리지 못한 걸까?

아이들은 놀기 마련이다.

가스파르도 얼마든지 그랬을 수 있다. 윙윙대는 따스한 기계가 어떻게 생겼는지 보려고 올라갔는지도 모른다.

"미안하다, 아가." 토마스가 속삭인다.

그는 일어난다. 떠나는 것 외에 다른 할 일이 있겠는가?

그는 평소의 습관대로 걷고, 따라서 아이가 여전히 그의 시야에 남아 있다. 그는 공포에 휩싸인다. 그때 손 하나가 공포를 낚아채 상자에 넣고 뚜껑을 닫는다. 그가 얼른 떠난다면 그 일은 일어나지 않을 것이다. 한순간 이 사고는 그의 내면에만 있는 것, 개인적인 흔적, 그의 감각 외에는 어디에도 남지 않을 자국이다. 외부에서는 아무것도 상관하지 않는다. 잘 봐. 바람이 불고 시간은 흐르지. 게다가 그건 사고였어. 의도와 상관없이, 나도 모르게 일어난 일에 불과해.

토마스는 몸을 돌려 달린다. 자동차 앞부분에 도착해 시동 핸들을 당기려는데, 보닛의 작은 뚜껑이 열려 있다. 이 뚜껑은 보닛을 들어 올리지 않고 엔진을 볼 수 있도록 설계된 것으로, 보닛의 바로 앞쪽, 운전석에서 보이지 않는 곳에 있다. 아이는 이것이 작고 동그란 인형 집에 들어가는 문인 줄 알았을까? 아이들은 왜 그렇게 호기심이 많을까? 그는 아이가 어떻게 매달렸을지, 발을 어디에 디뎠을지, 손으로 무엇을 움켜잡았을지 세세히 관찰한다. 차대의 가장자리, 시동 핸들의 아랫부분, 서스펜션 스프링의 끝부분, 헤드라이트를 제자리에 고정시키는 가느다란 막대기, 열린 뚜껑의 테두리—어린 원숭이에게는 너무도 많은 선택지가 있다. 걸터앉기에 편안하고, 어쩌면 따스하고 시끄러운 기계가 휙 움직일 때는 재미있었겠지만—그러다가 공포와 피로감이 밀려왔으리라. 대단한 속도와 흔들림, 밑에서 급류처럼 휘휘 사라지는 땅바다.

토마스는 뚜껑을 닫고 시동 핸들을 돌린다. 그는 서둘러 운전석으로 돌아가서 1단 기어를 넣는다. 그는 잠시 멈춘다. 뒤에 무엇이 놓여 있는지, 앞에는 무엇이 놓여 있는지 살핀다. 기계가 몸서리치며 움직이기 시작한다. 페달을 더 세게 밟는다. 자동차가 속도를 낸다. 기어를 2단으로 넣었다가 3단으로 넣는다. 사이드미러를 쳐다본다. 상이 흔들리지만 그래도 덩어리를 알아볼 수 있다. 그는 앞의 도로로 눈을 돌린다.

아주 멀리 가지는 못한다. 구불구불한 도로가 솔숲으로 이어진다. 그는 멈춘다, 시동을 끈다, 앉아 있다. 그러다가 시선을 들어 유리 없는 창을 내다본다. 나무 사이로 아까 있던 도로가 보인다. 이미 멀리 와 있지만, 움직임 같은 건 보이지 않는다. 작은 형체를, 점에 불과한 그것을 본다. 어떤 형체가 달리고 있다. 달리는 다리 사이로 번쩍이는 빛의 불꽃을 보고 그게 사람임을 알아차린다. 사내는 달리고 그러다가 멈춘다. 사내가 고꾸라진다. 오래도록 움직임이 없다. 그러더니 일어나 도로에서 그 덩어리를 들고, 달려온 길을 걸어서 돌아간다.

토마스의 내면이 곤두박질친다. 그는 도둑질의 피해자였고, 그리고 이제 도둑질을 저질렀다. 두 사건 모두 아이를 빼앗아 갔다. 두 사건 모두 그의 선의와 비통한 마음은 중요하지 않았다. 두 사건 모두 가능성은 희박했다. 고통이 있은 뒤에 행운이 따랐지만,

다시 한번 그의 운은 바닥났다. 그는 갑자기 집어삼켜지는 기분이다. 마치 그가 물 위에 떠서 버둥대는 벌레이고, 거대한 아가리가 그를 꿀꺽 삼키는 것 같다.

한참이 지난 후에 그는 눈을 돌린다. 자동차에 기어를 넣고 다시 나아간다.

에스피뇨젤라 교회에는 보물이 없었고, 모프레이타 교회도 사정은 마찬가지다. 산탈랴 교회만 남는다. 율리시스 신부의 십자고상이 거기 없다면, 그다음에 그는 무엇을 해야 할까?

산탈랴로 가는 도로에서 토마스는 아프기 시작한다. 통증이 물결처럼 밀려들고, 그때마다 위의 윤곽선이 정확히 느껴지는 것 같다. 그 윤곽선 안에서 경련이 그를 옥죈다. 그러다가 완화되지만—다시 경련이 덮칠 뿐이다. 몸을 타고 욕지기가 밀려온다. 욕지기의 공격이 맹렬하다. 입에 침이 흥건하고 침의 맛, 침의 존재가 구역질을 더 악화시킨다. 토마스는 차량을 세우고 식은땀 범벅이 되어 덜덜 떨면서 급히 차에서 내린다. 그는 무릎을 꿇고 넘어진다. 입에서 토사물이 솟구치며 허연 소용돌이가 풀밭에 쏟아진다. 썩은 치즈 냄새가 난다. 그는 숨을 몰아쉰다. 토하고 싶은 욕구가 이길 수 없는 힘을 발휘하고, 그는 다시 구토한다. 그 마지막엔 담즙이 목구멍을 태운다.

그는 비틀거리며 자동차로 돌아온다. 사이드미러에 얼굴을 비춘다. 꾀죄죄한 행색에 분노하는 눈빛, 머리칼은 기름지고 헝클어졌다. 옷은 형체를 알아볼 수 없을 정도로 더럽혀져 있다. 그는 마치 구운 꼬치구이처럼 보인다. 파란 눈에, 슬프고 엄숙한 그 작은 얼굴에 사로잡혀, 배 속이 조였다 풀렸다 하며 우울한 불면의 밤을 보낸다. 분명해진다. 그는 그 아이 때문에 아프다. 그의 내면에서 아이가 밀어대고 있다.

그날 아침 토마스는 투이젤루라는 마을로 들어간다. 날씨는 화창하지만 마을 광장은 한적하다. 그는 자동차에서 내려 광장 중앙의 분수에서 물을 마신다. 몸을 씻어야 되지만 그럴 의지나 관심을 끌어낼 수가 없다. 대신 그는 간단한 요깃거리를 살 만한 곳을 찾으러 간다. 포르투갈의 높은 산 부근의 작은 마을에서는 주로 자급자족과 물물교환으로 생계를 유지한다. 드문드문 상점 구실을 하는 민가를 발견하기도 했지만, 투이젤루에서는 그런 곳조차 찾을 수 없고 넓은 텃밭과 풀어놓은 동물들뿐이다. 사실 마을은 동물 천지다. 고양이, 개, 닭, 오리, 양, 염소, 소, 나귀, 새. 자동차로 돌아오는 길에 그의 배 속에서 경련이 다시 시작된다. 토마스는 멈춰서서 잠시 진정을 취하다가 우연히 한 마을 교회를 발견한다. 낮은 건물로 단순하고 소박하지만 그렇다고 매력이 없는 것은 아니다. 교회 건물의 여린 색 돌이 햇빛을 받아 매혹적으로 빛난다. 소박한 건축이 종교적 감성에 가장 적합하다는 게 토마스의 견해다. 교회 안에서는 노래만 울려 퍼져야 한다. 더 화려한 것은 신앙심을 가장한 인간의 허세에 불과하다. 투이젤루의 교회 같은 곳은 끝이 뾰족한 첨두형 아치도, 늑골 궁륭도 없고, 공중 부벽도 보이지 않지만, 구도자의 참된 겸허함을 더 또렷이 드러낸다. 방문할 교회 명단에는 없는 곳이다―하지만 이곳에서 배 속 통증과 죄책감으로 얼룩진 슬픔을 잠시 잊을 수 있을지도 모른다.

양쪽 문을 열어보지만 잠겨 있다. 그는 물러나다가 한 여인을 본다. 그녀는 조금 떨어져 서서 그를 바라보고 있다.

"오늘 아브라앙 신부님은 낚시하러 가셨어요. 들어가고 싶으시면 제게 열쇠가 있습니다." 여인이 말한다.

토마스는 망설인다. 운전을 더 해야 한다. 크나큰 불확실성이 앞에 놓여 있다. 하지만 그녀가 권하고 있다. 그리고 무언가가 토마스의 눈에서 떠나지 않고 계속 맴돈다. 여인의 아름다움. 순박한 아름다움. 그것이 기운을 북돋우는 동시에 꺾는다. 한때 그의 삶에도 아름다운 여인이 있었다.

"그렇게 해주시면 감사하겠습니다, 부인."

여인은 마리아 도르스 파수스 카스트루라고 이름을 말한 뒤 기다리라고 한다. 그녀가 모퉁이를 돌아 사라진다. 그녀가 돌아오기를 기다리는 동안 토마스는 교회 계단에 앉는다. 그가 만난 사람이 여인 한 명뿐이라 안심이 된다. 이 외진 마을에서 인파가 몰려들지 않아 다행이다.

카스트루 부인이 돌아온다. 그녀는 커다란 철제 열쇠를 꺼낸다. "교회 관리인은 제 남편 라파엘 미구엘 산투스 카스트루지만, 이번 주에 그이는 다른 곳에 가 있어요." 그녀는 쩽그랑대는 소리를 요란하게 내면서 열쇠를 돌려 교회 문을 연다. 그녀는 비켜서서 토마스가 들어가게 해준다.

"고맙습니다." 그가 말한다.

창문의 폭이 좁은 데다, 환한 햇빛 속에 있다가 들어와서인지 교회 내부가 침침하다. 토마스는 네이브[*] 가운데로, 신도석 사이에 있는 하나뿐인 통로로 걸어간다. 그는 복통에 사로잡혀 있다. 아이가 밀어대는 것을 멈춰준다면! 교회 안에서 토하는 건 아닐까 그는 두려워진다. 카스트루 부인이 너무 바싹 쫓아오지 않으면 좋으련만. 그녀는 따라붙지 않는다. 뒤에 서서 그를 편안하게 해준다.

그의 눈이 잦아든 빛에 익숙해진다. 아치형 몰딩으로 연결된 돌기둥들이 하얀 치장벽토를 바른 벽 양쪽에 있다. 벽기둥 위의 주두柱頭들은 단순하다. 평범한 '십자가의 길[**]' 그림을 제외하면 벽은 휑하고 창문도 스테인드글라스가 아니다. 토마스는 네이브를 따라 뒤로 걷는다. 사방이 엄숙하고 간결하다. 그는 교회가 의도하는 대로 교회를 받아들인다. 쉼터, 피난처, 항구로. 그는 너무도 지쳤다.

그는 교회의 좁은 창, 두꺼운 벽, 원통형의 둥근 천장을 눈여겨본다. 로마네스크 양식은 포르투갈에 늦게 도래하여 늦게 사그라들었다. 이 교회는 세월의 흔적이 드러나지 않고 후대가 변형하지 않은 전형적인 로마네스크 양식으로 보인다. 700년 전에 세워진, 세상으로부터 잊혀진 교회.

"얼마나 된 교회입니까?" 그가 큰 소리로 묻는다.

---

[*]   교회 입구에서 안쪽까지 통하는 중앙 부분.
[**] 빌라도 법정에서 사형 선고를 받은 후 골고다 언덕에 이르러 십자가에 못 박혀 죽을 때까지, 예수의 수난을 나타낸 열네 장면.

"13세기 건물이에요." 여인이 대답한다.

토마스는 연대를 정확히 짚어낸 것을 알고 흐뭇해한다. 그는 조심스레 발을 디디면서 천천히 뒤로 걸어 통로를 올라간다. 놀라울 것 없는 평범한 수랑袖廊들이 나타난다. 몸을 돌려 제단을 마주 보고, 신도석 두 번째 줄로 들어선다. 길고 깊게 숨을 쉰다. 그러고는 제단과 그 위에 걸린 십자고상을 힐끗 본다. 어디서나 쉽게 볼 수 있는 흔한 감상적인 상징물이 아니다. 이 십자고상은 초기 르네상스 양식인 것 같다. 예수의 길쭉한 얼굴, 가늘고 긴 팔, 축소된 다리는 높은 것을 아래서 볼 때 생기는 왜곡을 바로잡아 정확히 표현하려는 조각가의 어색한 시도를 보여준다. 만테냐나 미켈란젤로의 작품 같지는 않지만, 특히 예수의 얼굴에서 도드라지는 풍부한 감정 표현으로 볼 때 바로크 양식에 가깝다. 15세기 초 무렵 예수의 인간성과 원근법의 속임수를 표현한 것은 가치 있는 시도였다.

토마스는 토할 것 같다. 그는 입을 틀어막는다. 얘야, 그만해! 그는 서서 중심을 잡는다. 뒤로 걸어 통로를 내려가고, 문 쪽으로 몸을 돌리려다가 마지막으로 교회를 쭉 훑어본다. 시선이 다시 십자고상에 쏠린다. 내면에서 얼마간의 침잠이 느껴지고, 육신의 고통뿐만 아니라 머릿속을 휘젓는 것까지도 진정된다.

한 발 한 발을 내딛는 게 부자연스럽게 느껴지지만 그는 십자고상에서 눈을 떼고 싶지 않다. 토마스는 앞으로 걷는다. 십자고상은 르네상스 양식이 아니다. 그보다 더 최근이다. 사실 토마스는 그 연대를 확신한다. 1635년. 그렇다면 실은 바로크 시대다—아프리카

바로크는 뭐라고 불러야 되나. 틀림없이 그가 보고 있는 것은 율리시스 신부의 십자고상이다. 그것이 상투메에서 여기까지 와 있다. 맙소사, 이런 놀라운 일이 있나! 율리시스 신부가 일기에 기록한 내용과 실제로 만든 것은 완벽하게 일치한다. 팔, 어깨, 늘어진 몸통, 굽은 다리, 그리고 무엇보다도 얼굴! 눈에 보이는 것을 정확히 이해하고 나니, 십자고상이 빛나고 비명을 지르고 짖고 포효하기 시작한다. 정말이지 이것이야말로, 신전 장막이 맨 위에서 아래까지 두 쪽으로 찢기듯 크게 울부짖으며 숨을 거두는 신의 아들이다.

"실례합니다." 그가 카스트루 부인에게 소리친다.

그녀가 몇 걸음 움직인다.

토마스는 팔과 손으로 손짓한다. 그는 교회의 중심부를 손가락으로 가리키며 그녀에게 묻는다. "저게 뭡니까?"

여인은 어리둥절한 표정을 짓는다. "우리 주 예수 그리스도시지요."

"그렇긴 하지만 그가 어떻게 표현되어 있습니까?"

"십자가에서 고난받고 계시지요."

"하지만 어떤 형태를 취하고 있습니까?"

"인간의 형태요. 하느님은 저희를 사랑하신 나머지 그의 아들을 저희에게 주셨습니다." 그녀가 간단히 대답한다.

"아니요!" 토마스가 외친다. 그는 복부 근육이 몽땅 뒤틀리는데도 미소 지으면서 말을 잇는다. "여기 당신들이 갖고 있는 것은 침팬지입니다! 유인원이죠. 확실히 그의 스케치입니다―얼굴의 털,

코, 입. 길게 자란 머리카락에 얼굴이 덮여 있지만, 사실을 알면 이 목구비를 몰라볼 수가 없지요. 그리고 저 긴 팔과 짧은 다리, 그 것은 흔한 게 아니지요, 저것은 유인원입니다! 침팬지는 꼭 저렇게 생긴 팔다리를 가졌고, 상체가 길고 하체는 짧습니다. 알겠습니까? 당신들은 오랜 세월 십자가에 달린 침팬지에게 기도한 겁니다. 당신들의 '사람의 아들'*은 신이 아닙니다—그는 십자가에 달린 유인원일 뿐입니다!"

다 끝났다. 이 십자가의 예수가 전시되어 널리 알려지면 다른 예수상 모두를 조롱할 것이다. 토마스는 자기 이야기를 속으로 중얼거린다. 보라고. 당신이 내 아들을 데려갔으니 이제 내가 당신 아들을 데려가는 거요.

가벼운 웃음을 짓고 싶지만 밀려드는 감정이, 거꾸러지는 듯한 서글픈 감정이 그의 승리감을 망친다. 그는 그 감정과 싸운다. 여기 나사렛 예수에 대한 진실이, 생물학적인 실체가 있다. 모든 과학은 우리 상태의 물질성을 지적한다. 한편 십자고상은 숨이 막힐 만치 아름답고, 그것을 발견해서 박물관으로 가져가는 영광을 안겨줄 것이다. 불현듯 서글픔이 깊어진다. 토마스는 율리시스 신부의 십자가에 매달린 유인원을 멀뚱멀뚱 쳐다본다. 신이 아니다—동물에 불과하다.

그가 손으로 입을 막고 도망치다시피 교회를 나올 때, 문득 복음

---

* 인자(人子)라고도 하며, 복음서에서 예수 그리스도가 자기 자신을 가리켜 부른 말.

서의 한 구절이 머릿속을 맴돈다. 예수가 유다의 배신 후에 체포되고, 제자들이 그를 버리고 도망했을 때였다. 마가복음은 그다음 이야기를 이렇게 전한다. 한 청년이 벗은 몸에 베 홑이불을 두르고 예수를 따라간다. 그가 무리에게 잡히자 베 홑이불을 버리고 벗은 몸으로 도망한다.

이제 토마스도 비슷하게 벗은 몸이 아닐까?

카스트루 부인은 뒤로 걷는 이상한 걸음걸이에 놀라서 그가 가는 모습을 지켜본다. 그는 교회 밖에서 불어온 바람에 빨려 들어가는 것처럼 보인다. 그녀는 토마스를 따라가지 않는다. 대신 제단으로 나아가서 십자고상을 올려다본다. 그 사람이 뭐라고 말했더라? 유인원? 예수님의 팔이 긴 것은 환영하기 때문이고, 얼굴이 긴 것은 애통하기 때문이다. 그녀가 보기에 십자고상에 이상한 점은 아무것도 없다. 조각가는 최선을 다했다. 게다가 그녀는 아브라앙 신부의 말에 더 주의를 기울인다. 또 그녀는 눈을 감고 기도한다. 이것은 그저 십자고상일 뿐이다. 예수님이 유인원이라면 그러라지 뭐—그는 유인원이다. 그래도 그는 여전히 '신의 아들'이다.

그녀는 손님을 살펴보기로 한다.

토마스는 자동차에 기대서서 토악질을 하고 있다. 그를 젖은 걸레처럼 쥐어짜는 아이 덕분에, 그는 직장에서 목구멍까지 수축된 하나의 근육이 되었다. 곁눈질을 하니 광장에 모습을 드러낸 신부가 보인다. 신부는 한 손에는 낚싯대를, 다른 손에는 줄에 꿴 물고기 세 마리를 들고 있다.

아브라양 신부는 난처한 표정을 짓는 마리아 파수스 카스트루를 본다. 그는 언젠가 들어봤던 근사한 새 교통수단을 쳐다본다(하지만 상태가 아주 엉망진창이다). 그 옆에서 추레한 이방인이 마구 울부짖으면서 구역질을 한다.

토마스는 운전석에 올라탄다. 그는 떠나고 싶다. 멍하니 운전대를 바라본다. 벽을 피하려면 기계는 오른쪽으로 움직여야 한다. 그러려면 운전대를 어떻게 해야 되더라? 슬픔이 밀려와 그 질문에 답할 수가 없다. 운전대가 마침내, 완전히 그를 패배시켰다. 토마스는 흐느끼기 시작한다. 그가 흐느끼는 이유는 속이 지긋지긋하게 메스꺼워서다. 그가 흐느끼는 이유는 영혼이 고통스럽고 기계를 운전하는 데 진절머리 나서다. 그가 흐느끼는 이유는 그의 시련이 절반만 끝나서다. 이제 리스본까지 그 먼 길을 운전해야 할 테니까. 그가 흐느끼는 이유는 씻지 않고 면도를 하지 않아서다. 그가 흐느끼는 이유는 며칠 낮을 계속 낯선 땅에서, 며칠 밤을 계속 춥고 비좁은 자동차 안에서 지냈기 때문이다. 그가 흐느끼는 이유는 직장을 잃어서다. 이제 무슨 일을 할까, 어떻게 먹고사나? 그가 흐느끼는 이유는 이제는 발견한 게 달갑지 않은 십자고상을 발견해서다. 그가 흐느끼는 이유는 아버지가 보고 싶어서다. 그가 흐느끼는 이유는 아들과 연인이 그리워서다. 그가 흐느끼는 이유는 그가 아이를 죽여서다. 그가 흐느끼는 이유는, 이유는, 이유는.

그는 숨을 멈추고 딸꾹질을 하면서 얼굴이 눈물로 흠뻑 젖은 채 아이처럼 흐느낀다. 우리는 멋대로인 동물이다. 그게 우리이고, 우리는 우리일 뿐 더 나은 무엇이 아니다—더 숭고한 관계 따윈 없다. 다윈이 태어나기 오래전, 광적이지만 명석했던 한 신부는 아프리카의 외진 섬에서 침팬지 네 마리를 만났다가 대단한 진실과 마주쳤다. 우리는 진화된 유인원일 뿐 타락한 천사가 아니다. 토마스는 외로움에 짓눌린다.

"아버지[*], 당신이 필요합니다!" 그가 절규한다.

아브라앙 신부는 낚시 도구를 바닥에 던지고 애처로운 이방인을 도우러 달려간다.

---

[*]   원문은 'Father'로 하느님, 아버지, 신부라는 뜻이 있다.

2부

집으로

에우제비우 로조라는 주기도문을 천천히 세 번 외운다. 그런 다음에 미리 생각해두지 않은 찬미와 간구 기도를 한다. 생각이 제자리를 맴돌고 문장이 중간에서 끊겼다가 결국 다시 시작된다. 그는 하느님을 찬미한 다음, 하느님에게 아내를 기린다. 하느님에게 아내와 자녀들을 축복하기를 간구한다. 하느님의 지속적인 지지와 보호를 간구한다. 그다음에는 그가 의사이자, 육체에 기초한 병리학자일 뿐만 아니라 주님의 언약에 기초한 신자이므로, 스물서너 번쯤 '그리스도의 몸'을 암송한다. 그러고 나서 무릎을 일으켜 일어나 책상으로 돌아간다.

그는 자신을 신중한 의사라고 여긴다. 그는 가다듬은 문단을, 농부가 막 이랑에 파종하고 나서 잘했는지 확인하려고 돌아보듯이 꼼꼼히 검토한다. 이랑에 작물이 자라리란 것을 알기에―에우제비우의 경우에는 '앎'이라는 작물이 자랄 것이다. 그의 높은 기대 수준에 미치는 글인가? 진실하고 명료하며, 간결하고 결정적인가?

그는 밀린 일을 처리하고 있다. 1938년 12월 그믐, 이번 해가 불과 몇 시간밖에 남지 않았다. 을씨년스러운 크리스마스를 의무감에 기념하긴 했지만 연말연시 축제를 즐길 기분은 아니었다. 그의 책상은 온통 서류들로 뒤덮여 있다. 서류들은 일부는 잘 보이는 자리에 놓였고, 또 일부는 중요도나 그 사유에 따라 다른 문서들 틈에 조심스럽게 놓였으며, 또 아직 정리되지 않은 것들도 있다.

그의 사무실은 조용하고, 바깥 복도도 마찬가지다. 브라간사*의 인구는 3만 명이 채 안 되지만, 에우제비우가 병리학과장으로 일하는 상 프란시스쿠 병원은 알투 도루에서 가장 규모가 크다. 병원의 다른 부분은―울부짖는 사람들이 드나드는 응급실 건물, 환자들이 종을 울리고, 끊임없는 말로 간호사들을 성가시게 하는 병동들―불이 환하고 부산하고 소란스럽다. 하지만 병원의 지하에, 이 모든 살아 있는 병동들 밑에 자리한 이곳은 병리학실의 전형적인 적막감이 감돈다. 에우제비우는 그런 분위기가 유지되기를 바란다.

세 단어를 삽입하고 한 단어는 삭제한 후 문단을 마무리한다. 그는 마지막으로 이 부분을 쭉 읽어본다. 글을 쓸 줄 아는 의사는

---

* 포르투갈 북동부의 주.

병리학자들밖에 없다는 것이 그의 사견이다. 다른 히포크라테스의 후계자들은 환자를 회복시키는 승리를 맛보지만, 그들이 적는 말—진단, 처방, 치료 지침—은 대수롭지 않다. 이 치료하는 의사들은 환자가 털고 일어나면 곧 다른 환자에 매달린다. 그리고 매일 환자들은 힘찬 발걸음으로 병원을 나선다. 사고나 가벼운 질병일 뿐이었다고 혼잣말을 하면서. 하지만 에우제비우는 중환자들에게 더 치중한다. 그는 산발머리로 쓰러질 듯 병원을 나서는 환자에게서 겸허한 표정과 성스러운 두려움이 담긴 눈빛을 본다. 이들은 어느 날 무엇이 닥쳐올지 정확히 안다. 생명의 여린 촛불이 스르르 꺼지는 경위는 다양하다. 찬바람이 우리 모두를 쫓아다닌다. 초가 짤막해지고 심지가 그슬리고 녹아내린 촛농이 굳는 순간, 곁에 있는 의사는—적어도 포르투갈 브라간사의 상 프란시스쿠 병원에서는—에우제비우거나 그의 동료인 주제 옥타비우다.

모든 시신은 들려줄 사연이 담긴 책이다. 각각의 장기는 소단원, 소단원들은 공통적인 서술로 어우러진다. 외과용 메스로 페이지를 넘기며 사연을 읽고, 마지막에 독후감을 쓰는 게 병리학자인 에우제비우의 임무다. 일지에는 주검에서 읽은 바가 정확히 반영되어야 한다. 그것은 빈틈없는 시 같은 것이 된다. 어느 독자나 그렇듯 그는 호기심에 사로잡힌다. 이 시신에게 무슨 일이 일어났을까? 어떻게 죽었을까? 왜 죽었을까? 그는 우리 모두를 압도하는 그 교활하고 강제적인 부재를 탐색한다. 죽음은 무엇인가? 시신이 있다—하지만 그것은 죽음 자체가 아니라 그 결과다. 지나치게 비

대해진 림프절이나 비정상적으로 주름진 조직이 발견되면 그는 죽음이 임박했음을 깨닫는다. 하지만 얼마나 신기한가. 심심치 않게 죽음은 생명으로, 원기왕성하고 변칙적인 세포 덩어리로 위장해서 나타난다—혹은 살인범처럼 스모킹 건*, 즉 경화증에 걸려 엉겨 굳은 동맥을 남기고 현장을 빠져나간다. 모퉁이로 돌아서는 죽음의 옷자락이 휙 하는 소리와 함께 자취를 감출 때, 그는 죽음이 벌인 일과 맞닥뜨린다.

에우제비우는 의자에 등을 기대고 기지개를 켠다. 의자가 노인의 관절처럼 삐걱댄다. 그는 벽을 따라 놓인 현미경 작업대 위 서류철을 눈여겨본다. 저기서 어떤 일이 진행되고 있더라? 또 작업대 아래 바닥에 있는 건 뭐지?—다른 서류철인가? 책상에 놓인 유리컵은—말라붙고 먼지가 쌓여 있다. 그는 적절한 수분의 중요성을 강력히 신봉한다. 생명은 물기가 있다. 컵을 씻어 새로 냉수를 담아두어야 한다. 그러나 그는 고개를 젓는다. 산만한 생각은 이만하면 충분하다. 부검에서는 용액과 슬라이드뿐 아니라 언어의 경우에도 지켜야 될 사항이 많다. 환자의 임상 이력, 부검에서 발견된 사항, 조직학적인 결과들을 취합해서 매끄럽고 논리적으로 통합해야 한다. 이제 그는 몰두해야만 한다. **집중해, 이 사람아, 집중하라고. 적절한 단어를 떠올려봐.** 게다가 마무리 지어야 될 다른 보고서들도 있다. 계속 미뤄두고 있는 것이다. 오늘 밤에는 그 일을 처

---

*   '연기 나는 총'이란 뜻으로, 범죄나 사건의 결정적 증거를 가리킴.

리해야 된다. 며칠 동안, 절반은 대기 중에 노출되고 절반은 강에 잠겨 부패하고 부푼 시신이었다.

요란하게 문 두드리는 소리에 에우제비우는 화들짝 놀란다. 그는 손목시계를 본다. 밤 10시 반이다.

"들어와요." 그가 소리친다. 끓는 주전자에서 김이 새는 소리 같은 목소리에서 짜증이 묻어난다.

아무도 들어오지 않는다. 하지만 그는 단단한 나무 문 저편에서 망설이는 존재를 감지한다.

"들어오라고 말했소만." 그가 다시 외친다.

여전히 문고리가 덜컥대는 기미가 없다. 병리학은 크게 긴급을 요하지 않는 의학 분야다. 환자나 그들의 생체검사 샘플은 대부분 다음 날 아침까지 기다려도 되고, 주검이야 더 미루어도 상관없으니 다급한 케이스를 들고 온 의료진은 아닐 것 같다. 또 병리학과 사무실 구역은 일반인들이 쉽게 찾을 만한 곳이 아니다. 그렇다면 누가 이런 시간에, 섣달 그믐날 밤에 병원 지하실로 그를 찾아올까?

그가 휘청거리며 자리에서 일어서자 서류들이 흩어진다. 그는 책상을 돌아서 문고리를 잡고 문을 연다.

곱상한 얼굴에 커다란 갈색 눈을 지닌 50대 여인이 서 있다. 그녀는 한 손에 가방을 들었다. 에우제비우는 그녀를 보고 놀란다. 여인이 그를 쳐다본다. 그녀는 따뜻하고 낮은 목소리로 말을 시작한다. "어찌 나를 멀리하여 돕지 않으시고 내 신음 소리를 듣지 아니하십니까? 내가 낮에도 부르짖고 밤에도 잠잠하지 아니하오나 응답하지 않으십니다. 나는 물같이 쏟아졌습니다. 내 마음은 밀랍 같아서 내 속에서 녹았습니다. 내 입*이 말라 질그릇 조각 같습니다. 아 사랑하는 이여, 속히 나를 도와주십시오!"

에우제비우는 가볍게 한숨이 나오지만 그보다는 미소가 지어진다. 문간에 선 여인은 그의 아내다. 보통 이런 늦은 시간은 피하지만 이따금씩 그의 사무실에 찾아온다. 아내의 이름은 마리아 루이자 모타알 로조라이고, 에우제비우는 이런 통탄의 말에 익숙하다. 주로 그녀가 좋아하는 시편 22편에 나오는 구절이다. 사실 그녀는 흔히 말하는 의미의 고통에 시달린다고 볼 수는 없다. 그녀는 정신과 육체의 건강 상태가 좋고 멋진 집에 산다. 남편과 헤어지거나 그들이 사는 곳을 떠나고 싶은 마음도 없고, 친한 친구들이 곁에 있다. 몹시 권태로운 것도 아니다. 그들의 장성한 자녀 셋은 모두 행복하고 건강하다―간단히 말해 그녀는 훌륭한 인생을 구성하는 모든 요소들을 가졌다. 다만 그의 아내, 사랑하는 그의 아내는 아마추어 신학자, 즉 '얼치기' 사제라서, 속세의 번다함, 인고라는 삶의 한계를 매우 심각하게 받아들인다.

그녀는 시편 22편의 구절, 특히 첫 구절을 즐겨 인용한다. '내 하느님이여 내 하느님이여 어찌 나를 버리셨나이까?' 여기에 대한

---

*   얀 마텔은 외국어 번역자에게 주는 글에서 '힘과 입, 두 가지로 번역될 수 있지만 입으로 번역하기를 권한다'라고 밝혔다.

에우제비우의 생각은, 그럼에도 통탄을 시작하는 대목에 '내 하느님, 내 하느님'이 있다는 것이다. 아무것도 해주지 않더라도 들어줄 이가 있다는 사실만으로도 큰 위로가 된다.

그는 아내의 말을 많이 들어주되, 행동을 취하지는 않는다. 그녀는 입이 말라 질그릇 조각처럼 될지언정 시편 22편에 나오는 다음 구절은―'내 혀가 입천장에 붙었나이다'―인용하지 않는다. 그건 사실이 아닐 테니까. 그녀의 혀는 절대 입천장에 붙지 않는다. 마리아는 입 밖에 낸 말을 열렬히 신봉한다. 그녀에게 글쓰기는 육수를 우리는 일이고 독서는 육수를 마시는 일이며, 입 밖에 낸 말만이 푸짐한 닭구이다. 그래서 그녀는 말한다. 늘 말한다. 집에 혼자 있으면 혼잣말을 하고, 거리에 혼자 있을 때도 혼잣말을 한다. 또 38년 전 에우제비우와 만난 이후로 그녀는 쉴 새 없이 그에게 말을 해왔다. 그의 아내는 이야기를 마치는 듯 잠시 쉬었다가, 다시 끝없이 대화를 펼친다. 그렇다고 허무맹랑한 소리를 하는 것은 아니었는데, 오히려 그런 이야기에는 참을성이 없는 편이다. 이따금 친구들의 허무맹랑한 소리를 견딜 수밖에 없을 때는 짜증을 냈다. 친구들에게 커피와 케이크를 대접하고 그들의 끊임없는 수다를 들어주다가도 결국엔 불평의 말을 내뱉곤 했다.

"기니피그들이 따로 없지. 내 주변에는 기니피그들이 득실대."

에우제비우는 아내가 기니피그에 대한 글을 읽었고, 그것의 어떤 점이 적개심을 일으켰으리라 추측한다. 기니피그는 작고 전혀 해를 주지 않으며, 방어적인 건 아니지만 겁이 많고, 곡식 한두 알을 씹으면 그뿐, 생에서 그 이상을 바라지도 않는다. 병리학자로서 그는 기니피그가 무척 마음에 든다. 기니피그는 모든 면에서 참으로 작다. 냉혹하고 막무가내인 생의 가혹함 앞에 놓일 때는 더더욱. 그가 여는 모든 시신은 그에게 말한다. "나는 기니피그예요. 나를 따뜻하게 안아주겠어요?" 아내는 허튼소리라고 말하겠지. 그녀는 죽음에 대해 인내심이 없다.

젊을 때 마리아는 한동안 에우제비우가 그리도 표현하기 좋아하던, 애정 어린 달콤한 속삭임을 참아주었다. 표면상 무자비한 데가 있는 직업을 가졌지만 그는 부드러운 마음의 소유자다. 처음 에우제비우가 마리아를 만났을 때—대학교 구내식당에서였다—그녀는 여지껏 본 적 없는 매혹적인 피조물, 마음을 환하게 밝히는 미모의 진지한 아가씨였다. 그녀를 보자 그의 귀에 노랫가락이 흐르고 세상이 다채롭게 빛났다. 그의 심장은 감사로 두근거렸다. 하지만 곧 마리아는 눈을 굴리면서, 그만 재잘대라고 쏘아붙였다. 그의 임무는 그녀의 말을 경청하고 적절히 반응하되, 경박한 말로 짜증나게 하지 않는 것임이 분명해졌다. 그녀는 비옥한 대지요, 태양이자 비였고, 그는 경작하는 농부일 뿐이었다. 그는 꼭 필요하지만 일개 일꾼에 불과했다. 에우제비우는 그래도 괜찮았다. 당시 그는 마리아를 사랑했고 지금도 그녀를 사랑한다. 그녀는 그에게 있어 전부다. 그녀는 여전히 비옥한 대지요, 태양이자 비이고, 그는 여전히 행복하게 경작하는 농부다.

오늘 밤만 해도 그는 일을 일부 마무리하고 싶었다. 하지만 뜻대로 되지 않을 것이다. 아내와 대화를 해야 한다.

"안녕, 나의 천사." 에우제비우가 말한다. "당신이 오다니 이렇게 반갑고 놀라울 데가! 가방엔 뭐가 들었소? 설마 쇼핑을 했을 리 없고. 이런 시간에 문을 여는 상점은 없을 테니." 그는 몸을 숙여 아내에게 키스한다.

마리아는 그의 질문을 무시한다. "죽음은 난해한 문이지요." 그녀가 조용히 말한다. 그녀가 에우제비우의 사무실로 들어선다. "에우제비우, 무슨 일이 있었던 거예요?" 그녀가 탄식한다. "사무실이 완전히 엉망진창이네요. 이건 무례한 일이라고요. 손님들은 어디 앉으란 말이에요?"

그는 사무실을 둘러본다. 사방이 당황스럽게 어질러져 있다. 대개 병리학자의 손님은, 자리를 잡고 앉거나 정돈된 상태인지에 신경 쓰지 않는다. 병리학실의 방문객은 흔히 복도 맞은편의 테이블에 아무 불평 없이 누워 있다. 그는 작업대 의자를 꺼내서 책상 앞에 갖다 놓는다. "오늘 밤 당신이 올 줄은 몰랐소, 나의 천사. 자, 여기 앉아요." 그가 말한다.

"고마워요." 그녀는 의자에 앉고 가져온 가방을 바닥에 내려놓는다.

에우제비우는 책상에서 서류를 모아서 가장 가까운 서류철에 넣고, 서류철들을 쌓아서 바닥에 내려놓는다. 그는 발로 서류철 더미를 의자 밑으로 넣어 보이지 않게 치운다. 흩어진 종이들을 치우고, 민망하게 쌓인 먼지를 손날로 모아 다른 손에 쓸어 담고는 책상 옆

쓰레기통에 버린다. 그러니 한결 낫다. 그는 앉아서 책상 너머의 여인을 응시한다. 한 남자와 그의 아내.

"마침내 해결책을 찾아냈고, 당신에게 그 이야기를 하려고요." 그녀가 말한다.

해결책? 무슨 문제라도 있나?

"그럼 그렇게 하지그래." 에우제비우가 대답한다.

그녀가 고개를 끄덕인다. "처음엔 웃음으로 해결하려 했어요, 당신은 웃는 걸 좋아하니까." 즐거운 기색이라곤 없이 마리아가 말한다. "당신은 나를, 내가 읽고 있던 책들을 봤지요."

에우제비우는 생각한다. 그래, 그러니까 지난 몇 개월 사이 단골인 코임브라 서점에서 주문한 책들을 말하는 거겠지. 아리스토파네스, 셰익스피어, 로페 데 베가, 몰리에르, 조르주 페이도의 희곡들. 보카치오, 라블레, 세르반테스, 스위프트, 볼테르의 큼직한 책들. 그녀는 몹시 침울한 표정으로 이 모든 작품들을 읽었다. 에우제비우 자신은 그 정도로 대단한 독서가는 아니다. 그는 아내가 왜 이런 책들을 읽는지는 잘 몰랐지만, 늘 그렇듯 그녀를 내버려두었다.

"유머와 종교는 좀체 어우러지지가 않아요." 마리아가 말을 잇는다. "유머는 종교의 많은 실수들을 지적하지만—예수의 이름으로 피를 뿌리는 몹시 부도덕한 사제들 혹은 괴물들—참된 종교를 밝히는 데 도움을 주는 것도 아니죠. 유머는 그 자체로 유머일 뿐이에요. 더 나쁜 것은 유머가 종교를 오해하는 거죠. 종교에는 경망이 설 자리가 없기 때문이에요—그리고 경망을 기쁨과 같은 것으로 생각하는 실수는 저지르지 말자고요. 종교에는 기쁨이 넘쳐요. 종교는 기쁨이에요. 그래서 종교를 경망스럽게 비웃는 것은 핵심을 놓치는 거예요. 조롱하고 싶은 사람이야 핵심을 놓쳐도 괜찮지만, 이해하고 싶은 사람은 그렇지 않죠. 내 말 알아듣겠어요?"

"늦은 시간이긴 하지만, 그런 것 같소." 에우제비우가 대답한다.

"다음으로 난 어린이 책을 시도해봤어요, 에우제비우. 예수는 하느님의 왕국을 어린아이처럼 받아들여야 된다고 말하지 않았던가요? 그래서 우리가 레나투, 루이자, 안토니우에게 읽어주었던 책들을 다시 읽어봤죠."

세 아이의 어릴 적 모습이 그의 마음속에 떠오른다. 자녀들은 비가 많은 기후에서 자란 아이들처럼 어머니의 유창한 말 속에서 살았다. 그들은 쏟아지는 비를 아랑곳하지 않고 달려 나가 소리치고 웃으면서 웅덩이에서 놀았다. 그녀는 이런 즐거운 방해를 못마땅해하지 않았다. 그는 어렵사리 관심을 아내에게 되돌린다.

"이 책들은 행복한 기억들을—아이들이 다 자랐다는 아쉬움도—가져다주었지만, 종교적인 깨달음을 안겨주지는 않았어요. 나는 계속 탐색해갔지요. 그러다가 당신이 좋아하는 작가에게서 해결책이 나타났어요."

"정말이오? 무척 흥미롭군. 애거서 크리스티의 책에 몰두한 당신을 보면서 어려운 공부를 내려놓고 한숨 쉬어 간다고 생각했는데."

그와 그녀는 애거서 크리스티의 팬이었다. 두 사람은 크리스티의 처녀작 『스타일스 저택의 죽음』을 비롯해 전 작품을 읽었다. '포르투갈 미스터리 클럽'의 뛰어난 수완 덕에 그들은 크리스티의 신작 미스터리가 번역되자마자 손에 넣을 수 있었다. 포르투갈 독자들이 열광적이어서 번역은 신속히 진행됐다. 지혜로운 부부는 상대가 최근에 도착한 책에 몰두할 때는 성가시게 굴지 않았다. 일단 두 사람이 책을 다 읽으면, 함께 사건을 살펴보면서 아쉽게 놓친 단서들과 막다른 길로만 치닫던 해결책에 대해 토론한다. 애거서 크리스티 소설의 주인공은 자만심 강하고 별난 외모의 땅딸보 벨기에인 에르퀼 푸아로 탐정이다. 하지만 달걀처럼 생긴 머리 안의 뇌는 누구보다 신속하고 관찰력이 뛰어나다. 그의 '회색 세포'—그는 자신의 두뇌를 그렇게 부른다—는 질서 정연하고 요령 있게 움직이며, 누구도 감지 못 하는 것을 포착한다.

"『나일강의 죽음』은 정말 놀라울 정도로 기발한 작품이었어! 틀림없이 다음 책이 곧 나올 거야." 그가 말한다.

"그럴 거예요."

"그런데 당신은 애거서 크리스티에서 어떤 해결책을 찾았지?"

"먼저 내가 걸어간 길부터 설명해볼게요." 그녀가 대답한다. "이 길은 구불구불하고 도는 곳이 많으니까, 주의해서 들어야 될 거예요. 예수의 기적들부터 얘기해보도록 하죠."

예수의 기적들. 마리아의 단골 화제 중 하나다. 에우제비우는 현미경 옆에 걸린 시계를 힐끗 본다. 긴 밤이 될 것이다.

"현미경에 문제라도 있나요?" 그의 아내가 묻는다.

"아니, 없소."

"현미경을 들여다보는 건 당신이 예수의 기적을 이해하는 데 도움이 되지 않겠죠."

"맞는 말이오."

"또 시계를 쳐다본다고 미래에서 구제되는 것도 아니고요."

"그 역시 맞는 말이오. 당신, 목마르지 않아? 이야기 시작하기 전에 물 좀 마시겠소?"

"그 잔으로 물을 마시라고요?" 그녀는 책상에 놓인 지저분한 잔을 못마땅하게 쳐다본다.

"내가 잔을 씻겠소."

"그거 좋은 생각이네요. 하지만 당장은 괜찮아요. 그런데 물 얘기를 꺼낸 건 아주 적절했어요—우린 나중에 물 이야기로 돌아올 거예요. 지금은 집중해요. 예수의 기적들—정말 많이 있죠, 그렇지 않나요? 하지만 면밀히 살펴보면, 두 가지 부류로 나뉘는 걸 알 수 있죠. 한 부류는 인간의 육신에 은혜를 베푸는 기적들이에요. 이런 것들은 많이 있죠. 예수는 보지 못하는 사람을 보게 하고, 듣지 못하는 사람을 듣게 하고, 말 못하는 사람을 말하게 하고, 다리를 저는 사람을 걷게 해요. 열병을 치료하고 간질을 고치고, 마음의 병에 들린 마귀를 내쫓지요. 나병 환자의 병을 치유해주고요. 12년간 출혈에 시달린 여인이 그의 옷자락을 만지자 출혈이 멈춰요. 또 예수는 죽은 자를 일으키죠—야이로의 딸과 나인 성 과부의 외아들은 죽은 지 얼마 안 되었지만, 죽은 지 나흘이 지난 나사로는 몸에서 죽음의 악취가 났죠. 예수의 병 고침의 기적이라고 부르는 이 기적이, 그가 행한 기적의 압도적인 대다수를 차지해요."

에우제비우는 죽음의 악취를 내뿜는 시신 이야기가 나오자 방금 전에 실시한 부검이 떠오른다. 물 위에 뜬 물렁하고 부푼 시신은 많이 봐서 익숙한데도, 그 모양새와 냄새가 끔찍하기 짝이 없다.

"하지만 병 고침의 기적 말고도 육신에 은혜를 베푸신 다른 기적들이 있어요." 그의 아내가 말을 잇는다. "예수는 어부의 그물에 고기가 넘치게 하지요. 물고기와 떡 덩이를 늘려서 수천 명을 먹여요. 가나에서는 물을 포도주로 바꾸지요. 배고픔을 달래고 갈증을 씻어주면서 다시 한번 육신에 은혜를 베푸는 거예요. 제자들이 탄 배에 들이닥친 폭풍우를 잠잠하게 해서 그들이 익사하지 않게 해준 것도 마찬가지예요. 베드로가 물고기의 입에서 꺼낸 동전으로 성전세를 내게 한 것도 같은 맥락이고요. 베드로가 체포되었다면 매질을 당했을 텐데 덕분에 매질에서 구제받았으니까요."

에우제비우는 마리아를 안을 때 그녀가 그의 육신에 은혜를 베푼다고 생각한다. 사랑하고, 그런 다음 육신의 즐거움을 누리는 것—그보다 더한 기쁨이 있을까? 그들은 봄날의 새들 같았다. 오랜 세월이 흐르는 사이 그들의 육체적 관계는 안정적이 되었지만 만족감은 여전했다—든든하고 푸근한 둥지가 주는 위로. 마리아를 향한 새로운 사랑이 그의 내면에서 타오른다. 두 사람이 만났을 때 그녀는 자신의 이름이 레기온*임을 에우제비우에게 말하지 않았다. 그녀 안에 성경 속의 모든 선지자들과 제자들, 더불어 수많은 사제들이 넘쳐난다고 말하지 않았다. 자녀들을 출산할 때—매번 그녀의 몸 안에서 돌판이 깨지는 것처럼 산통이 시작된다고 말했다—에우제비우가 대기실에 앉아 아내의 가쁜 숨소리와 신음과 비명을 듣는 그 순간에도, 그녀는 신앙에 대해 말했다. 의사와 간호사들은 생각에 잠긴 표정을 지었다. 에우제비우는 그들에게 새로 태어나는 아기에 대해 알려달라고 일깨워야 했다. 마리아가 산고를 겪고 의료진이 아기를 받는 순간에도 그녀는 그들을 생각하게 만들었다. 어쩌다 그는 아름다우면서도 심오한 아내를 갖게 되었을까? 그가 그런 복을 누릴 자격이 있었을까? 에우제비우는 빙그레 웃으면서 아내에게 눈을 찡긋한다.

"에우제비우, 그만해요. 시간이 얼마 없어요". 그녀가 속삭인다. "예수는 왜 인간의 몸에 은혜를 베풀까요? 당연히 주위 사람들에게 감동을 주려고 기적을 행하죠—그리고 사람들은 감동받아요. 놀라워하지요. 하지만 자신이 메시아임을 보여주려고 병자를 치유하고 허기진 배를 채워주는 걸까요? 마귀가 꼬드겨 청했던 것처럼 새처럼 솟아오르거나, 예수 당신이 말했듯이 산을 바닷속으로 옮길 수도 있는 분이에요. 이런 일들 역시 메시아에게 걸맞는 기적이 될 거예요. 그런데 왜 예수는 육신에 기적을 일으킬까요?"

에우제비우는 입을 다물고 있다. 그는 고단하다. 그보다 더한 건 허기다. 그는 아내의 발치에 놓인 가방을 떠올린다. 사무실에 있는

＊　고대 로마의 군대를 뜻하며, 마태복음에서 천사들의 무리를 가리키는 말이기도 하다.

작은 세면대에서 잔을 씻고 책상으로 돌아와, 가방 안을 살펴야 될 것 같다. 평소 마리아는 그를 찾아올 때면 요깃거리를 가져온다.

아내는 스스로 묻고 답한다. "예수가 이런 기적들을 행한 것은, 그것들이 우리가 가장 원하는 곳에 안도감을 가져다주기 때문이에요. 우리 모두는 육신 속에서 고통을 받다가 죽어요. 그게 우리의 운명이에요—그야 당신이 잘 알겠지요, 인간의 썩은 고기를 자르면서 하루하루를 보내는 양반이니. 치유하고 먹이면서 예수는 우리의 가장 연약한 부분에서 우리를 만나죠. 그는 우리에게서 죽음이라는 무거운 짐을 덜어줘요. 그리고 그것이 공중에서 나는 것이든 산을 바닷속에 넣는 것이든 다른 엄청난 능력을 보이는 것보다 우리에게 더 깊은 감동을 주죠."

"이제 예수의 기적들 중 두 번째 영역으로, 해석의 기적 영역으로 가보죠. 이 영역에는 단 한 가지 기적뿐이에요. 그게 어떤 기적인지 알아요?"

"말해봐요." 에우제비우가 부드럽게 말한다.

"예수가 물 위를 걸을 때죠. 그런 기적은 또 없어요. 예수는 제자들에게 배에 타고 계속 여행하라고 말해요. 제자들은 출발하고, 그사이 예수는 기도하러 산으로 가죠. 날이 저물어요. 제자들은 강풍에 맞서 노를 저으려고 안간힘을 쓰지요—그런데 폭풍우는 없어요. 그들의 육신은 아무런 위험에도 빠지지 않죠. 고난의 기나긴 밤이 끝나고 새날이 밝기 시작하자, 제자들은 바다 위를 걸어 배를 향해 다가오는 예수를 봐요. 그들은 겁에 질려요. 예수는 그들을 안심시키지요. '나다, 두려워 말라.' 마태가 쓴 이야기에 따르면 베드로가 예수에게 거기로 가도 되는지 묻게 하지요. '오너라' 라고 예수는 말해요. 베드로는 배에서 나와 물 위를 걸어 예수에게 향하지만, 바람 때문에 겁을 먹고 가라앉기 시작해요. 예수가 손을 뻗어서 베드로를 다시 배로 데려가지요. 역풍이 멈춰요.

"왜 예수는 물 위를 걸으려 할까요? 물에 빠진 영혼을 구하기 위해서, 인간의 육신에 은혜를 베풀기 위해서? 아니요—베드로는 예수가 물 위를 걷기 시작한 이후에 물속에서 어려움을 겪어요. 다른 자극이 있었을까요? 예수는 신새벽 외떨어진 해변에서 홀로 물 위를 걷는 기적을 시작하고, 제자들 외에 아무도 그를 보지 못했어요. 달리 말해 기적에 사회의 필요는 없었죠. 물 위를 걷는 것은 누군가에게 특별한 득이 되지도 않았고, 특별한 희망을 불러일으키지도 않았어요. 누가 그 기적을 부탁한 적도 없고, 기대한 적도 없고, 심지어 필요하지도 않았다고요. 복음서처럼 간결하고 엄선된 표현을 쓰는 문서들에 왜 그런 이례적인 기적이 들어갈까요? 그 일은 두 권의 공관복음서—마태복음과 마가복음—와 요한복음에 드물게 공동으로 등장하는 기적 중 하나죠. 어떤 의미가 있을까요, 에우제비우. 그것은 어떤 의미가 있겠어요? 한순간 명료해지면서 난 알았어요."

그는 으쓱한다. 늘 이런 식이다. 마리아는 말하고 말하고 또 말하고, 갑자기 그는 성경 이야기 속에서 물고기처럼 걸려든다. 그녀는 무엇을 알았다는 걸까?

"나는 물 위를 걷는 예수의 기적을 액면 그대로 받아들이면 별 의미가 없다는 것을 알았어요. 하지만 다른 것을 암시한다고 보면—달리 표현해서 비유로 보면—그때는 기적이 비밀을 털어놓죠. 수영은 현대의 고안물이에요—예수 시대의 사람들은 수영을 못했어요. 깊은 물에 빠지면 그대로 익사했어요—그건 액면 그대로의 진실이죠. 하지만 우리가 물을 인생 경험으로 생각하면, 그것은 종교적인 진실이 되기도 해요. 인간들은 연약하고, 연약함 속에서 물에 가라앉아요. 예수는 가라앉지 않아요. 물속에서 가라앉는 사람은 자연스럽게 위를 쳐다보겠죠. 그는 무엇을 볼까요? 숨 막히는 어둠에 삼켜지는 순간, 위쪽의 구원이라는 뚜렷한 빛과 순수한 공기가 보이죠. 그는 예수를, 연약함 속에서 허우적대는 자들 위에 서서 구원을 내미는 예수를 봐요. 이것은 베드로가 물 위에서 제대로 걷지 못한 것을 설명해요. 베드로는 인간에 불과하고, 따라서 그는 가라앉기 시작해요. 그렇게 우리의 연약함과 예수의 순수함과 그가 내미는 구원에 대한 우화로 읽으면, 이 기적은 완전히 새로운 의미를 띠죠.

"이제, 나는 스스로에게 물었어요. 이 기적을 우화적으로 읽는다면 다른 기적들도 그렇게 읽어야 되지 않을까? 인간의 육신에 은혜를 주는 기적들도 비슷하게 읽으면 되지 않을까? 전에는 그런 생각을 해본 적이 없었어요. 나란 사람은 정말 한심한 여편네죠, 늘 예수의 육신에 대한 기적들을 액면 그대로의 진실로 받아들였으니. 내 머릿속에서 예수는 나병, 앞 못 보는 병, 다른 질병들과 질환들을 실제로 고치고, 실제로 수천 명을 먹였어요. 하지만 주님이 고작 떠돌이 의사요 떡장수에 불과한가? 그렇지 않을 거예요. 인간의 육신에 은혜를 베푼 기적들은 틀림없이 더 대단한 의미를 가질 거예요."

"어떤?" 에우제비우가 고분고분하게 묻는다.

"글쎄요, 그것들이 '영원한 왕국'의 상징이 아니라면 또 뭐겠어요? 예수가 행하는 치유의 기적은 우리가 믿음이 있다면 얻는 궁극적인 자리를 언뜻 보여주죠. 믿어라, 그러면 너희는 죽음에서 치유받을 것이요, 영원히 먹게 되리라. 내가 하는 말의 취지가 이해되나요?" 에우제비우는 조심스럽게 고개를 끄덕인다. 마리아의 목소리는 따뜻하고 부드러우며 위로를 준다. 그것을 먹을 수 있다면 얼마나 좋을까. 그는 시계를 힐끗 본다. "예수가 물 위를 걷는 기적은, 전반적으로 성경을 어떻게 읽을지에 대한 지침이에요. 우리가 성서를 네 명의 기자가 쓴 기사라도 되는 듯이 읽는다면 복음서들은 더 미약해지고, 메시지는 흐릿해지겠지요. 하지만 그것들을 은유와 상징의 언어로 쓴 글로 읽는다면, 복음서들은 윤리적 깊이와 진실을 내보이며 비밀을 보여주죠. 그게 바로 예수 자신이 사용한 언어예요, 그렇지 않은가요? 그는 사람들을 어떻게 가르쳤나요?"

"복음서에 나와 있지. '그는 비유가 아닌 것으로는 말하지 않았다'라고."

"맞아요. 잃어버린 양, 겨자 씨, 무화과나무, 누룩, 씨 뿌리는 자, 돌아온 탕자 등등의 비유. 비유가 정말 많죠."

겨자 소스, 졸인 무화과를 곁들인 양고기와 포도주 한 잔—먹음직스러운 비유들이 참 많다고 에우제비우는 생각한다.

"비유는 간략한 이야기 형태의 우화예요. 그것은 여행 가방이어서 안에 담긴 내용물을 보려면 열어서 짐을 풀어야 해요. 그리고 가방의 자물쇠를 풀어 활짝 펼쳐줄 유일한 열쇠가 우화죠.

"마지막으로, 단 한 가지 기적만이 진실하고 문자 그대로이며 우리 신앙의 기둥이에요. 그분의 부활. 일단 그게 명확하면, 예수가 들려준 모든 이야기와 예수에 대한 모든 이야기가 이해되기 시작할 거예요. 그게 기독교의 핵심이죠. 바다에 에워싸인 섬처럼, 이야기들에 둘러싸이고 이야기들이 떠받치는 한 가지 기적이에요."

에우제비우는 잔기침을 한다. "이런 깨달음을 세실리우 신부와 나눈 적은 없겠지, 그렇지 않소?"

세실리우 신부는 그들이 사는 교구의 사제다—또한 마리아가 눈을 허옇게 굴리는 대상이기도 하고. 이 딱한 양반은 늘 그녀 앞에서 알을 제대로 낳지 못하는 닭장 속의 닭처럼 보인다.

"뭐예요, 그러다 괜히 파문당할 일 있어요? 그 멍청이는 내 신앙을 모욕하는 문자주의*의 망치라니까요. 아둔하기로는 소와 다를 바 없죠."

"하지만 마음은 선량하지." 에우제비우가 진정시키려는 듯이 말한다.

"그거야 소도 마찬가지죠."

"그거 참 흥미롭군, 당신이 방금 전 들려준 이야기 말이야."

"아직 다 안 끝났어요. 기억하는지 모르겠지만 내가 찾고 있었다고 말했죠? 문제가 있다고."

"그래, 그리고 당신이 해결책을 찾았다고 했지."

"아, 어찌나 가슴이 두근대는지! 당신이 그 잔을 깨끗하게 씻어주면 한잔 마셔야겠네요."

마리아는 몸을 숙여서 가방에서 적포도주 한 병을 꺼내 책상에 올려놓는다. 에우제비우의 얼굴에 환한 미소가 번진다. "마리아, 정말 잘했소!" 그가 서둘러 포도주를 딴다. 포도주가 공기를 쐬는 사이, 그는 잔을 깨끗하게 씻는다.

"잔이 이것뿐인데." 그가 말한다. "당신은 이 잔으로 마시고 나는 병째 마시도록 하지."

"그러지 말아요. 잔을 돌려가면서 마시면 되죠."

"좋소." 감로수를 잔에 따른다. 술이 반딧불이처럼 반짝인다. 그는 술이 목구멍으로 넘어가는 상상을 하면서 입술을 적시지만, 먼저 아내에게 잔을 권한다. "먼저 마셔요, 나의 천사여."

마리아는 생각에 잠겨서 조금 홀짝인다. 눈을 감고 포도주가 일으키는 효과를 음미한다. 그녀가 흡족해하며 눈을 뜬다. "좋은 술이네요."

마리아가 잔을 남편에게 넘겨준다. 에우제비우는 더 들이켜고는 흐뭇해하는 소리를 내더니 단숨에 잔을 비운다. "와! 정말 좋군. 조금만 더 마시자고." 그는 잔을 반쯤, 아니 반보다 조금 더 채운다.

마리아가 한 모금 더 홀짝인다. "이만하면 난 충분해요." 그녀가
말한다. "새해 복 많이 받아요."

"뭐라고?"

"시간을 알아보지 못할 거면 시계를 본들 무슨 소용이에요? 시
곗바늘을 보라고요. 자정이에요. 이제 우린 1939년에 있어요."

"맞는 말이야. 새해 복 많이 받아요, 나의 천사여. 멋진 한 해가
되기를."

그는 잔을 비우고 다시 의자에 앉는다. 이제 그가 반딧불이처럼
빛날 차례이고, 그의 마음이 하릴없이 경쾌하게 날아다닌다. 그때
아내가 다시 말을 시작한다.

"왜 예수는 비유로 이야기하려 할까요? 왜 그는 이야기를 하면
서 동시에 이야기를 통해 자신을 드러낼까요? 왜 진실은 허구라는 도
구를 쓰려 할까요? 우리를 즐겁게 해주려고 언어를 만돌린처럼 연주
하는 작가들은 은유가 넘쳐나는 이야기들을 쓰지요. 소설가, 시인,
극작가, 그 밖에도 다른 창작물을 쓰는 예술가들 말이에요. 그런데
나사렛 예수에 대한 눈에 띄는 역사적 기록이 없다는 게 특이하지
않아요? 별 볼 일 없는 깐깐하고 왜소한 하급 관료가 리스본에서
브라간사에 온 소식도 신문마다 나고, 그 기록이 내내도록 기록 보
관서에 남죠. 혹은 당신, 당신의 일도 마찬가지예요, 에우제비우.
사람이 죽는 흔한 일이 벌어져요—그러면 당신은 보고서를 쓰고,
평범한 죽음을 영원하게 하죠. 하느님의 아들이 마을에 와서 돌아

다니면서 모든 사람을 만나 커다란 감동을 주고 살해당해요—그런데 아무도 그 일에 대해 쓰지 않았잖아요? 위대하고 성스러운 혜성이 땅에 떨어졌는데, 그 영향력이 고작 구전 설화의 소용돌이로 나타날 뿐이라니요?

"서기 1세기부터 이교도 저자들은 수백 가지의 문건을 남겼어요. 예수는 어느 문건에서도 언급되지 않아요. 당대의 어느 로마인도—관료, 장군, 행정가, 역사가, 철학자, 시인, 과학자, 상인, 어떤 부류의 작가도—그를 언급하지 않아요. 공적인 비문碑文이나 현존하는 개인 서신들 어디에서도 예수에 대한 최소한의 언급도 없었어요. 게다가 그는 출생증명서도, 재판 기록도, 사망증명서도 남기지 않았죠. 그가 사망하고 1세기 뒤에나—100년이 지나서!—이교도에 의해 단 두 차례 언급되었을 뿐이죠. 한 사람은 로마의 상원 의원이자 작가인 소小 플리니우스*, 다른 한 사람은 로마의 역사가 타키투스예요. 편지 한 통과 몇 페이지—제국의 열정적인 관료들과 자부심 강한 행정가들에게 나온 언급은 그게 전부예요. 제국의 다음 종교가 예수에 토대를 두고, 수도는 예수의 찬미자들의 수도가 될 텐데도 말이죠. 이교도들은 자신들을 로마인에서 기독교인으로 바꿀 이 인물을 눈여겨보지 않았어요. 프랑스인들이 프랑스 혁명을 인식하지 못하는 것만큼이나 어이없는 일이에요.

"당시 유대인들이 예수에 대해 언급했다고 해도 문건은 다 소실

---

*   가이우스 플리니우스(61?~113?). 고대 로마의 문학가이자 법조인, 자연 철학자.

되었죠. 그를 음모에 몰아넣은 바리새파 누구도, 그를 죽음에 몰아 넣은 종교 평의회인 산헤드린 공회의 누구도 기록을 남기지 않았 어요. 역사가인 요세푸스는 두 차례 예수에 대해 간략히 언급하지 만, 그가 십자가에 못 박히고 수십 년이 지나서였어요. 나사렛 예 수에 관련된 역사적 기록은 모두 비기독교적인 출처에서 나온 것 으로 그나마도 몇 페이지 안 되는 데다, 하나같이 간접적인 내용에 불과해요. 기독교적인 출처를 통해 이미 알려진 내용일 뿐 새로운 얘기는 없어요.

"아니, 아니, 아니요. 역사적인 기록은 아무짝에도 도움이 되지 않아요. 인간 예수에 대해 알려진 내용은 전부 네 명의 우화 작가에 게서 나왔어요. 더 놀라운 사실은 이런 이야기의 음유시인들이 예 수를 한 번도 만난 적이 없다는 점이에요. 마태, 마가, 누가, 요한. 그들이 누구든지 간에 예수를 목격한 사람들은 아니었죠. 로마인들 과 유대인들처럼 그들은 예수가 세상을 거쳐 가고 세월이 흐른 뒤에 그에 대해 썼어요. 그들은 수십 년간 돌고 돌아 구전된 이야기들을 기록하고 정리한, 영이 충만한 필경사들이었지요. 그제야 주로 입으 로 전해져 살아남은 이야기들을 통해 예수는 우리에게 온 거예요. 한 사람의 자취가 우연적이고 위험한 방식으로 역사에 남은 거죠.

"참으로 이상한 것은 예수가 그런 방식이기를 바란 것 같다는 점 이에요. 유대인들은 글을 쓰고 읽는 데 집착해요. 유대인의 손가락 은 펜이죠. 신은 우리 비유대인들에게는 단순히 말하시는 반면 유 대인들은 글이 새겨진 석판들을 받았어요. 그런데 여기 글로 적힌 말보다 바람을 선호했던 중요한 유대인이 있었어요. 그는 기록된 사실보다 소용돌이치는 구전 설화를 택했어요. 왜 이런 식의 접근을 했을까요? 왜 유대인들이 소망하던 막강한 군사적인 메시아의 모습을 보여주지 않았을까요? 왜 역사를 창조하는 것보다 이야기를 하는 쪽을 선호했을까요?"

그의 아내는 그를 웅장한 복도에서 다른 복도로 이끌고 있다. 에우제비우는 이제 그들이 넓은 무도장과 반짝이는 샹들리에가 있고, 천장이 높은 연회실로 들어서고 있음을 감지한다.

"그것은 다시 한번 예수가 우리에게 은혜를 베풀려 하기 때문인 것 같아요. 이야기가 혼례식이라면, 우리 듣는 이들은 통로를 걸어 들어오는 신부를 지켜보는 신랑이죠. 상상의 완성이라는 행위 안에서 함께 어우러져 이야기가 탄생하는 거예요. 여느 결혼이 그렇듯, 또 결혼이 제각기 다르듯 이 행위는 우리와 관련되고, 그래서 각자 이야기를 다르게 해석하고 다르게 느끼죠. 하느님이 우리를 찾아오시듯 이야기는 우리 개개인에게 찾아와요—그리고 우리는 그것을 좋아하죠. 이야기는 인간의 정신에 은혜를 베풀어요. 예수는 이야기를 통해 우리를 감동시키는 한, 우리의 놀라운 상상력에 지문을 남기는 한 우리와 함께할 것이며, 우리 역시 그와 함께할 것이라고 차분히 확신하면서 세상을 거닐었어요. 그리고 그는 말이 아니라 조용히 이야기를 타고 왔지요.

"상상해봐요, 에우제비우. 당신은 잔치에 초대받았고 최고급 포도주와 진수성찬이 차려진 상을 받아요. 당신은 배가 부르도록 먹고 마셔요. 그러고 나서 주인에게 고개를 돌려 당신이 먹은 가축에 대해 물을 건가요? 만약 그런다면 그 가축들에 대해 약간의 정보를 얻겠죠―하지만 그 무엇인들 방금 먹은 잔칫상과 비교가 되겠어요? 역사적인 예수에 대한 이 환원주의적 탐색을 버려야만 해요. 아무리 해도 그는 찾을 수 없을 거예요. 왜냐하면 예수가 흔적을 남기려고 선택한 곳은―그 방법은―거기가 아니니까요. 예수는 이야기를 들려주고 이야기를 통해서 살았어요. 우리의 신앙은 그의 이야기에 대한 신앙이고, 그 이야기-신앙 외에는 아무것도 없어요. 성스러운 말은 이야기이고, 이야기는 성스러운 말이거든요."

마리아가 크게 심호흡한다. 그녀의 얼굴에 미소가 번진다. "저기, 이야기들은 여전히 우리와 함께 있어요. 그리고 나는 애거서 크리스티에게서 해결책을 얻어요."

그녀는 몸을 숙이고 발치에 놓인 가방에서 책을 여러 권 꺼낸다. 에우제비우에겐 낯익은 책들이다. 『갈색 양복의 사나이』『푸른 열차의 죽음』『세븐 다이얼스 미스터리』『목사관 살인 사건』『왜 에번스를 부르지 않았지』『3막의 비극』『메소포타미아의 살인』『나일강의 죽음』『수수께끼의 할리 퀸』『에이비씨 살인 사건』『에지웨어 경의 죽음』『애크로이드 살인 사건』『스타일스 저택의 죽음』『화요일 클럽의 살인』『죽음의 사냥개』『헤이즐무어 살인 사건』『오리엔트 특급 살인』『벙어리 목격자』『엔드하우스의 비극』. 몇 권 바닥으로 주르륵 떨어진 것을 제외하고 모두 그의 책상 위에 올려지고, 그중

엔 화사한 표지의 양장본도 여러 권 있다.

"『오리엔트 특급 살인』을 다시 읽으면서 처음으로 그 생각이 떠올랐어요. 그 기차가 동양에서 어떻게 오는지 깨달았죠. 이야기의 핵심부에는 승객이 13명 있고 그중 한 명은 괴물, 유다 같은 인물이죠. 이 승객들이 얼마나 각계각층의 인물이며, 다양한 국적 출신인지 알겠더라고요. 조사관 중 한 명인 에르퀼 푸아로를 돕는 사람이 닥터 콘스탄틴이라는 인물이라는 것을 알았죠. 예수의 이야기는 다른 콘스탄틴*에 의해 인기를 얻은 동양의 이야기가 아닌가요? 예수는 열두 제자를 두었고 그중 유다가 있지 않았나요? 팔레스타인은 국적이 뒤섞인 '오리엔트 특급'이 아니었나요? 에르퀼 푸아로의 이질성은 자주 언급되죠. 그는 반복해서 곤경에서 벗어나요. 이 외국인이 개입해서 상황이 해결되죠—그게 예수를 바라보는 한 가지 방식이 아닌가요? 이런 깨달음들은 나로 하여금 애거서 크리스티의 살인 사건들을 새로운 시각에서 살피게 했어요.

"나는 어수선하게 상황을 파악하기 시작했어요. 모든 사소한 사건에는 의미가 있어요—애거서 크리스티의 이야기는 계시적인 세부 사항들을 서술하고, 그래서 복음서처럼 간결하고 직접적인 언어로 쓰여 있어요. 문단과 소단원은 간략하고 그 수가 많죠. 핵심적인 내용만 설명되어 있어요. 복음서처럼 살해 미스터리도 진수

---

* 고대 로마의 황제 콘스탄티누스 1세(재위 306~337). 기독교를 공인해 로마제국의 국교로 삼았다.

만 추려져 있지요.

"난 애거서 크리스티의 소설에 어린이들이 거의 나오지 않는다는 걸 알았어요—살인 사건은 결정적으로 성인의 오락이기 때문이에요. 마찬가지로 복음서에도 어린이들은 거의 등장하지 않고, 복음서 역시 어른의 감성에 초점을 맞추죠.

"진실을 아는 이들은 늘 의심받고 멸시당한다는 것도 알았어요. 물론 예수가 그런 경우죠. 하지만 미스 마플을 봐요. 그녀는 언제나 알고, 그녀가 안다는 사실에 다들 놀라죠. 에르퀼 푸아로도 마찬가지예요. 우스꽝스럽기 짝이 없는 땅딸보가 뭘 알 수 있을까? 그런데 그는 알아요, 잘 알죠. 복음서처럼 애거서 크리스티의 소설에서도 보잘것없는 이들이 승리해요.

"애거서 크리스티 소설의 핵심에는 늘 가장 무거운 죄악—목숨을 앗아 가는 것—이 있어요. 예수 이야기도 마찬가지고요. 양쪽의 서술은 공통적으로 다양한 등장인물을 짧게 소개하고, 모든 의혹들을 쭉 나열해요. 그러면 독자는 누가 악의 유혹에 지지 않는지, 또 그와 대조적으로 누가 악의 유혹에 지고 마는지 알 수 있어요. 복음서와 애거서 크리스티의 소설에서 불굴의 용기는 연약함 옆에 자리를 잡아요. 그리고 이해의 빛은 똑같은 방식으로 우리에게 도달하죠. 우리는 본질적으로 중립적인 사실들을 얻고 나면, 그 사실들에 의미를 새기는 하나의 해석을 얻어요. 예수의 비유는 그런 식으로 전개되고—제시한 후 설명하는 방식—예수의 수난도 그렇게 전개되죠. 예수의 죽음과 부활은 사후 바울에 의해 설명되고 의미가 부여되었지요. 애거서 크리스티의 살인 사건들도 같아요. 에르퀼 푸아로는 어떤 의미인지 말하기에 앞서 모든 사실을 요약해 보여주죠.

"증언의 주요 역할에 주목해봐요. 예수나 에르퀼 푸아로나 펜을 잡으려 들지 않았어요. 두 사람 다 구어 안에 머무는 데 만족했어요. 따라서 증언이라는 행위가 반드시 필요했죠─증언이 아니라면 그들이 무엇을 말하고 행했는지 우리가 어떻게 알겠어요? 하지만 증언은 결과이기도 했어요. 각자가 자신의 영역에서 놀라운 일을 행했기 때문에 사람들은 증언해야 할 필요성을 느꼈어요. 예수를 만났던 사람들은 한평생 가족과 친지, 타인들에게 그에 대해 말했고, 결국 그들의 이야기가 바울, 나중에는 마태, 마가, 누가, 요한의 귀에 들어갔지요. 그리고 왓슨 박사[*]를 닮은 아서 헤이스팅스도 마찬가지예요. 그는 에르퀼 푸아로의 많은 이야기를 복음서의 화자들에 견줄 만큼 충직하게 전하지요.

"하지만 모든 증언을 완전히 믿을 수는 없는 법이에요. 우리는 아서 헤이스팅스에게서 그런 점을 확실히 발견할 수 있어요. 그는 결국 푸아로가 명쾌한 설명으로 사건을 이해하게 도와줄 때까지 항상 몇 걸음 뒤에 있어요. 우리는 아서 헤이스팅스만 아둔한 게 아님을 깨닫죠. 우리도 실마리를 놓치고, 중요한 부분을 오해하고, 의미를 간파하지 못했거든요. 우리 역시 에르퀼 푸아로의 도움을

---

[*]   존 왓슨. 코난 도일의 추리 소설 '셜록 홈즈 시리즈'의 화자.

받아야 쫓아갈 수 있어요. 예수도 마찬가지예요. 그는 끝없이 실마리를 놓치고, 중요한 부분을 오해하고, 의미를 간파하지 못하는 수많은 아서 헤이스팅스들에 둘러싸여 있었어요. 예수 역시 제자들이 이해할 수 있게 모든 것을 설명해야 했어요. 그래도 제자들은 오해했고, 여전히 예수의 말이나 행동에 동의할 수가 없었죠. 복음서들을 봐요. 네 권의 복음서는 다른 복음서들과 서로 조금씩 달라요. 목격자의 증언이 그러하듯, 복음서들은 모두 제각각이에요.

"애거서 크리스티의 미스터리에서 살인범은 우리 예상보다 가까운 인물이기 일쑤예요. 몇 가지만 꼽아보자면 『갈색 양복의 사나이』『세븐 다이얼스 미스터리』『3막의 비극』『에이비씨 살인 사건』, 특히 『애크로이드 살인 사건』이 그렇죠. 우리는 멀리 있는 악은 명확하게 보지만, 악이 가까이 있을수록 윤리적 통찰력이 결여되죠. 가장자리가 흐릿해지고 핵심은 보기가 어려워요. 그래서 누가 한 짓인지 드러나면 '브루투스, 너마저?'라는 식으로 반응하죠. 유다가, 친구이자 길벗인 선한 이스가리옷 유다가 배반자임이 드러났을 때 다른 제자들은 틀림없이 그런 반응을 보였을 거예요. 우리는 가까운 악을 얼마나 보지 못하는지요, 얼마나 외면하려 하는지요.

"보지 못한다는 얘기가 나왔으니 말인데 이런 묘한 현상이 있죠. 우린 강박에 사로잡혀서 애거서 크리스티를 읽어요. 우리는 기필코 계속 읽어야 해요. 우린 누가, 어떻게, 그리고 왜 그 일을 저질렀는지 알고 싶죠. 우리는 범죄 실행의 복잡성에 놀라요. 아, 살인범의 냉철한 정신, 단호한 손길. 호기심을 충족시킨 뒤에는 책을 내려놓고—그리고 곧 누가 그 일을 벌였는지 잊어버리죠! 그렇지 않나요? 누가 피해자인지는 잊어버리지 않아요. 애거서 크리스티는 소설의 제목을 『애크로이드 살인 사건』이나 『에지웨어 경의 죽음』이라고 짓고도 독자들이 흥미를 잃을까 걱정할 필요가 없죠. 피해자는 이미 알려진 사실이고, 그 사람은 우리 곁에 있어요. 하지만 살인자는 우리의 머릿속에서 얼마나 빨리 사라지나요. 우리는 애거서 크리스티 소설을 집어 들고—그녀의 작품은 정말 많아요—궁금해해요. 내가 이 책을 읽었던가? 어디 보자, 그 여자가 피해자네, 맞아. 그건 기억나는데 범인이 누구였더라? 이런, 기억을 못 하겠는걸. 100페이지쯤 다시 읽은 후에야 누가 살인을 저질렀는지 기억하곤 하죠.

"복음서를 읽을 때도 똑같은 기억상실증을 겪어요. 우리는 피해자는 기억해요. 당연히 기억하고말고요. 하지만 그분을 죽인 자를 기억하나요? 거리의 행인에게 다가가서 '빨리 대답해봐요. 누가 예수를 죽였나요?'라고 물으면, 아마 뭐라고 대답해야 할지 몰라 쩔쩔맬걸요. 누가 나사렛 예수를 살해했는가? 누구의 책임이었는가? 이스가리옷 유다? 쳇! 그는 도구이자 종범에 불과했어요. 예수를 배반했고, 예수를 찾는 자들에게 넘겨주긴 했지만 죽이지는 않았지요. 그러면 로마 행정장관 본디오 빌라도가 사형을 선고했나요? 천만에요, 빌라도는 그저 하라는 대로 했을 뿐이에요. 그는 예수가 어떤 잘못도 없다는 것을 알고 그를 풀어줄 방도를 강구했고, 바라바를 십자가형에 처하고 싶었죠. 그런데 성난 군중을 맞닥뜨리자

굴복했을 뿐이에요. 빌라도는 폭동이 일어나는 꼴을 당하느니 무고한 이를 희생시키는 쪽을 선택했지요. 그러니 그는 나약한 인간, 살인의 또 다른 종범이긴 해도 실제 살인범은 아니었어요.

"그러면 누가 그 짓을 저질렀나요? 더 일반적으로 로마인들이라고 해야 하나요? 로마 병사들이 로마제국의 속주에서 로마법에 입각한 로마의 관례에 따라 예수를 매달아 죽였어요. 하지만 그런 막연한 살인범들에 대해 들어본 적이 있어요? 오래전 사라진 제국의 이름 없는 하급 관료들이, 옥신각신하는 현지인들을 달래려고 신의 아들을 죽였다고 신학적으로 받아들여야 할까요? 그렇다면 누구의 짓이었는지 아무도 기억 못 하는 건 당연하지요.

"그래요! 하지만 물론 예수를 살해한 것은 유대인이죠! 흔히 하는 이야기 아닌가요? 교활한 유대인 장로 집단은 로마 권력과 결탁해서, 문제 인물인 동포 유대인을 없애려고 공모했지요(그리고 우리는 이탈리아인이 아니라 유대인을 미워해야 된다고 기억하죠—왜 그렇게 됐을까요? 부끄러운 일이에요!). 하지만 책임이 유대인에게 있다면 어느 유대인이죠? 이름은 뭔가요? 대제사장 가야바가 있어요. 그 외에 또 누가 있나요? 이름을 댈 만한 사람이 없죠. 유다처럼, 빌라도처럼 가야바는 종범이었어요. 유대인들은 대놓고 유대인을 죽일 수는 없었지요—십계명을 기억하죠? 가야바는 그 일을 대신해줄 다른 사람들을 찾아야만 했어요. 그래서 그와 동료 장로들은 군중을 몰아갔고, 바로 이 군중들이 예수에게 불리한 결정을 내렸어요. 그들에게 진실이, 실질적인 죄가 있어요. 군중이 예수를 풀어주고 바라바를 십자가형에 처하라고 외쳤다면, 빌라도는 그 말을 들었을 거예요. 가야바는 뜻을 꺾었을 테고, 유다는 피의 대가로 받은 보상금을 돌려줘야 했겠죠.

"그러면 문제가 해결된 것 같네요. 나사렛 예수를 살해한 것은 군중이었어요. 정확히 표현하자면 대개 익명인 장로들의 사주로 인해, 대개 익명인 관료들의 부채질로 인해 군중은 예수가 죽기를 바랐어요. 그러자 익명의 병사들이 실제로 그를 죽였지요. 하지만 그것은 군중에서 시작되었고, 군중보다 더 익명인 것이 있나요? 군중은 의미상 익명을 뜻하지 않나요? 이런 관점으로 보면 분명한 점은 이거예요. 이 죄 있는 유대인들, 이 죄 있는 로마인들—애거서 크리스티의 소설에서는 흔히 위증자들, 주의를 딴 데 쏠리게 하는 자들이죠. 아둔한 세상 사람들은 예수를 죽인 게 이웃에 사는 유대인이라고 생각하죠—그게 더 구체적이에요. 하지만 신학적 사실에 따르면 나사렛 예수를 죽인 것은 익명이었어요. 그렇다면 누가 익명인가요?"

마리아는 말을 끊는다. 몇 초간 침묵이 흐른 뒤, 에우제비우는 아내가 대답을 기다린다는 것을 깨닫고 깜짝 놀란다.

"이런! 난 잘 모르겠는데. 난 한 번도……."

"익명은 당신이고 나이고 우리 모두예요. 우린 나사렛 예수를 살해했어요. 우리가 그 군중이에요. 우린 익명이에요. 역사를 파고들어 흐르는 것은, 유대인들의 죄가 아니라 우리 모두의 죄예요. 하지만 우리는 그걸 얼마나 빨리 잊어버리나요. 우린 죄를 좋아하지 않아요, 그렇죠? 우린 죄를 숨기고 죄를 잊고, 죄를 왜곡하고 죄를 포장하고, 죄를 다른 사람에게 전가하고 싶어 해요. 죄에 대한 반감 때문에 우리는 복음서에서 누가 피해자를 죽였는지 기억하려고 안간힘을 쓰죠. 애거서 크리스티의 살해 미스터리에서 누가 피해자를 죽였는지 기억하려고 안간힘을 쓰듯이.

"그리고 종국에는, 예수의 생애를 살해 미스터리로 묘사하는 게 가장 간단하지 않은가요? 한 생명이 목숨을 잃었고, 피해자는 완전히 결백해요. 누가 그 짓을 저질렀나요? 누구에게 동기와 기회가 있었나요? 시신에게 어떤 일이 벌어졌나요? 이 모든 게 무엇을 의미하나요? 범죄 해결에 뛰어난 탐정이 필요했고, 살인 사건이 벌어지고 몇 년 뒤, 1세기의 에르퀼 푸아로가 나타났어요. 바로 타르수스의 바울이었죠. 기독교는 바울에서 시작되죠. 초기 기독교 문서들은 바울의 서신들이에요. 우리는 예수의 삶을 다루는 복음서들보다 그 서신들에서 먼저 예수의 이야기를 얻지요. 바울은 예수 사건의 밑바닥을 파고들겠노라 맹세했어요. 그는 회색 세포를 이용해 사건들을 뒤쫓고, 증언을 듣고 사건 기록들에 탐닉하고 실마리를 모으고 모든 세부 사항들을 연구해요. 그는 다마스쿠스로 가는 길에서 예수의 환상을 보는 형태로 결정적인 기회를 맞았어요. 그리고 조사의 말미에 가능한 유일한 결론을 도출했죠. 그런 다음 설교하고 글을 썼고, 예수는 실패한 메시아에서 우리의 죄라는 짐을 지는, 부활한 하느님의 아들이 되었어요. 바울은 나사렛 예수의 사건을 종결했어요. 그리고 애거서 크리스티의 독자가 범죄의 해결에서 큰 기쁨을 느끼고 그녀의 놀라운 천재성에 충격을 받는 것처럼, 기독교에서 예수의 부활과 그 의미는 강렬한 기쁨을—더욱이 지속되는 환희를—불러일으키지요. 기독교도는 신의 무한한 자비와 더불어 놀라운 천재성에 감사해요. 바울이 이해한 바대로, 사랑의 하느님이 예기치 않게 예수를 죽게 한 다음 다시 부활시키는 문제, 그 문제에 대한 유일한 해결책은 우리의 죄를 씻어주기 위한 예수의 부활뿐이기 때문이에요. 에르퀼 푸아로도 바울의 해결책에 진심으로 동의할 거예요.

"복음서의 세계는 가혹해요. 그 안에는 큰 고통이, 육신의 고통과 영혼의 고통이 있죠. 그것은 극단적인 윤리의 세계이고, 선한 이들은 순전히 선하고 악한 이들은 끝까지 악해요. 애거서 크리스티의 세계도 똑같이 가혹해요. 우리 가운데 누가 에르퀼 푸아로와 제인 마플처럼 살인 사건에 에워싸여 사나요? 게다가 이 살인범들 뒤에는 비열한 악의 무리가 숨어 있죠! 하지만 우리의 세계는 그것과 달라요. 그렇지 않나요? 우리 대부분은 그렇게 대단한 선도, 그렇게 대단한 악도 몰라요. 우리는 그럭저럭 중도를 견지하며 살아가죠. 하지만 살인 사건이 벌어지고, 때로는 대규모로 일어나기도 하잖아요? 세계대전이 끝난 게 얼마 되지 않았죠. 이웃 스페인 사람들은 저네들끼리 마구잡이로 살상을 저질러요. 유럽 대륙에서 또 전쟁이 터질 거라는 소문도 꾸준히 돌아요. 금세기의 상징적인 범죄는 살인이에요, 에우제비우. 여전히 익명은 우리와 함께 있어요. 중도를 견지하며 살아간다는 건 망상이에요. 우리의 세계 역시 가혹하지만, 우리는 행운과 눈을 감아서 만든 피난처에 숨어 있어요. 행운이 바닥나면, 눈이 뜨여지면 당신은 어떻게 할래요?

"슬픈 사실은 의사들이 뭐라고 하든 자연사는 없다는 점이에요. 모든 죽음은 살해로, 사랑하는 이를 부당하게 빼앗긴 것으로 느껴지죠. 가장 운이 좋은 사람이라 할지라도 살면서 적어도 한 번의 살해를 맞닥뜨리죠. 바로 자신의 죽음 말이에요. 그게 우리의 운명이에요. 우리 모두는 자신이 피해자인 살해 미스터리에서 살아요.

"복음서만큼 높은 도덕 수준을 보여주는 유일한 현대적 장르가 바로 저평가되는 살해 미스터리죠. 애거서 크리스티의 살해 미스터리를 복음서 위에 올려놓고 조명을 비추면, 관련성과 적합성, 합의와 동일성을 보게 되죠. 패턴이 맞아떨어지고 서사적 유사점이 드러나요. 같은 도시의 지도, 같은 존재의 비유처럼 똑같아요. 똑같이 윤리적 투명성으로 빛나요. 애거서 크리스티가 세계 역사상 가장 인기 있는 작가인 이유도 그 때문이죠. 그녀의 매력은 성서처럼 폭넓고, 그녀의 파급력은 성서만큼이나 대단해요. 왜냐하면 크리스티는 현대의 사도, 여성 사도이기—2,000년간 남자들이 떠들어댄 후 이제 때가 된 거예요—때문이에요. 이 새로운 사도는 또한 예수가 답한 질문들과 똑같은 질문들에 대답해요. 죽음을 어떻게 할 것인가? 살해 미스터리는 늘 마지막에 해결되며 의혹이 말끔히 해소돼요. 우리 삶에서 죽음도 그래야만 해요. 아무리 어려워도 죽음을 해결하고, 의미를 부여하고, 맥락을 살펴야 해요.

"그런데 애거서 크리스티와 복음서는 중요한 면에서 달라요. 이제 우린 예언과 기적의 시대에 살지 않아요. 복음서 시대 사람들과 달리 이제 우리 중에는 예수가 없어요. 마태, 마가, 누가, 요한 복음은 존재의 서술이에요. 애거서 크리스티의 소설은 **부재의 복음서**들이고요. 의심은 더 많고 믿음은 더 적은 현대인들을 위한 현대의 복음서죠. 예수는 그렇게 단편적으로, 발자취로, 망토와 가면을 쓰고 불명료하게 숨어서 존재해요. 하지만 봐요—예수*는 그녀의 성씨** 안에 떡하니 있어요. 그렇다고 해도, 그는 대개 맴돌고 속삭일 뿐이죠."

남편의 반응을 지켜보는 마리아 로조라의 얼굴에 미소가 번진다. 에우제비우도 미소로 답하지만 여전히 침묵을 지킨다. 솔직히 예수 그리스도와 애거서 크리스티, 사도 바울과 에르퀼 푸아로가 그렇게 딱 맞아떨어진다는 말이 거슬린다. 영국 토키 출신의 재미난 오락물을 쓰는 48세 여인이 예수의 막강한 라이벌이라고 하면 로마의 교황은 달갑지 않을 것이다.

마리아는 포옹하듯 온화한 목소리로 다시 말하기 시작한다. "신앙과 이성을 결합시키는 것이야말로 현대의 원대하고 항구적인 도전이 아니겠어요? 우리의 삶을 신성함이라는 머나먼 한 가닥 빛에 뿌리내리기란 참으로 어렵지요—참으로 비이성적이고요. 신앙은 장엄하지만 비실용적이에요. 사람이 어떻게 일상적인 생활에서

*   크라이스트(Christ).
**   크리스티(Christie).

영원한 개념을 실현할 수 있겠어요? 합리적인 게 한결 더 수월하죠. 이성은 현실적이고, 보상이 빠르고 그 작용은 명확해요. 하지만 슬프게도 이성은 맹목적이지요. 이성은 그 자체로는 우리를 어디로도 이끌지 못해요, 역경을 앞두고는 특히 그렇죠. 그 둘의 균형을 어떻게 맞춰야 될까요. 어떻게 신앙과 이성 모두를 지니고 살까요? 에우제비우, 당신에겐 이야기가 해결책이 될 거라고 생각했어요. 이야기는 이성을 멋지게 내보이는 동시에 당신을 나사렛 예수의 곁에 있게 하니까요. 그렇게 하면 당신은 흔들릴지라도 신앙을 고수할 수 있어요. 그래서 당신에게 애거서 크리스티를 주는 거예요."

　그녀는 빛난다. 말의 실타래에 싸인 그녀의 두 마디로 이루어진 선물이 이제 그의 무릎 위에 있다. 수십 년의 경험으로 에우제비우는 그가 나설 차례임을 직감한다. 하지만 그는 예기치 않게 꿀 먹은 벙어리가 된다. 뭐라고? 예수의 기적, 인간의 육신에 은혜를 베푸는 예수, 물 위를 걷는 예수, 다른 우화 작가들에 의해 구제된 우화 작가 예수, 살해 미스터리의 피해자인 예수, 애거서 크리스티의 작품에서 속삭이는 배후 인물인 예수—그 복잡한 이야기를 늘어놓은 이유가, 그가 좋아하는 작가의 작품을 종교적 위안을 느끼며 읽게 하기 위해서라고? 에우제비우는 더듬더듬 말을 찾는다. "고맙소, 마리아. 난 애거서 크리스티를 그런 식으로 생각해본 적이 없는데. 이것은……."

　"당신을 사랑해요." 아내가 그의 말을 자른다. "난 당신을 위해

이 일을 했어요. 당신이 읽은 것은 다 애거서 크리스티예요. 언젠가 슬픔에 겨울 때면, 그녀의 책을 한 권 집어 들고 배에 타고 있다고 상상해봐요. 나사렛 예수는 배를 띄운 물 위에 서 있어요. 그가 당신에게 애거서 크리스티를 읽어주기 시작해요. 당신을 사랑하는 신의 따스한 숨결이 책장에서 솟아나 당신의 얼굴을 어루만져요. 어떻게 미소 짓지 않을 수 있겠어요?"

"저기, 마, 마, 마리아⋯⋯." 에우제비우가 외친다. 갑자기 그를 곤혹스럽게 하는 이 말더듬이는 뭔가? 그는 마리아를 바라보면서 고마운 것들을 연상한다. 비옥한 토지, 태양, 비, 농작물. "나의 천사, 당신은 정말 친절하군! 진심으로 고맙소."

에우제비우가 일어나서 책상을 빙 돌아 그녀에게 향한다. 마리아 역시 의자에서 일어난다. 그는 아내를 품에 안는다. 두 사람이 입을 맞춘다. 그녀는 차갑다. 에우제비우는 아내를 더 꼭 안아서 그녀의 몸을 따뜻하게 해준다. 그가 아내의 어깨에 대고 말한다. "근사한 선물이오. 내가 복이 많은 사람이라서⋯⋯."

마리아가 몸을 떼고 그의 뺨을 토닥인다. "천만에요, 사랑하는 당신, 천만에요. 당신은 좋은 사람이에요." 그녀가 한숨을 쉬고 말을 잇는다. "집에 가봐야겠어요. 가방에 책 넣는 것 좀 도와줄래요?"

"물론이지!" 그가 허리를 굽혀 바닥에 놓인 책들을 집는다. 부부는 함께 애거서 크리스티의 소설들을 가방에 넣고, 몇 걸음 걸어서 사무실 문으로 간다. 그가 문을 연다.

"우유를 밖에 놔뒀더군요." 문지방을 넘으면서 마리아가 말한다. "사흘간이나. 우유가 상했어요. 냄새가 고약하더군요. 난 우유를 마시지 않아서 알아차리지도 못했어요. 밤새 일할 거라면 집에 갈 때 우유를 사도록 해요. 빵도 사고요. 렌즈콩 빵은 먹지 말아요. 배에 가스가 차거든요. 그리고 마지막으로 당신에게 줄 작은 선물을 하나 가져왔어요. 지금은 보지 말아요. 그만 가볼게요."

하지만 그는 아직도 아내를 붙들고 싶다. 그녀에게, 38년간 사랑해온 아내에게 선물을 줘서 고맙다고 말하고 싶다. 여전히 그녀와 여러 가지 이야기를 나누고 싶다.

"우리 기도할까?" 그가 말한다. 가는 아내를 붙드는 전형적인 좋은 방법이다.

"너무 지쳤어요. 하지만 당신은 기도해요. 그리고 당신에겐 해야 할 일이 있잖아요. 어떤 일을 하던 중이에요?"

그가 책상을 쳐다본다. 일? 그는 일에 대해 까맣게 잊고 있었다. "작성할 보고서가 많아. 유난히 언짢은 케이스가 하나 있지. 다리에서 밀려 떨어진 여자야. 사악한 살인 사건이지."

그가 한숨을 쉰다. 그보다 고약한 것은 아기와 어린이의 부검이다—그 조막만 한 장기들. 그다음으로 부패된 인체보다 더 혐오감을 주는 것은 없다. 사후 2~3일 된 부패 중인 시신은 복부에 푸르스름한 얼룩이 나타나는데, 점차 가슴과 위쪽 허벅지로 퍼진다. 이 초록 빛깔은 장 속 박테리아가 만든 가스의 결과로 인한 것이다. 박테리아는 생시에 음식의 소화를 돕지만, 죽으면 시신의 소화를 돕는다. 자연계에게는 그런 친구들이 넘쳐난다. 유황을 함유한 가스는 고약한 냄새를 풍긴다. 일부는 직장에서 빠져나간다―부패 중인 시신은 눈에 보이기 전에 악취로 아는 경우가 많다. 하지만 곧 눈에도 보인다. 가스는 피부 변색을 마치면 시신을 부풀게 한다. 눈이―눈꺼풀이 붓는다―불거진다. 입에서 혀가 나온다. 장이 항문에서 빠져나오듯 질이 뒤집혀서 빠져나온다. 피부색은 계속 변한다. 불과 1주일 뒤에 습성 괴저가 허연 몸을 점령하면 피부는 연한 초록빛에서 보랏빛으로, 그리고 혈관을 따라 거뭇거뭇한 무늬가 생긴 진녹색으로 변할 것이다. 수포가 커져서 터지고 진물이 나면, 피부는 썩어 문드러지고 여기저기 움푹한 구멍이 남는다. 코와 입을 비롯해 다른 구멍들에서 시신의 물기가 스며 나온다. 여기서 발견되는 두 가지 화학 물질은 액체들의 역한 냄새를 유발하는 푸트레신과 카다베린이다. 사후 둘째 주, 시신은 붓고 뻣뻣해지는데 복부, 음낭, 유방, 혀가 특히 심하다. 아주 마른 사람도 비대해진다. 팽창된 피부는 찢기고 얇게 떨어진다. 한 주 더 지나면 머리칼, 손톱, 치아가 느슨해진다. 대부분의 장기들은 파열되어 액화되기 시작하고, 그중에 뇌는 액화되기 직전 진녹색 젤라틴이 된다. 모든 장기는 악취 나고 흐물흐물한 강이 되어 뼈를 타고 흘러내린다.

야외에서는 박테리아 외의 다른 유기체들이 시신을 망가뜨린다. 새 떼가 시신의 살을 쪼면서 더 작은 침입자 무리를 찾아 파들어간다. 엄청난 수의 구더기와, 쉬파리와 검정파리가 주를 이루는 파리 떼, 그리고 딱정벌레, 개미, 거미, 진드기, 노래기, 지네, 말벌 등

다른 것들의 공헌도 크다. 각각은 고유한 방식으로 시신을 훼손한다. 시신을 더 강력하게 훼손시키는 것들이 아직 남았는데, 뒤쥐, 들쥐, 생쥐, 쥐, 여우, 고양이, 개, 늑대, 스라소니다. 이것들은 얼굴을 먹고 살점을 뜯고 팔다리 전체를 없앤다. 이 모든 것이 최근까지 온전하게 살아서, 서고 걷고 미소 짓고 웃던 시신에 가해지는 일이다.

"정말 무시무시하네요." 마리아가 말한다.

"맞아. 앞으로는 그 다리를 피해 갈 거야."

그의 아내가 고개를 끄덕인다. "죽음에 대한 해답은 믿음이에요. 그럼 안녕."

그녀가 얼굴을 비스듬히 기울이고 두 사람은 마지막으로 입을 맞춘다. 그녀의 사랑스러운 얼굴이 이렇게 가까이 있다니! 아내의 몸이 그의 몸에 닿는 느낌은 또 어떠한가! 그녀가 몸을 뗀다. 가볍게 미소 짓고 작별의 눈짓을 한 후, 그녀는 사무실에서 나가 복도를 내려가기 시작한다. 그가 아내를 쫓아서 밖으로 나간다.

"잘 가오, 나의 천사. 선물 고맙소. 사랑하오."

마리아가 모퉁이를 돌아 사라진다. 그는 텅 빈 복도를 내려다보다가 사무실로 돌아와서 문을 닫는다.

이제 사무실은 썰렁하고 적막감이 감돈다. 사실 다시 기도해야 한다. 솔직히 그는 나사렛 예수를 절실히 믿지만, 기도를 통해 많은 승리를 경험한 사람은 아니다. 또 그는 쉽게 무릎을 꿇을 수 있는 시대의 사람도 아니다. 무릎을 꿇는 일은 신음 소리로 시작해 천천히 몸을 움직이고 위태롭게 균형을 잡다가, 한순간 무너지듯 주저앉으면서 이루어진다. 마지막에 무릎은 고통스럽게 대리석 바닥에 짓눌린다. 바닥은(피와 시신에서 나온 액체를 닦기에 좋긴 하지만) 딱딱하고 차다. 에우제비우는 책상에 기대어 몸을 숙이기 시작한다. 그러다가 기억이 난다. 마리아가 선물 이야기를 했다. 그는 책상을 쳐다본다. 그가 몸을 굽혀 애거서 크리스티의 책들을 바닥에서 모으는 사이에, 마리아가 책상에 선물을 올려놓았으리라. 종이 더미 사이에 아까는 없던 물건이 삐죽 나와 있다. 몸을 일으켜 세우고 팔을 뻗는다. 책이다. 에우제비우는 양손에 책을 들고 뒤집어본다.

애거서 크리스티의 『죽음과의 약속』. 그는 기억을 더듬는다. 제목이 익숙하지 않고, 표지도 낯설기는 마찬가지다. 하지만 애거서 크리스티의 작품은 워낙 많은 데다, 표지만 해도 여러 종류이지 않은가. 그는 저작권 페이지를 펼쳐 확인해본다. 1938년, 바로 금년이다―아니 몇 분 전까지는 금년이었다. 그의 가슴이 두근거린다. 애거서 크리스티의 신작이라니! 『나일강의 죽음』의 후속작. 포르투갈 미스터리 클럽으로부터 그날 도착했음이 분명하다. 고맙기도 하지. 먼저 책을 읽는 큰 선물을 선사해준 아내에게도 고맙다.

보고서는 나중에 써도 된다. 그는 의자에 자리를 잡는다. 아니 아내의 조언처럼 배 안에 자리를 잡는다. 귀에 어떤 목소리가 들려온다.

'너도 알잖아? 그 여자는 죽어야 해.'

의혹의 목소리가 밤공기 속으로 떠올라 허공에 머물다가 어둠을 타고 사해로 밀려갔다.

에르퀼 푸아로는 창문 손잡이를 잡고서 가만히 서 있었다. 그는 곧 이맛살을 찌푸리며 창문을 닫아 불길한 밤공기를 차단했다. 그는 바깥 공기는 바깥에 두는 게 최선이고, 밤공기는 특히 몸에 해롭다고 믿게 되었다.

그가 창문에 커튼을 반듯하게 치고 침대로 가면서 환한 미소를 지었다.

'너도 알잖아? 그 여자는 죽어야 해.'

탐정 에르퀼 푸아로가 예루살렘에서 보내는 첫날밤에 묘한 말을 엿들은 것이었다.

"확실히, 내가 어딜 가든지 간에, 범죄를 연상시키는 일들은 벌어지는군!" 그는 혼잣말을 중얼댔다.

에우제비우는 잠시 멈춘다. 예루살렘에서 시작하는 애거서 크리스티? 마지막 사건은 나일강에서 일어났고, 메소포타미아를 배경으로 했지만—팔레스타인 지방을 순회하면서—이제 예루살렘 차례다. 마리아의 이야기를 들은 후여서, 그는 이런 우연이 경이롭다. 아내는 자신의 이론을 확인해주는 일로 받아들일 것이다.

문을 두드리는 소리에 그는 깜짝 놀란다. 손에 든 책이 새처럼 날아간다. "마리아!" 그가 외친다. 그녀가 돌아왔다! 그는 서둘러 문으로 간다. 마리아에게 말해야 한다.

"마리아!" 그가 다시 외치면서 문을 활짝 연다.

문 앞에 여인이 서 있다. 하지만 그의 아내가 아니다. 다른 여자다. 이 여인은 더 나이 들어 보인다. 검은 상복 차림의 과부. 모르는 사람이다. 그녀가 에우제비우를 바라본다. 발치에는 크고 허름한 옷 가방이 놓여 있다. 설마 이 늦은 시간에 여행 중인 건 아니겠지? 에우제비우는 다른 것을 눈여겨본다. 주름에 숨겨지고 세월에 뭉개지고 검은 페전트 드레스에 감추어졌지만, 그럼에도 여인은 빛나고 있다. 여인은 대단한 미인이다. 윤기 나는 얼굴, 돋보이는 몸매, 우아한 자태. 젊을 때는 분명 눈길을 끄는 인물이었을 것이다.

"제가 오는 걸 어떻게 아셨나요?" 여인이 놀라서 묻는다.

"미안합니다, 다른 사람인 줄 알았습니다."

"제 이름은 마리아 도르스 파수스 카스트루예요."

그녀가 마리아라니, 여인은 대체 누구인가? 그러나 그의 마리아, 그의 아내는 아니다. 그녀는 또 다른 마리아다. 그녀가 바라는 게 뭘까? 또 여기에는 무슨 일로 왔을까?

"제가 어떻게 도움을 드리면 되겠습니까, 카스트루 부인?" 그가 뻣뻣하게 묻는다.

마리아 카스트루는 질문으로 답을 대신한다. "선생님은 시신을 다루는 의사이신가요?"

그렇게 표현할 수도 있을 것이다. "그렇습니다, 병리학과 과장입니다. 저는 닥터 에우제비우 로조라입니다."

"드릴 말씀이 있으니 몇 분만 시간을 내주세요, 선생님."

에우제비우는 몸을 내밀고 복도를 내려다보며 아내를 찾는다. 마리아는 거기 없다. 그녀와 이 여인은 분명히 길이 엇갈렸을 것이다. 그는 속으로 한숨을 내쉰다. 그와 대화를 나누고 싶어 하는 또 다른 여인. 그녀 역시 그의 구원을 염려하려나? 오늘 밤 성경의 예언자가 몇이나 더 기다리고 있을까? 에우제비우는 일을 좀 더 마무리 짓고, 밀린 업무를 처리하고 싶다. 게다가 언제부터 병리과의들이 오밤중에 일반인과 상담을 했던가? 배도 고프다. 밤새 일할 심산이었다면 요깃거리를 가져올걸 그랬다는 생각이 든다.

그는 이 여인을 돌려보낼 것이다. 그녀가 무슨 병에 시달리는지 몰라도 일반의를 만나는 것이 맞고, 응급실을 찾아가야 한다. 문을 닫으려고 손을 짚을 때 그는 기억한다. 예수가 묻힐 때 예수 곁에 남자들은 없었다. 여인들만 그의 무덤에 찾아갔다, 오로지 여인들만.

혹시 책상 위의 케이스들 중 하나가 그녀와 무슨 관계가 있는 건 아닐까? 친척, 사랑하는 이. 그가 유가족을 접하는 것은 아주 드문 일이다. 그는 슬픔을 일으키는 원인을 파악하는 능력은 자부하지만, 슬픔 자체, 슬픔을 다루는 일은 전문 분야도 아니고 그런 재능도 없다. 병리학과를 택한 것도 그 때문이다. 병리학은 환자들을 진료하는 게 아닌, 순수 과학으로 집약되는 의학 분야다. 하지만 죽음을 추적하는 훈련 이전에 그는 생명에 대해 공부했고, 여기 그에게 자문을 구하는 산 사람이 있다. 의학의 본질적인 사명이 바로 이것, 고통을 완화시키는 일임을 그는 잊지 않고 있다.

그가 몸은 지쳤지만 최대한 상냥한 목소리로 말한다. "들어오시지요, 카스트루 부인."

나이 든 여인은 가방을 들고 그의 사무실로 들어선다. "정말 감사합니다, 의사 선생님."

"자, 여기 앉으십시오." 그는 방금 아내가 앉았던 의자를 가리키며 말한다. 여전히 그의 사무실은 엉망이고, 작업대에는 서류들이 너저분하다―근데 구석 바닥의 저 서류철은 뭐지? 하지만 당장은 그대로 두어야 될 것이다. 그는 새로 온 손님과 책상을 사이에 두고 의자에 앉는다. 의사와 환자다. 책상에 놓인 적포도주 병과 바닥에 놓인 애거서 크리스티의 살해 미스터리는 여기 어울리지 않지만.

"어떻게 도와드릴까요?" 그가 묻는다.

여인은 머뭇대다가 마음을 다진다. "투이젤루 마을에서 왔어요, 포르투갈의 높은 산이 있는 곳에서."

아, 그랬다. 포르투갈의 높은 산에서 살다가 브라간사로 내려오는 자들도 몇몇 있었다. 고원 전역에 병원이 없고, 크든 작든 상업지구 자체가 없기 때문이었다.

"제 남편 때문이에요."

"그렇습니까?" 그는 여인을 부추긴다.

그녀는 아무 말도 하지 않는다. 그는 기다린다. 그녀가 정신을 가다듬도록 내버려둘 것이다. 그녀는 질문을 가장한 비탄을 쏟아내리라. 그는 친절한 말로 남편의 죽음을 설명해야 한다.

"그것에 대해 글을 쓰려고 해봤어요." 마침내 여인이 입을 연다. "하지만 종이에 쓰자니 너무 저속해서요. 그것에 대해 말하는 건 더 나쁘지만."

"괜찮습니다." 위로하는 투로 말하지만, 그는 그녀의 어휘 선택이 이상하다는 것을 느낀다. 저속? "그건 대단히 자연스럽습니다. 또 불가피하고요. 우리 모두에게 닥치는 일인걸요."

"그래요? 투이젤루에서는 그렇지 않은데. 그곳에서는 아주 드문 일이라고 말할 만하죠."

에우제비우는 이맛살을 찌푸린다. 무례한 죽음이 거의 찾아오지 않는 불멸의 마을에 산다는 걸까? 아내는 그에게 죽은 자들과 너무 긴 시간을 보내느라 때로 산 자들이 보내는 사교적인 신호를 놓친다고 말하곤 했다. 그가 제대로 들은 걸까? 이 여인은 그에게 시신을 다루는 의사냐고 묻지 않았던가?

"카스트루 부인, 죽음은 보편적인 일입니다. 우리 모두가 겪어야 하지요."

"죽음이라니요? 누가 죽음을 이야기했나요? 난 지금 섹스에 대해 말하는 거예요."

망설이던 말을 입 밖에 내자, 마리아는 이제 편안하게 말을 잇는다.

"사랑은 전혀 예상치 못한 너울을 쓰고 내 인생에 들어왔어요. 한 남자의 사랑이었죠. 나는 마치 날아드는 벌을 처음으로 본 꽃만큼이나 놀랐어요. 라파엘과 결혼하라고 권한 사람은 바로 내 어머니었어요. 어머니는 아버지와 상의했고, 두 분은 괜찮은 혼인이라는 결론을 내렸죠. 딱히 집안끼리 주선한 결혼은 아니었지만, 내가 라파엘과 결혼하고 싶지 않았다면 그럴듯하고 확고한 핑계를 대야 했을 거예요. 난 그런 이유를 생각해낼 수 없었어요. 우리가 해야 할 일은 서로 잘 지내는 일뿐이었고, 그게 힘들면 또 얼마나 힘들겠어요? 나는 평생 그 사람을 알았어요. 라파엘은 한동네에 사는 청년이었거든요. 그는 언제나 거기 있었죠, 마치 들판의 바위처럼. 내가 처음 라파엘을 본 것은 아장아장 걸을 때였고, 몇 살 많은 그는 아마 내가 아기였을 때 처음 봤을 거예요. 라파엘은 날씬하고 유쾌한 얼굴을 가진 청년이었고, 마을의 누구보다 조용하고 수줍음을 탔어요. 둘이 같이 있은 지 20분쯤 되었을 때였어요, 평생을 함께하자는 얘기가 나왔죠.

"돌이켜 생각해보면 우리에게 어떠한 순간이 있었어요. 아마도 1~2년 전이었을 거예요. 심부름을 가다가 오솔길에서 우연히 라파엘을 만났어요. 그는 대문을 고치고 있었죠. 나더러 뭔가 잡고 있으라고 부탁하더군요. 몸을 굽히고 그의 머리 가까이에 고개를 숙였어요. 바로 그때 강풍에 내 머리칼이 날려 그의 얼굴을 스쳤어요. 나는 그것을, 가만히 밀려드는 감정을 느꼈고 고개를 젖혀서 그의 얼굴에 붙은 머리칼을 뗐지요. 그는 미소를 지으며 똑바로 날 응시하더군요.

"그가 작은 나무 피리를 듣기 좋게 연주하던 기억도 나요. 소리가 참 좋았어요, 봄날의 새가 짹짹대는 소리 같았죠.

"그래서 결혼 얘기가 나오자 안 될 게 뭐가 있어? 하는 생각이 들었어요. 어차피 때가 되면 누군가와 결혼을 해야 했으니까요. 평생 독신으로 살고 싶은 사람이 있나요. 그가 내게 도움이 되리란 건 자명했고, 나도 그에게 도움이 되기 위해 최선을 다할 작정이었어요. 난 라파엘을 새로운 시각으로 바라보았고, 그와 혼인한다고 생각하니 기분이 좋았어요.

"그는 어렸을 때 아버지를 여의어서 그의 어머니와 혼담이 오갔지요. 그분도 같은 생각이었고, 라파엘도 같은 생각이었어요. 누구나 안 될 게 뭐가 있어? 하고 생각했지요. 그래서 우린 안 될 게 뭐가 있어? 하는 기치 아래 결혼했어요. 모든 게 척척 진행되었어요. 예식은 형식적이었어요. 사제가 집례를 했지요. 축하연에 돈을 쓰지 않았어요. 우리는 거처를 구할 때까지 라파엘의 숙부 발레리우가 빌려준 오두막에서 신접살림을 차렸어요.

"혼례식 이후 처음으로 둘이 있게 되었지요. 문이 닫히기 무섭게 라파엘이 제게 몸을 돌리고 '옷을 벗어'라고 말하더군요. 나는 그를 비스듬히 쳐다보면서 '아뇨, 당신이 벗어요'라고 말했죠. 그는 '알았어'라고 대답하곤 재빨리 옷을 싹 다 벗었어요. 인상적이었어요. 한 번도 남자의 알몸을 본 적이 없었거든요. 라파엘이 제게 다가와서 가슴에 한 손을 대고 꾹 눌렀어요. '이러니까 좋아?'라고 묻더군요. 난 어깨를 으쓱하면서 '괜찮아요'라고 대답했죠. 그가 더 부드럽게 누르고 유두를 비틀면서 '이건 어때?'라고 물었어요. 나는 '괜찮아요'라고 대답했고 이번에는 어깨를 으쓱하지 않았어요.

"이제 그가 굉장히 적극적이었어요. 라파엘은 내 뒤로 와서 내 몸을 자신의 몸에 밀착시켰어요. 오이 같은 게 몸에 닿는 게 느껴졌어요. 라파엘이 손을 내 드레스 밑에 넣고 쭉 훑어 내리다가 거기서 멈추었어요. 난 그와 실랑이하지 않았어요. 결혼을 했다는 건 이런 걸 뜻한다고, 이걸 참아야 되는 거라고 짐작했지요.

"'이러면 좋아?' 하고 그가 물었어요.

"'잘 모르겠어요.' 하고 대답했죠.

"'그럼 이건?' 그가 여기저기 더듬으면서 물었어요.

"'잘 모르겠어요.' 하고 대답했어요.

"'그럼 이건?'

"'잘…… 모르겠는데요.'

"'그럼 이건?'

"갑자기 대답할 수가 없었어요. 난 어떤 느낌에 휘감기기 시작했어요. 그이가 제 혀를 움츠러들게 하는 자리를 건드렸던 거예요. 세상에, 얼마나 좋던지. 그게 뭐였을까요?

"'그럼 이건?' 라파엘이 다시 물었어요.

"내가 고개를 끄덕였어요. 그이가 계속 그곳을 쥐었어요. 난 몸을 굽혔고, 라파엘도 함께 몸을 굽혔어요. 난 균형을 잃었고 우리는 방에서 비틀대며 의자를 넘어뜨리고 벽에 부딪치고 테이블을 밀었어요. 라파엘이 나를 꼭 안고 우리는 바닥에, 그의 형 바티스타가 준 작은 카펫 위에 쓰러졌어요. 그러는 내내 그이는 손으로 그것을 쓰다듬었고 난 계속 그 느낌에 젖어 있었어요. 그게 뭔지 몰랐지만, 기차처럼 제 몸속을 덜컹거리며 지나갔고, 그러다가 갑자기 터널을 지나 빛 속으로 나아가듯 폭발 같은 게 일었어요. 난 그게 몸속을 덜컹거리며 지나가도록 내버려뒀어요. 숨이 찼어요. 라파엘에게 몸을 돌렸지요. 난 '이제 옷을 벗을게요'라고 말했어요.

"그이는 스물하나, 나는 열일곱 살이었어요. 욕망은 새로운 발견이었지요. 이전에 그걸 어디서 알았겠어요? 부모님은 욕망을 사막처럼 표현한 분들이었어요. 나는 그들이 키운 유일하고 튼튼한 화초였죠. 그 외에 두 분은 시큰둥하고 고된 일만 하는 인생을 살았어요. 교회가 나한테 욕망을 가르쳐주었을까요? 시간이 많다면, 한번쯤 생각하며 웃을 만한 질문인지도 모르지만요. 교회는 내가 알지도 못하는 것을 수치스러워하도록 가르쳤어요. 자라면서 늙은이, 젊은이 할 것 없이 주변 사람들이 암시를 하고 힌트를 주고 슬쩍 말을 흘렸겠지만, 난 그 말뜻을 알아듣지 못했죠.

"그러니 그런 상태였죠. 나는 욕망해본 적이 없었어요. 욕망을 위한 몸이 있고 욕망을 배울 마음도 있었지만, 그것들 모두 한 번도 쓰이지 못하고 미지로 남은 채 잠자고 있었죠. 그러다가 라파엘과 나는 하나가 됐어요. 간소한 옷과 수줍은 몸가짐 밑에서, 땅속에 감추어진 황금처럼 아름다운 육신을 발견했죠. 우린 이런 문제들에 완전히 무지했어요. 난 오이가 무엇인지 혹은 뭐에 쓰이는지 몰랐어요. 그게 나를 위해 무엇을 해줄 수 있는지, 내가 그것을 위해 무엇을 할 수 있는지 몰랐지요. 또 라파엘은 내 둥지에 대해 무지했어요. 놀라서 거기를 빤히 쳐다보더군요. 이 요상한 것은 뭘까? 그의 눈빛이 말했어요. 당신의 그걸 본 적 있어요? 내 눈빛은 이렇게 응수했죠. 그래, 맞아, 모든 게 정말 기이하군. 그의 눈빛이 헐떡이며 대꾸했어요.

"참으로 오묘한 것은, 어떻게 해야 될지 우리가 알았다는 점이었죠. 모든 게 딱 맞아떨어졌어요. 우린 쓰다듬고 우린 묻고 우린 단번에 했죠. 그를 즐겁게 한 것은 나를 즐겁게 했고, 나를 즐겁게 한 것은 그를 즐겁게 했어요. 살면서 가끔 그런 식으로 딱 맞아떨어질 때가 있지 않나요? 우표는 침이 발리고 봉투에 달라붙는 데서 쾌감을 느끼고, 봉투는 그 우표가 붙는 데서 쾌감을 느끼죠. 상대가 존재하는지 궁금한 적도 없던 사람들이 착 달라붙어요. 그렇게 라파엘과 나는 우표와 봉투였어요.

"그리고 놀랍게도 결혼이라는 지붕 아래서 우리의 행실은 모두 바람직하고 적절했어요. 내가 포르투갈 사람인 것이 그렇게 흐뭇할 줄은 상상도 못 했죠.

"난 보조 교사로 일하는 이웃 마을에서 언덕 꼭대기를 지나 집으로 부리나케 달려갔어요. 오솔길이라고 하기도 어려운 그 길이 우리의 작은 집으로 가는 지름길이었지요. 큰 바위들을 기어오르다시피 하고 산울타리 틈을 헤집고 지나갔어요. 돌담들도 있었지만 문이 나 있었지요. 끝에서 세 번째 문에 도달할 때쯤이면, 양 떼가 풀을 뜯는 우리의 두 번째 들판에 있는 라파엘이 내려다보이곤 했

어요. 내가 이 문에 도착하면 딱 맞춰서 그이는 내가 온 걸 알아차
렸죠. 매번 이런 생각이 들더군요. 우연치곤 참 별나네! 이 문을 지나갈
때마다 그이가 날 보고 있단 말이야. 라파엘은 내 인기척을 들을 수 없
었지만—거리가 너무 멀었거든요—하늘빛이 짙어지면 시간이 흐
른 것을 알고, 내가 곧 도착할 거라고 예상했죠. 그래서 계속 고개
를 돌려 윗길을 올려다보면서 우연을 가장할 상황을 만들었던 거
예요. 그이는 나를 보면 일손을 두 배로 빨리 움직여, 양 떼를 재촉
해서 우리로 몰아댔고, 개는 주인이 대신 일해주는 것을 보고 신이
나서 짖었어요.

"그이는 일을 제대로 마무리 짓기도 전에 달음질치기 시작했고,
나도 뛰어갔죠. 라파엘이 나보다 앞섰지만 그는 해야 될 일이 많았
지요. 그는 마당으로 뛰어들어서 닭들에게 소리를 질러댔어요. 집
이 더 가까워지면 난 닭들이 미친 듯이 꼬꼬 우는 소리를 들었어
요. 그이는 닭들을 닭장으로 휘몰아댔죠. 그다음에는 돼지들을 처
리했어요. 돼지들은 밤에 먹을 구정물이 필요했지요. 그 외에도 할
일이 더 있었어요. 농장 일은 한도 끝도 없거든요. 나는 언덕 꼭대
기부터 우리 집 뒷마당까지 쭉 뛰어 내려갔어요. 웃음을 터뜨리면
서 '내가 먼저 도착해야지!'라고 소리치곤 했죠. 라파엘은 집의 현
관문에서, 나는 뒷문에서 더 가까웠어요. 내가 몇 미터 거리에 있
으면 그이는 일을 접고—농장 따윈 집어치우고—냉큼 달려왔지
요. 문이 활짝 열렸고, 어떤 때는 라파엘이 먼저, 또 어떤 때는 내
가 먼저 안으로 들어갔어요. 어느 경우이든 문이 쾅 닫히면서 오두

막을 바닥까지 흔들었고, 우린 숨을 몰아쉬고 현기증을 느끼며 행복에 취해 마주 보았죠. 그런데 왜 이리 다급했냐고요? 왜 이렇게 시골길을 황당하게 내달렸냐고요? 왜 그렇게 농장 일을 내팽개쳤냐고요? 왜냐하면 서로 알몸으로 만나려고 안달이 나서 미칠 것 같았거든요. 우린 불길이라도 붙은 것처럼 옷을 벗어던졌어요.

"결혼하고 몇 달이 지난 어느 날, 친정어머니와 함께 잼을 만들고 있을 때였어요. 어머니는 라파엘과 '잤느냐'고 물었어요. 그런 식으로 말씀하셨죠. 혼례식을 올리고 18개월간 남편, 즉 내 아버지는 색시를 만지지 않았죠. 18개월간 둘이 뭘 했는지 모르겠어요. 서로 등을 맞대고 침대에 누워서, 눈을 멀뚱멀뚱 뜨고 죽은 듯 곯아떨어지기를 기다렸을까요? 어머니의 관심사는 손주였어요. 손이 귀한 집안이었거든요. 어머니 자신이 외동이었고, 44년의 결혼 생활 동안에 외동딸 하나밖에 얻지 못했죠. 어머니는 내가 손이 귀한 집안 내력을 이어받을까 봐 노심초사했어요. 난 어머니에게 라파엘과 매일 밤 잔다고, 둘 다 집에 있을 때는, 가령 일요일에는 낮에도 그런다고 대답했어요. 이따금 아침에도 집을 나서기 전에 잠을 잔다고요. 때로는 연달아 두 번도 자고요.

"어머니는 나를 물끄러미 쳐다봤어요. 그녀는 '내 말은 그 행위, 그 행위 말이다'라고 속삭였어요. 우리 두 사람뿐인데도 말이죠.

"어머니는 내가 낮잠을 말한다고 생각했을까요? 우리가 매일 밤 일찍 잠자리에 든다고, 그리고 때때로 낮에도 잠을 잔다고? 종종 아침에 일어나서 곧장 낮잠에 빠져든다고? 어떤 때는 연이어 낮잠을 두 번 잔다고? 어머니는 우리가 고양이처럼 게으르고 꾸벅꾸벅 존다고 생각했을까요?

"네, 그래요, 어머니. 우리는 늘 그런 행위를 해요. 반 시간 후에 그이를 만나면 우린 또 할걸요'라고 대답했죠.

"어머니의 눈에 놀람이, 경악과 공포가 떠오르더군요. 매일 밤? 주일에도? 이때가 지난 세기라는 걸 염두에 두세요. 그 후 많이 변했지요. 요즘은 모든 게 현대적이잖아요. 어머니가 머릿속으로 성경을 획획 넘긴다는 걸 알 수 있었죠. 과일 잼이 완성되었고, 이제 난 자리를 뜰 수 있었어요.

"'그이는 제 남편이에요'라고 말하고 엉덩이로 문을 열었어요.

"어머니는 다시는 그 이야기를 꺼내지 않았어요. 적어도 이제 손주 열두엇을 보는 복을 누릴 거라고 기대하면서. 손주들을 온 동네에 보석인 양 자랑할 작정이었죠. 그리고 내 대답은 뒷말거리가 되고도 남았고요. 어머니는 그랬어요. 요조숙녀가 다 그렇듯, 뒤에서 쑥덕대더라도 잠자코 견디는 요조숙녀였죠. 그 후로 마을의 사내들은 의뭉스럽게 웃으면서 날 쳐다봤고—나이가 많을수록 눈을 더 반짝였어요—나이가 많든 적든 여자들은 시기와 경멸과 호기심이 뒤섞인 눈빛을 던졌지요. 그 뒤로 계속 어머니는 우리 집에 올 때에는 100미터 전부터 큰 소리를 내면서 도착을 알렸어요.

"손주를 많이 볼 줄 알았던 어머니의 기대는 몹시 큰 실망으로 변했지요. 나도 어머니처럼 아기를 많이 낳지 못했거든요. 우표가 봉투에 붙은 횟수를 고려할 때 편지가 그것밖에 없었다는 게 놀랍지요. 하지만 편지가 늦게 늦게 뒤늦게 딱 한 통 왔고, 즐거운 편지였어요. 내 안에서 울음이 아닌 웃음을 터뜨리면서 사랑스러운 사내아이가 나왔어요. 우리 귀여운 강아지를 안겨주자 어머니는 넋이 나가버렸어요. 꼬꼬 우는 닭을 안겨주기라도 한 것처럼 허탈한 미소를 지으셨죠."

노부인의 입매에 허탈하지 않은 희미한 미소가 떠오른다.

"이제 늙고 보니 내게 잠은 미스터리가 되어버렸어요. 잠을 기억할 수는 있는데 어떻게 하면 잘 수 있는지는 도무지 기억나질 않아요. 왜 잠이 나를 외면할까? 라파엘과 나는 젊어서 그렇게도 잠에 곯아떨어지곤 했어요. 가난했지만 우리에겐 편안한 침대와 커튼이 있었고, 우린 밤의 부름에 순종했어요. 우리의 잠은 우물처럼 깊었지요. 매일 아침 잠에서 깨면 우리를 나가떨어지게 한 상쾌한 사건에 감탄했어요. 이제 나의 밤은 근심과 서글픔으로 얼룩져 있어요. 지친 몸으로 누워 있지만 내겐 아무 일도 일어나지 않아요. 그냥 누워 있자면 오만 가지 생각이 뱀처럼 몸을 휘감지요."

에우제비우가 나직하게 말한다. "나이 드는 것은 쉽지 않지요, 카스트루 부인. 그것은 심각한 불치병입니다. 그리고 큰 사랑은 또다른 병이지요. 그것의 시작은 좋습니다. 비할 데 없이 바람직한 질병이에요. 큰 사랑 없이 살고 싶은 사람이 있을까요. 사랑은 포도즙을 부패시키는 누룩과 비슷합니다. 사람이 사랑하고, 사랑하고, 계속 사랑하다가—잠복기가 매우 길 수도 있습니다—그러다가 죽음과 함께 심장마비가 옵니다. 사랑은 반드시 원치 않는 종말을 맞이해야 합니다."

그런데 시신은 어디 있을까? 그는 입 밖에 내지 않은 채 계속 질문을 던지고 있다. 그리고 누구의 시신일까? 아마 남편의 시신은 아닐 것이다. 부인은 검은 옷을 입고 있지만, 포르투갈 시골에 사는 마흔 넘은 여인이라면 친척이 상을 당했을 때도 그렇게 입는다. 시골 아낙들은 끊일 새 없이 상복을 입는다. 아마도 카스트루 부인은 더 젊은 사람에 대해 문의하러 왔으리라. 그런 경우라면 책상 아래 발 옆에 있는 어떤 서류철에서 그녀가 얻고 싶은 정보를 찾을 수 있을 것이다. 그의 동료인 주제 옥타비우가 처리한 케이스일 가능성도 있다. 주제는 휴가를 내고 딸을 만나러 영국에 가서 3주 가까이 자리를 비우고 있다. 하지만 주제는 담당한 모든 케이스들을 마무리 지었으니, 마리아 카스트루가 그 사건에 대해 문의한다면 옆방의 서류 캐비닛에서 부검서를 찾으면 된다.

아무튼 그는 병리학자이므로 시신이 있어야 한다. 수면 장애가 있는 사람은 다른 곳으로 가야 한다. 가정의를 찾아가서 수면제를 처방받거나 사제를 찾아가서 면죄받아야 한다. 늙어가는 게 서러운 사람들, 마음이 아파서 고생하는 사람들 역시 다른 곳에, 마찬가지로 사제나 친구, 술집, 심지어 매춘업소에 가야 한다. 어쨌거나 병리학자를 찾아올 일은 아니다.

"부인의 기쁨에 대해 들으니 즐겁고, 괴로움에 대해 들으니 안타깝습니다." 에우제비우가 말한다. "하지만 저를 찾아오신 정확한 용건이 뭔가요? 어떤 케이스와 관련해 문의하러 오신 겁니까?"

"그가 어떻게 살았는지 알고 싶어요."

그가 어떻게 살았는지? 그가 어떻게 죽었는지, 라고 말하고 싶은 거겠지. 늙어서 말이 헛나온 것일 테다.

"누가요?"

"물론 라파엘이지요."

"남편분의 정식 성함이 어떻게 되나요?"

"투이젤루 출신의 라파엘 미구엘 산투스 카스트루."

"부인의 남편이란 말씀이시지요. 잠시만 기다리십시오."

그는 허리를 굽혀 책상 아래서 서류철들을 끌어당긴다. 전체 명단이 어디 있더라? 에우제비우는 서류를 한 장 찾는다. 그것을 찬찬히 훑는다. 대기 중인 케이스 중에 라파엘 미구엘 산투스 카스트루는 없다.

"제가 가진 명단에 그 이름은 보이지 않네요. 아마도 남편분은 제 동료인 닥터 옥타비우가 처리했을 겁니다. 서류철을 가져올게요. 시간이 좀 걸릴 겁니다."

"무슨 서류철 말이에요?" 마리아가 묻는다.

"당연히 남편분의 서류철이지요. 모든 환자는 서류철이 있습니다."

"하지만 아직 그를 보지도 않았잖아요."

"아. 저한테 그 말은 안 하셨지요. 그런 경우 며칠 뒤, 절차가 끝난 후에 다시 오셔야 될 겁니다."

"하지만 그이는 여기 있는데요."

"어디 말입니까?"

그가 부검실에 있을 리 없다. 에우제비우는 현재 그곳에 남아 있는 시신들에 대해 훤히 안다. 남편이 여기 혼백 상태로 있다는 뜻일까? 의학적인 관점으로 보면 그녀의 정신 상태가 의심스럽다. 가벼운 망상성 치매인가?

마리아 카스트루는 정신이 또렷한 표정으로 그를 쳐다보면서 담담하게 대답한다. "바로 여기요."

그녀가 몸을 숙여 옷 가방의 잠금장치를 푼다. 덮개가 열리면서 가방에 든 유일한 물건이 아기가 태어나듯 밖으로 나온다. 신발을 신지 않은 라파엘 카스트루의 시신이다.

에우제비우는 주검을 빤히 쳐다본다. 주검들은 다양한 방식으로 죽음에 이르지만, 항상 똑같은 방식으로 그에게 온다. 적절한 조치가 취해진 뒤 들것에 실린 채 임상 기록과 함께. 가장 좋은 나들이 옷을 입은 채 옷 가방에서 쏟아져 나오지는 않는다. 하지만 시골에는 나름의 관습이 있다는 것을 에우제비우는 안다. 시골 사람들은 도시에서는 오래전에 사라진 방식으로 죽음을 처리한다. 예를 들어 포르투갈 시골 지역에서는 시신을 늙은 나무줄기에 묻기도 한다. 에우제비우는 오랜 의사 생활을 하면서 그런 시신 몇 구가 살해된 게 아니라 자연사한 뒤 매장됐는지 확인하기 위해 조사한 적이 있다(전부 적절한 매장이었다). 또 그는 손톱 밑에 핀을 꽂은 시골 사람들의 시신을 조사하기도 했다. 이것은 잔학 행위가 아니라, 정말 죽었는지 확인하는 원시적인 방법일 뿐이었다. 그런데 여기 시골에서 죽음을 처리하는 또 다른 방법이 있다. 노부인에게는 포르투갈의 높은 산에서 이 가방을 끌고 오는 것이 대단히 힘겨운 일이었으리라.

"사망하신 지 얼마나 됐습니까?" 에우제비우가 묻는다.

"사흘이오." 마리아가 대답한다.

그 말이 맞는 것 같다. 한겨울 추위에 얼어붙은 도로 때문에 시신이 잘 보존되어 있다.

"어떻게 돌아가셨습니까?" 그가 묻는다. "아프셨느냐는 뜻입니다."

"그이는 내게 그런 말은 하지 않았어요. 그는 부엌에서 커피를 한 잔 마시고 있었어요. 나는 밖으로 나갔다 왔죠. 돌아와보니 그이가 바닥에 쓰러져 있었고 나는 그를 깨울 수가 없었어요."

"그렇군요." 급성 심근경색, 뇌동맥류일 거라고 에우제비우는 속으로 중얼댄다. "그러면 제가 남편을 어떻게 하길 바라십니까, 카스트루 부인?"

"그이를 열어서 그가 어떻게 살았는지 말해주세요."

또 같은 실수. 아마도 죽음이라는 단어에 반감이 있는 모양이군. 하지만 생각해보면 그녀가 말하는 방식이 전혀 부정확한 것만은 아니다. 부검은 사람이 어떻게 죽었는지 보여주면서 종종 그가 어떻게 살았는지도 드러낸다. 그래도 참 이상하다. 어쩌면 미신에서 비롯된 시골 지역의 말버릇이겠지.

"제가 남편에게 부검을 행하길 바라신다고요?"

"그래요. 그게 선생님이 하는 일 아닌가요?"

"맞습니다. 하지만 레스토랑에서 주문하는 식으로 부검을 주문하진 않습니다."

"뭐가 문제인가요?"

"밟아야 될 절차들이 있습니다."

"그이는 죽었어요. 달리 뭐가 필요한가요?"

그녀가 핵심을 짚는다. 적절한 의례에 따르든 아니든, 시신은 시신이다. 가방을 챙겨서 돌려보내면 마리아와 라파엘 카스트루는 다음 날 다시 찾아올 것이다. 한편 브라간사의 여관은 손님 중 한 명이 시신임을 알면 불쾌해하리라. 시신은 밤새 따뜻한 방에서 부패의 시작 단계에 접어들 테고, 그러면 그에게는 단순히 불편한 일이겠지만 여관 주인은 아연실색하리라. 어디까지나 부부가 여관에 간다면 그럴 거라는 이야기다. 언제부터 시골 사람들이 숙박비를 갖고 다녔나? 마리아는 기차역 벤치에 앉아서 밤을 보낼 가능성이 더 크다. 그보다 나쁜 것은 공원에서 가방을 깔고 앉아 노숙하는 것이다. 라파엘 카스트루는 추위도 상관없을 테고, 그 점에 대해서라면 그의 헌신적인 아내도 마찬가지리라—이 늙은 촌사람들은 옛날 옛적의 이베리아 코뿔소들처럼 억세다. 마음 쓸 사람은 그, 에우제비우 자신이다. 극심한 상심을 겪은 이 여인이 종잇장 한 장 때문에 그런 육신의 고통에 시달리는 것은 마땅치 않다. 다리에서 떨어진 여인보다야 이제 막 들어온 시신이 부검하기에 더 낫기도 하고.

마리아 카스트루는 대답을 기다리며 그를 쳐다본다. 그녀의 참을성이 마음에 걸린다.

에우제비우는 나름대로 현실적이다. 마리아가 그것을 어떻게 표현했더라? 그녀는 '안 될 게 뭐가 있어?라는 기치 아래' 결혼했다고 했지. 하긴 안 될 것도 없지. 주제에게 이 일에 대해 말할 것이다.

"알겠습니다, 제가 남편분을 부검하겠습니다. 부인은 여기서 기다리셔야 될 겁니다."

"왜요?"

"부검은 구경거리가 아닙니다."

물론 그렇지 않다. 의학 역사상 부검은 사람들의 구경거리였다. 하지만 일반인들에게는 아니었다. 더 전문적인 사람들에게는 볼거리다. 그게 아니면 의사들이 의학을 어떻게 배울까?

"난 구경꾼이 아니에요. 60년간 그의 아내였어요. 그 자리에 남편과 함께 있겠어요."

마지막 문장에서 단호하게 마침표를 찍는 어투다. 이제 욕심이 얼마 남아 있지 않은 여인의 말에서 결기가 느껴진다.

오밤중에 입씨름을 벌이는 것은 적절치 않고, 상대가 애도 중인 과부라면 더욱 그렇다. 현실적인 면이 있는 그는 다시 한번 해결책을 제시한다. 에우제비우는 그녀를 의자 옆에 세울 작정이다. 처음 절개를 하면, 가슴을 열면 마리아는 기절할 것이다. 에우제비우는 그녀를 부축해 의자로 데려가고, 그녀가 정신을 차리면 그의 사무실로 안내할 것이다. 부검을 마무리하는 사이 마리아를 사무실에 있게 하면 된다.

"잘 알겠습니다. 뜻대로 하시지요, 카스트루 부인. 하지만 미리 말씀드리는데 경험이 없는 사람에게 부검은 그다지 보기 좋은 광경이 아닙니다."

"나도 돼지와 닭을 잡아봤어요. 몸뚱이가 몸뚱이지 뭐 별거겠어요."

감정의 소용돌이가 이는 것을 제외하면 에우제비우는 계속 차분하다. 우리는 집에서 키우는 돼지와 닭을 사랑하지 않는다. 우리는 죽은 돼지와 닭을 애도하지 않는다. 우리는 키운 돼지와 닭을 기억조차 하지 않는다. 하지만 그녀가 직접 보게 내버려두리라. '부검*'이라는 어휘가 바로 그런 뜻이다. 이는 그리스어로 제 눈으로 보는 것을 가리킨다. 그러나 마리아는 버티지 못할 것이다. 제아무리 꿋꿋한 촌부라도 죽음에 바짝 다가가면 삶으로 물러서고 싶어질 것이다. 다만 쓰러지다 다치는 일은 없어야 할 텐데.

"어쩌면 제가 시신 다루는 것을 거들어주실 수 있겠네요." 그가 말한다.

몇 분 후 라파엘 미구엘 산투스 카스트루는 병리학과의 수술대 두 곳 가운데 한 곳에 반듯이 누워 있다. 마리아 카스트루는 부산스럽지 않게 남편의 옷 벗기는 일을 거든다. 그녀는 그의 머리를 매만진다. 그의 성기를 음낭 위에 똑바로 오도록 바로 놓는다. 그

---

*   autopsy. 그리스어로 '자신'을 가리키는 'autos'와 '보다'라는 뜻을 가리키는 'opsis'의 합성어.

러더니 채소 텃밭을 훑듯 라파엘의 몸을 쭉 살피고, 모든 게 정돈된 것을 보고 만족한다.

에우제비우는 주눅이 든다. 그가 의대생일 때도 이렇게, 흥미진진하고 궁금증을 불러일으키는 게임을 관전하듯 시신을 바라봤었다. 죽음은 비인간적인 스포츠였다. 여기 있는 것은 그녀의 남편이다. 그는 마리아 카스트루에게 남편의 부검을 돕도록 결정을 한 게 후회된다. 무슨 생각으로 그랬을까? 피로감 때문이겠지. 병원이나 대학 측은 별 문제가 없을 것이다. 부검 보조원의 자격 요건이 명시된 법규는 없다. 그가 이 배의 선장이다. 다만 이것은 반드시 차갑고 소독되어야 하는 곳에 홀랑 벗은 채 누워 있는 알몸의 사내이지—게다가 그가 시골 사람의 시신을 과학적으로 살펴보기도 전이다—사랑하는 이가 볼 만한 장면이 아니다. 그렇다면 사내의 아내는 어떻게 반응할까?

에우제비우는 앞치마를 걸치고 매듭을 묶는다. 마리아 카스트루에게도 앞치마를 권할 수 있겠지만, 그는 그러지 않는 게 좋겠다고 생각한다. 앞치마가 가까이 다가오도록 부추기는 셈이 될 테니.

도구가 담긴 쟁반을 쳐다본다. 도구들은 간단하지만 능률적이다. 날카로운 외과용 메스와 나이프 서너 개, 포셉과 클램프 몇 개, 끝이 뭉툭한 곡선 가위, 끌, 나무망치, 잘 드는 톱, 장기의 무게를 재는 저울, 장기의 길이를 재는 센티미터와 밀리미터가 명확히 새겨진 자, 장기를 자르는 길고 편평한 날로 된 나이프, 각종 스펀지, 시신을 봉합하는 바늘과 실. 그리고 구정물을 받는 통이 부검대 다리 옆에 있다. 물론 그의 주된 도구는 현미경이다. 현미경으로 생체 조직을 채취한 슬라이드와 절취 검체의 표본, 체액 샘플을 살핀다. 이것이 그가 하는 일, 조직학적 작업의 핵심이다. 병리학자의 현미경 아래, 삶과 죽음은 조명이 내리쬐는 환한 원 속에서 투우 시합을 벌인다. 병리학자의 임무는 투우사 세포들 속에서 소를 찾아내는 것이다.

시신을 치우고 몇 분 후 슬라이드를 갖고 돌아와서, 그것들이 남편의 몸에서 뗀 검사물들이라고 주장했어야 했다. 그랬다면 그녀는 속아 넘어갔으련만. 주제의 실체 현미경*을 이용해 다채로운 풍경들을 보여주면서 현란한 의학 용어를 쏟아낼 것을. 아 그래요, 제가 보기에는 완벽하게 확실합니다. 카스트루 부인. 여기와 저기 무늬가 보이시지요. 전형적인 조직입니다. 의심의 여지가 없네요. 남편은 간암으로 사망했습니다. 아니 그녀가 죽음이라는 말을 회피했으니, 남편이 간암을 안고 살았다고 말할 것을. 그러면 마리아 카스트루는 슬프지만 나름대로 만족하면서 떠났을 테고 앞으로 나아갈 수 있었을 텐데—남편이 난도질당하는 일은 면할 수 있었으련만.

하지만 그러기엔 이미 늦어버렸다. 그녀는 에우제비우가 앉으라고 끌어온 의자에 아무 관심도 보이지 않고 거기, 부검대 옆에 서 있다.

어쩌면 에우제비우는 마리아 카스트루를 멜루 부인 자리에 앉

---

* 두 개의 접안렌즈로 관찰하는 구조를 가진 현미경. 표본의 입체적 관찰에 이용된다.

게 할 수도 있었다. 지칠 줄 모르는 멜루 부인이 없다면 그와 주제가 어떻게 일할 수 있을까? 그녀의 사무실은 타자기가 놓인 책상만 한 공간으로, 부검실 두 곳이 이어지는 벽에 인접해 있다. 사무실 양옆으로 그녀의 눈높이에 구멍이 있고 짚으로 짠 발이 드리워져 있다. 발에는 작은 구멍들이 많아서, 그녀는 양쪽 부검실을 보지는 못해도 소리는 들을 수 있다. 그렇지 않다면, 액체가 뚝뚝 떨어지는 장기와 내장을 꺼낸 시신을 본다면, 그녀는 비명을 지르면서 기절할 것이다. 멜루 부인이 그 자리에 있는 이유는 반응을 보이기 위해서가 아니라 기록하기 위해서다. 그녀는 예사롭지 않은 속도로 정확하게 타자를 치는데, 라틴어 철자 실력이 뛰어나다. 그녀 덕분에 두 의사는 기록하려고 손을 멈출 필요 없이, 계속 손을 움직이면서 관찰하고 구술한다. 그들이 감당할 부검 건수는 아주 많다. 따라서 의사 한 명이 부검하면서 구술하는 동안, 부검을 마친 다른 의사는 휴식을 취하면서 다음 부검을 준비한다. 두 의사는 이렇게 계속 교대하면서 능률적으로 부검을 실시한다.

이따금 에우제비우는 세실리우 신부에게 고해성사를 하지만, 멜루 부인이 더 마땅한 고백 상대라는 생각을 하곤 한다. 세실리우 신부보다 그녀가 가혹한 진실을 더 많이 접했으니까.

부검을 실시할 때는 보통 고무장갑을 낀다—근래에 이룬 환영할 만한 기술의 발전이다. 그는 장갑을 아주 신중하게 다루어서 매일 비누와 물로 세탁하며, 요오드화수은 용액으로 습도를 유지한다. 그런데 이제 그는 장갑 끼는 것을 주저한다. 장갑을 끼면 마리아 카스트루가 남편의 시신에 경멸을 표한다고 생각할지 모른다. 이 경우 예전의 맨손 기법으로 되돌아가는 게 더 낫다.

하지만 먼저 그는 끈끈이 테이프를 교체할 것이다. 포르투갈의 기후에서 파리는 늘 골칫거리다. 파리 떼는 전염병을 퍼뜨리는 사람들처럼 득실댄다. 그는 부검실에 매달린 노란 끈끈이를 정기적으로 교체한다.

"양해해주십시오." 그가 마리아 카스트루에게 말한다. "위생, 정돈, 정해진 절차―모든 게 대단히 중요합니다." 그는 그녀에게 내준 의자를 끈끈이 테이프 밑으로 당겨서 위에 올라서고, 통통한 파리들이 덕지덕지 붙은 테이프를 떼내고, 반들거리는 끈적한 테이프를 새로 붙인다.

마리아 카스트루는 말없이 그를 지켜본다.

에우제비우는 의자에서 부검대를 물끄러미 내려다본다. 거기에 누운 시신들은 그다지 커 보이지 않는다. 부검대는 거구인 시신도 눕힐 수 있게 제작되었다. 게다가 시신들은 알몸이기도 하고. 하지만 다른 이유도 있다. 영혼이라고 불리는 덩어리―미국인 의사 덩컨 맥두걸의 실험에 따르면 무게가 21그램인―는 우렁찬 목소리처럼 놀랄 만치 넓은 공간을 차지한다. 영혼이 없는 시신은 쪼그라들어 보인다. 부패해서 붓기 전에는 그렇다.

라파엘 카스트루의 시신은 부은 상태는 아닌 듯하다. 추위 때문이기도 하지만 옷 가방 안에 담겨 오는 동안 흔들려서이기도 하다. 에우제비우는 부검할 때 '죽음 자매들'의 인사를 받는 데 익숙하다. 장녀 사랭死冷은 외계의 온도까지 체온을 떨어뜨린다. 차녀 시반屍斑은 가장 좋아하는 색깔을—피가 멈춘 시신의 상반신에 누르스름한 회색을, 하반신에는 자주색을—입힌다. 막내 시강屍强은 사지에 힘을 가하면 뼈가 부러질 수 있을 정도로 시신을 강직시킨다. 이들 세 자매는 쾌활하고, 무수한 시신들을 황홀하게 하는 영원한 처녀들이다.

라파엘 카스트루의 귀는 진보라색이고, 시반의 손길만 있다. 또 입이 벌어져 있다. 영원의 문이 열리기 전에 괴로운 순간이 마지막으로 몸에 찾아든다. 몸이 경련하면서 가슴속에서 숨이 달그락대고, 입이 벌어지면서 모든 게 끝난다. 어쩌면 입이 벌어지는 것은 21그램을 내보내기 위해서리라. 아니면 턱의 근육이 그저 이완되어서일 뿐이거나. 어느 쪽이든 보통 시신은 염하고 부검 준비를 마치고 그에게 오기 때문에 입을 다물고 있다. 면직물로 된 끈으로 턱을 묶어 정수리에서 매듭짓고, 양손은 몸 앞면에 한데 묶는다. 직장과 여자의 질에는 솜을 틀어박는다. 이렇게 묶은 끈들을 자르고 솜 마개들을 제거하는 것이 시신이라는 책을 펼치는 첫 단계다.

치아는 상태가 좋은데, 이것은 가축을 치는 시골 사람들과 다른 점이다. 보통 그들의 뼈는 튼튼하지만 치아는 썩은 경우가 많다.

엄지발가락에 인식표가 달려 있지 않다. 에우제비우는 고인이 투이젤루 마을 출신의 라파엘 미구엘 산투스 카스트루라고 믿을 수밖에 없다. 하지만 마리아 카스트루가 진실을 말하고 있다는 것을 의심할 이유는 없다.

진료 기록도 없다. 진료 기록은 책 표지와 비슷해서 어떤 내용을 만나게 될지 알려준다. 하지만 책 표지가 실제 내용과 다를 수 있 듯, 진료 기록도 그럴 수 있다. 아무것도 모르고 부검을 시작하지 만, 무엇이 라파엘 카스트루를 괴롭혔는지, 무엇이 그의 육신을 항 복시켰는지 알아낼 것이다.

에우제비우가 의자에서 내려선다. 그는 부검대 근처의 벽 선반 에 놓인 병들을 쳐다본다. 그가 석탄산유 병을 집는다. 고무장갑을 사용하지 않을 작정이기에 그는 손을 보호하기 위해 기름을 바른 다. 그런 다음 마르세유 비누를 찾아서 비누를 긁어 손톱 밑에 박 히게 한다. 부지런히 손을 씻고 향기로운 기름을 발라 관리해야, 밤에 손을 뻗었을 때 아내가 움찔하면서 밀어내지 않는다.

부검에 들어가기 전에 일러둘 말이 있다. 미리 말하는 것이 마리 아 카스트루에게 마취제가 될 것이다.

"카스트루 부인, 어떤 일이 벌어질지 간단히 설명해드리지요. 이 제 남편의 부검을 실시할 겁니다. 부검의 목적은 그를 죽음에 이 르게 한 생리학적 이상—즉, 질병이나 손상—을 찾아내는 것입니 다. 진료 기록이 아주 명확할 경우, 예컨대 심장이나 간과 같은 장 기를 검사하면 사인이 상당히 쉽게 밝혀지기도 합니다. 건강한 신 체는 수많은 기관이 조화를 이루는 활동인데, 어느 한 기관이 조화 를 깨뜨리면 생명은 팽팽한 줄에서 미끄러지고 말지요. 하지만 여 기 이 경우처럼 진료 정보가 없는 케이스는 음, 살해 미스터리입니 다. 물론 비유하자면 그렇다는 거예요. 진짜 살인범을 뜻하는 게 아닙니다. 몸은 등장인물들이 사는 집이고, 그들 각자는 죽음과 아무 관계도 없다고 부인하지만 우린 몇 개의 방에서 단서를 찾을 겁니다. 병리학자는 예의 주시하며 회색 세포를 이용해, 장기에 씌워진 가면을 벗깁니다. 이치와 논리를 적용해서, 그 본성과 검은 죄를 명명백백하게 밝히지요."

그는 슬그머니 미소 짓는다. 마리아, 아내 마리아라면 그의 살해 미스터리 비유에 흡족해하리라. 마리아 카스트루는 그를 빤히 쳐다보기만 한다. 그는 계속 설명한다.

"어디서 시작할까요? 몸의 표면부터 합니다. 절개에 앞서 시신의 외부를 점검합니다. 시신이 적절한 영양 공급을 받은 것으로 보이는지? 마르거나 쇠약한지, 아니면 반대로 비대한지? 기관지염과 폐기종의 징후인 원통형 흉곽인지? 혹은 어린 시절에 구루병을 앓은 흔적인 새가슴이 보이는지? 피부가 유난히 창백하거나 반대로 황달기를 보이는 짙은 색깔인지? 피부 발진, 흉터와 병변, 갓 생긴 상처들—이 모든 것의 정도와 상태에 주목해야만 됩니다.

"몸의 구멍들—입, 코, 귀, 항문—의 분비물이나 이상을 확인해야 하고, 외부 생식기도 마찬가지입니다. 마지막으로 치아.

"남편의 경우 모든 게 제대로인 듯합니다. 저는 이곳과 이곳을 봅니다. 여기. 여기도. 정상적인, 내적인 원인으로 사망해서, 외적으로는 그 연배의 건강한 사람으로 보입니다. 여기, 예전 흉터가 눈에 띄는군요."

"바위에서 미끄러졌어요." 마리아 카스트루가 말한다.

"크게 신경 쓸 일은 아닙니다. 그저 눈여겨보는 것뿐이니까요. 사실 이 외부 검사는 겉핥기식이기 일쑤지요. 부검으로 알아내는 사항들에 별로 도움이 되지 않거든요. 대부분의 질병은 내부에서 외부로 전개되기 마련입니다. 예를 들어 간이 망가지면 피부가 누렇게 변합니다. 물론 눈에 띄는 예외도 있지요. 피부암, 상처 같은 것, 사고가 거기 속합니다. 범죄에 의한 죽음은 종종 외부에서 시작되지만, 여기서야 그 대목은 문제가 되지 않겠지요. 이 케이스의 경우 피부에서 알아낼 게 거의 없습니다.

"흠, 이제 우리는 몸으로 들어가야 됩니다, 안쪽을 검사해야 합니다. 신체의 말단, 즉 환자의 발부터 부검을 시작할 이유는 없다고 봐도 무방하겠군요. 병리학에서 체스의 킹과 퀸에 해당하는 것은 흉부와 두부입니다. 말하자면 두 부위 모두 게임에 결정적이고, 어느 쪽에서든 부검을 시작할 수 있습니다. 병리학자의 일반적인 첫 수는 흉부입니다."

에우제비우는 속으로 자신에게 욕을 퍼붓는다. 왜 하필 체스 이야기를 꺼낸 거야? 수다는 이만하면 충분하다고!

"이 메스를 이용해서 남편의 가슴을 Y자로 절개하는 데서 시작하겠습니다. 어깻죽지에서 시작해서 복장뼈를 지나, 복부에서 치골의 둔덕까지 쭉 내려갑니다. 피하지방이 샛노랗다는 것과 근육이 날고기와 아주 흡사하게 새빨갛다는 걸 알게 될 겁니다. 그건 정상입니다. 이미 저는 지표들을 찾고 있습니다. 예를 들어 근육의 모양을 통해 장티푸스 같은 소모병이나 유해한 질환을 알 수 있습니다.

"다음으로 복장뼈와 갈비뼈의 앞부분이 제거됩니다. 이 곡선 가위를 이용해 갈비뼈 사이를 자르면—정원을 손질할 때 쓰는 가위와 똑같아서 그의 아내도 그 성능을 잘 안다—아래 깔린 장기들을 손상시키지 않을 수 있습니다. 이제 색색의 덩어리로 깔려 있는 내장들이 드러납니다. 저는 내장 기관들이 자리 잡은 상태를 살필 겁니다. 장기들은 가족 사업체에서 일하는 형제자매들입니다. 집안을 혼란에 빠트린 눈에 띄는 문제가 있는가? 부은 곳이 있나? 범상치 않은 착색이 보이는가? 보통 내장의 표면은 빛나고 매끄러워야 됩니다.

"이런 총체적인 관찰 후에 장기들을 개별적으로 들여다봐야 됩니다. 무엇이 남편의 죽음을 불러왔는지, 흉부의 내용물을 전부 들어내 연속적으로 검사한 다음, 그것들을 분리해서 각각의 요소를 살필 겁니다.

"각 기관에게 대략 같은 질문을 던집니다. 일반적인 형태는 무엇인가? 수축되었는가, 아니면 반대로 팽창되었는가? 기관의 표면은—삼출물이 있는가? 즉 어떤 물질이 흘러넘쳤는가? 삼출물이 쉽게 부스러지나 아니면 점액질이라서 떼어내기 어려운가? 만성 염증을 가리키는 진주 빛깔의 하얀 부위가 보이는가? 반흔—흉터—혹은 섬유증의 징후인 주름이 있는가? 기타 등등. 다음으로 안쪽을 검사할 겁니다. 각 장기의 내부 상태를 평가할 목적으로 장기를 절개할 겁니다—이 나이프를 이용해서요. 심장은 여러 병리학적 가능성이 있는 부위이므로, 특별히 신중하게 검사할 겁니다."

그는 말을 멈춘다. 여인은 아무 대꾸도 없다. 아마도 압도당한 모양이다. 이제 요약해서 말해야 한다.

"복부의 내장 기관들이 다음 차례가 될 겁니다. 소장과 대장, 위, 십이지장, 췌장, 비장, 신장―일일이 챙겨볼 겁니다." 그는 손으로 몸통 위를 휩쓰는 시늉을 한다. "킹은 끝이 났습니다. 이제 우리는 관심을 퀸에게, 즉 머리로 옮겨 갈 겁니다. 뇌와 뇌간의 부검은 절개술을 이용해 두피를 제거하고 두개골을 톱질하는 과정을 포함합니다―하지만 걱정하지 마십시오. 세부 사항들이 많습니다. 마지막으로 필요하다면 말초신경, 뼈, 관절, 혈관 따위를 검사할 겁니다. 그러면서 샘플을―장기의 조직편組織片을―채취해서 포르말린으로 고정하고 파라핀에 담근 다음, 얇게 자르고 염색하여 현미경으로 관찰할 겁니다. 이 검사는 나중에 이루어집니다.

"이 단계에서 시신의 기본적인 부검은 끝납니다, 카스트루 부인. 저는 시신에 장기를 되돌려놓고 빈 공간에 신문지를 채울 겁니다. 두개골의 윗부분과 마찬가지로 복장뼈를 제자리에 놓고 피부를 봉합할 겁니다. 그러면 부검이 마무리됩니다. 옷을 입히면 남편은 아무 일도 겪지 않은 것처럼 보일 테고, 이 방 밖에 있는 사람은 부검한 줄도 모를 테지요―하지만 과학은 알 겁니다. 우리는 남편이 어떻게 그리고 왜 죽었는지―아니 부인의 표현대로 그가 어떻게 살았는지 확실히 알게 될 겁니다. 질문이 있으신가요?"

나이 든 여자는 한숨을 쉬면서 고개를 젓는다. 그녀가 눈을 굴렸던가?

이제 됐다. 그는 마지못해 외과용 메스를 집어 든다. "이게 메스입니다." 그가 말한다.

날카로운 칼날이 라파엘 카스트루의 가슴 위에 머문다. 에우제비우의 심장이 마구 뛴다. 이 일을 피할 도리가 없다. 그는 흉부를 열어야 한다. 하지만 장기에 ― 심장에 ― 재빨리 초점을 맞출 것이다. 아하, 이걸 보니 납득이 되는군요. 바로 여기 우리가 찾는 해답이 있네요. 더 이상 진행할 필요가 없겠습니다.

"자, 시작해보겠습니다……."

"발에서 시작하세요." 마리아 카스트루가 말한다.

그가 올려다본다. 부인이 뭐라는 거야? '페pé'라고 말한 거야, '페fé'라고 말한 거야? ― 발이라고 말한 거야, 신앙이라고 말한 거야?* 그리고 신앙에서 시작하세요, 라는 말은 또 무슨 뜻이지? 에우제비우가 부검에 들어가기 전에 기도라도 하라는 건가? 물론 그는 기꺼이 그렇게 할 것이다. 부검실에서 기도해본 적은 없지만. 그리스도의 몸은 다른 데 있다. 여기에는 그저 인간의 몸이 있을 뿐이다.

"죄송합니다. 뭐라고 하셨나요?" 그가 묻는다.

마리아는 반복해서 말한다. "발에서 시작하세요."

그녀가 이번에는 손으로 가리킨다. 그는 라파엘 카스트루의 누

---

*   포르투갈어로 pé 는 '발'을 의미하고, fé 는 '신앙'을 의미한다.

런 발을 바라본다. 생리학적 관점에서 급성 심근경색이라고 진단하고 싶지만, 망자의 발은 그 병과 거리가 멀다.

"하지만 카스트루 부인, 방금 설명드렸다시피 발부터 부검을 시작하는 것은 무의미합니다. 발은 문자 그대로, 또 병리학적으로도 말단 부위에 불과합니다. 또 남편의 발을 보면 골절이나 다른 부상이 보이지 않습니다—네, 전혀 보이지 않습니다—게다가 피부 종양이나 다른 질환의 기미도 보이지 않고, 건막류나 내향성 발톱 같은 상태도 전혀 아닙니다. 주변부에 가벼운 부종이 있지만—그것은 붓기입니다—사망한 지 사흘 된 주검에는 정상적인 증상입니다. 또 발꿈치 주변에 시반의 흔적도 있습니다. 이것 역시 정상입니다."

마리아 카스트루가 세 번째로 같은 말을 한다. "발에서 시작하세요."

그는 침묵한다. 이렇게 끔찍한 밤이 있나. 그냥 집에 있었으면 좋았을 것을. 일도 마치지 못한 데다, 이젠 정신 나간 촌 여편네까지 부검실에 와 있으니. 병리학을 전공한 것도 바로 이 때문이었다. 이런 상황을 피하기 위해서. 그는 시신의 응고와 액화는 견딜 수 있지만, 감정의 응고와 액화는 견딜 수가 없다. 그가 어떻게 해야 할까? 안 된다고 쏘아붙이고, 그렇게 하고 싶으면 집에 가서 식탁에 눕혀놓고 남편의 발을 직접 자르라고 할까? 그러면 이번에는 알몸의 노인을 다시 옷 가방에 넣는다는 얘긴데. 잔소리 심한 노파가 고분고분 가거나 할까? 과연 그럴까 싶다.

에우제비우는 포기한다. 그녀가 원하는 대로 해줄 요량이다. 그는 장터에서 물건을 팔며 호객하는 장사치가 된 기분이 든다. 부검이오, 부검이오, 누구 부검하고 싶으신 분? 망설이지 말고 나오세요! 오늘의 특가! 눈알 한 개 값만 내면 하나는 공짜입니다. 거기, 부인. 고환은 어떠세요? 장사 개시로 고환 하나만 하실래요? 자, 부검을 받으세요! 발에서 시작 못 할 이유가 있을까? 그녀가 남편의 부검을 발부터 시작하고 싶다고 하면, 그냥 발에서 시작하면 된다. 손님이 원하는 건 뭐든 해야지. 에우제비우는 한숨을 내쉬며 한 손에 메스를 들고, 시신의 맨 끝으로 간다. 마리아 카스트루가 그를 따라온다.

"고인의 발이라고 하셨지요?"

"네." 그녀가 대답한다.

"어느 발부터 시작할까요?"

그녀가 고개를 젓는다. 그는 라파엘 카스트루의 오른발 가까이에 있다. 그는 그 발을 물끄러미 바라본다. 의대생 시절에 발을 해부해본 기억이 어렴풋이 나지만, 병리과의로 일하면서 이따금 표면 제거를 한 것 외에는 발을 부검해본 적이 없다. 뼈가 몇 개나 있더라? 발 하나에 26개, 관절은 33개던가? 이 모든 게 근육과 인대, 신경의 배열에 의해 하나로 묶여 작동된다. 지탱과 이동을 모두 가능하게 하는 대단히 효율적인 배열이다.

어디를 베어야 되나? 발등보다 발바닥 표면이 나을 거야, 라고 그는 생각한다. 뼈가 적으니까. 그는 발바닥의 볼록 튀어나온 부분을 손에 쥐고 밀어낸다. 발이 약간 뻣뻣하게 굽혀진다. 발바닥을 살핀다. 굳은살이 박인 피부가 갈라질 테고, 피하지방이 드러나고 눅진한 피가 조금 새어 나올 것이다—어디를 가르든지 간에 그저 보통의 발이다. 시신에게는 수모가 아니지만, 부검을 집도하는 병리학자에게는 수모다.

그는 내측 중족골의 윗부분에 칼날을 누른다. 칼날을 깊이 넣어서—칼이 무엇을 자르는지는 중요하지 않다—발꿈치를 향해 쑥 누른다. 메스가 발바닥의 볼록 튀어나온 부분으로 쉽게 들어가, 긴 인대를 따라 족궁으로 들어간다. 메스가 발꿈치의 지방층을 파고들자 그는 칼날을 빼낸다.

절개 부위에서 끈끈한 물질이 나온다. 액체 방울이 부검대에 뚝뚝 떨어지기 시작한다. 누런 기가 살짝 도는 허연 덩어리 같은 게 번들거린다. 코를 찌르는 냄새가 난다.

"그럴 줄 알았어요." 마리아 카스트루가 말한다.

에우제비우는 놀라서 빤히 쳐다본다. 도대체 이게 뭐지? 그가 이 질문을 입 밖에 내지 않았는데도 마리아 카스트루가 대답한다.

"토사물이에요." 그녀가 말한다.

그는 분비물을 찬찬히 살핀다. 그것의 냄새를 맡는다. 점착성 외형, 극도로 불쾌한 냄새—그렇다, 이것은 정말로 토사물, 갓 게워낸 토사물이다. 그런데 어떻게 그게 가능할까? 이건 발인데. 온갖 형태의 괴사와 부패를 봐왔지만 이런 것은 생전 처음 본다.

"달리 어디로 가겠어요?" 그녀가 말한다. "중력이 끌어당기는데." 그는 더 자세한 설명이 필요한 것 같다. 그녀가 덧붙여 말한다. "저기, 아이가 죽었어요." 마리아가 잠시 말을 멈춘다. 그러더니 그녀 안의 모든 적막을 말로 쏟아낸다. "투이젤루에서 장례가 어떻게 진행되는지 말해드리지요. 우선 장례를 치를 이유가 있어야겠지요. 누군가의 숨이 끊겨야 해요. 성대한 장례가 되려면 소중한 생명이어야 할 거예요. 사돈의 8촌이나 친구의 친구 정도로는 안 되죠. 친아들이라고 하죠. 천둥 치듯 가슴팍을 내려치고 애간장이 가리가리 찢기면서 그렇게 장례는 시작되는 거예요. 귀머거리, 벙어리, 멍청이가 되면 이제 세세한 일들을 치러야 해요. 늙고 지친 부모는 정해진 의례를 밟아요. 달리 더 잘할 방도를 알지 못하니 절차대로 하는 수밖에요. 영구차가―다른 사람의 수레를 치장한―나타나고, 교회에서 경직된 분위기의 비현실적인 예식을 치른 다음 우중충한 날 묘지에 매장해요. 다들 교회에 입고 가는 가장 좋은 옷을 차려입고, 어딘가 불편해 보이죠. 장례식의 모든 것이 견디기 힘드니까요. 그러면 장례가 끝나요.

"사람들은 한동안 모여 있지만, 그러다가 뿔뿔이 흩어지죠. 상주는 시간을 얻고, 조문객들은 초상을 치르고 나면 그가 세상으로, 예전 생활로 돌아갈 거라고 기대하지요. 하지만 뭐하러 그러겠어요? 장례, 성대한 장례 후에는 모든 게 가치를 잃고 되돌아갈 예전의 생활도 사라지는걸요. 남는 것은 아무것도 없어요. 당장은 말조차도 남지 않아요. 당장은 죽음이 말을 집어삼키지요. 그 일에 대한 말은 나중에야 나와요. 이제 아이가 곁에 없는데, 그 아이에 대해 달리 뭘 더 생각할 수 있겠어요?

"장례식에서 라파엘은 딱 한 마디만 했어요. 그는 '관의 크기, 관의 크기!'라고 외쳤지요. 맞는 말이었죠, 관이 옹색했거든요.

"라파엘이 투이젤루에 돌아오던 날, 그는 내게 아무 말도 할 필요가 없었어요. 아무튼 그이는 내게 말을 하지 못했지요. 고통에 그의 얼굴이 마비되고 입이 굳어버렸어요. 난 금세 알았지요. 그일이 아니라면 무엇이 그이를 그렇게 만들겠어요. 남편을 보는 것만으로도 우리의 소중한 보물이 저세상으로 갔다는 것을 알았어요. 이미 마을 사람들이 우리 집 앞에 모였고, 점점 더 조용히 모여들었어요. 라파엘은 아이를 식탁에 눕혔어요. 난 기절했죠. 영영 기절했더라면, 아이를 뒤따라 얼른 가서 지켜주었다면 좋았을 것을. 어미라면 그래야 되니까요. 그런데 정신을 차려보니 냄새 나는 늙은 과부들에 에워싸여 있더군요. 라파엘은 저만치 떨어져 있었고요. 가까이 다가오지 않고 저만치 멀찍이. 그이는 죄책감에 사로잡혔지요. 그가 보살피던 중에 우리 아들이 죽었으니까요. 그날 남편은 목자였어요. 그는 양 떼가 길을 잃게 내버려둔 거죠.

"우리는 바다가 섬을 사랑하듯 아들을 사랑했어요, 늘 품에 아이를 안았고, 늘 아이를 쓰다듬고 보살핌과 관심으로 아이의 해안에 밀려들었지요. 아이가 가버리자 바다는 생각할 대상이 자신밖에 없었어요. 아무리 꼭 안아도 허공뿐, 결국 자기를 끌어안고 있었죠. 우린 내내 통곡했어요. 하루가 저물 무렵 마무리되지 않은 일이 남아 있으면—닭장을 손봐야 되거나 텃밭의 김을 매지 않았으면—둘 중 한 사람이 주저앉아 통곡했다는 걸 알았지요. 그게 바로 슬픔의 본질이에요. 그것은 팔이 많지만 다리는 없는 피조물이고, 도움을 구하려고 비틀대며 다녀요. 헐거운 닭장 철망과 무성한 잡초는 우리의 상실감을 말해주었어요. 이제 닭장 철망을 볼 때마다 잃어버린 아들이 떠올라요. 철망의 씨줄과 날줄은 가늘지만 튼튼하고, 구멍이 뚫려 있어도 탄탄하기에, 우리가 아들을 어떻게 사랑했는지 연상시켜요. 우리가 팽개쳐둔 탓에 닭들은 닭장에 슬그머니 들어온 여우에게 잡아먹혔고, 텃밭 농사도 잘 되지 않았어요—하지만 그렇게 굴러가는 거죠. 아들이 죽으면 대지는 불모지로 변해버려요.

"아들은 몸이 좋지 않거나 잠이 오지 않으면 침대로 와서 둘 사이로 파고들었어요. 아이가 떠난 뒤, 침대의 그 공간은 메워질 것 같지 않았어요. 우린, 라파엘과 나는 그 빈 공간의 무게에 짓눌릴 때만 만났고, 밤이면 서랍에서 덜컹대는 칼들처럼 발톱으로 서로를 찔러댔어요. 그렇지 않고 그 빈 공간을 넘어오게 될 때는 한마디 말도 없이 서로를 우두커니 바라보았죠. 라파엘은 그 공간을 메우고 싶어 하지 않았어요. 우리 새끼 곰이 다시는 돌아오지 않는다는 것을 인정하는 셈이 될 테니까. 어떤 밤이면 남편이 그 공간에 손을 뻗어서 빈자리를 쓰다듬곤 했어요. 그러다가 거북이 껍질 속으로 발을 집어넣듯 손을 당기더군요. 매일 아침 라파엘은 너무 오래 산 거북처럼 지치고 주름진 눈으로 깼어요. 그의 눈도 내 눈처럼 느릿느릿 꿈뻑거렸지요.

"애통은 질병이에요. 벌집을 쑤신 것마냥 슬픔의 마맛자국이 생겼고, 우린 열에 시달리고 타격에 무너졌어요. 그 병은 구더기처럼 우리를 초조하게 하고, 이처럼 달려들었죠—우린 미칠 정도로 몸을 긁어댔어요. 그 과정에서 귀뚜라미처럼 활력을 잃고 늙은 개처럼 기운이 빠졌어요.

"이제 우리의 생활에서 아무것도 맞아떨어지지 않았어요. 서랍은 더 이상 꽉 닫히지 않았고, 의자와 탁자는 흔들거렸고, 접시는 이가 나가고, 숟가락에는 음식 찌꺼기가 말라붙었죠. 옷은 얼룩지고 찢어지기 시작했고—바깥세상 역시 딱딱 들어맞지 않았어요.

"아들의 죽음은 외부 세계에 별다른 차이를 가져오지 않았어요. 아이들은 다 그렇지 않나요? 대물림하는 땅이 있는 것도 아니고, 재산을 분할해야 되는 것도 아니죠. 완수하지 않은 일이나 역할이 있는 것도 아니고, 청산해야 되는 빚도 없어요. 아이는 부모의 그늘에서 빛나는 작은 태양이고, 그 태양이 사라지면 부모에게는 어둠만 있을 뿐이죠.

"어미 노릇을 해줄 자식이 없는 마당에 어미인 게 무슨 소용이 있나요? 그것은 머리가 떨어진 꽃이 되는 것과 비슷해요. 우리 아들이 세상을 떠난 날 나는 대머리 줄기가 되어버렸어요.

"아주 오랫동안 라파엘을 원망하게 된 이유가 하나 있어요. 그이가 하루 지나서야 집에 왔다는 거예요. 라파엘은 허둥댔지요. 하지만 어미는 자식이 죽으면 즉시 알 권리가 있어요. 아들이 건강하게 살아 있지 않은데도 단 1분이라도 그런 줄 아는 것은 어미 노릇에 반하는 죄예요.

"그러면 마음에 이런 생각이 뿌리를 내리지요. 이제, 어떻게 감히 무엇인들 사랑할 수 있을까?

"아주 잠깐이라도 아들에 대해 잊으면—그때는 찌르는 듯한 아픔이 밀려와요. 라파엘은 '어여쁜 내 새끼!'라고 소리치거나 주저앉곤 했죠. 하지만 대부분 우리는 조용히 광기를 억누른 채 버텼어요. 대부분의 사람들이 그렇듯이 말예요. 라파엘은 뒤로 걷기 시작했어요. 처음 몇 번 그이가 도로나 들녘에서 그러는 걸 봤을 땐 별다르게 생각하지 않았어요. 남편이 잠시 뭔가 계속 보느라 저러나 보다 하고 넘겨짚었죠. 그러던 어느 아침 교회에 가는데, 라파엘이 뒤로 걸었어요. 하지만 누구도 말 한마디 하지 않았죠. 사람들은 라파엘을 내버려뒀어요. 그날 밤 난 남편에게 왜 이러느냐고, 왜 뒤로 걷느냐고 물었어요. 투이젤루에 돌아오던 날 한 남자가, 이방인이 마을을 떠나는 것을 봤다고 하더군요. 라파엘은 홑청에 싼 어린것을 품에 안고 짐수레 끝에 걸터앉아 있었어요. 이방인은 걷고 있었고 거의 뛰다시피 재빨리 움직였는데, 뒤로 걸었다고 해요. 그럴 수 없이 슬픈 얼굴을, 애절과 비통으로 얼룩진 얼굴을 하고 있었다고 라파엘은 말했어요. 그이는 그 남자를 잊고 있다가 결국 똑같이 뒤로 걷고 싶어졌지요. 그게 그의 감정에 맞아떨어진다고 하더군요. 그래서 집을 떠나 세상 밖으로 나갈 땐 그렇게 걷기 시작했지요. 자주 그이는 몸을 돌려 뒤로 걷기 시작했어요.

"난 그 사람이 누구인지 알았어요. 그는 가던 길을 멈추고 교회에 찾아왔었죠. 낯선 도시 사람, 아주 꾀죄죄하고 병든 모습이었어요. 아브라앙 신부님이 그와 대화를 나누었고, 그러다가 그는 뛰어 가버렸어요. 그는 타고 온 것을 두고 떠났는데—자동차였는데 우린 그런 걸 처음 봤죠. 그 양반이 어디서 왔는지 모르지만 돌아가는 길은 틀림없이 몹시 고됐을 거예요. 그 자동차는 몇 주간 광장에 그대로 있었고 우린 그걸 어떻게 해야 좋을지 몰랐어요. 그러던 어느 날 다른 사람이—키가 크고 마른 사내가—마을로 걸어 들어와서는 일언반구도 없이 차를 몰고 가버렸어요. 그 물건과 운전수를 두고 이러쿵저러쿵 말이 많았어요. 여느 방문객에 불과할까—아니면 죽음의 사자死者인가? 그가 뭐였든 간에 난 상관없었어요. 나는 기억에 의지하고 있었죠. 전에는 기억을 쓸 일이 별로 없었어요. 아들이 바로 우리 눈앞에 있는데 뭐하러 그 아이를 기억하겠어요? 기억은 이따금 즐거움을 주는 것에 불과했어요. 그러다가 덩그러니 기억만 남는 거예요. 그에 대한 기억들 속에서 살려고 안간힘을 쓰지요. 기억을 현실로 만들려고 애쓰기도 하죠. 꼭두각시의 줄들을 당기면서 말해요. '자, 자, 봤지—그 아이는 살아 있어!'

"아들이 죽은 후 아이를 새끼 곰이라고 부르기 시작한 것은 라파엘이었어요. 라파엘은 아이가 동면하고 있다고 말했죠. '결국 아이가 뒤척이면서 깨어나고, 그러면 배가 고파 정신을 못 차릴걸' 하고 말하면서 미소 짓곤 했죠. 사실을—아들이 낮잠을 자고 나면 식욕이 왕성해진다는 사실을—아이가 돌아올 거라는 공상에 연결하곤 했어요. 난 장단을 맞추었어요. 그게 내게도 위로가 되었거든요.

"아이가 얼마나 큰 기쁨이었는지 몰라요. 다들 그렇게 말했죠. 계획에 없이, 기대하지도 않았는데―나 스스로 가임기를 한참 지난 나이라고 생각했어요. 정말 그랬죠―갑자기 아이가 나타난 거였어요. 우리는 아들을 바라보면서 자문하곤 했어요. '이 아이는 뭘까? 어디서 나온 걸까?' 우리 두 사람 모두 검은 눈과 검은 머리를 가졌어요―포르투갈에서는 다들 그렇지 않나요? 그런데 아들의 머리는 밀밭처럼 금빛이었고, 눈도 그랬어요―흐린 파란색이었죠. 어떻게 그런 눈이 그 얼굴에 자리했을까? 아이를 잉태하던 날 투이젤루에 대서양의 바람이 불어와 아이가 생기는 데 더해졌을까? 마침내 눈이 만들어졌을 때, 우리 가문의 식품고에 있는 것들은 거의 쓰이지 않고 다른 최상의 재료만 쓰였다는 게 내 지론이에요. 아이는 웃음을 만들어냈어요. 아이가 만드는 즐거움은 끝이 없었고, 선의에는 한계가 없었지요. 온 마을이 아이를 애지중지했어요. 누구나, 애 어른 할 것 없이 우리 아들의 관심과 사랑을 받으려고 했어요. 그 파란 눈에 사랑이 듬뿍 쏟아졌지요. 아들은 그 사랑을 받아들이고 되돌려주었어요. 구름처럼 행복하고 넉넉했죠.

"라파엘은 코바 다 루아 인근에 사는 친구를 도와주러 떠났어요. 1주일간 일하면서 푼돈이나 벌겠다고 거기까지 내려간 거였죠. 그이는 우리 다섯 살배기 아들을 데려갔어요. 아이에게 모험이 될 것 같았지요. 아이가 거들 수도 있고요. 그런데 라파엘이 숫돌에 낫을 갈고 있는 동안 일이 벌어졌어요. 그이는 일손을 멈추고 귀를 기울였지요. 너무나 조용했어요. 그는 아들을 불렀지요. 농장 주위를 뒤졌고요. 마을을 더 크게 돌며 찾아다녔지요. 결국 라파엘은 아들의 이름을 부르면서 도로를 따라 내려갔어요. 거기서 그는 아이를 발견했어요. 다른 쪽 발은 어떤가요?"

예상치 못한 질문이다. 에우제비우는 시신의 왼쪽 발을 쳐다본다. 그가 발꿈치를 가른다. 또 토사물이 나온다.

"더 위쪽은요?" 마리아 카스트루가 묻는다.

이제 그는 머뭇대지 않는다. 메스로 오른쪽 다리의 정강뼈 옆 부위를 위쪽으로 중간까지 가른다. 왼쪽 무릎, 무릎뼈와 넙다리뼈의 안쪽관절융기 사이를 찌른다. 허벅지에 칼날을 밀어 각각의 네갈래근을 잘라낸다. 각 절단 부위의 길이는 5~6센티미터이고, 살을 가를 때마다 토사물이 흘러나오는데, 허벅지에서는 상대적으로 작은 압력을 가해도 나온다. 그는 다리이음뼈를 가로질러 치구를 길게 자른다. 피부를 뒤로 밀어낸다. 토사물 덩어리가 보인다. 맨 위, 그 가장자리에서 뭔가 딱딱하지만 헐렁한 게 메스에 닿는다. 그는 잘 살핀다. 광채가 있다. 그는 그것을 빼서 칼날로 뒤집는다. 동전이다—5이스쿠두*짜리 은화다. 그 옆에는 다른 동전들이 있다. 이스쿠두 몇 개와 센타부 몇 개가 토사물 위에 나란히 놓여 있다. 시골 사람의 변변찮은 재산이다.

그는 잠시 멈춘다. 동전들을 그대로 둘지 파낼지 고심한다.

마리아 카스트루가 그의 생각을 방해한다. "성기요." 그녀가 말한다.

---

* 포르투갈의 화폐 단위. 1이스쿠두는 100센타부.

에우제비우는 라파엘 카스트루의 제법 큰 성기를 손으로 잡는다. 한눈에 봐도 음경과 귀두가 완벽하게 정상이다. 음경 만곡증도 곤지름도 없고, 보웬모양구진증*도 없다. 그는 두 개의 음경 해면체 중 한 개를 따라서 자르기로 결정한다. 이 가늘고 긴 방들에 피가 차올라 부부에게 큰 쾌감을 안겨줬을 것이다. 에우제비우는 기다란 성기의 포피를 지나 귀두를 자른다. 딱딱하지 않아야 되는 부분에서 다시 메스가 딱딱한 것에 닿는다. 칼날을 찍어 누른다. 자른 부분의 양쪽에 엄지 두 개를 대고 다른 손가락으로 성기의 반대쪽을 누르니, 딱딱한 것이 쉽게 빠져나온다. 두 조각이 밖으로 나온다. 매끈하고 둥근 나뭇조각에 구멍들이 있다.

"어머나!" 마리아 카스트루가 말한다. "고운 소리가 나는 그이의 피리네요."

피리의 나머지 두 조각은 두 번째 음경 해면체 속에 들어 있다. 정리를 잘하고 손재주가 좋은 에우제비우는 피리 조각들을 모아 맞춘다. 그가 피리를 건네자, 노부인은 그것을 입술에 댄다. 세 음의 떨림이 허공을 떠돈다.

"남편은 피리를 참 잘 불었어요. 집에 카나리아 한 마리가 있는 것 같았죠." 그녀가 말한다.

마리아 카스트루는 부검대에, 시신 옆에 그것을 내려놓는다.

그녀는 여기서는 말로, 저기서는 고갯짓으로 라파엘 카스트루의

---

* 　작은 돌기 형태로 나타나며, 성인 남녀의 외음부에 발생하는 피부 질환.

몸속에 든 물체들에 대한 완벽한 지식을 보이면서 에우제비우의 메스를 이끈다. 에우제비우는 이렇게 간단한 부검은 처음이다. 심지어 머리를 부검하는 데도 날카로운 도구 하나만 달랑 필요할 뿐이다. 그녀가 팔, 목과 머리의 말단 부분을 선호하기에, 맨 마지막까지 흉부와 복부를 피한다.

왼손 약지에는 가볍게 솜털이 채워져 있고 오른손 중지도 마찬가지인 반면, 양쪽 검지에서는 막 나온 빨간 피가 발견된다―시신에서 발견된 유일한 혈흔이다. 다른 손가락들에는 모두 진흙이 담겨 있다. 오른쪽 손바닥은 굴 껍데기를, 왼쪽 손바닥은 작은 벽걸이 달력에서 찢은 종잇장들을 쥐고 있다. 양팔은 복잡하다. 그는 망치, 부젓가락 한 쌍, 긴 칼, 사과, 진흙 덩어리, 밀 한 단, 달걀 세개, 소금에 절인 대구, 칼과 포크를 꺼낸다. 라파엘 카스트루의 머리는 더 널찍한 것으로 판명된다. 그 안에서 에우제비우는 붉은 사각 천, 수공예로 만든 말 목각상과 바퀴가 굴러가는 장난감 수레, 소형 거울, 더 많은 솜털을 발견한다. 황토색 물감으로 칠한 작은 목각품도 있지만 마리아 카스트루는 그게 뭔지 알아보지 못한다. 초 한 자루, 검은색의 긴 머리타래, 트럼프 카드 석 장. 각각의 눈에서 주사위가, 망막이 있는 자리에서 말린 꽃잎이 발견된다. 목에는 닭발 세 개와 불쏘시개처럼 보이는 마른 잎들과 잔가지들이 들어 있다. 혀는 끝을 제외하면 재를 담고 있고, 혀끝에는 꿀이 있다.

마지막으로 흉부와 복부 차례다. 노부인은 이번에는 눈에 띄게 동요하지만 고개를 끄덕인다. 에우제비우는 그가 처음에 시작하려

했던 부분을 자르는 것으로 부검을 마무리한다. 어깨에서 복장뼈를 지나 복부 위쪽으로 Y자 형태로 절개한다. 피하지방을 베지 않고 최대한 살짝 피부를 가른다. 이미 다리이음뼈를 절개했기 때문에 흉강과 복강이 열려 똑똑히 보인다.

그는 그녀가 숨을 헐떡이는 소리를 듣는다.

그가 전문가는 아니지만 그게 침팬지, 그러니까 아프리카 영장류의 일종이라는 확신이 든다. 시간이 한참 걸려서야 더 작고, 일부 감춰져 있는 두 번째 것을 찾아낸다.

라파엘 카스트루의 흉부와 복부 안에서 평온하게 휴식을 취하며 옹골지게 누워 있는 것은, 침팬지 한 마리와 침팬지가 보호하듯 안은 갈색 새끼 곰이다.

마리아 카스트루는 몸을 숙여 새끼 곰에게 얼굴을 댄다. 그녀의 남편은 이렇게 살았을까? 에우제비우는 아무 말도 하지 않고 지켜보기만 한다. 그는 침팬지의 빛나는 또렷한 얼굴과 반들거리는 빽빽한 털을 눈여겨본다. 어린 침팬지라는 결론이 내려진다.

그녀가 조용히 말한다. "심장은 닫거나 열거나, 두 가지 선택 사항이 있어요. 선생님에게 완전히 사실대로 말한 건 아니에요. 관 크기를 타박했던 사람은 나였어요. '어여쁜 내 새끼!'라고 통곡하면서 주저앉은 사람은 나였어요. 우리 침대의 빈자리를 메우려 하지 않은 사람도 나였어요. 검은 것의 털을 조금 잘라서 내게 주시겠어요? 그리고 가방을 가져다주세요."

그는 그녀가 시키는 대로 한다. 그는 메스로 침팬지의 옆구리에서 털이 붙은 가죽을 한 조각 잘라낸다. 마리아 카스트루는 손가락으로 털을 잡아 문지르고 코를 킁킁대더니, 털에 입술을 대고 누른다. "라파엘은 항상 나보다 신앙심이 깊었어요." 그녀가 말한다. "툭하면 아브라앙 신부님이 하신 말씀을 되뇌었죠. 믿음은 어리다고, 믿음은 우리와 달리 늙지 않는다고."

에우제비우는 사무실에서 가방을 가져온다. 마리아 카스트루가 가방을 열어 부검대에 올려놓고, 라파엘 카스트루의 몸에서 나온 물건들을 하나하나 옮겨 담는다.

그러고 나서 그녀가 옷을 벗기 시작한다.

나이 든 여인의 충격적인 알몸. 중력 때문에 처진 살, 세월에 황폐해진 피부, 시간이 망가뜨린 몸매—그렇지만 오랜 인생살이로 반들거린다, 글씨가 잔뜩 적힌 양피지처럼. 그는 그런 여인들을 수없이 봐왔지만 이미 죽은 상태였고 개성도 없었으며, 그 내부를 열었을 땐 더 추상적으로 보였다. 몸속 장기들은 병변이 건드리지 않으면 늙지 않는다.

마리아 카스트루는 옷을 다 벗어 완전히 알몸이 된다. 결혼반지를 빼고, 머리를 묶은 고무줄도 빼낸다. 그녀는 모든 것을 가방에 넣고 그 일을 마치자 가방을 닫는다.

그녀는 에우제비우가 앉으라고 갖다 준 의자를 딛고 부검대로 올라간다. 라파엘 카스트루의 시신 위로 몸을 숙이고, 여기저기 살살 밀고 옴질옴질 움직여서 공간을 만든다. 그는 이미 두 동물을 품고 있어서 도무지 틈이 없어 보이는데도. 마리아 카스트루는 조심스럽게 남편의 몸속에 자리를 잡는다. 그러면서 내내 되풀이해서 중얼거린다. "여기가 집이야, 여기가 집이야, 여기가 집이야." 그녀는 몸 앞쪽에 침팬지의 등이 파묻히게 자리를 잡고, 침팬지와 새끼 곰을 끌어안으며 양손을 새끼 곰의 몸에 내려놓는다.

"부탁해요." 그녀가 말한다.

그는 어떻게 하면 되는지 안다. 이 일에 대단히 숙련되어 있다. 바늘을 집는다. 실을 바늘귀에 넣는다. 그런 다음 시신을 봉합하기 시작한다. 피부가 말랑해서 일은 금방 진행된다. 실을 지그재그로 왔다 갔다 하기만 하면 된다. 물론 이 경우, 바늘땀을 촘촘하게, 평소보다 더 매끄럽게 꿰맨다. 그는 라파엘 카스트루의 다리이음뼈를 봉합하고 나서, 복부와 흉부의 피부를 붙이고 양쪽 어깨로 올라간다. 에우제비우는 마리아 카스트루나 두 동물이 찔리지 않도록 바늘 끝을 조심스럽게 넣는다. 몸통을 마무리할 무렵, 그녀의 목소리가 희미하게 들린다. "고마워요, 의사 선생님."

그는 이렇게 절개 부위가 많은 시신은 다룬 적이 없다. 직업적 윤리의식으로 그는 절개 부위 하나하나를 모두 봉합한다. 머리를 가로질러서, 팔을 따라서, 목에, 다리와 손 위, 성기와 혀. 손가락 봉합에 힘이 많이 든다. 눈의 봉합 결과는 영 못마땅하다—그는 긴 시간을 할애해서 망친 눈 위로 눈꺼풀을 덮으려고 애쓴다. 그가 발바닥의 봉합을 마무리한다.

마침내 부검대 위에 시신만 남게 되고, 바닥에는 가방이 있다. 가방에는 물건들이 아무렇게나 대충 담겨 있다.

그는 오랫동안 멍하니 응시한다. 그가 고개를 돌리자, 작은 탁자에 놓인 것이 눈에 들어온다. 침팬지 털 조각. 마리아 카스트루는 그걸 잊었다—아니면 그녀가 일부러 남겨둔 걸까? 그는 털을 집어서 그녀를 따라 한다. 코를 킁킁대고 털을 입술에 가져다 댄다.

그는 완전히 지친다. 한 손에는 침팬지 털, 한 손에는 가방을 들고 사무실로 돌아간다. 책상 위에 가방을 올려놓고 의자에 털썩 주저앉는다. 에우제비우는 가방을 열어서 안에 든 물건들을 물끄러미 쳐다본다. 서랍을 열고 봉투를 꺼내서 침팬지 털 조각을 담아 가방에 넣는다. 바닥에 놓인 애거서 크리스티의 소설이 보인다. 그는 책을 집는다.

멜루 부인은 평소 습관대로 일찍 출근한다. 그녀는 닥터 로조라가 책상 위에 쓰러진 것을 보고 깜짝 놀란다. 그녀의 심장이 콩닥콩닥 뛴다. 설마 죽은 건 아니겠지? 죽은 병리학자—그런 상상은 직업적으로 어울리지 않을 것 같다. 그녀가 사무실 안으로 들어간다. 닥터 로조라는 잠든 것뿐이다. 그의 숨소리가 들리고, 어깨가 가만히 들썩이는 것이 보인다. 혈색도 양호하다. 닥터 로조라는 책상 위에 침을 흘렸다. 그녀는 이 난감한 세부 사항까지는, 그의 입에서 흐른 번쩍이는 강물, 작은 웅덩이에 대해서는 아무에게도 말하지 않을 것이다. 또 빈 적포도주 병에 대해서도 함구하리라. 그녀는 술병을 들어서, 조용히 책상 뒤쪽 바닥에 보이지 않게 치운다. 책상에 낡아 빠진 커다란 가방이 놓여 있다. 의사의 것인가? 그가 어딘가 가려는 걸까? 그가 이렇게 허름한 가방을 갖고 있었던가? 그는 서류철 위에서 잠들어 있다. 서류가 손에 거의 가려지긴 했지만 그래도 첫 줄은 읽을 수 있다.

라파엘 미구엘 산투스 카스트루, 83세, 포르투갈의 높은 산
투이젤루 출신

기이한 일이다—그녀는 그 이름이나 지역이 기억나지 않는다. 그녀는 이름들의 수호신으로서, 환자 이름과 사망 여부를 훤히 꿰고 있다. 게다가 서류는 영구 보존을 위해 그녀가 타자한 게 아니라, 의사가 임시로 수기로 써서 작성한 것이다. 어젯밤 그녀가 퇴근한 후 응급으로 들어온 케이스일까? 그럴 가능성은 별로 없을 텐데. 지나가는데 환자의 나이가 눈에 들어온다. 83세면 괜찮게 산 나이다. 그 사실이 그녀에게 위로가 된다. 인생의 비극들이 많기는 해도 여전히 세상은 멋진 곳일 수 있다.

그녀는 가방의 잠금 장치가 풀린 것을 알아차린다. 안 되는 일인 줄 알면서도 그녀는 소리 나지 않게 가방을 열어, 안에 든 물건이 의사의 것인지 살핀다. 이렇게 괴상한 잡동사니는—자질구레한 물건들 속에 피리, 나이프, 포크, 양초, 소박한 검은 드레스, 책, 붉은 사각 천, 봉투가 있다—닥터 로조라의 것이 아니리라. 그녀는 가방을 닫는다.

멜루 부인은 그가 잠에서 깨어 그녀를 보고 당황하지 않도록 조용히 사무실을 나온다. 그녀는 후미진 작업 공간으로 걸어간다. 그

날 업무가 시작되기 전에 단단히 채비를 해두는 게 좋다. 타자기 리본을 확인하고 카본지를 채우고 물병에 물을 담아둬야 한다. 그럴 일이 없는데 부검실 문이 열려 있다. 그녀는 안을 힐끗 쳐다본다. 그리고 숨을 멈춘다. 부검대에 시신이 있다! 온몸에 한기가 든다. 이게 어떻게 된 일일까? 냉동실 밖에 둔 지 얼마나 됐을까? 이것은 가당치 않은 상황이다. 평소라면 새 케이스의 검시가 시작되기 전에 막 마무리한 검시의 보고서를 작성한다. 보통 시신은 면포에 싸인 채 이동되기 때문에 의사를 제외한 다른 사람들은 보지 못한다.

그녀는 부검실에 들어간다. 살아 있는 몸과 비슷할 거라고, 다만 죽었을 뿐이라고 혼잣말을 한다.

그것은 살아 있는 몸과 전혀 다르다. 남자의, 늙은 남자의 시신이다. 누렇고 축 늘어져 있다. 뼈가 앙상하다. 털이 난 음부와 커다란 성기가 말할 수 없이 외설스럽게 노출되어 있다. 하지만 그보다 훨씬 흉한 것은 온몸의 얼기설기 꿰맨 자국들이다. 빨간색, 회색, 노란색으로 비뚤비뚤 봉합되어 시신은 헝겊 인형처럼 보인다. 손은 불가사리의 안쪽과 비슷하다. 심지어 성기에도 소름 끼치는 봉합 자국이 있다. 멜루 부인은 숨이 막혀 기절할 것 같지만 중심을 잡는다. 그녀는 마음을 다잡고 사내의 얼굴을 쳐다본다. 하지만 얼굴은 나이 외엔 아무 표정도 드러내지 않는다. 죽은 몸이 이토록—그녀는 적당한 어휘를 찾는다—이토록 유골 같아서 경악스럽다. 거기 있으면 유골에게 방해라도 된다는 듯이 발끝으로 살금살금 걸어 부검실을 빠져나오다 그녀는 문득 궁금해진다. 들것은 어디 있지? 시신이 어떻게 여기로 왔을까?

멜루 부인은 부검실 문을 닫고 몇 차례 심호흡을 한다. 닥터 로조라에게 도움이 필요한 것은 분명하다. 최근 그는 몸 상태가 좋지 않았다. 이따금 늦게 출근하거나 때때로 아예 결근했고, 어떤 때는 밤새도록 야근하기도 한다. 딱한 양반 같으니. 아내를 잃고 난 후 그는 아주 혹독한 시련을 겪고 있다. 그는 다른 의사들의 우려에, 병원 관리자의 우려에 손사래를 쳤다. 직접 그 일을 하겠다고, 그 일을 맡고 싶다고 그는 말했다. 하지만 그게 보통 큰일인가! 동료 인 닥터 옥타비우가 휴가 중이었지만, 그가 여기 있었더라도 아는 사이라는 이유로 그녀의 부검을 거부했을 터였다. 그게 일반적인 수순이다. 보통 상황에서라면 그녀의 시신은 빌라 헤알에 있는 병원으로 이송되어야 했다. 하지만 닥터 로조라는 다른 사람이 아내를 부검한다는 것은 견딜 수가 없었다. 그리고 시신이 부패 중이어서 당장 조치해야 했다. 그래서 그는 자기 아내의 부검을 직접 실시했다.

그녀는 충격에 젖어, 발이 드리워진 후미진 자리에서 눈으로 보지는 않았지만 전 과정을 목격했다. 그녀는 부검실에서 이따금 새어 나오는 말소리를 최선을 다해 기록했다. 적막한 시간이 흐르다가 흐느낌이 이어지고, 닥터 로조라가 입을 열면 다짐의 말이 쏟아져 나왔다. 하지만 아픔을 어떻게 기록할까, 파멸을 어떻게 기록할까? 그것들이 저절로 기록되는 사이, 멜루 부인은 성실하게 그의 말을 타자했다.

그녀는 많은 사람들이 마리아 로조라를 별난 여자로 여긴다는 걸 알고 있었다. 예를 들어 최근에 마리아는 책이 가득 담긴 가방을 들고 시내를 돌아다니곤 했다. 그녀는 신랄한 말을 내뱉기도 했다. 그녀의 침묵은 불길했다. 세실리우 신부는 마리아 로조라를 두려워했다. 그는 그녀가 종교에 대해 즉흥적인 강연을 하게 놔두었고, 설교 중에 대놓고 가방에서 책을 꺼내 읽기 시작해도 한마디도 하지 않았다. 하지만 그녀는 마음이 따뜻한 사람이라서 밤낮 가리지 않고 언제든 기꺼이 도와주었다. 그녀는 잠을 한숨도 자지 않는 것 같았다. 친구의 아이가 아프면, 밤에 수프 냄비를 들고 실력 있는 의사 남편 대동해서 나타난 적이 얼마나 많았던가? 부부는 달려와서 위로해주고, 어떤 경우에는 생명을 구하기도 했다. 그들은, 그 두 사람은 뗄 수 없는 한 쌍이었다. 아주 이상했다. 함께 있는 걸 그토록 즐거워하는 부부를 멜루 부인은 본 적이 없었다.

그랬는데 마리아에게 이런 일이 벌어지고 말았다! 어느 날 저녁 그녀는 평소 습관대로 홀로 산책길에 나섰다. 닥터 로조라가 병원에서 돌아와보니 아내가 집에 없었다. 점점 불안해지자 그는 그날 밤 늦게 경찰에 실종 신고를 했다. 그는 아내가 어디 있을지 감이 잡히지 않았다. 그는 마리아가 자신만의 주관을 가진 사람이라고, 아마 그에게 말하지 않고 이웃집을 방문하기로 결정했을 거라고 말했다. 그랬다, 그날 저녁 그는 늦도록 야근을 한 참이었다.

며칠 뒤 강변 다리 밑에서 책이 한 권 발견되었다. 영국 작가 애거서 크리스티가 쓴 『엔드하우스의 비극』이라는 소설이었다. 장서인*은 물에 젖어 부풀어 있었지만, 닥터 로조라는 이것이 그들의 책임을 알아보았다. 강과 바위투성이 강둑의 수색이 시작되었다. 애거서 크리스티의 다른 책들이 강 하류에서 발견되었다. 마침내 마리아 로조라의 시신이 나왔다. 불운하게도 발견하기 아주 고약한 지점의 바위 틈에 끼어 있었다.

마리아 로조라 말고 누가 그런 악천후에 돌아다니려 할까? 그리고 그녀는 어쩌다 다리에서 떨어졌을까?

전혀 설명이 되지 않았다―사실 모든 가능한 설명들도 다 고만고만하게 그럴듯하지가 않았다. 자살? 그녀는 가족과 친지들에게 어떤 정신적, 도덕적 압박 비슷한 것도 받지 않고, 행복하고 만족스럽게 살았던 여인이었다. 또한 그다지도 화술에 능란한 여인이 왜 유서 한 장 남기지 않았을까? 더구나 그녀는 생각이 깊고 독실한 기독교인이었다. 그런 기독교인들은 스스로 목숨을 끊지 않는다. 아무도―그녀의 남편이나 자녀들도, 사제들도, 경찰도―자살 가능성을 설득력 있게 보지 않았다. 그렇다면 사고였을까? 마리아 로조라는 돌난간이 세워진 다리에서 추락해서 죽은 걸까? 두껍고 튼튼한 난간은 그 높이가 상당해서 사람이 미끄러지거나 밖으로 떨어질 수 없었다. 난간 꼭대기로 기어오를 수도 있겠지만, 뛰어내릴 의도가 없다면 제정신인 사람이 왜 그런 곳에 올라갈까? 추정

* 그림이나 책에 그 소유를 밝히려고 찍은 도장.

되는 사망 원인에서 자살이 제외됐기 때문에, 그녀가 자진해서 난간을 기어올라갔을 가능성도 배제되었다. 자살과 사고를 제하면 무엇이 남는가? 살해. 하지만 이것이야말로 모든 가능성들 가운데 가장 어처구니없었다. 누가 마리아 로조라를 죽이고 싶어 한단 말인가? 그녀에겐 적이 없었다. 마리아 로조라를 아는 사람들은 모두 그녀를 좋아했다―심지어 사랑받기까지 했다. 또 이곳은 시카고가 아니라 브라간사였다. 이 지역에서 살인 사건은 들도 보도 못한 일이었다. 죄 없는 여인을 번쩍 들어서 다리 밖으로 내던지는 동네가 아니었다. 그 가능성은 터무니없었다. 그러니 자살 아니면 사고여야 마땅했다. 사건은 제자리걸음이었다. 경찰은 증인이 나오기를 간절히 바랐지만 목격자가 전혀 없었다. 리스본에서 온 과학수사 전문가들도 아무것도 발견하지 못했다. 사람들은 각자 가장 그럴듯해 보이는 설명을 받아들였다. 닥터 로조라는 살해설을 믿었지만 누가 그의 아내에게 그런 짓을 저질렀는지 알 수 없었다.

멜루 부인은 마리아의 죽음이 부부가 무척 좋아하는 살해 미스터리처럼 명쾌한 해결을 보지 못할 것 같아 낙담했다.

멜루 부인은 숨을 헐떡이는 소리를 듣는다. 닥터 로조라가 깨어났다. 그가 흐느끼기 시작하는 소리가 난다. 닥터 로조라는 그녀가 출근한 것을, 그가 혼자 있는 게 아님을 알지 못한다. 울음소리가 커진다. 꺼이꺼이 크게 흐느낀다. 가여운 사람, 딱하기도 해라. 그녀는 어떻게 해야 될까? 그녀가 거기 있는 줄 알면 닥터 로조라가 몹시 당황할 것이다. 멜루 부인은 그런 상황은 원치 않았다. 아마도 그녀가 인기척을 해서 사람이 있다고 알려줘야 할 것 같다. 그는 계속 흐느낀다. 그녀는 아주 가만히, 조용하게 서 있다. 그러다가 자신에게 짜증이 치민다. 이 사람에게 도움이 필요하다는 사실보다 더 분명한 게 있겠는가? 방금 전 그녀도 그렇게 생각하지 않았던가?

멜루 부인은 몸을 돌려 닥터 로조라의 방으로 향한다.

3부

집

1981년 여름, 피터 토비는 의석 확보가 확실한 토론토 선거구를 스타 후보자에게 내주고 상원으로 임명되어 하원을 떠났고, 그러 므로 이제 지역구에서 활동할 필요가 없었다. 그와 아내 클래라는 오타와에서 강 전망이 근사한 더 넓고 멋진 아파트를 구입한다. 그 들은 수도의 느긋한 분위기가 마음에 들고, 같은 도시에 사는 아들 내외와 손녀와 가까이 있게 되어 행복하다.

그러던 어느 날 아침, 피터가 침실에 들어갔을 때 클래라는 양손 으로 왼쪽 옆구리를 잡고 울면서 침대에 앉아 있다.

"당신, 왜그래?" 그가 묻는다.

클래라는 고개만 내저을 뿐이다. 피터는 공포에 휩싸인다. 부부 는 병원으로 간다. 클래라가 아프다, 몹시 위중하다.

그의 아내가 생명을 부지하려고 싸우는 그 시기, 아들의 결혼 생활이 파탄난다. 피터는 아내를 위해 파경을 최대한 낙관적으로 보려고 한다. "모두를 위해 그게 최선이야." 그가 말한다. "부부 사이가 별로였지. 서로 떨어져 지내면 좋아질 거야. 요즘 사람들은 그렇게 지내거든."

클래라는 미소를 지으며 동의한다. 그녀의 인지력이 떨어지고 있다. 최상의 상황이 아닐 뿐 아니라, 좋다고도 할 수 없다. 차라리 끔찍하다. 그는 아들 부부가 원수지간이 되는 것을 지켜보고, 자식이 전쟁의 약탈물이 되는 것을 본다. 그의 아들 벤은 전처 디나와 싸우는 데 막대한 시간과 돈, 기운을 쏟아붓고, 디나 역시 치열하게 맞서 싸운다. 그 상황에서 양측 변호사들만 신이 나고, 피터는 대경실색한다. 그는 디나와 대화하며 중재자 역할을 하려고 애쓰지만, 처음에는 예의 바르게 대화하고 마음을 여는 것 같아도 결국 그녀는 냉정을 잃고 울화통을 터뜨리고 만다. 벤의 아버지이기에 그는 선동자요, 공모자가 될 수밖에 없다. "아드님이랑 똑같으시네요." 한번은 디나가 쏘아붙였다. 그는 자신이 아내와 40년이 넘도록 사랑으로 조화를 이루며 살아왔다는 점을 지적했을 뿐이었다. 그녀는 전화를 끊었다. 손녀인 레이철은 어릴 적엔 명랑한 요정이었지만 부모에게 퉁명스럽게 굴고, 십 대 특유의 신랄한 분노의 벽을 쌓고 지낸다. 몇 차례 피터는 레이철을 데리고 산책을 하고 레스토랑에서 식사를 나누며 기운을 북돋워주려 했지만—그 자신도 기운을 낼 수 있기를 바라면서—손녀의 시무룩한 태도는 조금도 바뀌지 않았다. 그러다가 레이철은 양육권 전쟁에서 '승리'한 엄마와 함께 밴쿠버로 이주한다. 피터가 두 사람을 공항에 태워다 준다. 모녀는 보안 검색대를 통과하면서 벌써 언쟁을 벌이고, 성인 여자와 그녀의 사춘기 딸이 아니라 독침을 세우고 서로 자극하는 검은 전갈 두 마리로 보인다.

오타와에 남은 벤은 가망이 없다. 피터가 보기에 아들은 어이가 없을 정도로 헛똑똑이다. 의료 연구가인 벤은 한때 사람들이 우연히 혀를 깨무는 이유에 관해 연구했다. 노련한 중장비 기사와 달리 혀가 치아를 피하지 못해 아픈 실수를 저지르는 데는 놀랍도록 복잡한 원인들이 있다. 이제 피터는 아들을 딱딱 부딪치는 치아 사이로 몸을 내던지는 혀라고 생각한다. 피가 나는데도 그 대가나 결과에 대해 일절 자각하지도 깨닫지도 못하고, 다음 날 또 반복해서 자신을 내던지는 것이다. 하지만 벤은 늘 화가 나서 안달한다. 그들 사이의 대화는 아들은 눈을 굴리고 아버지는 무슨 말을 할지 몰라 당혹스러워하다가 냉랭한 침묵으로 끝난다.

의학 용어가 난무하는 소용돌이 속에서, 치료를 할 때마다 희망이 커졌다가 사그라진 뒤에, 몸을 비틀며 신음하고 흐느낀 뒤에, 실금을 하고 살이 쭉 빠진 뒤에, 그의 아름다운 클래라는 흉한 초록색 환자복 차림으로, 흐릿한 눈은 반쯤 감기고 입은 벌린 채로 병원 침대에 누워 있다. 몸부림치고, 가슴에서 한 차례 덜컥대는 소리가 나고, 그녀는 죽는다.

피터는 팔러먼트 힐*에서 유령처럼 산다.

어느 날 그가 상원에서 연설을 한다. 동료 의원이 몸을 돌려 단순한 흥미 이상의 강한 눈길로 감시하듯 그를 올려다본다. 왜 나를 그렇게 쳐다보지? 피터는 생각한다. 당신 혹시 머리가 어떻게 된 거야? 몸을 숙여 동료의 얼굴에 대고 숨을 쉰다면, 숨결이 토치램프처럼 얼굴 가죽을 벗겨버릴 것 같다. 빙긋 우는 두개골이 그를 올려다보리라. 저 멍청한 표정은 그 꼴을 당하고 말 거야.

상원 의장이 그의 공상을 방해한다. 그가 말한다. "의원님께서는 논의 중인 주제를 계속 얘기하시겠습니까, 아니면……?"

의장이 말꼬리를 흐리는 것이 의미심장하다. 피터는 원고를 내려다보면서 자신이 무슨 이야기를 하던 참인지 전혀 떠오르지 않음을 깨닫는다―모르겠다, 게다가 기억난다고 한들 연설하는 데는 관심이 없다. 그는 할 말이 없다. 피터가 의장을 쳐다보면서 고개를 젓고 자리에 앉는다. 동료는 잠시 그를 다시 쳐다보다가 고개를 돌린다.

원내총무가 그의 책상으로 건너온다. 두 사람은 친구 사이다. "어떤가, 피터?" 그가 묻는다.

피터는 어깨를 으쓱한다.

"자네는 휴식을 취해야 될 거야. 한동안 좀 쉬게. 많은 일을 겪었잖나."

피터가 한숨을 쉰다. 그렇다, 그는 벗어날 필요가 있다. 더 이상

---

* 캐나다 온타리오 주 오타와에 있는 왕실 소유지로, 캐나다 국회의사당이 위치해 있다.

견딜 수가 없다. 연설, 끝없는 가식, 냉소적인 책략, 거만한 이기심, 오만한 원조, 무자비한 언론, 숨통을 조이는 세부 사항들, 깐깐한 관료주의, 바늘귀만큼 향상되는 인도주의 ─ 이 모든 게 민주주의의 특징이라는 걸 그는 깨닫는다. 민주주의는 정말로 멋진, 미친 짓이다. 하지만 그는 신물이 난다.

"내가 자네에게 적합한 건수를 찾아보겠네." 원내총무가 말한다. 그는 피터의 어깨를 두드리면서 덧붙인다. "꿋꿋하게 버티라고. 잘해낼 거야."

며칠 뒤 원내총무가 다시 찾아와서 한 가지 제안을 한다. 여행.

"오클라호마에?" 피터가 반문한다.

"이봐, 멋진 일들은 머나먼 곳에서 생기는 법이라고. 예수가 등장하기 전에 누가 나사렛이란 곳을 들어보기나 했나?"

"혹은 토미 더글러스 이전에 서스캐처원을 들어봤거나?"

원내총무가 빙그레 웃는다. 그는 서스캐처원 출신이다. "상황은 이렇네. 출장 직전에 한 사람이 빠지겠다더군. 오클라호마 주 의회가 캐나다 의원들을 초청했거든. 친목을 도모하고 유지하자는 취지지. 해야 될 일은 별로 없을 걸세."

피터는 오클라호마가 어디 있는지도 잘 모른다, 정확하게는. 미제국의 변방, 중부 어디쯤에 있는 주.

"기분 전환 삼아 다녀오라고, 피터. 나흘간의 가벼운 휴가야. 가지 않을 이유가 있나?"

피터는 동의한다. 그렇다, 가지 않을 이유가 있겠는가. 2주일 후 그는 동료 의원 세 명과 오클라호마로 날아간다.

5월의 오클라호마시티는 따뜻하고 쾌적하며, 초청자들은 성의껏 환대한다. 캐나다 대표단은 주지사, 주 의회 의원들, 사업가들을 접견한다. 그들은 주 의사당을 구경하고 공장 한 곳을 방문한다. 매일의 일정은 만찬으로 마무리되며, 일행은 웅장한 호텔에 투숙한다. 방문 기간 내내 피터는 느긋하고 멍한 상태에서 캐나다에 대해 말하고 오클라호마에 대해 듣는다. 원내총무의 예상대로 풍경의 변화, 공기의 변화가—포근하고 촉촉하게—그의 마음을 어루만진다.

캐나다 손님들의 여가를 위해 공식 일정을 비워둔 마지막 방문일 전날 밤, 피터는 오클라호마시티 동물원의 관광 책자를 본다. 그는 동물원을 좋아하는데, 특별히 동물에 관심이 있어서가 아니라 클래라가 좋아했기 때문이다. 아내는 한때 토론토 동물원 관리 이사회의 일원이었다. 피터는 오클라호마시티 동물원을 방문하고 싶다는 의사를 밝힌다. 의사당 안내를 맡은 입법부 보좌관이 알아보겠다고 하더니 돌아와서 장황한 사과를 늘어놓는다.

"정말 죄송합니다." 그녀가 말한다. "평소 동물원은 매일 개장하는데, 대대적인 보수 작업에 들어가 현재는 폐장 중입니다. 관심 있으시다면, 동물원 측에 입장 허가를 알아볼 수 있습니다."

"아니, 됐습니다. 귀찮게 하고 싶지 않군요."

"시내 남쪽인 노먼에, 대학 부설 시설인 침팬지 보호소가 있습니다만." 그녀가 말한다.

"침팬지 보호소?"

"네, 아마…… 원숭이를 연구하는 기관일 겁니다. 평소 일반인에게 공개된 곳은 아니지만, 저희가 방문을 주선할 수 있을 거예요."

그녀는 그 일을 성사시킨다. '상원의원'이라는 한마디가 미국인들에게 기막힌 효과를 발휘한다.

다음 날 아침 호텔 앞에서 차가 대기한다. 캐나다 대표단 중 관심 있는 사람이 없어서 피터 혼자 간다. 차는 그를 태우고 '영장류 연구소'라는 곳으로 간다. 오클라호마대학교의 교외 시설인 이곳은 노먼에서 동쪽으로 10킬로미터 남짓 떨어진 곳으로, 덤불이 우거진 황량한 외곽 지역의 한가운데 위치해 있다. 하늘은 파랗고, 주변은 녹음이 무성하다.

구불구불한 자갈 진입로 끝에 있는 연구소 앞에 체구가 큰 사내가 보인다. 얼핏 위협적으로 보이는 사내는 수염을 기르고 배가 불룩 튀어나왔다. 그 옆에 호리호리하고 더 젊은 남자가 서 있다. 머리가 길고 눈이 튀어나온 그는 그 몸짓으로 봐서 부하 직원임이 분명하다.

"토비 상원의원님?" 피터가 차에서 내리자 체구가 큰 사내가 묻는다.

"그렇습니다."

그들은 악수한다. "저는 영장류 연구소의 소장인 닥터 빌 렘넌입니다." 렘넌은 피터 뒤쪽으로 차 안을 바라본다. 아직 차 문이 열려 있다. "대표단이 많지 않군요."

"네, 저 혼자입니다." 피터가 차 문을 닫는다.

"어느 주에서 오셨다고요?"

"캐나다의, 온타리오 지역입니다."

"그렇습니까?" 피터의 대답이 소장에게 멈칫거릴 이유가 된 모양이다. "음, 따라오시면 저희가 여기서 무슨 일을 하는지 간략히 설명해드리겠습니다."

렘넌이 몸을 돌리더니, 피터가 움직일 채비를 할 때까지 기다리지 않고 걸어가버린다. 인사도 나누지 못한 조수는 허둥지둥 그를 뒤따라간다.

그들은 방갈로 한 채와 헛간 몇 군데를 빙 돌아서 걷다가, 아름드리 미루나무들이 그늘을 드리운 제법 넓은 연못에 다다른다. 연못에는 두 개의 섬이 있고, 한 곳에는 나무가 우거져 있다. 그중 한 나무의 가지 사이를 우아하고 민첩하게 건너다니는 키 크고 마른 원숭이들이 여러 마리 보인다. 크기가 더 큰 다른 섬에는 높이 자란 풀과 덤불이 있고, 여기저기 나무 몇 그루와 웅장한 목재 구조물이 서 있다. 높은 기둥들이 각각 다른 높이에서 네 개의 단을 떠받치고, 밧줄로 짠 그물과 하역 망*이 연결되어 있다. 쇠사슬에는 트럭 타이어 한 개가 걸려 있고, 구조물 옆에 콘크리트 블록으로 지은 둥근 오두막이 있다.

---

*   화물을 내릴 때 떨어지는 것을 방지하는 망.

소장이 고개를 돌려 피터와 마주 본다. 말을 시작하기 전인데도 설명해야 될 내용이 지겨운 눈치다.

　"이곳 IPR(영장류 연구소)은 영장류의 행동과 의사소통을 연구하는 최전선입니다. 침팬지에게 무엇을 배울 수 있을까요? 보통의 사람이 예상하는 것 이상을 배웁니다. 침팬지는 진화론적으로 인간과 가장 가까운 동물입니다. 우리는 침팬지와 공통의 영장류 조상을 갖고 있지요. 인간과 침팬지가 갈라진 것은 600만 년 정도밖에 안됩니다. 로버트 아드리는 이렇게 표현했습니다. '우리는 진화된 유인원일 뿐 타락한 천사가 아니다.' 인간과 침팬지는 공통적으로 큰 뇌, 의사소통을 할 수 있는 특별한 능력, 도구를 사용하는 능력, 복잡한 사회구조를 갖고 있습니다. 의사소통의 경우를 한번 살펴보지요. 여기 있는 침팬지 중 일부는 150개 단어를 수화로 표현할 수 있고, 단어를 연결해 문장을 구사할 수 있습니다. 그것은 언어입니다. 또 개미와 흰개미를 찾거나 견과를 쪼개는 도구를 만들 수 있습니다. 먹잇감을 잡기 위해 역할을 분담하고 협동하여 사냥을 할 수도 있습니다. 간단히 말해 문화의 기본 원리를 갖고 있지요. 따라서 침팬지를 연구한다는 것은, 대대로 전해 내려온 우리의 모습을 연구하는 겁니다. 침팬지의 얼굴 표정에서……."

　좀 기계적으로, 온기라곤 없이 전달되긴 해도 충분히 흥미로운 내용이다. 렘넌은 짜증 난 기색이 역력하다. 피터는 한편으로 딴생각을 하면서 듣는다. 그는 입법부 보좌관이 그에 대해 과장해서 말했을 거라고 의심한다. 어쩌면 그녀는 방문할 상원의원이 미국 국회의원이 아니라는 사실을 말하지 않은 것 같다. 침팬지 몇 마리가 더 큰 섬에 나타난다. 그 순간 누군가가 부르는 소리가 들린다.

"닥터 렘넌! 닥터 테라스가 전화하셨는데요." 피터가 몸을 돌리자, 건물 옆에 서 있는 젊은 여성이 눈에 들어온다.

렘넌이 갑자기 활기를 찾는다. "꼭 받아야 하는 전화입니다. 양해 부탁드립니다." 그는 손님의 대답을 기다리지도 않고 툴툴대면서 저만치 걸어간다.

소장이 가는 것을 보며 피터는 안도의 한숨을 쉰다. 그는 다시한번 침팬지들에게 몸을 돌린다. 다섯 마리가 있다. 침팬지들은 머리를 숙이고 네발로 느릿느릿 움직인다. 무거운 상체를 두꺼운 힘센 팔로 떠받치는 한편, 더 짧은 다리들은 세발자전거의 뒷바퀴처럼 따라간다. 햇빛 속에서 그들은 놀랄 만큼 까맣다—움직이는 밤의 편린들 같다고나 할까. 침팬지들은 짧은 거리를 어슬렁어슬렁 가다가 앉는다. 한 마리가 목재 구조물의 가장 낮은 단으로 기어오른다.

대단한 구경거리가 아닌데도 보고 있자니 마음이 흐뭇하다. 동물들은 제각기 퍼즐 조각 같아서 자리를 잡을 때마다 제자리에 착착 맞아 들어간다.

소장의 부하 직원이 여전히 곁에 있다.

"인사를 나누지 않았군요. 나는 피터입니다." 피터가 손을 내밀면서 말한다.

"밥입니다. 만나 뵈어 반갑습니다, 의원님."

"동감입니다."

두 사람은 악수한다. 밥은 목젖이 유난히 도드라졌다. 목젖이 계속 아래위로 움직여서 그의 이름을 기억하기 쉬울 것 같다.*

"여기 원숭이가 몇 마리나 있습니까?" 피터가 묻는다.

밥의 시선이 그의 시선을 따라 큰 섬으로 향한다. "저것들은 유인원입니다, 의원님. 침팬지는 유인원이지요."

"아." 피터는 그것들이 나무 사이를 누비는 것을 봤던 다른 섬을 손으로 가리키면서 묻는다. "그러면 저기 있는 건 원숭이인가요?"

"아, 사실 그것들 역시 유인원입니다. 그것들은 긴팔원숭이들입니다. 소위 '크기가 작은' 유인원의 일종이지요. 대충 말하자면 원숭이는 꼬리가 있고 유인원은 꼬리가 없습니다. 또 일반적으로 원숭이는 나무에서 살고 유인원은 땅 위에서 삽니다."

밥이 말을 마칠 무렵, 낮은 단에 앉아 있던 침팬지가 맨 위의 단으로 재주넘기를 하듯 훌쩍 뛰어오르며 몸을 흔든다. 동시에 다른 유인원들, 작은 긴팔원숭이들이 나무에 다시 나타나서 가지에서 가지로 옮겨 다니며 공중을 누빈다.

"물론 자연에는 여러 가지 예외가 있어서 우리는 정신을 바짝 차려야 됩니다." 밥이 덧붙여 말한다.

"그러면 여기 침팬지가 몇 마리나 있습니까?" 피터가 묻는다.

"현재 서른네 마리입니다. 다른 연구소에 팔거나 임대할 목적으

---

* bob은 '위아래로 움직이다'라는 뜻의 동사로도 쓰인다.

로 보유하기 때문에 그 수가 유동적이지요. 다섯 마리는 노먼 인근의 가정에서 양육되고 있습니다."

"인간 가족이 키운다고요?"

"네. 노먼은 교차 양육의 세계적인 중심지로 부상할 겁니다." 밥이 목젖을 들먹이면서 웃다가, 피터의 어리둥절한 표정을 알아차리고 다시 말한다. "교차 양육은 아기 침팬지를 인간처럼 인간 가족이 양육하는 것을 의미합니다."

"목적이 뭔가요?"

"아, 여러 이유가 있어요. 침팬지는 수화를 배웁니다. 놀랍습니다. 저희는 침팬지들과 의사소통을 하고 그들의 두뇌가 어떻게 작동하는지 알 수 있답니다. 또 이곳을 비롯한 여러 곳에서 다양한 행동 연구가 진행되고 있습니다. 침팬지들의 사회적 관계에 대한 연구, 그러니까 의사소통 형태, 무리를 구성하는 방식, 지배와 복종의 패턴과 모성적인 행동과 성적인 행동, 변화에 적응하는 방식 등등에 대한 연구 말이지요. 대학교수들과 박사과정 학생들이 매일 이곳에 옵니다. 닥터 렘넌이 말한 대로입니다. 침팬지는 우리와 다르지만 기이하게 비슷하기도 해요."

"그러면 침팬지들이 전부 저 섬에 삽니까?" 피터가 묻는다.

"아닙니다. 실험과 수화 교육을 위해, 간단한 휴식과 긴장 완화를 위해 소집단으로 여기 데리고 나옵니다. 지금 보시는 집단이 그런 경우지요."

"침팬지들이 달아나려고 시도하지 않나요?"

"침팬지는 수영을 못합니다. 돌처럼 가라앉을 거예요. 또 달아난다고 해도 멀리 가지 않을 겁니다. 저 녀석들에게는 여기가 집이거든요."

"저것들이 위험하지는 않나요?"

"그럴 수도 있습니다. 침팬지는 힘이 세고 입안 가득 칼을 물고 있는 것과 다름없거든요. 제대로 다뤄야 되지요. 하지만 대부분은 믿기 힘들 정도로 상냥합니다. 사탕을 주기로 약속하면 특히 그렇지요."

"나머지 침팬지들은 어디 있습니까?"

밥이 손가락으로 가리킨다. "저기 중앙 사육장에요."

피터는 다음으로 구경할 곳이라고 짐작하고, 몸을 돌려 그 건물로 향한다.

밥이 뒤따라온다. "저기! 거기가…… 관람하실 시설에 속하는지 확실치 않습니다만, 의원님."

피터가 걸음을 멈춘다. "하지만 다른 침팬지들을 더 가까이서 보고 싶군요."

"저기…… 음…… 아마도 이야기를 해봐야…… 소장님이 말해주지 않아서……."

"그분은 바쁘시군요." 피터가 다시 걸음을 옮긴다. 으스대는 닥터 렘넌을 안달 나게 한다는 게 마음에 든다.

밥이 종종걸음으로 따라오면서 망설이는 기척을 낸다. "어쩌면 괜찮을 것 같습니다." 그는 피터가 마음을 바꾸지 않으리란 것을 눈치채곤 마침내 결정을 내린다. "얼른 돌아보도록 하지요. 이쪽입니다."

두 사람은 모퉁이를 돌아서 문에 도착한다. 그들은 책상 하나와 사물함들이 있는 작은 방으로 들어간다. 또 철문이 나온다. 밥이 열쇠를 꺼낸다. 그가 열쇠를 돌려서 문을 연다. 두 사람은 안으로 들어간다.

연못에 있는 섬이 햇빛이 쏟아지는 목가적인 분위기라면, 여기 창이 없는 건물 안은 어둡고 습한 지하세계의 현실을 보여준다. 먼저 피터에게 냄새가 밀려든다. 동물의 오줌과 비참함의 냄새. 더위가 질펀한 악취를 더 고약하게 만든다. 그들은 쇠막대로 만든 둥근 터널 모양의 통로 입구에 있다. 쇠막대들이 강판처럼 주위 공간을 자잘하게 나눈다. 통로의 양쪽으로는 정육면체 형태의 철제 우리가 두 줄로 걸려 있다. 양변의 길이가 약 1.5미터인 우리는 새장처럼 쇠사슬로 공중에 매달려 있다. 앞줄과 뒷줄의 우리가 서로 엇갈리게 걸려서, 앞줄이 더 가깝고 뒷줄이 멀기는 해도 통로에서는 전부 잘 보인다. 우리는 둥근 쇠막대로 만들어졌는데 안이 훤히 들여다보여서 프라이버시가 전혀 보장되지 않는다. 각각의 우리 밑에 놓인 큰 플라스틱 쟁반에는 입소자들이 배출한 쓰레기들이 나뒹굴고 있다. 썩어가는 음식물, 배설물, 오줌 웅덩이. 일부 빈 곳도 있지만 침팬지가 든 우리가 많고, 그 경우 한 마리씩 들어 있다. 한 마리만. 거구의 검은 침팬지 한 마리.

귀가 찢어질 듯한 비명과 고함 소리가 그들을 맞이한다. 피터는 원초적인 공포에 휩싸인다. 그는 숨을 가쁘게 몰아쉬며 얼어붙은 채 제자리에 서 있다.

"상당히 인상적이지요?" 밥이 외친다. "처음 보는 사람인 데다 의원님이 그들의 영역을 '침범'해서 저러는 겁니다." 그는 '침범'이라고 말할 때 손가락을 굽혀 따옴표 모양을 만든다.

피터는 물끄러미 쳐다본다. 일부 갇혀 있는 침팬지들은 성이 나서 철창을 마구 흔든다. 수평한 사슬에 매인 우리들도 마구 흔들린다. 유인원들이 서로에게서, 또 지상으로부터 떨어져 그런 식으로 공중에 매달려 있다는 데 피터는 질겁한다. 숨거나 매달릴 수 있는 곳은커녕 갖고 놀 장난감이나 담요, 심지어 지푸라기 하나조차 없다. 그들은 그저 황량한 우리 안에 매달려 있고 감금이 따로 없다. 신입 죄수가 교도소로 들어오면 수감자 전원이 조롱하고 야유하기 시작하는 장면을 영화에서 본 적이 있지 않던가? 피터는 두려움을 가라앉히기 위해 침을 삼키고 크게 심호흡을 한다.

밥은 소란에 아랑곳하지 않고 이따금 이런저런 코멘트를 하면서 앞으로 나아간다. 피터는 쇠막대들에서 뚝 떨어져 통로 한가운데를 걸으며 그의 뒤를 바싹 뒤따른다. 이 동물들이 확실히 갇혀 있다는 것을 알 수 있지만—우리 안에, 그런 다음에는 쇠막대들 속에—그는 여전히 겁난다.

굵은 철사를 촘촘하게 엮은 울타리가 우리 서너 개마다 둘러져 있다. 울타리는 통로의 쇠막대에서부터 건물 벽과 천장까지 뻗어서, 우리들을 여러 구역으로 나눈다. 또 한 겹의 구속이다. 각각의 울타리는 뒤쪽, 벽 옆으로 문이 나 있다.

피터가 울타리를 손으로 가리킨다. "우리로 충분하지 않습니까?" 그는 소리친다.

밥도 큰 소리로 대답한다. "울타리 덕에 침팬지 몇 마리를 풀어서, 더 널찍하되 분리된 공간에서 다른 침팬지와 같이 있게 해줄 수 있거든요."

정말로 어두컴컴한 사육장의 통로 한쪽 바닥에, 뒤쪽 벽 부근에 늘어져 있는 침팬지 네 마리가 보인다. 그들은 피터를 보자 일어나서 움직이기 시작한다. 한 마리는 쇠막대가 있는 곳으로 달려온다. 적어도 이들의 행동은 더 자연스러워 보인다—땅 위에서 그들은 무리 지어 다니며 활동적이다. 밥이 피터에게 몸을 낮추라는 몸짓을 한다. "같은 높이에 있는 것을 녀석들이 좋아하거든요." 그가 피터의 귀에 대고 말한다.

두 사람은 쭈그려 앉는다. 밥이 쇠막대 사이로 손을 넣어서 가장 공격적으로 보이는, 그들을 공격하려 했던 침팬지에게 손을 흔든다. 침팬지는 잠시 망설이더니 쇠막대로 달려와서 밥의 손을 쓰다듬고는, 돌아가서 뒷벽에 있는 무리와 합류한다. 밥이 미소 짓는다.

피터는 진정되기 시작한다. 저것들은 그저 자기 일을 하는 것뿐이야, 라고 그는 속으로 중얼댄다. 두 사람이 일어나서 다시 통로를 내려가기 시작한다. 피터는 침팬지들을 더 안정감 있게 관찰할 수 있다. 그들은 다양한 수준의 공격성과 흥분을 보여준다. 몸을 흔들고 으르렁대고, 비명을 지르고 찡그리고, 힘차게 몸부림친다. 다들 야단법석이다.

한 마리만 예외다. 통로 끝 우리 안에 마지막 죄수가 조용히 앉아 있다. 자기만의 생각에 잠겨 주변을 까맣게 잊어버린 것처럼. 피터는 그 우리에 다가가서, 침팬지의 독특한 행동에 놀라 멈추어 선다.

이 유인원은 피터에게 옆모습을 보인 채, 흥분한 동족들을 등지고 앉아 있다. 굽힌 무릎 위에 곧은 팔이 자연스럽게 올려져 있다. 피터는 온몸에 덮인 매끈하고 검은 털가죽을 눈여겨본다. 어찌나 숱이 많은지 분장용 의상 같다. 거기서 털이 없고 아주 민첩해 보이는 손과 발이 나온다. 피터는 침팬지의 머리에서 움푹 들어간, 거의 없다시피 한 이마를 본다. 커다란 접시같이 생긴 귀, 두껍게 돌출된 눈썹, 납작한 코, 완만하게 튀어나온 보기 좋은 입. 털이 없는 윗입술과 살짝 수염이 난 아랫입술. 유난히 커다란 입술은 표현력이 상당히 풍부해 보인다. 피터는 침팬지의 입술을 가만히 바라본다. 그 순간 낯선 사람을 본 침팬지의 입술이 살짝 씰룩인다―혼자 대화라도 하는 것처럼 입술이 파르르 떨리고, 벌어지고, 닫히고, 오므라든다.

침팬지는 고개를 돌려 피터의 눈을 똑바로 본다.

"녀석이 나를 보는데요." 피터가 말한다.

"네, 침팬지는 그럽니다." 밥이 대답한다.

"내 눈을 똑바로 본다고요."

"네, 그렇네요. 보통은 우위의 상징이지만, 이 녀석은 아주 느긋한 친구지요."

유인원은 여전히 피터를 쳐다보면서 입술을 깔때기처럼 오므린다. 입술에서 나는 숨을 헐떡이는 **후후** 소리가 사육장의 소란을 뚫고 피터의 귀에까지 들린다.

"저건 무슨 뜻입니까?" 피터가 묻는다.

"인사입니다. 안녕이라고 말하고 있습니다."

유인원이 다시 인사를 건넨다. 이번에는 피터의 시달리는 귀보다 골똘한 시선에 의지해서, 소리 내지 않고 입만 벙긋댄다.

피터는 유인원에게서 눈을 떼지 못한다. 얼마나 매력적인 얼굴인지. 너무도 명랑한 표정, 너무도 강렬한 눈길. 큰 머리에는 몸처럼 검은 털이 빽빽하지만, 역삼각형을 이루는 얼굴의 주요 부위인 눈과 코와 둥근 입은 털이 없이 매끈한 검은 피부를 자랑한다. 윗입술의 미세한 세로 주름들을 제외하면, 유인원의 얼굴에는 눈가 주름만 있다. 눈 주위에는 각각의 안구 아래로 동심원이 있고, 납작한 콧등 위쪽과 돌출된 눈썹 사이에 물결무늬 주름이 몇 개 있다. 이 원 속의 원이 이중의 중심으로 눈길을 끈다. 그 눈은 무슨 색일까? 사육장의 인공조명 속에서 피터는 그 색깔을 정확히 가늠할 수 없지만, 붉은색에 가까운 밝은 연갈색을 띠면서 흙빛이 난다. 눈은 몰려 있고 시선에 흔들림이 없다. 그 시선이 피터에게 꽂혀 그를 꼼짝 못 하게 만든다.

유인원은 몸을 돌려 피터와 정면으로 마주 본다. 강렬한 눈길이지만 자세는 느긋하다. 유인원은 눈으로 그를 사로잡는 게 즐거운 듯하다.

"더 가까이 가고 싶군요." 피터가 말한다. 이런 말을 하다니 스스로도 놀랍다. 두려움은 다 어디 갔을까? 방금 전만 해도 겁이 나서 벌벌 떨었는데.

"아, 그러시면 안 됩니다, 의원님." 밥이 경고조로 딱 잘라 말한다.

통로 끝에 묵직한 철망 문이 있다. 통로 중간에 그런 문이 양옆으로 두 개 있었다. 피터는 주위를 둘러본다. 문 너머 바닥에는 침팬지가 한 마리도 없다. 그는 문을 향해 다가가서 손잡이에 손을 올린다. 손잡이가 완전히 돌아간다.

밥의 눈이 휘둥그레진다. "아, 이런. 누가 문 잠그는 걸 잊었을까? 정말로 안에 들어가시면 안 됩니다!" 밥이 간청한다. "그러시려면…… 그러시려면 닥터 렘넌과 의논하셔야 됩니다, 의원님."

"그를 데려와요." 피터가 말하면서 문을 열고 안으로 들어간다.

밥이 그를 따라서 들어간다. "건드리지 마십시오. 침팬지는 대단히 공격적으로 변할 수 있습니다. 녀석이 손을 물어뜯을지도 몰라요."

피터는 우리 앞에 서 있다. 그와 유인원의 눈길이 다시 얽힌다. 또 한 번 그는 자석 같은 끌림을 느낀다. 네가 원하는 게 뭐야?

유인원은 십자형 창살 사이로 간신히 손을 내민다. 피터 앞에서 좁은 손바닥이 펼쳐진다. 피터는 그것을, 검은 가죽 살결을, 길쭉한 손가락을 물끄러미 쳐다본다. 의문의 여지도, 망설임도 없다. 피터는 자신의 손을 위로 든다.

"아, 안 됩니다. 아, 안 돼요!" 밥이 애원조로 말한다.

두 손이 서로 감싼다. 짧지만 힘 있는 엄지가 피터의 손을 꼭 감싸 쥔다. 그 손길에는 움켜쥐거나 당기는 동작이 뒤따르지 않고 위협적인 기미도 없다. 유인원은 피터의 손을 제 손 안에서 누르고 있을 뿐이다. 놀랍도록 따뜻한 손이다. 피터는 한 손으로 악수하듯 유인원의 손을 감싸고, 다른 손은 털이 난 손등을 덮어 양손으로 손을 잡는다. 정치가의 정다운 악수와 비슷하지만, 더 확고하고 진지한 손길이다. 유인원의 손에 힘이 들어간다. 피터는 자신의 손이 뭉개질 수도 있다는 것을 알아차리지만, 유인원은 그러지 않고 그역시 아무런 두려움이 없다. 유인원은 계속 피터의 눈을 가만히 바라본다. 피터는 왠지 몰라도 목구멍이 뻐근하고 눈물이 날 것만 같다. 클래라가 떠난 후 그를 그렇게 충만하고 진솔하게, 열린 문 같은 눈으로 봐준 사람이 없었기 때문일까?

"이 녀석은 어디서 왔습니까?" 그가 시선을 돌리지 않고 묻는다. "그에게 이름이 있나요?"

피터는 유인원을 칭하는 대명사가 그것에서 그로 변했음을 인식한다. 자연스럽게 그렇게 된다. 이 생명체는 물건이 아니다.

"그의 이름은 오도입니다." 밥이 초조하게 몸을 좌우로 흔들면서 대답한다. "이리저리 옮겨 다닌 녀석이지요. 아프리카에서 평화봉사단으로 활동한 누군가가 여기로 데려왔습니다. 그러다가 오도는 나사에서 우주 프로그램 테스트에 동원되었지요. 그다음에는 여키스 연구 센터에 있었고, 이후 LEMSIP*에 있다가……."

통로의 다른 쪽 끝에서 고함 소리가 난다. 대부분 진정해 있던 침팬지들이 다시 소란해지기 시작한다. 그와 밥이 들어왔을 때보다 훨씬 더 수선스러운 소동이 일어난다. 닥터 렘넌이 돌아왔다. "밥, 어찌 된 일인지 분명히 설명해야 될 걸세!" 그가 호령한다.

피터와 오도는 서로의 손을 놓는다. 상호 동의하에 이루어진 동작이다. 유인원은 몸을 돌려 아까의 자세로 돌아가, 피터에게 옆모습을 보인 채 시선을 위로 올린다.

밥은 통로로 돌아가느니 차라리 천장에 매달린 우리로 기어 올라가는 게 나을 것 같다. 피터가 먼저 나온다. 닥터 빌 렘넌이 통로를 성큼성큼 걸어오자 그의 위협적인 모습이 똑똑히 보인다. 성난 얼굴은 침침한 불빛 속에서 보였다 희미해졌다 하고, 그가 가까이 다가오자 동물들이 더 소란을 떤다.

"여기서 뭐 하는 겁니까?" 그가 피터에게 소리친다.

친절한 말로 가식을 떨던 모습은 온데간데없이 사라졌다. 렘넌은 자기 영역을 주장하는 한 마리의 유인원이다.

"내가 저 침팬지를 사겠습니다." 피터가 차분하게 말한다. 그가 오도를 손으로 가리킨다.

"그러시려고요, 지금 말입니까?" 렘넌이 대꾸한다. "코끼리 네 마리와 하마 한 마리도 같이 드릴까요? 혹시 사자 두 마리와 얼룩

---

* 영장류 실험의학과 수술 연구소. 1965년에 설립된 뉴욕대학교의 연구 시설로 1998년에 문을 닫았다.

말 떼는요? 이곳이 애완동물 가게라도 되는 줄 아십니깨! 당장 여기서 나가지 못해요!"

"만 5천 달러를 지불하겠소." 정말이지, 어림잡아도 엄청난 액수다. 만 5천 달러면 그의 자동차보다도 훨씬 비싼 액수다.

렘넌은 믿지 못하겠다는 표정이고, 살그머니 통로로 돌아온 밥도 마찬가지다. "저, 저기, 그런 정도의 돈을 뿌리겠다는 걸 보니 상원의원은 상원의원이시군요. 어느 걸로?"

"저기 있는 녀석."

렘넌이 쳐다본다. "이런. 저놈 같은 건 다시 못 구할 겁니다. 녀석은 몽상의 세계에서 살거든요." 소장은 생각에 잠긴다. "만 5천 달러라고 했습니까?"

피터가 고개를 끄덕인다.

렘넌이 웃음을 터뜨린다. "우리가 애완동물 가게라도 된 것 같군요. 밥, 자네 손님을 알아보는 눈썰미가 있군그래. 토비 씨…… 미안합니다, 토비 상원의원님…… 원하시면 애완 침팬지를 구입하실 수 있습니다. 다만 문제는 환불 규정이 없다는 겁니다. 저 침팬지를 구입한 후 싫증이 나서 돌려주고 싶다면…… 저희는 침팬지를 받겠지만 그래도 만 5천 달러는 돌려드리지 않습니다. 알겠습니까?"

"그렇게 합시다." 피터가 말한다. 손을 내민다. 렘넌은 악수를 하고, 세상에서 가장 우스운 농담이라도 들은 듯 재미나다는 표정을 짓는다.

피터는 오도를 힐끗 쳐다본다. 그는 걸음을 옮기면서 곁눈질로 침팬지가 고개를 돌리는 것을 본다. 피터가 다시 쳐다보자, 오도는 다시 한번 그를 물끄러미 바라본다. 잔잔한 전율이 그의 몸을 타고 흐른다. 오도는 지금까지 내내 나를 의식했구나. 유인원뿐 아니라 자신에게 그는 속삭인다. "다시 돌아올게, 약속하마."

그들은 통로를 내려간다. 그는 마지막으로 살펴보려고 좌우를 두리번대다가 들어올 땐 몰랐던 것을 알아차린다. 피터는 침팬지의 다양함에 놀란다. 그는 침팬지들이 서로 닮아 비슷할 거라고 예상했다. 그런데 전혀 그렇지 않다. 각각의 유인원은 체형과 자세가 다르고, 고유의 색과 무늬가 있는 털가죽을 지니며, 얼굴의 분위기나 안색, 표정 등도 제각각이다. 그는 각각의 침팬지가 예상과는 전혀 다르게, 개성을 가진 개체임을 깨닫는다.

사육장 입구에서 밥이 걱정스럽고 어리둥절한 표정으로 피터 옆으로 다가온다. "저희가 저것들을 팔긴 하지요." 그가 속삭인다. "하지만 그 정도 액수로는……."

렘넌이 그에게 손짓을 한다. "나가, 멍청하기는!"

그들은 차로 돌아간다. 피터는 렘넌과 급히 합의를 한다. 그는 1~2주 안에 최대한 빨리 다시 올 것이다. 필요한 수속을 밟을 시간이 필요하다. 그는 보증금으로 천 달러짜리 수표를 부치겠다고 약속한다. 렘넌은 모든 서류를 준비하겠다고 말한다.

차가 빠져나갈 때 피터는 몸을 돌려 뒤쪽 창을 내다본다. 렘넌은 여전히 의기양양한 태도로 능글능글하게 웃는다. 그러다가 밥에게 시선을 돌리면서 표정이 돌변한다. 밥이 크게 힐책당하는 게 분명하다. 피터는 그가 안쓰럽다.

"구경 잘하셨습니까?" 운전기사가 묻는다.

피터는 멍하니 등을 기댄다. "흥미롭더군요."

그는 방금 한 일이 믿기지 않는다. 오타와로 침팬지를 데려온 다음에는 어떻게 해야 할까? 그는 아파트에, 그것도 지상으로부터 5층 높이에서 산다. 다른 입주자들이 덩치 크고 다루기 힘든 유인원이 같은 건물에 사는 것을 받아들여 줄까? 캐나다에서 침팬지를 소유하는 게 합법이기는 할까? 유인원이 캐나다의 겨울을 견딜 수 있을까?

그는 고개를 젓는다. 클래라가 저세상으로 간 지 정확히 6개월이 지났다. 커다란 상실을 겪은 사람들이 인생에서 긴요한 변화를 만들어내려면 최소한 1년은 기다려야 한다는 글을 어디서 읽은 적이 있지 않던가? 크나큰 슬픔이 그의 지각력을 앗아 간 걸까?

이런 멍청이가 있나.

호텔로 돌아와서 피터는 무슨 일이 있었는지 아무에게도 말하지 않는다. 오클라호마 사람에게도, 동료 캐나다인들에게도. 다음 날 아침 오타와에 돌아간 후에도 그 일에 대해서는 함구한다. 첫날 그는 집에서 지내면서 현실 부정과 믿기지 않는 감정 사이에서 왔다 갔다 하다가 그 일에 대해 완전히 잊는다. 다음 날 그는 기가 막힌 아이디어를 떠올린다. 침팬지를 구입해서 동물원에 기증하면 될 것이다. 토론토 동물원에 침팬지가 없는 것은 확실하지만 다른 동물원도─캘거리 동물원?─틀림없이 그 동물을 받아줄 것이다. 어이가 없을 만큼 비싼 선물이 되겠지만 클래라의 이름으로 기증하리라. 큰돈을 써도 아깝지 않지. 자, 문제가 해결됐다.

사흘째 아침 피터는 일찍 일어난다. 누운 채로 천장을 응시한다. 오도는 적갈색 눈으로 그를 똑바로 쳐다봤고 피터는 그에게 다시 돌아올게, 약속하마, 라고 말했다. 그것은 그를 동물원에 떨구겠다는 약속이 아니었다. 그를 보살펴주겠다는 약속이었다.

피터는 약속을 지켜야 한다. 빌어먹을. 이유는 모르겠지만 그는 약속을 지키고 싶다.

일단 가장 핵심적인 결정을 내리고 나니 부수적인 일들이 착착 해결된다. 그는 오도의 보증금 수표를 렘넌에게 부친다.

그들이 오타와에서 지낼 수 없는 것은 분명하다. 오클라호마에서는 연구를 핑계로 유인원을 우리에 넣어둔다. 캐나다는 날씨가 문제일 것이다. 그들에겐 더 따뜻한 곳이 필요하다.

다시 '그들'이라는 말을 생각하니 마음이 흐뭇하다. 너무 애처로운가? 핀볼 기계의 공처럼 튕겨 나가 자신을 딴 여자의 품에 내던지는 것보다, 애완동물에게 내던지는 것이 더 가련한 짓일까? 그런 느낌은 들지 않는다. 그들의 관계를 어떤 식으로 표현하든 오도는 애완동물이 아니다.

피터는 다시 이사하리라고는 생각지 못했다. 클래라와 이야기를 나눈 적은 없지만, 두 사람은 추운 날씨가 싫지 않았고 그래서 노년에도 계속 오타와에서 지낼 셈이었다.

오도를 데리고 어디로 가야 하나?

플로리다. 많은 캐나다인들이 은퇴한 후 캐나다의 겨울을 피해 그곳에서 노후를 보낸다. 하지만 그곳은 피터에게 아무 의미도 없다. 상점이 줄줄이 늘어선 쇼핑센터, 골프 코스, 땀이 줄줄 흐르는 해변에 에워싸여 살고 싶지는 않다.

포르투갈. 그 단어가 마음을 환히 비춘다. 그는 포르투갈 사람이다. 피터가 두 살 때 가족이 캐나다로 이민했다. 그와 클래라는 리스본을 한 차례 방문했다. 타일로 벽면을 장식한 집들, 화려한 정원, 언덕, 쇠락한 유럽의 매력 넘치는 거리들이 그는 마음에 들었다. 부드러운 빛과 노스탤지어와 가벼운 권태가 뒤섞여 도시는 늦여름의 저녁나절 같은 분위기를 풍겼다. 다만 리스본이 오타와처럼 유인원에게 적합한 지역이 아닌 게 문제다. 그들에게는 널찍한 공간과 인적 드문 조용한 장소가 필요하다.

피터는 부모가 시골—포르투갈의 높은 산—출신이었던 것을 떠올린다. 뿌리로 돌아갈까? 거기 먼 친척들이 살고 있을지도 모른다.

마음속에서 목적지가 저절로 정해진다. 다음 단계는 캐나다와 관련된 일들 처리하기. 이 관련된 일들이란 것에 대해 생각해본다. 한때는 그의 전부였던 것들. 아내, 아들, 손녀, 토론토에 사는 누이동생, 일가친척들, 친구들, 커리어—한마디로 그의 인생. 이제 아들을 제외하면 물질적인 유물만 남았다. 가재도구가 채워진 아파트, 자동차, 토론토의 임시 숙소, 팔러먼트 힐 서관에 있는 사무실.

이 모든 것에서 벗어날 생각을 하니 흥분되어 가슴이 뛴다. 이제 아파트는 방마다 클래라의 고통이 낙인 찍혀 있어 그로서는 견디기가 힘들다. 자동차는 자동차일 뿐이다—토론토의 스튜디오 아파트도 마찬가지다. 또 상원의원이라는 직책은 명예직일 뿐이다.

멀리 지내면 아들 벤과의 관계가 더 좋아질 것이다. 오타와에서 아들이 더 많은 시간을 내주길 바라며 여생을 보내지는 않을 것이다. 누이동생 테레사는 토론토에서 나름의 삶을 영위한다. 두 사람은 정기적으로 통화하는 사이이니, 계속 그러지 않을 이유가 없다. 손녀 레이철로 말하자면 만나는 빈도나 소식을 듣는 상황으로 미루어볼 때, 그가 화성에 사는 것이나 진배없다. 언젠가 유럽의 매력에 이끌려 레이철이 그를 찾아오고 싶어 할지도 모른다. 그것은 가져봄 직한 희망이다.

피터는 크게 심호흡을 한다. 다 정리해야 한다.

놀랍도록 들뜬 마음으로 그는 자신을 옭아맨 사슬로 여겨지는 것들을 내던지기 시작한다. 이미 그와 클래라는 토론토를 떠나 오타와로 오면서 개인 재산을 많이 정리했다. 이제 정신없는 1주일을 보내며 나머지를 정리한다. 오타와의 아파트는—"정말 위치가 좋네요!"라면서 중개업자가 환하게 웃는다—금방 매수자가 나타나고, 토론토의 스튜디오도 마찬가지다. 책들은 카트에 실어 중고 서점으로 보내고, 가구와 가재도구는 팔아버린다. 옷은 자선단체에, 개인적인 문건들은 국립 기록 보관소에 기증하고, 자질구레한 것들은 그냥 내다 버린다. 모든 공과금을 지불하고, 전기와 수도와 전화 같은 것들을 정지시키고, 신문 구독도 끊는다. 포르투갈 비자를 받는다. 포르투갈의 은행에 전보를 쳐서 계좌를 개설하도록 조치한다. 벤은 왜 안정된 생활을 버리고 떠나기로 했느냐고 불평하면서도 성실하게 아버지를 돕는다.

피터는 옷이 든 가방 하나와 가족 사진첩, 캠핑 도구, 포르투갈 안내서, 영어-포르투갈어 사전만 챙겨서 모든 것으로부터 떠난다.

그는 둘의 항공편을 예약한다. 그와 유인원이 미국에서 포르투갈로 직행하는 게 더 수월할 것 같다. 그 편이 이국적인 동물을 동반해서 넘어야 할 국경의 수가 적다. 항공사는 우리를 준비해 오고, 동물이 얌전하다면 비행기에 태워주겠다고 말한다. 피터는 수의사에게 침팬지를 진정시킬 방법을 상의한다.

연줄을 통해 뉴욕에서 차를 사겠다는 작자를 물색한다. "직접 차를 갖다 드리지요." 그는 브루클린에 사는 남자에게 전화로 말한다.

그는 가는 길에 오클라호마에 들를 거라는 말은 하지 않는다.

미리 잡힌 약속들을—상원 위원회, 가족과 친구들, 의사(심장이 썩 좋지 않지만 그는 약과 새 처방전을 챙긴다)와 한 약속들을—전부 취소한다. 모든 사람과의 약속을. 직접 만나거나 전화로 사정을 알리지 못한 사람들에게는 편지를 쓴다.

"자네가 쉬라고 권했잖나." 그가 원내총무에게 말한다.

"내 말을 새겨들었구먼. 근데 왜 포르투갈인가?"

"날씨가 더 따뜻하니까. 내 부모님이 거기 출신이셨네."

원내총무가 그를 지긋이 바라본다. "피터, 다른 여자가 생겼나?"

"아니, 그건 아니야. 완전히 헛다리 짚었네."

"자네가 그렇게 말한다면, 알겠네."

"오타와에서 살면서 어떻게 포르투갈에 있는 여자를 만날 수 있겠나?" 피터가 묻는다. 하지만 그가 연애 사실을 부인할수록 원내총무는 더 믿지 못하는 눈치다.

피터는 오도에 대해 아무에게도 말하지 않는다, 가족에게도, 친구에게도. 이 침팬지는 그의 마음속에 빛나는 비밀로 남아 있다.

미리 잡아둔 치과 예약이 코앞으로 다가온다. 그는 캐나다에서 보내는 마지막 밤을 어느 모텔에서 지내고, 다음 날 아침에 치아를 살핀다. 피터는 치과 의사에게 작별 인사를 하고 차를 몰고 떠난다.

온타리오, 미시간, 오하이오, 인디애나, 일리노이, 미주리에서 오클라호마에 이르는 긴 여정이다. 피터는 과로하고 싶지 않아서 닷새에 걸쳐 이동한다. 도중에―미시간 주 랜싱에 있는 구멍가게에서, 미주리 주 레바논의 식당에서―영장류 연구소에 전화해서 그가 곧 도착할 것이라고 알린다. 외부에서 전화가 왔다며 렘넌의 주의를 분산시켜, 피터가 침팬지 사육장을 구경하게 해준 젊은 여직원과 통화한다. 여직원은 모든 준비가 되어 있다고 피터를 안심시킨다.

털사에서 마지막 밤을 보낸 피터는 영장류 연구소에 오전 중반에 도착한다. 그는 차를 세워두고 연못 쪽으로 걸어간다. 큰 섬에서 두 사람이 한 침팬지와 수화 수업을 하는 것 같다. 섬 가운데에는 침팬지 세 마리가 바닥에 앉아 빈둥댄다. 그 사이에 밥이 앉아서 침팬지의 어깨를 살펴보고 보살핀다. 피터가 소리치고 손을 흔든다. 밥도 손을 흔들고 일어나서, 물가에 있는 작은 보트로 향한다. 그와 같이 있던 침팬지가 따라온다. 침팬지는 쉽게 보트에 뛰어올라 벤치에 걸터앉는다. 밥이 보트를 밀어내고 노를 젓는다.

연못 중간에서 배가 방향을 바꾸자, 그동안 밥에게 시야가 가려졌던 침팬지가 피터를 본다. 침팬지가 요란하게 소리를 내면서 벤치를 주먹으로 내려친다. 피터는 눈을 깜박인다. 저 침팬지가……? 그렇다, 맞는다. 오도는 그가 기억하는 것보다 덩치가 크다. 큰 개만 한데 몸통만 더 넓다.

오도는 배가 물가에 닿기도 전에 뛰어내려, 바닥에서 한번 발을 굴러 튀어 오르더니 몸을 날려 피터에게 향한다. 그에게 반응할 시간은 주어지지 않는다. 침팬지가 가슴을 두드리면서 양팔로 피터를 안는다. 피터는 뒤로 자빠져서 바닥에 큰대자로 눕는다. 얼굴 옆쪽으로 크고 축축한 입술과 매끄럽고 단단한 이빨이 느껴진다. 공격당하고 있다!

밥의 웃음소리가 그에게 다가든다. "아이고, 이런. 녀석이 의원님께 반했군요. 얌전히 굴어, 오도. 얌전히. 괜찮으십니까?"

피터는 질문에 답하지 못한다. 머리부터 발끝까지 덜덜 떨린다. 하지만 통증이 느껴지지는 않는다. 오도는 그를 물지 않았다. 대신

비켜나서 피터 옆에 자리를 잡고 그의 어깨에 찰싹 달라붙어 있다. 침팬지가 피터의 머리를 갖고 놀기 시작한다.

밥이 피터 옆에 무릎을 꿇고 앉는다. "괜찮으세요?" 그가 다시 묻는다.

"그, 그, 그래요, 그런 것 같소." 피터가 대꾸한다. 천천히 일어나 앉는다. 피터는 휘둥그레진 눈으로 쳐다보면서 아연실색해서 숨을 쉬지 못한다. 새카만 낯선 얼굴, 털투성이의 두꺼운 몸통, 온전하고 따스한 동물이, 말 그대로 그의 목덜미에 숨을 내뿜는다—둘 사이에는 그를 보호할 철창도, 안전장치도 없다. 피터는 침팬지를 밀어내지 않는다. 그저 경계하면서 꼼짝 못 하고 거기 앉아 허공을 응시할 뿐이다. "그가 뭘 하는 겁니까?" 마침내 피터가 묻는다. 침팬지는 여전히 그의 머리칼을 뜯고 있다.

"의원님의 털을 다듬어주고 있습니다." 밥이 대답한다. "그것은 침팬지의 사회생활에서 큰 부분을 차지합니다. 내가 네 털을 다듬어주고 넌 내 털을 다듬어준다. 그런 식으로 서로 잘 지내는 겁니다. 또 진드기와 벼룩도 잡고요. 침팬지는 그렇게 청결을 유지하지요."

"내가 어떻게 해야 됩니까?"

"아무것도요. 원하시면 오도의 털을 다듬어주셔도 됩니다."

바로 거기 침팬지의 무릎이 있다. 피터는 떨리는 손을 그 무릎으로 가져가서 털 몇 올을 쓰다듬는다.

"자, 제가 방법을 알려드리지요." 밥이 말한다.

그는 땅바닥에 앉아서, 오도의 등판을 자신만만하게 다듬기 시작한다. 손날을 털이 난 반대 방향으로 넣어서 모근과 맨살을 노출시킨다. 두세 차례 이렇게 한 뒤에 적당한 곳을 찾아 반대쪽 손으로 긁어주고 각질과 때, 다른 노폐물을 골라낸다. 전반적으로 분주하고 활기찬 움직임이다. 밥은 피터를 잊어버린 듯하다.

피터는 평정을 되찾기 시작한다. 그는 이 동물이 자기 머리에다 하는 행동이 불쾌하지 않다. 두피에 닿는 푹신한 손가락의 촉감이 느껴진다.

그는 오도의 얼굴을 들여다본다. 당장 침팬지가 반응해서 눈을 들어 그를 쳐다본다. 둘은 한 뼘도 안 되는 거리에 얼굴을 맞대고 서로의 눈을 응시한다. 오도가 가볍게 소리를 지르고 헐떡이며 숨결을 내뿜자, 아랫입술이 펴지면서 큼직한 이빨들이 드러난다. 피터는 긴장한다.

"오도가 의원님을 향해 웃고 있네요." 밥이 말한다.

그토록 능숙하게 침팬지의 감정을 읽는 청년이 이제야 피터의 기분을 알아차린다. 밥이 그의 어깨에 한 손을 올린다.

"오도는 의원님을 해치지 않을 겁니다. 그는 의원님을 좋아합니다. 그리고 마음에 안 든다면 의원님을 그냥 내버려둘 겁니다."

"지난번에 나 때문에 곤란하게 해서 미안해요."

"그 일은 걱정 마세요. 그럴 만한 가치가 있었으니까요. 여긴 형편없는 곳입니다. 오도를 어디로 데려가시든 여기보다는 나을 겁니다."

"렘넌이 있습니까?"

"아니요, 점심시간이 끝나면 돌아올 겁니다."

행운이 따른다. 이후 몇 시간에 걸쳐 밥은 오도에 대해 간략한 강의를 펼친다. 그는 침팬지의 소리와 표정에 관련된 기본 사항을 가르쳐준다. 피터는 우우 소리와 툴툴대는 소리에 대해, 짖는 소리와 비명에 대해 배운다. 입술을 내미는 것과 오므리는 것에 대해, 쩝쩝대는 것에 대해, 숨을 헐떡이는 행위가 지닌 여러 가지 역할에 대해 배운다. 오도는 크라카타우섬*만큼 소란할 수도, 햇빛처럼 조용할 수도 있다. 그는 미국식 수화는 모르지만 영어 표현 몇 가지를 이해하기도 한다. 인간과 마찬가지로 목소리, 몸짓, 보디랭귀지가 의미 전달에 큰 역할을 한다. 유인원은 손으로도 말을 하고 자세와 털의 결로도 말을 하기 때문에, 피터는 그것들이 무슨 말을 하는지 잘 살펴야 한다. 키스와 포옹도 마찬가지인데, 즐기고 고마워하면서 키스와 포옹을 한다. 적어도 포옹의 경우엔 답례하면서. 가장 좋은 표정은 오도가 입을 살짝 벌리는 것으로 긴장을 풀 때 나온다. 이 표정 뒤에 침팬지 언어 중 기쁨을 의미하는 웃음이 이어지기도 한다. 빛나는 눈으로 조용히 헐떡이는 침팬지의 웃음은 인간처럼 하하하 소리를 내지 않고도 온전하게 환희를 표현한다.

"완전한 언어입니다." 밥이 침팬지의 소통에 대해 말한다.

---

* 인도네시아 수마트라섬과 자바섬 사이에 있는 화산섬. 1883년 역사상 최대 규모 중 하나로 꼽히는 화산 폭발이 일어났다.

"내 외국어 실력이 그다지 신통치 않아서." 피터가 중얼댄다.

"걱정하실 것 없습니다. 오도를 이해하게 될 겁니다. 오도가 그렇게 만들어줄 거예요."

오도는 배변 훈련을 받았지만, 다만 보이는 곳에 변기가 있어야 된다고 밥이 피터에게 설명한다. 침팬지는 그리 오랫동안은 배변을 못 참는다. 밥은 오도의 영역 주위에 변기 네 개를 배치해둔다.

오도의 이동 수단이자 밤 동안의 안식처가 되어줄 우리가 자동차에 들어가지 않는다. 그들은 우리를 분해하여 트렁크에 싣는다. 오도는 앞 좌석에 앉아 여행할 것이다.

어느 시점에서 피터는 화장실에 간다. 변기 뚜껑에 앉아 양손으로 머리를 감싼다. 예전에 아버지 노릇이 이랬던가? 이처럼 가슴 벅찬 기분을 느꼈던 기억은 없다. 갓난아기 벤을 집에 데려온 것은 현기증 나는 경험이었다. 그와 클래라는 어떻게 해야 될지 몰랐다―어느 젊은 부모가 그걸 알겠는가? 하지만 그래도 괜찮았다. 그들은 벤을 사랑과 관심으로 키웠다. 그리고 아들을 두려워하지 않았다. 피터는 지금 클래라가 곁에 있었으면 하고 간절히 바란다. 내가 여기서 뭘 하는 거지? 그는 혼잣말을 한다. 이건 미친 짓이야.

피터와 밥은 오도를 데리고 산책에 나서고, 침팬지는 매우 반색한다. 오도는 열매를 따고 나무에 올라가고, (아이처럼 툴툴대고 양팔을 올리며) 피터에게 안아달라고 조른다. 그는 오도가 바닥에 내려갈 준비가 될 때까지 안고 휘청대고 비틀거린다. 오도가 팔다리로 매달리자 피터는 50킬로그램쯤 되는 문어를 등에 진 느낌을 맛본다.

"원하시면 오도의 목걸이와 6미터짜리 줄을 드릴 수 있지만, 소용없을 겁니다." 밥이 말한다. "침팬지는 나무에 있다가 땅에 있는 사람을 장난감 요요처럼 끌어 올립니다. 혹시 사람이 말에 타고 있다면 침팬지는 말까지 함께 끌어 올리지요. 침팬지는 믿기 힘들 정도로 힘이 셉니다."

"그러면 어떻게 그를 제어합니까?"

밥은 잠시 생각에 잠겼다가 대답한다. "개인사를 캐물을 의도는 없습니다만 아내가 있으신가요, 의원님?"

"전에는 그랬지요." 피터가 침울하게 대답한다.

"그러면 사모님을 어떻게 제어하셨습니까?"

클라라를 제어한다고? "제어 따위는 하지 않았는데요."

"맞습니다. 두 분이 잘 지내셨지요. 또 사이가 좋지 않을 때는 입씨름을 하며 맞섰고요. 이것도 똑같습니다. 오도를 통제하기 위해 할 수 있는 바가 거의 없습니다. 그냥 협조해야 될 겁니다. 오도는 무화과를 좋아해요. 무화과로 살살 달래세요."

이런 대화가 오가는 사이 오도는 덤불숲 주위를 들쑤시고 다닌다. 침팬지가 밖으로 나와서 피터 바로 옆, 그의 발 위에 앉는다. 그가 대담하게 더듬자 피터는 허리를 굽혀 오도의 머리를 토닥인다.

"몸으로 부딪쳐야 될 겁니다." 밥이 말한다. 그는 침팬지 앞에 쭈그리고 앉아서 말을 건다. "오도, 간지럼 태우기 할까, 간지럼 태우기?" 밥이 눈을 크게 뜨고 말한다. 그가 침팬지의 옆구리를 간지럽히기 시작한다. 곧 둘은 땅바닥에서 마구 뒹굴고, 밥이 웃음을 터뜨리자 오도는 우우 소리를 내고 기분이 좋아서 비명을 지른다.

"같이하세요, 같이!" 밥이 외친다. 다음 순간 피터와 오도가 엎치락뒤치락한다. 침팬지는 진짜 헤라클레스 같은 힘을 가지고 있다. 여러 번 오도는 땅바닥에서 피터를 불끈 들어 다시 동댕이친다.

한바탕 야단법석이 끝나자 피터가 비틀거리며 일어난다. 머리가 산발이고 구두 한 짝이 벗겨졌다. 셔츠 단추 두 개가 떨어지고 앞주머니는 찢어지고, 풀잎, 잔가지, 흙 얼룩이 잔뜩 묻었다. 당황스러울 정도로 아이 같은 짓이고, 예순둘의 사내와는 어울리지 않는다─완전히 전율이 이는 일이기도 하다. 피터는 침팬지에 대한 두려움이 싹 달아나는 것을 느낄 수 있다.

밥이 그를 바라본다. "잘하실 겁니다."

피터는 싱긋 웃으면서 고개를 끄덕인다. 그는 목걸이와 줄을 사양한다.

렘넌이 나타나자, 상업적인 매매 절차를 마무리하는 일만 남는다. 피터가 은행 환어음을 내밀자 렘넌은 찬찬히 확인한다. 그는 피터에게 여러 가지 서류를 넘겨준다. 하나는 그가, 피터 토비가 수컷 침팬지 판 트로글로디테스* 오도의 법적 소유자라는 증명서다. 오클라호마시티의 변호사 공증이 되어 있다. 다른 서류는 야생동물 수의사가 발행한 건강 증명서로, 오도가 최근까지 모든 예방

---

* Pan troglodytes. 침팬지의 학명.

접종을 받았음을 보장하는 내용이다. 또 다른 문서는 미국 어류 및 야생동식물 보호국의 반출 허가서다. 모두 서명과 직인이 찍힌 제대로 된 공식 문서로 보인다. "좋습니다, 다 된 것 같군요." 피터가 말한다. 피터는 렘넌과 악수를 하지 않고, 다른 말 없이 걸어 나간다.

밥이 조수석에 접은 수건을 놓는다. 그는 몸을 굽혀서 오도와 포옹한다. 그러더니 똑바로 서서 오도에게 차에 타라는 몸짓을 한다. 오도는 망설이지 않고 차에 올라 좌석에 편안하게 앉는다.

밥이 침팬지의 손을 잡아 자신의 얼굴에 갖다 댄다.

"잘 가, 오도." 그가 아쉬움이 묻어나는 목소리로 말한다.

피터는 운전석에 앉아서 시동을 건다. "오도에게 안전띠를 매줘야 될까요?" 그가 묻는다.

"그러시죠." 밥이 대답한다. 그는 팔을 뻗어 오도의 허리 위로 안전띠를 당긴다. 버클을 채운다. 어깨 끈이 너무 높아서 오도의 얼굴을 지나간다. 밥은 끈을 침팬지의 머리 뒤쪽으로 젖힌다. 오도는 안전띠를 채워도 꺼리지 않는다.

피터는 밀려드는 공포를 느낀다. 난 못하겠어. 모든 걸 취소해야 된다고. 그는 창문을 내리고 밥에게 손을 흔든다. "잘 있어요, 밥. 다시 한번 고마워요. 큰 도움이 됐어요."

오클라호마시티에 들어갈 때보다 나올 때 시간이 더 걸린다. 그는 오도가 놀라지 않도록 적당한 속도로 달린다. 또 오타와에서 오클라호마시티로 갈 때는 인간 군락에서 인간 군락으로―토론토,

디트로이트, 인디애나폴리스, 세인트루이스, 털사―달린 반면, 뉴욕으로 가는 길에서는 최대한 도심지를 피한다. 이번에도 침팬지를 보살피기 위해서다.

그는 제대로 된 침대에서 자고 샤워를 즐기고 싶지만, 인간과 유인원 커플에게 방을 내주려는 모텔 주인이 있을까. 첫날 밤 피터는 도로에서 벗어나, 버려진 농가 옆에 차를 세운다. 그는 우리를 조립하지만 그것을 어디 두면 좋을지 알 수가 없다. 차 지붕에 올려둘까? 트렁크에 튀어나오게 넣어야 되나? 도로를 벗어나 침팬지의 '원래' 거주지에 둘까? 결국 그는 우리 문을 살짝 열어 차 옆에 두고, 조수석의 창문을 돌려서 연다. 그는 오도에게 담요를 준 다음 뒷좌석에 눕는다. 밤이 되자 침팬지는 시끄러운 소리를 내면서 들락날락하다가 몇 차례 뒷좌석으로 뛰어든다. 오도는 피터의 몸 위로 뛰어들더니 결국 그 옆에, 뒷좌석의 발밑 공간에 자리 잡는다. 오도는 코를 곯지 않지만 숨소리가 거칠다. 피터는 잠을 잘 이루지 못한다. 침팬지에게 크게 방해받아서가 아니라 걱정이 끊이지 않아서다. 이것은 크고 힘센 동물이고, 억제되거나 통제되지 않는다. 도대체 내가 무슨 일을 저지른 거지?

다른 날 밤에는 들녘의 가장자리든 막다른 길의 끝이든, 한적하고 외진 곳에서 잠을 청한다.

어느 저녁 피터는 렘넌에게 받은 서류를 더 차근차근 살핀다. 서류들 중에 오도의 인생을 개괄적으로 설명한 보고서가 들어 있다. 오도는 아프리카에서 '새끼일 때 야생에서 포획'되었다. 평화봉사단원에 대한 언급은 없이, 다음에 오도가 뉴멕시코 주 앨라모고도에 있는 '홀로먼 우주항공 메디컬 센터'라는 곳에서 NASA 소속으로 지냈다고만 나와 있다. 그다음에는 조지아 주 애틀랜타의 '여키스 국립 영장류 연구 센터'로, 이후 뉴욕 주 턱시도에 있는 '영장류 실험의학과 수술 연구소', 약칭 LEMSIP으로 갔다가 렘넌의 영장류 연구 센터로 보내졌다. 대장정이었다. 밥이 오도를 여기저기 전전한 녀석이라고 말할 만했다.

피터는 어떤 단어들에서 시선을 떼지 못한다. '의학'…… '생물학'…… '실험실'…… '연구'…… 특히 '실험의학과 수술'이라는 부분. 실험? 오도는 어미와 떨어진 직후, 새끼일 때 의학계의 아우슈비츠들을 전전했다. 피터는 오도의 어미가 어떻게 됐는지 궁금하다. 이날 그는 털 다듬기를 해주면서 침팬지의 가슴에 새겨진 문신을 보았다. 가슴 부위는 털이 무성한 곳 아래만 피부가 검은데, 거기 오른쪽 상단 한구석, 종이라고 할 수 없는 살갗에 쭈글쭈글한 숫자 두 개―65라는 숫자―가 있었다.

그가 오도에게 몸을 돌린다. "그들이 너한테 무슨 짓을 한 거니?"

그는 자세를 바꿔 침팬지의 털을 다듬어준다.

어느 오후 녹음이 우거진 켄터키에서 주유를 한 뒤, 식사를 하려고 주유소 뒤편에 있는 휴게소 구역 끝으로 간다. 오도가 차에서 내려 나무에 올라간다. 처음에 피터는 침팬지가 자리를 비켜준 것에 안도한다. 하지만 그러고 나서 그는 오도를 내려오게 할 수가 없다. 오도가 다른 나무로 건너가고, 또 다른 나무로 건너가서 영영 사라질까 봐 걱정스럽다. 하지만 침팬지는 그대로 있다. 다만 수풀의 가장자리에 머물면서 나무를 응시한다. 잎이 무성한 천국 안에서 그는 기쁨에 도취된 눈치다. 초록의 바다에 침팬지 한 마리가 떠 있다.

피터는 기다린다. 시간이 흐른다. 읽을거리도 없고 라디오를 듣고 싶은 기분도 아니다. 그는 자동차 뒷좌석에서 낮잠을 청한다. 클래라에 대해, 환멸에 빠진 아들에 대해, 두고 떠나는 삶에 대해 생각한다. 그는 주유소로 걸어가서 음식과 물을 산다. 차에 앉아 주유소 구역을 찬찬히 살핀다. 한때 밝은 색으로 페인트 칠을 했지만 지금은 색이 바랜 건물, 아스팔트 바다, 들고 나는 승용차와 트럭과 사람들, 휴게소 구역, 수풀의 가장자리, 오도가 숨어 있는 나무. 그리고 그는 거기 앉아서 오도를 지켜본다.

아이들 말고는 아무도 나무에 침팬지가 있는 줄 모른다. 어른들은 화장실에 다녀오고 자동차와 가족의 배를 채우느라 바쁜 반면, 아이들은 주위를 둘러본다. 아이들이 씩 웃는다. 몇몇은 부모에게 손짓하면서 알리려고 한다. 하지만 부모는 아무 데나 쳐다보거나 아무것도 보지 못한다. 아이들은 차를 타고 떠나면서 오도에게 손을 흔든다.

다섯 시간 후 날이 저물 무렵, 피터는 여전히 침팬지를 보고 있다. 오도는 그를 모른 척하지는 않는다. 사실 오도는 주유소에서 일어나는 일에 한눈을 팔지 않을 때는 느긋하게 그를 내려다본다.

피터도 침팬지를 올려다보면서 똑같이 느긋한 태도를 보인다.

어둠이 깔리자 공기가 약간 서늘해지지만, 침팬지는 아직도 내려오지 않는다. 피터는 차 트렁크를 열고 그의 침낭과 오도의 담요를 꺼낸다. 침팬지는 우우 소리를 낸다. 피터는 나무에 더 가까이 다가가서 담요를 공중으로 던진다. 오도가 몸을 굽혀 담요를 움켜쥔다. 오도는 다시 나무 속으로 올라가서 담요를 두르고 아늑하게 앉는다.

피터는 과일, 땅콩버터를 바른 빵 몇 조각, 물그릇을 나무 밑에 둔다. 어두워지자 그는 밤을 보내려고 차 안에 눕는다. 기운이 쭉 빠진다. 오도가 밤새 도망가거나, 더 나쁜 경우 누군가를 공격할까 봐 걱정이 된다. 하지만 그는 마지막으로 기분 좋은 사실을 깨달으면서 스르르 잠든다. 오도가 별빛 아래서 잠이 드는 건 어린 시절 아프리카를 떠난 이후 처음이다.

이른 아침, 과일과 빵이 사라지고 물그릇은 반쯤 비어 있다. 피터가 차에서 내리자 오도가 나무에서 내려온다. 오도가 그를 향해 양팔을 든다. 피터가 땅바닥에 앉고, 둘은 포옹하고 서로 털을 다듬어준다. 피터는 오도에게 아침 식사로 초콜릿 우유와 달걀 샐러드 샌드위치를 준다.

가는 길에 들른 다른 주유소 두 곳에서도 오도가 나무에서 자는 시나리오가 반복된다. 피터는 두 차례 항공사에 전화해서 예약을 변경하고, 그때마다 추가 비용을 지불한다.

낮에 차를 몰고 미국을 횡단하면서 피터는 자기도 모르게 규칙적으로 고개를 돌려 옆 좌석의 승객을 흘끔댄다. 차에 침팬지가 있다는 사실에 번번이 가슴이 철렁하다. 오도 역시 창밖의 경치를 보다가 똑같이 규칙적으로 고개를 돌려 그를 힐끗 보고는, 인간과 차에 타고 있다는 사실에 놀라는 것을 피터는 눈치챈다. 내내도록 서로에 대한 경이와 놀라움(또 약간의 두려움) 속에서 그들은 뉴욕으로 향한다.

대도시가 가까워지면서 피터는 점점 초조해진다. 램넌에게 속아, 케네디 공항에서 제지당하고 오도를 빼앗기는 건 아닐지 걱정이 된다.

침팬지는 입을 벌리고 초점 없는 눈으로 뉴욕을 바라본다. 케네디 공항으로 가는 도중 피터는 갓길에 차를 세운다. 이제 힘든 대목에 맞닥뜨린다. 그는 침팬지에게 세르날린이라는 진정제를 주사해야 한다. 수의사에게 처방받은 강력한 동물 진정제다. 오도가 보복으로 그를 공격하는 건 아닐까?

"봐!" 피터가 다른 곳을 가리키며 말한다. 오도가 쳐다본다. 피터는 침팬지의 팔에 주삿바늘을 찌른다. 오도는 따끔한 느낌조차 알아차리지 못하는 듯하고, 몇 분 후에 의식을 잃는다. 공항에 도착하자 그는 수하물의 성격상 특별 구역으로 가서, 침팬지를 내리도록 허락받는다. 우리를 조립하고, 온 힘을 다해 오도의 늘어진 몸을 우리 바닥에 깔린 담요 위로 끌어다 놓는다. 피터는 철창에서 손을 떼지 못하고 서성댄다. 오도가 깨지 않으면 어쩌지? 그러면 그는 어떻게 될까?

우리는 짐수레에 실려서 미로 같은 존 에프 케네디 공항 안을 누빈다. 안전 요원이 피터를 안내한다. 세관 직원이 모든 문서를 살피고 그의 비행기 표를 확인하자, 사람들이 오도를 데려간다. 피터는 기장이 허가하면 비행 중에 화물칸으로 가서 침팬지를 볼 수 있다는 말을 듣는다.

그는 내달린다. 세차장에 가서 차의 안팎을 닦은 뒤, 브루클린으로 간다. 구매 예정자는 알고 보니 까다로운 사람으로, 차의 단점은 일일이 과장하고 장점은 깎아내린다. 하지만 피터는 근 20년간 정치력을 적재적소에 발휘해온 사람이다. 그는 한마디 대꾸도 않고 사내의 말을 귀담아들은 다음 가격을 절충하여 다시 제시한다. 사내가 더 입씨름을 벌이려 하자 피터가 말한다. "됐습니다. 다른 구매자에게 팔 겁니다." 그는 차에 올라타고 시동을 건다.

사내가 창문으로 다가와서 묻는다. "다른 구매자라니요?"

"선생에게 차를 팔기로 약속한 직후에 다른 사람의 전화를 받았어요. 나는 신의를 지키려고 그 사람에게 안 된다고 말했지요. 하지만 선생이 차를 원하지 않는다면 내게도 더 잘된 일입니다. 다른 사람에게 더 높은 가격으로 넘길 겁니다." 그는 후진 기어를 넣고 진입로를 벗어나기 시작한다.

사내가 손을 흔든다. "잠깐, 잠깐만요! 내가 사겠습니다." 그가 외친다. 사내가 냉큼 돈을 준다.

피터는 택시를 잡아타고 케네디 공항으로 돌아간다. 그는 오도에 대한 걱정 때문에 항공사를 괴롭힌다. 항공사 측은 알겠다고,

침팬지를 비행기에 싣는 것을 잊지 않겠다고 피터를 안심시킨다. 그렇다고, 침팬지는 기압이 정상으로 유지되고 난방이 가동되는 화물칸의 맨 위에 실린다고. 아니, 침팬지가 뒤척인다는 보고는 없었다고. 그렇다고, 침팬지가 아직 살아 있는 모든 징후를 보인다고. 안 된다고, 피터는 아직은 침팬지를 볼 수 없다고. 알겠다고, 비행기가 순항고도에 진입하는 대로 피터가 침팬지를 볼 수 있을지 알아보겠다고.

비행한 지 한 시간이 지나자 기장이 승낙을 내리고 피터는 비행기의 뒤편으로 간다. 좁은 통로를 지나 맨 위쪽 화물칸으로 들어간다. 전등이 켜져 있다. 비행기 벽에 밧줄로 매어놓은 우리가 곧 피터의 눈에 들어온다. 우리는 1등석 수하물과 떨어져서 놓여 있다. 그는 서둘러 우리로 향한다. 오도의 가슴이 고르게 오르락내리락하는 것을 보자 그는 안도한다. 창살 사이로 손을 넣어 따뜻한 몸을 만져본다. 우리에 들어가서 침팬지의 털을 다듬어주고 싶지만 항공사가 자물쇠를 더 채워놓았다.

이따금 화장실에 가거나 식사하러 나가는 것을 제외하면 피터는 비행 시간 내내 우리 옆에 머문다. 승무원들은 그가 거기 있는 것을 개의치 않는 눈치다. 수의사는 침팬지에게 세르날린을 너무 많이 투여하면 안 된다고 피터에게 말했다. 그는 비행 중 두 차례 더 오도에게 주사한다. 진정제를 주사하기 싫지만 침팬지가 이토록 소란스럽고 낯선 곳에서 깨는 것도 바라지 않는다. 오도가 공포에 질릴지도 모른다.

이 정도면 충분해, 라고 피터는 생각한다. 그는 다시는 오도가 이런 지독한 곤란을 겪게 하지 않겠다고 약속한다. 침팬지는 더 나은 대접을 받을 자격이 있다.

착륙 예정 시간 30분 전에 승무원이 화물칸에 들어온다. 그녀는 피터에게 좌석으로 돌아가야 된다고 말한다. 그는 시키는 대로 좌석으로 돌아가서 금세 곯아떨어진다.

이른 새벽, 비행기가 리스본의 포르텔라 공항에 쿵 하고 착륙하자, 그는 나른하게 창밖을 내다보고는 온몸에 솟구치는 공포감을 느낀다. 심장이 가슴에서 쿵 하고 내려앉는다. 숨쉬기가 힘들다. 이건 완전히 실수야. 그대로 돌아가야겠어. 하지만 오도는 어쩌고? 리스본에도 분명히 동물원이 있을 것이다. 침팬지를 우리에 넣은 채로 동물원 입구에다 버려두고 오면 된다, 동물 업둥이처럼.

다른 승객들이 짐을 찾아 나가고 한 시간이 지났는데도 그는 여전히 도착장에서 대기 중이다. 그 시간의 대부분을 피터는 수하물 컨베이어 벨트 근처의 화장실에 들어가 나직이 흐느끼면서 보낸다. 클래라와 함께 있었다면! 그를 다독여주었을 텐데. 하지만 아내가 곁에 있었다면 이런 터무니없는 곤경에 처하지도 않았을 것이다.

마침내 제복 차림의 사내가 피터를 찾아온다. "오 세뇨르 에 오 오멩 콩 오 마카쿠?"* 그가 묻는다.

피터는 멍하니 그를 바라본다.

---

* "O senhor é o homem com o macaco(아, 침팬지와 같이 온 분인가요)?"

"마카쿠?" 사내가 우, 우, 우, 우 소리를 내면서 겨드랑이를 긁는 시늉을 하며 묻는다.

"네, 그래요!" 피터가 고개를 끄덕인다.

보안 구역의 문들을 지나면서 사내는 피터에게 포르투갈어로 다정하게 말을 건다. 피터는 한 마디도 알아듣지 못하지만 고개를 끄덕인다. 오래전 부모님의 대화에서 포르투갈어가 이렇게 발음이 불분명하고 구슬픈 소리였던 게 기억난다.

우리는 격납고 중앙의 수하물 카트에 실려 있다. 공항 직원 몇 명이 그 주위에 서 있다. 다시 한번 피터의 심장이 쿵 하고 내려앉지만 이번에는 반가움 때문이다. 직원들은 눈에 띄게 관심을 갖고 마카쿠에 대해 떠들어대고 있다. 오도는 여전히 의식이 없다. 사내들이 계속 질문을 던지지만 피터는 미안해하면서 고개만 내저을 뿐이다.

"엘르 낭 팔라 포르투게스."[*] 그를 데려왔던 사람이 말한다.

손짓이 동원된다.

"오 케 오 세뇨르 바이 파제르 콩 엘르?"[**] 다른 직원이 피터 앞에 손바닥을 펼쳐 흔들면서 말한다.

"포르투갈의 높은 산으로 갈 겁니다." 피터가 대답한다. 그는 '포르투갈'이라고 말하면서 손가락으로 허공에 직사각형을 그린

[*]   "Ele não fala português(그는 포르투갈어를 못해)."
[**]   "O que o senhor vai fazer com ele(저걸 어떻게 할 겁니까)?"

다음, 그것의 오른쪽 상단을 가리킨다.

"아, 아스 알타스 몬타냐스 드 포르투갈. 라 엥 시마 콩 오스 히노세론트스."* 사내가 대꾸한다.

다른 사람들이 웃음을 터뜨린다. 피터는 그들이 뭘 재미있어하는지 모르지만 고개를 끄덕인다. 히노세론트스?**

마침내 그들은 임무를 수행한다. 그의 여권을 검사하고 도장을 찍어준다. 오도의 서류들에 서명하고 도장을 찍고, 피터가 가져갈 서류와 그들이 가져갈 서류를 분류한다. 다 됐다. 한 사람이 카트를 밀려고 몸을 기댄다. 외국인과 그의 마카쿠는 이제 떠나도 된다.

피터의 얼굴이 창백하다. 정신없이 보낸 지난 2주간 까맣게 잊고 처리하지 못한 것이 한 가지 있다. 그와 오도가 리스본에서 포르투갈의 높은 산까지 타고 갈 교통수단. 승용차가 필요하지만 그는 차를 구입할 준비를 하지 못했다.

피터가 손바닥을 쭉 내민다. **멈춰요.** "차를 사야 되는데요." 그가 주먹을 아래위로 흔들면서 운전대 잡는 시늉을 한다.

"웅 카후?"***

"그래요. 어디서 차를 살 수 있습니까, 어디에서?" 그가 엄지와 검지를 문지른다.

---

*   "Ah, as Altas Montanhas de Portugal. Lá em cima com os rinocerontes(아, 포르투갈의 높은 산. 꼭대기에 코뿔소가 있지요)."
**   Rinocerontes(코뿔소)?
***   "Um carro(자동차)?"

"오 세뇨르 케르 콤프라르 웅 카후?"*

콤프라르…… 그 말이 맞는 것 같다.

"네, 네. 콤프라르 웅 카후, 어디서?"

사내는 다른 사람을 부르고 두 사람은 의논한다. 그들이 종이에 글씨를 적어서 피터에게 건네준다. 거기에는 시트로엥**이라는 글자와 주소 하나가 적혀 있다. 피터는 시트롱이 프랑스어로 레몬을 의미한다는 걸 안다. 이게 불길한 징조가 아니기를 바란다.***

"가깝나요, 가까워요?" 피터가 사내를 향해 손가락을 둥글게 말고 묻는다.

"싱, 에 무이투 페르투. 타시."****

피터는 자신을 손으로 가리키고 나서 앞을 가리키다가, 다시 자신을 가리킨다. "갔다가 다시 오겠습니다."

"싱, 싱."***** 사내들이 고개를 끄덕인다.

피터는 서둘러 떠난다. 여행자 수표 외에 캐나다와 미국 돈을 상당액 가져왔다. 또 다른 비상 대책으로 신용카드도 있다. 그는 수중의 돈을 모두 이스쿠두로 환전하고 나서 택시에 오른다.

시트로엥 대리점은 공항에서 그리 멀지 않다. 자동차들은 이상

---

* "O senhor quer comprar um carro(차를 사고 싶습니까)?"
** Citroën. 프랑스의 자동차 및 부품 제조업체.
*** 영어에서 레몬은 불쾌한 일, 불량품 등 부정적인 의미로 쓰이기도 한다.
**** "Sim, é muito perto. Táxi (네, 아주 가깝습니다. 택시를 타세요)."
***** "Sim, sim(네, 네)."

하고 땅딸막하다. 어떤 차는 멋지게 잘 빠졌지만 값이 비싸고 필요 이상으로 크다. 결국 피터는 아주 기본적인 모델로 결정한다. 참치 통조림 깡통으로 만든 것 같은 흐리멍덩한 회색 차다. 차에는 부속품이 전혀 없다. 라디오도 에어컨도 팔걸이도 없고, 자동변속기도 아니다. 심지어 수동식으로 손잡이를 돌려서 내리는 창문조차 없다. 수평으로 이등분된 창문의 하단은 덮개처럼 경첩이 달려서 위로 젖혀 클립으로 고정시킬 수 있다. 하드톱 지붕이나 유리로 된 뒤창 대신, 둘둘 말아서 접는 방식의 견고한 천 지붕과 신축성 있는 투명한 플라스틱 창이 달려 있다. 그는 문을 열고 닫아본다. 차가 흔들거리고 시원찮은 느낌이지만, 영업 사원은 손짓을 곁들여 칭찬을 늘어놓으면서 열의를 보인다. 피터는 모델명이 의아한데, 이름이 아니라 문자 숫자식 코드로 이루어졌기 때문이다. 2CV. 미국 차라면 더 좋지 않았을까. 하지만 그에겐 당장 차가 필요하다, 오도가 깨어나기 전에.

피터는 고개를 끄덕여서─이 차를 사겠다고─영업 사원의 설명을 중단시킨다. 사원은 환하게 미소 지으며 그를 사무실로 안내한다. 그는 피터의 국제 운전면허증을 검사하고 서류를 작성하고 돈을 받은 뒤에, 피터가 이용하는 신용카드사와 통화한다.

한 시간 뒤 피터는 차를 몰고 공항으로 간다. 뒤창 안쪽에 임시 번호판이 테이프로 붙어 있다. 변속기는 투박하고 기어 스틱이 계기판 밖으로 튀어나와 있다. 엔진은 시끄럽고 승차감은 쿨렁쿨렁하다. 그는 차를 세우고 격납고로 돌아간다.

오도는 아직 자고 있다. 피터와 공항 직원은 우리를 밀고 차로 간다. 그들은 침팬지를 뒷좌석으로 옮긴다. 바로 그때 문제가 발생한다. 우리를 접어도 2CV의 작은 트렁크에 들어가지 않는다. 천 지붕에 매달고 갈 수도 없는 노릇이다. 우리는 두고 갈 수밖에 없다. 피터는 그래도 상관없다. 우리가 못마땅하기도 했지만, 오도는 이제껏 그것을 사용하지 않았다. 공항 직원은 흔쾌히 우리를 받아준다.

피터는 잊은 게 없는지 마지막으로 점검한다. 여권과 서류를 챙겼고, 포르투갈 지도를 꺼내두었고, 짐은 트렁크에 빼곡하게 실려 있으며, 침팬지는 뒷좌석에 있다—그는 떠날 준비가 되었다. 다만 지치고 목이 마르고 배가 고프다. 그는 마음을 다잡는다.

"알타스 몬타냐스 드 포르투갈까지는 얼마나 먼가요?" 그가 묻는다.

"파라 아스 알타스 몬타냐스 드 포르투갈? 세르카 드 데스 오라스."* 사내가 대답한다.

피터는 제대로 이해했는지 확인하려고 손가락을 든다. 열 손가락. 열 시간. 사내가 고개를 끄덕인다. 피터가 한숨을 쉰다.

그는 지도를 살핀다. 미국에서 확인했던 경로대로 대도시들은 피하기로 결정한다. 그것은 해안에서 벗어나 내륙 지역으로 가야

---

* "Para as Altas Montanhas de Portugal? Cerca de dez horas(포르투갈의 높은 산요? 열 시간 정도)."

한다는 뜻이다. 알랸드라라는 고장을 지나면 타구스강에 놓인 다리가 나온다. 그 후의 길은 지명도 없이 아주 작은 동그라미로만 표시되어 있다.

두어 시간이 지나고 포르투 알투라는 곳에서 잠시 카페에 들러 요기하고 필요한 물건을 사자, 그는 더 이상 눈을 뜨고 있기가 힘들다. 그들은 폰트 드 소르에 도착한다. 유쾌하게 부산한 마을이다. 그는 갈망하는 눈으로 호텔을 본다. 저기 투숙하면 행복하련만. 하지만 계속 운전한다. 시골의 한적한 샛길로 빠져서 작은 올리브 과수원 옆에 주차한다. 차는 풍경 속에서 막 터지려는 회색 거품처럼 보인다. 피터는 오도 옆에 음식을 남겨둔다. 앞 좌석에 침낭을 펴고 잘까 생각하지만, 두 좌석이 너무 떨어져 있다. 좌석이 젖혀지지도 않는다. 그는 차 옆의 땅바닥을 쳐다본다. 돌이 너무 많다. 결국 뒷좌석으로 가서 오도의 육중한 몸을 차의 바닥으로 내린다. 피터는 뒷좌석에서 태아처럼 웅크리고 누워 이내 깊은 잠에 빠진다.

그날 오후 늦게 깨어나보니 오도가 그의 머리 옆에, 실은 머리 위에 앉아 있다. 침팬지는 주위를 둘러본다. 인간들이 그에게 어떤 새로운 속임수를 썼는지 궁금해하는 기색이 역력하다. 지금 그가 있는 곳은 어디일까? 큰 건물들은 다 어디 갔지? 피터는 머리에 닿는 오도의 따뜻한 체온을 느낄 수 있다. 여전히 피곤하지만 불안감이 그를 정신 차리게 한다. 오도가 화가 나서 공격하는 건 아닐까? 그런다면 피터는 침팬지를 피할 도리가 없다. 그는 천천히 몸을 일으킨다.

오도가 양팔로 그를 끌어안는다. 피터도 침팬지를 끌어안는다. 그들은 몇 초간 그렇게 엉켜 있다. 피터는 오도에게 마실 물을 주고 사과, 빵, 치즈, 햄을 먹인다. 오도는 게 눈 감추듯 음식을 한입 가득 삼킨다.

피터는 저만치서 그들이 있는 쪽으로 걸어오는 한 무리의 사내들을 본다. 그들은 어깨에 삽과 괭이를 메고 있다. 피터는 운전석으로 옮겨 간다. 오도가 그의 옆자리 조수석으로 폴짝 넘어온다. 차에 시동을 건다. 엔진이 돌아가는 소리가 나자 오도는 우우 소리를 내지만, 그것 말고는 얌전하다. 피터는 차를 돌려서 다시 도로로 접어든다.

대부분의 이민자들처럼 그의 부모는 궁핍한 상황에서 포르투갈의 높은 산을 떠났고, 자녀들은 캐나다에서 다른, 더 나은 인생을 살게 하겠노라 다짐했다. 상처를 지혈하는 것처럼 그들은 고향을 등졌다. 토론토에서 그들은 일부러 동포인 포르투갈 이민자들을 피했다. 영어를 잘하기 위해 노력했고, 모국어나 모국의 문화를 아들과 딸에게 물려주지 않았다. 대신 그들은 자녀들이 더 폭넓게 활동하도록 격려했고, 각자 포르투갈인이 아닌 배우자를 만나자 반색했다.

다만 그들은 신분 상승에 성공하자 말년에는 태도가 약간 변했다. 덕분에 피터와 테레사는 부모의 과거를 어렴풋이 짐작할 수 있었다. 간단한 이야기들을 통해서였는데, 가족사진이 그 이야기들의 증거가 되어주곤 했다. 이름 몇 개가 오르내리고 안개 낀 지역이 그려졌고, 그 중심에 하나의 지명이 있었다. 투이젤루. 그곳은 부모의 고향이었고, 이제 그가 오도와 자리 잡을 곳이다.

하지만 피터는 이곳에 대해 아는 게 없다. 그는 속속들이 캐나다인이다. 해거름 속을 달리면서 그는 경치가 얼마나 좋은지, 시골 풍경이 얼마나 분주한지 눈여겨본다. 사방에 양 떼와 소 떼, 벌집과 포도 넝쿨, 갈아놓은 들녘과 잘 가꾼 작은 숲이 있다. 그는 땔나무를 등에 지고 가는 사람들과 바구니를 싣고 가는 나귀들을 본다.

밤이 되자 그들은 여정을 멈추고 잠을 청한다. 피터는 좁은 뒷좌석으로 넘어간다. 늦은 시간, 얼핏 오도가 차에서 내리는 기척을 느끼지만, 곯아떨어져서 확인하지 못한다.

아침에 그는 차 지붕에서, 천으로 된 지붕에서 자는 침팬지를 발견한다. 피터는 그를 깨우지 않는다. 대신 안내서를 읽는다. 계속 그의 눈에 보이는 독특한 나무가—옹골지고 가지가 두껍고, 귀한 껍질이 말끔하게 벗겨진 곳을 제외하면 줄기가 진갈색인—황벽나무*임을 알게 된다. 껍질이 벗겨진 곳은 불그스름한 적갈색으로 빛난다. 그는 앞으로 코르크 마개가 있는 병의 와인만 마시겠다고 다짐한다.

서고트족, 프랑크족, 고대 로마인들, 무어족—모두 여기 있었다. 일부는 세간을 걷어차는 정도에 그치고 떠나갔다. 어떤 종족은 오래 머무르면서 다리나 성을 지었다. 그러다가 책자의 보충 설명 부

---

*   지중해산 참나무의 일종. 나무껍질은 코르크의 원료로 쓰인다.

분에서 그는 '북부 포르투갈의 이례적 동물'을 발견한다. 이베리아 코뿔소. 공항에서 직원이 말한 게 이건가? 초기 빙하시대에 살았던 털이 있는 코뿔소에서 진화한 이 생물학적 유물은, 현대로 접어드는 시점에 포르투갈에 존재하고 있었지만 서식지가 감소하는 추세였고, 마지막으로 알려진 이베리아 코뿔소는 1641년에 죽었다. 대담하고 사나운 생김새지만 상당히 유순했고—결국 초식동물이기 때문에 화를 내는 것에 느리고 용서하는 것에 빨랐다—점차 줄어드는 서식지에 적응하지 못하고 시대에서 밀려나 멸종되었지만, 오늘날까지도 이따금 목격담이 나온다. 1515년 마누엘 1세는 이베리아 코뿔소를 교황 레오 10세에게 선물로 바쳤다. 안내서에는 뒤러*가 제작한 '부적절하게 뿔이 하나인' 이 코뿔소의 목판화 복제본이 실려 있다. 피터는 판화를 빤히 쳐다본다. 이 동물은 위엄이 있고, 고대의 분위기가 나며, 신비롭고 매력적이다.

피터가 캠핑용 스토브로 아침 식사를 준비할 때 오도가 깼다. 오도가 일어나 앉자, 피터는 또다시 자신이 처한 상황에 놀란다. 오도가 차 지붕에 서서 주위를 둘러보는 모습을 보니 타격은 더 커진다. 이 외국 땅에 그가 혼자 있다면 견디지 못했을 것이다. 외로움 때문에 죽었을지도 모른다. 하지만 이 요상한 동반자 덕분에 외로움은 저만치 밀려간다. 그 점이 몹시 고맙다. 그렇지만 이 순간 엄습하는 다른 감정을, 애간장이 녹는 기분을 무시할 수가 없다. 두

---

*   알브레히트 뒤러(1471~1528). 독일의 조각가, 화가. 독일 르네상스 미술의 거장.

려움. 피터는 불쑥 파고드는 이 감정을 설명할 수 없다. 밀려드는 공포감에 시달려본 적이 없지만 아마도 이런 느낌일 것이다. 두려움이 안에서 녹아내리면서 온몸의 모공을 열어, 호흡이 가쁘고 빨라진다. 그때 오도가 차에서 기어 내려와 네발로 타박타박 걷다가 자리에 앉는다. 그리고 온화하게 캠핑용 스토브를 바라보자, 그 두려움이 물러간다.

아침 식사 후 둘은 다시 도로를 달린다. 돌집, 자갈이 깔린 도로, 잠든 개, 구경하는 나귀가 있는 마을들을 가로지른다. 적막함이 감도는 지역 곳곳에 남자는 거의 없고 검은 옷 차림의 여인들, 하나같이 나이 든 아낙들뿐이다. 이런 촌락에서는 미래가 밤처럼 조용조용히, 슬며시 다가든다. 한 세대는 전 세대와 매우 비슷하고, 다음 세대도 숫자만 줄 뿐 거의 같다.

이른 오후, 그들은—지도에 따르면—포르투갈의 높은 산에 도착한다. 공기가 더 서늘하다. 피터는 어리둥절하다. 산이 어디 있지? 그가 예상한 것은 겨울 색을 입은 우뚝 솟은 알프스가 아니었다. 하지만 숲이 높은 골짜기 사이로 숨어 있고, 봉우리는 어디에도 보이지 않는 들쭉날쭉하고 황량한 사바나도 아니었다. 피터와 오도는 초원에 제각각 자리를 잡고 앉은, 거대한 잿빛 암석들이 솟아난 평원을 지나간다. 어떤 바위는 2층 건물에 닿을 만큼 높다. 어쩌면 바위 옆에 서 있는 사람에게는 주변이 산처럼 느껴질 수도 있겠지만, 바위는 길게 뻗어 있다. 오도 역시 피터 못지않게 이 바위들에 흥미를 갖는다.

구불구불한 도로의 끝, 골짜기 사이로 숨은 숲의 가장자리에 투이젤루가 나타난다. 좁고 비탈진 자갈길들이 작은 광장으로 이어지고, 광장 가운데는 물이 콸콸 흐르는 작은 분수가 있다. 광장 한쪽에 교회가 있고, 다른 쪽에는 작은 식품점과 빵집을 겸하는 카페가 있다. 각기 다른 상품을 판매하는 두 곳 주위를 나무 발코니가 있는 소박한 돌집이 둘러싸고 있다. 큰 것이라곤 텃밭뿐인데, 들판처럼 넓고 정돈이 잘되어 있다. 사방 여기저기에 닭들과 염소들, 양들, 어슬렁대는 개들이 있다.

이내 피터는 평온하고도 고립된 이 마을에 마음을 빼앗긴다. 또 그의 부모는 이곳 출신이다. 사실 피터도 여기서 태어났다. 그 사실이 믿기지 않는다. 이곳과 토론토 심장부인 캐비지타운에 있는 그가 자란 집은 헤아릴 수 없는 간극이 있는 듯하다. 그는 투이젤루에 대한 기억이 전혀 없다. 부모님이 떠난 것은 그가 아장아장 걷던 시절이었다. 그럼에도 피터는 이곳에 도전해볼 참이다.

"우리가 도착했구나." 피터가 공표한다. 오도는 멍한 표정으로 주위를 둘러본다.

그들은 샌드위치를 먹고 물을 마신다. 텃밭에 있는 몇 사람이 피터의 눈에 들어온다. 그는 사전을 꺼낸다. 그리고 한 구절을 몇 차례 연습한다.

"움직이지 마. 차에 그대로 있어." 그가 오도에게 말한다. 침팬지는 앞 좌석에 몸을 깊이 파묻고 있어 밖에서는 거의 보이지 않는다.

피터가 차에서 내려 밭에서 일하는 사람들에게 손을 흔든다. 그

들도 손을 흔든다. 한 사람이 크게 인사를 건넨다. 피터는 작은 문
으로 들어가서 일하는 사람들에게 간다. 마을 사람들이 각자 앞으
로 나와서 미소를 지으며 피터와 악수를 나눈다. "올라." 피터가
모든 사람에게 인사한다. 인사치레가 끝나자 피터는 준비한 구절
을 수줍게 외운다. "에우 케루 우마 카자, 포르 파보르."* 그가 느
릿느릿 말한다. 집을 구하고 싶습니다, 부탁합니다.

"우마 카자? 포르 우마 노이트?"** 한 사람이 말한다.

"낭." 피터는 사전을 뒤적이면서 대답한다. "우마 카자 포
르…… 비베르."*** 아니요, 살 집이오.

"아키, 엥 투이젤루?"**** 다른 마을 사람이 묻는다. 놀라서 주름진
얼굴이 더 쭈글쭈글해진다.

"싱." 피터가 대답한다. "우마 카자 아키 엥 투이젤루 포르 비베
르."***** 네, 여기 투이젤루에서 살 집이오. 이런 지역에서는 이민이 알려
지지 않은 게 분명하다.

"메우 데우스! 오 케 에 아켈라 코이자?"****** 한 아낙네가 아연실색
한다. 피터는 그녀의 경악한 말투가 마을에 거처를 구해달라는 부
탁과는 무관하다고 짐작한다. 그녀는 그의 뒤쪽을 보고 있다. 피터

---

*   "Eu quero uma casa, por favor."

**   "Uma casa? Por uma noite(하룻밤 잘 집이오)?"

***   "uma casa por…… viver."

****   "Aqui, em Tuizelo(여기, 투이젤루에서요)?"

***** "uma casa aqui em Tuizelo por viver."

******"Meu Deus! O que é aquela coisa(맙소사! 이분이 그것을)?"

가 몸을 돌린다. 물론 오도가 차 지붕에 기어 올라가서 그들을 쳐다보고 있다.

사람들은 놀라고 겁먹어서 갖가지 소리를 낸다. 한 남자는 괭이를 움켜쥐고 공중에 쳐든다.

"아니, 아닙니다. 그는 얌전합니다." 피터는 사람들을 달래려고 손바닥을 들어 보이면서 말한다. 그는 사전을 뒤적인다. "엘르 에…… 아미가벨! 아미가벨!"*

그는 강세에 주의하고 발음을 제대로 하려고 애쓰면서 얌전하다는 단어를 몇 차례 되뇐다. 피터는 차로 물러간다. 사람들은 얼어붙은 채로 있다. 이미 오도가 더 많은 관심을 끌고 말았다. 카페에서 사내 둘이 쳐다보고, 한 여인은 자기 집 문간에서, 다른 여인은 발코니에서 바라본다.

피터는 오도가 마을 생활에 친숙해지기를 바랐지만 그건 어리석은 생각이다. 놀라움에는 정도가 없다.

"아미가벨, 아미가벨." 피터가 사람들에게 반복해서 말한다.

그가 오도에게 손짓하자, 침팬지가 차에서 기어 내려온다. 주먹으로 땅을 짚으며 그와 함께 텃밭으로 간다. 문으로 들어가지 않고 돌담으로 뛰어오르는 쪽을 선택한다. 피터는 그 옆에 서서 그의 한쪽 다리를 쓰다듬는다.

"웅 마카쿠." 피터는 사람들에게 뭘 보고 있는지 알려주려고 한

---

* "Ele é…… amigável! Amigável(그는…… 얌전합니다! 얌전해요)!"

다. "웅 마카쿠 아미가벨." 얌전한 침팬지입니다.

사람들이 빤히 쳐다보고 피터와 오도는 기다린다. 오도를 처음으로 알아본 아낙네가 맨 먼저 약간 긴장을 푼다. "에 엘르 모라 콩오 세뇨르?"* 그녀가 묻는다. 경이로움에 젖은 솔직한 말투다.

"싱." 피터는 '모라'**가 무슨 뜻인지도 모르면서 대답한다.

마을 사람 한 명이 충분히 구경했다고 결정한다. 그가 물러가려고 몸을 돌린다. 이웃이 그에게 손을 뻗다가 휘청댄다. 결국 그는 중심을 잡으려고 먼저 사람의 옷소매를 힘껏 당긴다. 가려던 사람이 순간적으로 균형을 잃고 비명을 지르면서, 팔을 휘둘러 상대의 손을 뿌리치고 씩씩대며 걸어간다. 곧 긴장을 감지한 오도는 다리로 버티고 서서 사내를 눈으로 좇는다. 침팬지가 담장에 똑바로 서서 밭에 있는 사람들을 한눈에 내려다보고 있다. 피터는 사람들의 불안을 감지한다. "괜찮아." 그가 오도의 한 손을 잡아당기면서 속삭인다. "괜찮다고." 피터는 불안하다. 이 소란 때문에 침팬지가 날뛰는 건 아닐까?

오도는 날뛰지 않는다. 다시 주저앉아 호기심을 보이며 점점 목청을 높여 우, 우, 우, 소리를 낸다. 모인 사람 중 몇몇은 그 소리를 듣고 미소를 짓는다. 아마도 침팬지가 진짜로 우, 우, 우, 소리를 낸다는 고정관념을 확인하고 마음을 놓는 것이리라.

---

*　"E ele mora com o senhor(그러면 저것은 신사분과 같이 사나요)?"
**　'살다'라는 뜻.

"드 온드 에 케 엘르 벵? 오 케 에 케 파스?"[*] 아까 그 여인이 묻는다.

"싱, 싱." 피터는 이번에도 뭐라고 할지 몰라서 대꾸한다. "에우 케루 우마 카자 엥 투이젤루 포르 비베르 콩 마카쿠 아미가벨."[**]

이즈음 다른 마을 사람들이 와 있다. 그들은 궁금하지만 겁이 나서 상당한 거리를 두고 모여 있다. 그들이 침팬지에게 호기심을 갖듯이 오도 역시 마을 주민들에게 호기심을 갖는다. 그는 돌담 위에서 제자리를 빙글빙글 돌며 사람들을 보고, 조용히 후 소리와 아 소리를 내면서 참견하고 의견을 말한다.

"우마 카자……?"[***] 피터가 침팬지를 쓰다듬으면서 거듭 말한다.

마침내 밭에 있는 주민들이 그의 요청을 두고 의논하기 시작한다. 그들이 이야기를 나누고, 피터는 이름으로 들리는 말과 함께 반복적으로 나오는 '카자'라는 단어를 들을 수 있다. 한 아낙네가 몸을 돌리고 피터의 차 근처에 있는 다른 여인을 부르면서 대화가 확장된다. 이 마을 여인이 대답을 하면서 곧 거기서 다른 대화가 시작된다. 이따금 차 주변에 모인 주민들과 텃밭에 있는 주민들 사이에 속사포 같은 대화가 오가기도 한다. 양쪽이 한데 섞이지 않는 이유는 명확하다. 두 무리 사이에 문이 있고, 거기 침팬지가 파수

---

[*]   "De onde é que ele vem? O que é que faz(그것은 어디서 왔나요? 그리고 뭘 하는 건가요)?"
[**] "Eu quero uma casa em Tuizelo por viver com macaco amigável(투이젤루에서 얌전한 침팬지와 살 집을 원합니다)."
[***] "uma casa(집)……?"

꾼처럼 지키고 있다.

피터는 간단하고 명확하게 부탁해야 된다고 생각한다. 마을 변두리에 있는 집이 가장 좋을 것이다. 그는 사전을 뒤진다.

"우마 카자…… 나스 보르다스 드 투이젤루…… 나스 프로시미다드스."* 그는 처음으로 오도에 대해 말한 여인에게 부탁하지만 주민들이 다 듣도록 크게 외친다.

다시 상의가 시작되고, 결국 기꺼이 피터의 주요 교섭 상대를 맡은 아나이 결과를 발표한다. "테무스 우마 카자 케 프로바벨멘트 바이 세르비르 파라 시 에 오 세우 마카쿠."**

피터는 '우마 카자'와 '세우 마카쿠' 외에는 알아듣지 못한다. 집 한 채와 당신의 침팬지. 그가 고개를 끄덕인다.

여인은 생긋 웃으면서 지적하듯 문을 쳐다본다. 피터가 얼른 문을 지나서 오도를 쿡 찔러 돌담에서 내려오게 한다. 오도가 그 옆으로 내려선다. 그들은 차를 향해 몇 걸음 옮긴다. 텃밭에 있는 사람들이 문 쪽으로 다가오는 반면, 차 주변에 있던 무리는 흩어진다. 피터는 여인에게 몸을 돌려 여러 방향을 가리킨다. 그녀가 오른쪽, 마을 꼭대기 쪽을 손짓한다. 그는 그 방향으로 움직인다. 다행히 오도는 그의 옆에 머문다. 여인이 안전하게 거리를 두고 뒤따

---

* "Uma casa…… nas bordas de Tuizelo…… nas proximidades(집…… 투이젤루의 변두리에 있는…… 가까운)."

** "Temos uma casa que provavelmente vai servir para si e o seu macaco(당신과 당신의 침팬지에게 적당한 집이 한 채 있습니다)."

라 걷는다. 그들 앞쪽에 있는 마을 사람들이 비켜나고 닭들과 개들도 흩어진다. 닭들을 제외하고 사람, 동물 할 것 없이 마을 전체가 모여서 새로 온 이들을 쫓아간다. 피터는 맞는 방향으로 가고 있는지 확인하려고 주기적으로 뒤돌아본다. 마을 사람들을 이끌고 15보쯤 뒤에서 따라오는 여인은 고개를 끄덕여 제대로 가고 있다고 확인해주거나 손으로 다시 방향을 잡아준다. 그렇게 피터와 오도는 앞장서지만 실은 주민들을 따라서 마을을 걸어간다. 오도는 닭들과 개들에게 큰 관심을 갖지만 피터 곁에서 네발로 늠름하게 걷는다.

그들은 마을을 빠져나온다. 자갈 깔린 도로는 흙길이 된다. 방향을 틀어서 일행은 수심이 얕은 개천을 건넌다. 나무들이 더 듬성듬성 자라 있고 고원이 나타나기 시작한다. 곧 그 여인이 소리치면서 손짓한다. 그 집에 도착한다.

집은 마을의 여느 주택들과 다르지 않다. 돌로 지은 작은 2층 건물은 L자형인데, 문이 달린 돌담이 L의 빈 두 면을 막아서 안뜰을 만들었다. 여인은 피터에게 이 안뜰로 들어가라고 권하면서 자신은 마을 사람들과 문 밖에 남아 있다. 그녀는 2층으로 올라가려면 외부에 있는 돌계단을 이용해야 한다고 손짓한다. 그러더니 오도와 1층에 있는 문을 가리킨다. 피터가 그 문을 연다. 자물쇠 없이 빗장만 걸려 있다. 그는 앞에 보이는 풍경이 썩 내키지 않는다. 방 안 가득 잡동사니들이 널려 있는 데다 지저분하고, 사방은 먼지투성이다. 그러다가 벽에 걸린 고리를 보고, 방금 연 문이 위아래 두 개로 나뉘어졌음을 알아차리고 사정을 이해한다. 1층은 축사, 마구간, 가축을 가둬두는 우리다. 차를 타고 오는 길에 그런 집을 많이 봤지만, 이제야 집의 구조를 알 것 같다. 동물들이―양, 염소, 돼지, 닭, 나귀―주인 거처 아래서 살고, 주인은 가축을 가까운 곳에 안전하게 데리고 있으면서 겨울에는 가축들이 내는 온기의 덕을 본다. 또 이것은 층계가 밖에 있는 것도 설명해준다. 피터는 문을 닫는다.

"마카쿠." 여인이 낮은 돌담 너머에서 도움을 주려는 투로 말한다.

"낭." 피터가 고개를 저으면서 대답한다. 그는 층계를 가리킨다.

마을 사람들이 고개를 끄덕인다. 외국인의 **마카쿠**가 위층에서 살고 싶어 하는구나, 그런 거 아닌가? 거참 호사스러운 취향을 가졌구만?

피터와 오도는 돌계단을 올라간다. 지붕이 달린 나무 계단참은 발코니로 봐도 무방하리만큼 넓다. 그가 문을 연다. 이 문도 자물쇠가 없다. 투이젤루에서는 도난이 문제되지 않는 듯하다.

이 꼭대기 층이 한결 마음에 든다. 촌스럽긴 해도 이 정도면 충분할 것이다. 돌바닥이고(청소하기 쉽다) 세간이 거의 없다(망가질 게 없다). 벽은 아주 두껍고 백토를 고르지 않게 발라서 군데군데 울퉁불퉁하지만 깨끗하다. 벽은 포르투갈의 높은 산이 그럴싸하게 그려진 지도처럼 생겼다. 집의 구조는 단순하다. 문을 열면 거실이고, 나무 테이블과 의자 네 개, 붙박이 선반 몇 개, 무쇠로 만든 장작 난로가 있다. 이 방의 한쪽은 L자의 꼭대기로 부엌에 해당하는 데, 절반 높이의 벽을 세워 분리시켰다. 부엌에는 큰 개수대, 프로판가스 스토브, 조리대, 선반들이 있다. 문이 없는, 거실의 다른 쪽 끝 문간을 지나니 방 두 개가 나란히 나온다. 여기가 L자의 밑받침에 해당되는 구역이다. 첫 번째 방에는 옷장이 있고, 옷장 문에는 세월의 때가 묻은 대형 거울이 달려 있다. 끝 방에는 매트리스가 삐죽 튀어나온 작은 침대가 있고, 그 옆에 협탁과 서랍장이 놓였고, 세면대와 먼지 긴 재래식 변기를 갖춘 원시적인 욕실이 딸려 있다. 샤워기나 욕조는 없다.

피터는 거실로 돌아와서 벽의 아랫부분을 훑어본다. 그는 각 방의 천장을 점검한다. 어디에도 콘센트나 조명 설비가 없다. 부엌에서 그는 보지 못한 것 같다고 느낀 것을 두 눈으로 확인한다. 정말로 냉장고가 없다. 전기가 들어오지 않는 집이다. 전화 플러그도 없다. 그는 한숨을 쉰다. 부엌의 수도꼭지를 돌린다. 적막을 깨뜨리며 세차게 쏟아져야 할 물소리는 들리지 않는다. 창문 두 개는 깨졌다. 사방이 먼지와 때로 뒤덮여 있다. 피로감이 파도처럼 그에게 밀려든다. 현대적인 모든 편의 시설에 둘러싸인 캐나다 수도의 상원 의사당에서, 깡촌 구석의 동굴 시대 주거지로 오다니. 가족들과 친구들이 주는 안락함 속에서, 자신이 이방인이 되어 말도 통하지 않는 곳으로 오다니.

감정적으로 무너지려는 그를 오도가 구한다. 침팬지는 새로운 집이 마음에 드는 기색이 역력하다. 오도는 흥분해서 우우 소리를 내고 고개를 끄덕이면서 집의 이쪽 끝에서 저쪽 끝까지 뛰어다닌다. 이 집이 오도가 성인이 된 이후 내내 살았던 우리 밖으로 나와 만난 첫 서식지임을 피터는 깨닫는다. 오도가 알았던 어떤 곳보다 훨씬 넓고 공기가 잘 통한다. 또 그가 지난주에 살았던 자동차들보다도 한결 좋다. 어쩌면 오도는 매달린 우리에서 바퀴 달린 우리로 집이 바뀌었다고 생각했겠지. 포획된 유인원의 기준에서 이 집은 리츠 호텔이나 진배없다.

그러고 보니 채광이 좋다. 벽마다 창이 있다. 햇빛이 그들의 전구가 되리라. 또 저녁이면 양초와 등잔불로 집을 밝힌다는 점도 매력적이다—경제적이기도 하고. 그리고 수도관이 있다는 건 틀림없이 한때 수돗물이 나왔다는 뜻일 테니, 수도야 얼마든지 복구할 수 있다.

피터는 뜰로 난 창문 하나로 다가간다. 창을 연다. 안뜰 담장 너머에서 마을 사람들이 참을성 있게 기다리고 있다. 그는 사람들에게 손을 흔들면서 미소 짓는다. 포르투갈어로 '좋다'가 뭐더라? 피터는 사전에서 찾아본다. "아 카자 에 보아—무이투 보아!"* 그가 외친다.

마을 사람들이 웃으면서 손뼉을 친다.

오도도 창 앞에 같이 선다. 침팬지는 무척 신이 나서 피터가 방금 한 말을 그대로, 다만 자신의 언어로 말한다. 피터와 저 아래 있

---

* "A casa é boa—muito boa(집이 좋습니다—무척 좋네요)!"

는 마을 사람들의 귀에는 무시무시한 비명처럼 들리는 소리다. 마을 사람들이 움츠러든다.

"마카쿠…… 마카쿠." 그는 적당한 단어를 찾아보고 말을 잇는다. "마카쿠…… 에 펠리스!"*

다시 한번 마을 사람들의 박수가 터진다. 그러자 오도는 더욱 행복해진다. 유인원의 기쁨에 넘쳐 다시 비명을 지르면서 창밖으로 몸을 내던진다. 피터가 놀라서 몸을 숙이고 손을 뻗는다. 그는 아래를 본다. 침팬지가 보이지 않는다. 마을 사람들이 놀라 약간 경계하면서 우, 아, 하는 탄성을 지른다.

피터는 바깥 계단을 뛰어 내려가 사람들에게로 간다. 오도는 편암 기와지붕의 가장자리를 붙들고, 돌벽에서 몸을 멀리 뗐다가는 반동을 이용해 집 꼭대기로 올라간다. 이제 꼭대기에 걸터앉아서 한없이 즐거워하며 아래 사람들을, 마을을, 근처의 나무들을, 주변의 넓은 세상을 구경한다.

마을 사람들과 문제를 마무리 짓기에 적당한 기회가 생긴다. 피터는 길에서 앞장을 섰던 여인에게 자신을 소개한다. 그녀의 이름은 아멜리아 두아르트. 그녀는 도나 아멜리아라고 부르라고 그에게 말한다. 그는 이 집에서 살고 싶다는 의사를 그녀에게 이해시킨다(누구의 집일까? 궁금하다. 여기 살던 사람들은 어떻게 됐을까?). 그는 실수 연발인 포르투갈어로 창문과 배관과 청소할 곳에 대해 묻는

* "macaco…… é feliz(침팬지는…… 행복합니다)!"

다. 이 모든 질문에 도나 아멜리아는 열심히 고개를 끄덕인다. 그
녀는 모두 처리하겠다고 확실히 표현한다. 그녀는 거듭해서 손짓
을 해댄다. 아마냥, 아마냥.* 그리고 얼마인가요? 대답은 같다. 내
일, 내일.

그녀에게, 그리고 마을 사람들 모두에게 피터가 말한다. "오브리
가두, 오브리가두, 오브리가두."** 오도는 비명으로 감사의 마음을
전한다. 마침내 피터는 주민 한 사람 한 사람과 모두 악수를 나누
고, 사람들은 지붕에서 눈을 떼지 않은 채 떠나간다.

오도는 피터가 알기에 긴장을 푼 자세로 앉아 있다. 발을 벌리고
팔뚝을 무릎에 올리고 양손은 다리 사이로 늘어뜨린 채, 머리로는
기민하게 주위를 살핀다. 마을 사람들이 떠나고, 침팬지가 지금 자
신이 있는 곳에 흡족하다는 의중을 전하는 가운데, 피터는 차를 가
지러 간다. "돌아오마." 그는 오도에게 외친다.

집에 돌아온 피터는 얼마 안 되는 짐을 푼다. 그런 다음 캠핑 장
비를 사용해서 이른 저녁식사를 준비한다. 무엇보다 양동이를 찾
아서 마을의 분수대로 물을 길러 가야 된다.

잠시 후 그가 다시 침팬지를 부른다. 오도가 나타나지 않자 그는
창으로 간다. 그 순간 거꾸로 뒤집힌 침팬지의 머리가 눈에 들어온
다. 오도는 집의 외벽에 매달려 있다.

---

*   Amanhá, amanhá.
**   "Obrigado, obrigado, obrigado(감사합니다, 감사합니다, 감사합니다)."

"식사 준비가 다 되었다." 피터가 말하면서, 삶은 달걀과 감자가 담긴 냄비를 오도에게 보여준다.

그들은 생각에 잠긴 채 조용히 먹는다. 식사가 끝나자 오도가 다시 창밖으로 펄쩍 뛰어 나간다.

낡은 매트리스가 의심스러워 피터는 거실 테이블 위에 캠핑용 매트와 침낭을 깐다.

그러고 나니 할 일이 없다. 3주 동안―아니 한평생일까?―쉼 없이 움직였는데, 이제 할 일이 없다. 무수한 종속절과 수십 개의 형용사와 부사가 들어가고, 기발한 접속사들이 문장을 새로운 방향으로 끌어가는 와중에―예기치 못한 막간의 촌극까지 끼어들고―하이픈 없는 명사들이 난무하는 장문이 마침내, 놀랍도록 고요한 마침표와 함께 끝이 난다. 한 시간쯤, 꼭대기 층 계단참에 나가 앉아서, 지치고 조금 긴장이 풀리고 살짝 걱정스러운 마음으로 커피를 마시면서, 그는 그 마침표에 대해 생각한다. 다음 문장은 무엇을 가져오려나?

피터는 테이블에 침낭을 펼친다. 오도는 어두워질 때까지 지붕에 있다가 창문을 통해 집 안으로 돌아온다. 달빛에 침팬지의 실루엣이 드러난다. 그는 침실에 혼자 쓸 매트리스가 있는 것을 보고 좋아서 툴툴대는 소리를 낸다. 곧 집이 조용해진다. 피터는 클래라가 옆에 누웠다고 상상하면서 스르르 잠든다. "당신도 있었다면 좋았을 텐데." 그가 아내에게 속삭인다. "당신도 이 집을 좋아할 거란 생각이 들어. 꽃과 나무를 잔뜩 심어서 정말로 멋진 집을 꾸몄을 거야. 사랑해. 잘 자요."

아침이 되자 도나 아멜리아가 이끄는 대표단, 즉 내일 요원들이 집 앞에 찾아와 서 있다. 그들은 양동이, 대걸레, 걸레, 망치, 스패너로 무장하고, 굳은 결의에 차서 집을 손보러 왔다. 일이 시작되자 피터가 거들려 하지만, 그들은 고개를 저으면서 그를 쫓아낸다. 게다가 그는 침팬지를 돌봐야 한다. 침팬지가 근처에 있으니 사람들이 초조해한다.

피터와 오도는 산책길에 나선다. 사람, 동물 할 것 없이 모두 그들에게 눈을 돌려 빤히 쳐다본다. 적대적인 눈길은 아니다, 절대 그렇지 않다. 다들 인사를 건넨다. 피터는 다시 한번 텃밭에 감탄한다. 무, 감자, 호박, 호리병박, 토마토, 양파, 양배추, 콜리플라워, 케일, 비트, 상추, 대파, 파프리카, 깍지콩, 당근, 호밀과 옥수수를 심은 작은 밭—상당한 규모의 가내 공업형 원예 농업이라고 할 수 있다. 어느 밭에서 침팬지가 상추를 한 송이 뽑아서 먹는다. 피터는 손바닥을 쳐서 오도를 부른다. 침팬지는 배가 고프다. 피터도 마찬가지다.

그들은 마을 카페 앞에 선다. 테라스가 한적하다. 그는 카페에 들어가는 모험은 하고 싶지 않다—하지만 음식을 주문해 카페 밖에서 먹는 것은 괜찮지 않을까? 그는 사전을 뒤져본 다음 테이블 옆에서 머뭇거린다. 카운터 뒤에서 사내가 나타난다. 눈을 휘둥그렇게 뜨고 경계하지만 태도는 친절하다.

"코무 포수 세르비루?"* 그가 묻는다.

"도이스 산두이셰스 드 케이주, 포르 파보르, 에 웅 카페 콩 레이트."[*] 피터가 또박또박 말한다.

"클라루 케 싱, 이메디아타멘트."[***] 사내가 대답한다. 그는 조심스럽게 움직이긴 해도 가장 가까운 테이블을 닦았고, 피터는 그것을 앉으라는 권유로 받아들인다.

"무이투 오브리가두."[****] 피터가 인사한다.

"아우 세우 세르비수."[*****] 사내가 대답하고 카페 안으로 돌아간다.

피터는 의자에 앉는다. 그는 오도가 옆 바닥에 앉아 있을 거라 짐작하지만, 침팬지의 눈은 그가 앉은 철제 의자에 고정되어 있다. 오도가 그 옆의 의자로 올라온다. 침팬지는 땅바닥을 물끄러미 바라보고 의자를 흔들고 팔걸이를 탁탁 치면서, 독특한 물건의 쓰임새와 가능성을 탐구한다. 피터는 카페를 흘끗 쳐다본다. 카페 안에서 주인이 그들을 쳐다보고 있다. 또 밖에서는 사람들이 큰 원을 그리며 모여들기 시작한다. "가만히 있어, 가만히." 피터가 오도에게 중얼댄다.

그는 오도에게 더 다가가서 몇 차례 털을 다듬는 몸짓을 한다. 하

---

[*]   "Como posso servi-lo(뭘 드릴까요)?"

[**]   "Dois sanduíches de queijo, por favor, e um café com leite(치즈 샌드위치 두 개랑 우유 넣은 커피를 주십시오)."

[***]   "Claro que sim, imediatamente(그러지요, 금방 드리겠습니다)."

[****] "Muito obrigado(대단히 감사합니다)."

[*****] "Ao seu serviço(편히 계십시오)."

지만 침팬지는 조금도 낙심하거나 긴장하지 않는 것 같다. 환한 표정과 생기 있는 호기심을 보이는 것으로 미루어, 오도는 기분이 좋다. 말하자면 사교적인 털 다듬기가 필요한 것은 주변 사람들이다.

"올라, 봉 디아."* 피터가 소리친다.

사람들이 인사한다.

"드 온드 에 오 세뇨르?"** 한 남자가 묻는다.

"캐나다에서 왔습니다." 그가 대답한다.

사람들은 호의가 담긴 말투로 웅성댄다. 캐나다에는 포르투갈 이민자가 많다. 좋은 나라다.

"에 오 케 이스타 아 파제르 콩 웅 마카쿠?"*** 한 여자가 묻는다.

저 사람은 침팬지랑 뭘 하고 있는 거지? 그것은 그가 마땅히 대답할 수 없는 질문이다. 영어로도, 포르투갈어로도.

"에우 비브 콩 엘르."**** 피터가 간단히 대답한다. 나는 그와 삽니다. 그가 말할 수 있는 건 그 정도다.

주문한 음식이 나온다. 카페 주인은 투우사처럼 경계하면서 커피와 접시 두 개를 테이블 위, 오도와 가장 먼 곳에 내려놓는다.

침팬지가 요란하게 툴툴 소리를 내면서 팔을 쭉 뻗어 치즈 샌드위치 두 개를 집는다. 오도가 단숨에 샌드위치를 먹어치우자 마을

---

* "Olá, bom dia(안녕하세요, 좋은 아침입니다)."
** "De onde é o senhor(어디서 왔소)?"
*** "E o que está a fazer com um macaco?"
**** "Eu vive com ele."

사람들이 재미있어한다. 피터도 같이 미소 짓는다. 그가 카페 주인을 쳐다본다.

"오트루 도이스 산두이셰스, 포르 파보르."* 그가 주문한다. 그는 카페가 식품점을 겸한다는 것을 기억한다. "에, 파라 오 마카쿠, 데스……."** 그는 손으로 길쭉한 모양을 만든 다음 껍질을 까는 시늉을 한다.

"데스 바나나스?"*** 사내가 묻는다.

아, 바나나는 똑같다. "싱, 데스 바나나스, 포르 파보르."****

"코무 데제자르."*****

마을 사람들이 오도가 샌드위치 두 개를 다 먹는 걸 보고 즐거워했다면, 바나나에 대해서는 더 박장대소한다. 피터는 며칠분의 바나나를 산다고 생각했다. 그런데 그게 아니다. 침팬지는 바나나를 보더니 열광적으로 툴툴대고는 껍질을 내던지면서 모조리 먹어치운다. 만약 피터가 얼른 샌드위치 한 쪽을 집지 않았다면 오도는 새로 나온 샌드위치 두 쪽도 다 먹어치웠을 것이다. 그는 피터의 커피에 손가락을 넣어서 온도를 가늠한 다음 후식으로 쭉 마신다. 컵을 입에 물고 커다란 박하사탕이라도 되는 듯이 혀와 입술로 장

---

*　"Outro dois sanduíches, por favor(샌드위치 두 개 더 부탁합니다)."

**　"E, para o macaco, dez(저기, 침팬지를 위해서 열 개)……."

***　"Dez bananas(바나나 열 개요)?"

****　"Sim, dez bananas, por favor(네, 바나나 열 개 부탁합니다)."

*****　"Como desejar(그렇게 하겠습니다)."

난을 치면서 깨끗이 핥는다.

마을 사람들은 미소 짓고 웃음을 터뜨린다. 외국인의 마카쿠가
웃긴다! 피터는 흐뭇하다. 오도가 환심을 사고 있다.

즐거운 분위기가 무르익자, 오도는 손에 컵을 쥔 채 의자 위에
똑바로 선다. 침팬지가 사교에 적극적으로 참여하는 것을 보이려
고 그런다는 걸 피터는 안다. 오도는 비명을 지르더니 무시무시한
힘으로 컵을 바닥에 내동댕이친다. 컵이 산산조각 난다.

마을 사람들이 얼어붙는다. 피터는 카페 주인을 달래려고 손을
들어 올린다. "데스쿨프."* 그가 말한다.

"낭, 아 프로블레마."**

그리고 많은 구경꾼들에게 피터가 말한다. "마카쿠 아미가벨 에
펠리스, 무이투 펠리스."***

아미가벨하고 펠리스하지만 도발적인 데가 있다. 팁을 두둑이 더
해 음식값을 치르고, 그들이 카페에서 나가자 사람들이 조심스럽
게 길을 터준다.

마을의 변두리에 있는 집으로 돌아와보니, 집이 싹 바뀌어 있다.
창문이 수리되고 수도가 잘 나온다. 가스스토브에 새 가스통이 연
결되었고, 사방이 깔끔하게 청소되었다. 냄비, 프라이팬, 접시, 식
기류가—헌것이고 이가 나가고 짝이 안 맞지만 사용하는 데는 아

---

*　　"Desculpe(미안합니다)."

**　　"Não, há problema(아니요, 괜찮습니다)."

***　　"Macaco amigável é feliz, muito feliz(침팬지는 얌전하고 행복합니다. 무척 행복합니다)."

무 문제 없다―부엌의 선반들 위에 차곡차곡 쌓여 있다. 침대에 새 매트리스가 놓이고 그 위에 깨끗한 이불보와 모직 담요 두 장, 수건들이 개켜져 있다. 도나 아멜리아는 거실 탁자에 화사한 꽃이 풍성하게 담긴 꽃병을 올려놓았다.

피터가 가슴 위에 손을 대고 말한다. "무이투 오브리가두."[*]

"드 나다."[**] 도나 아멜리아가 말한다.

피차 쑥스러운 비용 문제를 신속히 처리한다. 피터는 엄지와 검지를 부비고 나서 가스통과 식기와 침실 쪽을 가리킨다. 다음으로 '집세'라는 단어를 찾아본다―이상한 어휘다. 알루게르aluguer. 두 경우 모두 도나 아멜리아는 안절부절못하면서 액수를 말하고, 그럴 때마다 피터는 그녀가 서너 배나 적은 액수를 말했다고 확신한다. 그는 당장 그러겠다고 한다. 도나 아멜리아는 그에게 세탁을 해주고 1주일에 한 차례씩 와서 청소해주겠다는 뜻을 분명히 전한다. 피터는 망설인다. 사실 청소할 것도 없었다―게다가 청소조차 하지 않는다면 어떻게 시간을 보낼 수 있을까? 하지만 피터는 다시 곰곰이 생각한다. 도나 아멜리아는 그와 마을 사람들을 연결해줄 것이다. 또 투이젤루 주민들이 그리 형편이 좋지 않다는 생각이 머리를 스친다. 도나 아멜리아를 고용하면 그는 지역 경제에 적게나마 기여하는 셈이 된다.

---

[*]   "Muito obrigado(대단히 감사합니다)."

[**]   "De nada(천만에요)."

"싱, 싱." 피터가 그녀에게 묻는다. "쿠안투?"[*]

"아마냥, 아마냥."[**] 도나 아멜리아가 방긋 웃으면서 대답한다.

다음으로는 사무 처리. 그와 오도의 생활을 체계화시켜야 한다. 은행 계좌를 정식으로 개설하고 캐나다에서 정기적으로 송금되게 조치해야 한다. 또 자동차의 영구 번호판도 발급받아야 되고. 가장 가까운 은행은 어디 있을까?

"브라간사." 그녀가 대답한다.

"전화는?" 그가 묻는다. "아키?"[***]

"카페." 그녀가 대답한다. "세뇨르 알바루."

그녀가 피터에게 전화번호를 알려준다.

브라간사는 한 시간 거리다. 침팬지를 도심에 데려가는 것과 여기 혼자 두고 가는 것 중 뭐가 더 걱정스러울까? 그는 이 사무적인 일들을 처리해야만 하지만, 시내에서든 마을에서든 오도를 제대로 통제할 수 없다. 어떻게 하든 그는 침팬지의 협조에 의존해야만 한다. 오도가 집에서 멀리 나가 길을 잃거나 말썽을 일으키지 않기를 바랄 수밖에 없는 노릇이다.

도나 아멜리아와 도와주러 온 사람들이 돌아간다.

"여기 있어, 얌전히. 곧 돌아올게." 돌바닥의 갈라진 틈을 만지며 놀고 있는 오도에게 그가 말한다.

---

[*]   "Quanto(언제)?"
[**]   "Amanhã, amanhã(내일, 내일요)."
[***] "Aqui(여기)?"

피터는 오도가 쉽게 문을 열 수 있다는 걸 알면서도 문을 닫고 집에서 나온다. 차에 올라타고 출발한다. 백미러로 보니 침팬지가 지붕으로 올라가고 있다.

브라간사에서 필요한 물품을 구입한다—초, 손전등, 등유, 비누, 상온 보관 가능한 팩 우유를 포함한 식료품, 다양한 가재도구와 개인 용품. 그리고 은행에서 일을 본다. 자동차 번호판은 우편으로 카페에서 받기로 한다.

브라간사 우체국에서 캐나다에 전화를 두 통 건다. 벤은 아버지가 무사히 도착해서 다행이라고 말한다. "전화번호가 뭐예요?" 그가 묻는다.

"전화가 없다." 피터가 대답한다. "하지만 마을 카페의 번호를 알려줄 수 있지. 네가 메시지를 남기면 전화를 걸도록 하마."

"무슨 말이에요, 전화가 없다니?"

"말 그대로야. 집에 전화가 없어. 하지만 카페에 전화가 있다. 번호를 받아 적어라."

"수돗물은 나와요?"

"응. 찬물이지만 나오지."

"다행이네요. 전기는 있어요?"

"음, 솔직히 말하면 없어."

"정말요?"

"그래."

잠시 침묵이 흐른다. 그는 벤이 설명을, 정당한 이유를, 변명을 기다리고 있다는 것을 느낀다. 피터는 그런 말을 하지 않는다. 따라서 아들은 같은 맥락에서 계속 묻는다. "도로 사정은 어때요—포장된 길인가요?"

"실은 자갈이 깔려 있지. 일은 어떠니? 레이철은 잘 지내고? 우리 오타와는 어떻게 돌아가고 있냐?"

"왜 이러시는 거예요, 아버지? 거기서 뭐 하시는 거예요?"

"멋진 곳이야. 네 조부모님이 여기 출신이셨고."

그들은 죽마를 타고 춤을 배우는 사람들처럼 뻣뻣하게 통화를 마친다. 곧 다시 통화하기로, 앞으로는 지금보다 부드러운 대화를 나누기로 약속한다.

피터는 누이동생 테레사와 한층 명랑한 대화를 나눈다.

"마을은 어때?" 그녀가 묻는다. "고향집처럼 느껴져?"

"아니, 말을 모르니까 그렇지는 않지. 하지만 한적하고, 전원적이고, 고풍스러워—이국적인 분위기라서 좋아."

"가족이 살던 집은 찾아냈어?"

"아니. 이제 막 자리 잡은 참인걸. 그리고 우리가 여길 떠났을 때 난 세 살도 안 된 아이였어. 내가 태어난 곳이 이 집이든 저 집이든 무슨 차이가 있을까 싶어. 그냥 어느 집에 불과한걸."

"그렇군요, 미스터 센티멘털—오랜 세월 연락 끊긴 친척들은 어떻게 됐어?"

"여전히 그들은 날 덮치려고 숨어서 기다리는 중이지."

"오빠가 좀 그럴듯하게 말하면 벤에게 도움이 될 거란 생각이 들어. 왜 있잖아, 족보를 더듬고 집안의 뿌리를 살피고 있다고 벤에게 말해. 벤은 오빠가 갑작스럽게 떠나서 무척 당황하고 있어."

"더 노력하마."

"아직도 올케 생각 많이 나?" 테레사가 부드러운 말투로 묻는다.

"마음속으로 클래라에게 말을 하지. 이제 거기가 그 사람이 사는 곳이니까."

"그리고 잘 지내고 있는 거지? 심장은 어때?"

"째깍째깍 움직이고 있어."

"그렇다니 다행이네."

투이젤루로 돌아와보니 오도는 여전히 지붕 위에 있다. 차를 보자 침팬지는 요란하게 우우 소리를 내면서 빠르게 내려온다. 여러 번의 우우 소리로 인사를 한 후 오도는 뒤뚱뒤뚱하면서 두 발로 걸어 물건 봉투들을 집 안으로 끌고 간다. 피터를 돕겠다는 선의는 봉투가 터져서 물건들이 흩어지는 것으로 귀결되고 만다. 피터는 물건들을 다 주워서 집으로 갖고 들어간다.

그는 부엌을 정돈한다. 거실에 있는 테이블을 더 쾌적한 자리로 옮기고, 침실에 있는 침대의 위치도 바꾼다. 오도는 아무 소리도 내지 않고 줄곧 그를 지켜본다. 피터는 살짝 긴장감을 느낀다. 여전히 어색한 침팬지의 시선에 익숙해져야 한다. 오도의 눈길이 등대 불빛처럼 주위를 훑고, 그는 물에 잠겼다 떠올랐다 하면서 눈이 부시다. 오도의 시선은 그가 그 너머를 볼 수 없는 문턱과도 같다. 피터는 침팬지가 무슨 생각을, 어떤 언어로 하고 있는지 궁금하다.

어쩌면 오도도 그에게 비슷한 의문을 가지겠지. 어쩌면 침팬지 역시 그를 문턱으로 보겠지. 하지만 피터는 과연 그럴까 싶다. 오도에게 그는 특이한 물건, 자연계의 괴상한 존재, 최면에 걸린 듯 얼이 빠져서 이 자연계를 맴도는, 옷을 차려입은 유인원인지도 모른다.

됐다. 모든 게 제자리를 찾는다. 피터는 주위를 둘러본다. 다시 한번 하나의 문장을 마무리했다는 느낌이 든다. 그는 조바심이 난다. 창밖을 내다본다. 늦은 오후이고, 날씨가 점점 더 나빠질 것 같다. 상관없다.

"탐험하러 나가보자." 피터가 오도에게 말한다. 배낭을 집어 들고 침팬지와 밖으로 향한다. 피터는 마을 사람들의 예의 주시에서 벗어나기 위해 도로 위쪽에서 방향을 틀어 평원으로 향하고, 마침내 다시 숲으로 접어드는 오솔길을 만난다. 오도는 네발로 앞서 나가고, 무거운 걸음걸이지만 수월하게 움직인다. 머리를 푹 숙여서 뒤에서 보면 머리가 없는 것 같다. 일단 숲에 들어서자 오도는 신이 난다. 거대한 참나무들과 밤나무들. 보리수, 느릅나무, 백양나무 군락들. 소나무들, 우거진 관목과 덤불, 여기저기 지천인 고사리. 침팬지가 앞서서 뛰어간다.

피터는 꾸준한 속도로 걸으면서 이따금 꾸물대는 오도보다 앞서 나간다. 그러다가 침팬지가 펄쩍펄쩍 뛰어서 그를 앞지른다. 피터는 매번 오도가 지나가면서 그의 다리 뒤쪽을 찰싹 건드리는 것을 알아차린다. 힘이 실리거나 공격적인 것은 아니고 오히려 확인하는 느낌이다. 좋아, 좋아, 거기 있네. 그러다가 침팬지는 다시 꾸물대고 피터는 다시 한번 앞으로 나선다. 달리 말해 피터가 숲속을 걷고 있다면, 오도는 나무에서 나무로 건너다니는 것 같다.

침팬지는 먹잇감을 뒤진다. 영장류 연구소의 밥이 피터에게 이 부분에 대해 설명했다. 기회가 생기면 침팬지는 자연의 식품 저장고를 급습해 새순, 꽃, 야생 열매, 벌레 등 기본적으로 먹을 수 있는 건 뭐든 찾을 거라고.

비가 내리기 시작한다. 피터는 큰 소나무를 찾아 그 아래서 비를 피한다. 나무만으로 비가 다 가려지지 않지만, 그는 방수용 판초를 가져와서 괜찮다. 피터는 판초를 뒤집어쓰고 나무 기둥에 등을 기대어 솔잎 더미에 앉는다. 그는 오도가 따라잡기를 기다린다. 오솔길을 달음질치는 침팬지가 보이자 피터는 소리쳐 부른다. 오도는 멈추어 서서 그를 물끄러미 쳐다본다. 침팬지는 판초를 본 적이 없어서 피터의 몸통이 어디 갔는지 이해하지 못한다. "이리 와, 이리." 그가 말한다. 오도는 근처에 엉덩이를 깔고 앉는다. 비를 꺼리지 않는 눈치지만 피터는 배낭에서 다른 판초를 꺼낸다. 그러다가 그의 판초 자락이 위로 들린다. 오도가 배시시 웃는다. 아, 거기 나머지 몸이 있구나! 그가 피터 옆으로 냉큼 다가온다. 피터는 판초를 침팬지의 머리 위로 씌운다. 이제 둘은 몸통이 없이 밖을 내다보는 얼굴이 된다. 그들 머리 위로 인디언 천막 같은 원뿔 모양의 나무가 솟아 있고, 그 가지들이 얼기설기 허공을 가르고 있다. 솔향기가 코를 찌른다. 둘은 앉아서 내리는 빗줄기와 비가 빚어내는 현상을 구경한다. 물방울이 솔잎 끝에 생각에라도 잠긴 듯 맺혔다가 떨어진다. 물이 고여서 강줄기들과 연결된다. 후드득 비 떨어지는 소리 외에 모든 소리가 잦아든다. 어두침침하고 축축한, 초록과 갈색의 세상. 야생 멧돼지 한 마리가 빠른 걸음으로 지나가자 둘은 놀란다. 그들은 살아 숨 쉬는 숲의 고요에 귀 기울인다.

거의 어두워져서야 그들은 집으로 돌아온다. 피터는 성냥을 찾아 초에 불을 켠다. 잠자리에 들기 전에 장작 난로에 불을 붙이기 시작한다. 불꽃이 천천히 타도록 불을 조절한다.

다음 날 아침 피터는 일찍 잠에서 깬다. 밤 내내 오도는 침실에서 이제 주인이 있는 매트리스 주위를 맴돌다가 물러났다. 침팬지는 혼자 자는 편을 좋아하고, 피터로서는 그 점이 다행스럽다. 그는 침팬지를 찾아다니다가, 옆방 옷장 꼭대기에서 발견한다. 거기서 오도는 수건과 피터의 옷가지로 둥지를 만들어, 다리 사이에 한 손을 끼고 다른 손으로는 머리를 받친 채 곤히 잠들어 있다.

피터는 부엌으로 나간다. 물을 끓이려고 큰 냄비를 올린다. 일전에 그는 바닥에 홈이 패고 테두리가 낮은, 0.3제곱미터 크기의 네모난 양은 대야를 발견했다. 욕조 없는 집에서 적당히 위생적으로 지내게 해주는 공신이다. 일단 물이 데워지자 그는 면도를 한 다음, 대야에 서서 몸을 씻는다. 물이 돌바닥에 튄다. 이 대야에서 스펀지로 제대로 목욕을 하려면 약간의 연습이 필요할 것이다. 그는 수건으로 몸을 닦고 옷을 입은 다음 청소를 한다. 이제 아침 식사 준비. 커피 끓일 물을 준비한다. 오도가 귀리죽을 좋아하려나? 우유와 누른 귀리를 냄비에 담고 스토브에 올린다.

커피 가루를 꺼내려고 몸을 돌리다가 부엌 입구에 있는 오도를 보고 피터는 화들짝 놀란다. 얼마 동안이나 거기 쭈그리고 앉아서 그를 지켜봤을까? 침팬지는 소리 내지 않고 움직인다. 뼈가 삐걱대지 않고, 덜거덕 소리를 내는 발톱이나 발굽도 없다. 피터는 이런 움직임에, 오도가 집의 어디에나 있을 수 있다는 점에도 익숙해져야 될 것이다. 그게 싫지는 않다는 것을 그는 깨닫는다. 프라이버시를 누리는 것보다 오도와 같이 있는 게 훨씬 더 좋다.

"잘 잤니." 피터가 말한다.

침팬지는 주방 조리대에 기어 올라가서, 불꽃을 겁내지 않고 스토브 바로 옆에 앉는다. 커피 끓일 물에 관심을 보이지 않는다. 오도의 관심사는 죽 냄비다. 죽이 끓기 시작하자 피터는 불을 줄이고 나무 주걱으로 죽을 젓는다. 오도의 입매가 긴장한 듯 조여든다. 그가 팔을 뻗어 주걱을 움켜쥔다. 오도는 죽을 흘리거나 냄비를 엎지 않고 조심스럽게 죽을 젓기 시작한다. 둥글게, 둥글게 주걱으로 젓자 재료가 빙빙 돌면서 섞인다. 오도가 피터를 올려다본다. "잘 하는구나." 피터가 고개를 끄덕이면서 속삭인다. 귀리의 입자가 커서 잘 익지 않는다. 그와 오도는 15분간 화학적 성질에 의해 죽이 엉겨서 걸쭉해지는 과정을 지켜본다. 정확히 말하자면 16분간이다. 성실하지만 독창성 없는 요리사인 피터는 조리법을 정확히 지키고 시간을 잰다. 다진 호두와 건포도를 넣자, 신비의 약에 들어가는 재료를 보고 감탄하는 마법사의 도제마냥 오도가 그를 쳐다본다. 오도가 참을성 있게 충분히 계속 죽을 젓는다. 피터가 스토브를 끄고, 죽을 식히려고 냄비 뚜껑을 닫자 그제야 침팬지는 다급한 신호를 보인다. 열역학의 법칙이 그에게는 골칫거리다.

피터는 식탁을 차린다. 그가 먹을 바나나 한 개, 오도가 먹을 바나나 여덟 개. 우유를 넣은 커피 두 컵, 각각 설탕 하나씩. 귀리죽 두 그릇. 그가 쓸 숟가락 하나, 오도는 다섯 손가락으로.

식사는 기막히게 술술 진행된다. 오도는 입술로 쩝쩝대고 손가락을 빨고 툴툴대면서 음미한다. 그리고 피터의 그릇을 쳐다본다. 피터는 그릇을 가슴에 바싹 붙인다. 내일 그는 냄비에 귀리를 더 많이 넣을 작정이다. 설거지를 하고 그릇과 냄비를 치운다.

피터는 침실에서 손목시계를 꺼내 온다. 아직 오전 8시도 안 되었다. 거실에서 테이블을 바라본다. 읽을 보고서도 써야 될 편지도 없고, 어떤 종류의 문서 업무도 없다. 구성하거나 참석할 회의도 없고, 우선적으로 처리할 일도 없고, 해결해야 할 세세한 일들도 없다. 걸거나 받을 전화도 없고 만날 사람도 없다. 일정도 없고, 프로그램도 없고, 계획도 없다. 일하는 사람으로서 해야 할 업무가 전혀 없다.

그런데 시계를 볼 필요가 있을까? 그는 손목시계를 푼다. 세상이 시계라는 것을 이미 어제 알아차렸다. 새들이 새벽과 황혼 녘을 알려준다. 벌레 떼는 더 요란스럽게 맞장구를 친다—특히 매미는 치과의 드릴 소리처럼 날카롭게 울고, 귀뚜라미는 개구리처럼 노래한다. 교회 종도 하루의 시간을 알게 도와준다. 또 궁극적으로는 흙 자체가 회전하는 시계여서, 사분면마다 빛의 결이 달라진다. 이 많은 시침들의 움직임이 거의 일치를 이루는데, 검열관처럼 째깍대는 분침이 무슨 대수라고? 카페의 세뇨르 알바루는 필요하다면 시간이 달음질치는 걸 지켜볼 수 있겠지만. 피터는 손목시계를 테이블에 내려놓는다.

그는 오도를 바라본다. 침팬지가 그에게 온다. 피터는 바닥에 앉아서 침팬지의 털을 다듬기 시작한다. 그에 반응해서 오도도 피터의 머리카락을 뜯고, 카디건에서 보풀 뭉치를 뜯고, 셔츠 단추를 비롯해 뭐든 뜯을 수 있는 건 다 뜯는다. 침팬지에게 털 다듬기를 맡기려면 마른 낙엽을 부수어 머리에 뿌려두라는 밥의 조언이 떠오른다.

털 다듬기가 피터를 혼란스럽게 한다. 그에게 침팬지는 외계인에 가까운 이미지다—하지만 그렇지 않다. 아주 가까이 느껴지는 생생한 온기가 있고, 그의 손끝에 침팬지의 심장박동이 전해진다. 피터는 마음을 빼앗긴다.

그럼에도 오도의 털에서 씨앗, 가시, 흙, 피부의 각질을 떼어내면서 피터의 마음은 과거 속을 거닌다. 하지만 과거는 금방 따분해진다. 클래라, 벤, 레이철을 빼면, 그의 과거는 고정되고 결론이 나있어서 하나하나 살필 가치가 없다. 피터의 인생은 늘 우연의 연속이었다. 매번 행운이 따를 때마다 그의 노력도 보태졌지만, 모든 것을 초월하는 목표는 없었다. 그는 법무법인의 변호사로서 일하면서 충분히 행복했지만, 정치 쪽에 기회가 생기자 변호사의 길에서 빠져나왔다. 그는 문서보다 사람들이 더 좋았다. 선거의 승리는 정확히 말하면 선거의 행운이었다. 당장의 정치적 시류에 좌우되어 많은 훌륭한 후보들이 낙선하고 별 볼 일 없는 후보들이 당선하는 것을 봤으니까. 피터의 출마는 성공적이었고—여덟 차례의 선거에서 이겨 19년간 하원의원을 했다—선거구민들의 요구에 충실히 부응했다. 그러다가 상원으로 올라가 위원회들에 성실하게 참여했고, 언론의 이목을 끄는 하원의 격랑에 휘말리는 것은 면했다. 젊은 시절에는 정치가 인생이 되리라고는 상상도 하지 못했다. 하지만 모든 게 떠내려가 버렸다. 어제 그가 뭘 했는지는 이제 중요하지 않다—그 어떤 것도, 아주 오래전 그가 클래라에게 대담하게 데이트 신청을 했던 일보다 중요하지 않다. 내일로 말하자면, 소박한 소망들 외에 그에게는 내일에 대한 계획이 없다.

흠, 그러면, 과거와 미래가 중요하지 않다면, 바닥에 앉아 침팬지에게 털 다듬기를 해주고 침팬지에게 털 다듬기를 받아도 좋지 않은가? 피터의 마음은 이 순간으로, 당장의 할 일로, 손가락 끝에 감도는 수수께끼로 돌아간다.

"그런데, 어제 카페에서 왜 컵을 바닥에 내동댕이쳤니?" 그는 오도의 어깨를 다듬어주면서 묻는다.

"아아아오오우우우우." 침팬지가 원순음을 내면서 벌린 입을 천천히 다물며 대답한다.

침팬지가 구사하는 언어에서 '아아아오오우우우우'는 무슨 뜻일까? 피터는 다양한 가능성을 떠올려본다.

내가 컵을 깬 것은 그 사람들이 더 웃게 하기 위해서였어.

내가 컵을 깬 것은 그 사람들이 그만 웃게 하기 위해서였어.

내가 컵을 깬 것은 내가 행복하고 신이 났기 때문이야.

내가 컵을 깬 것은 불안하고 기분이 나빴기 때문이야.

내가 컵을 깬 것은 어떤 사람이 모자를 벗었기 때문이야.

내가 컵을 깬 것은 하늘의 구름 모양 때문이야.

내가 컵을 깬 것은 죽을 먹고 싶었기 때문이야.

내가 왜 컵을 깼는지 나도 몰라.

내가 컵을 깬 것은 뭐 뭐 뭐 뭐 때문이야.

흥미롭다. 둘 다 뇌와 눈을 갖고 있다. 둘 다 언어와 문화가 있다. 그런데 침팬지는 컵을 바닥에 내던지는 따위의 단순한 행동을 하고, 인간은 어리둥절해한다. 인간이 가진 이해의 도구는—원인 추론 능력, 지식의 저장고, 언어의 사용, 직관력과 같은 것들은—침팬지의 행동을 파악하는 데 큰 도움이 되지 못한다. 오도가 왜 그런 행동을 하는지 설명하기 위해, 피터는 추측과 짐작에 의존할 수밖에 없다.

침팬지가 본질적으로 미지의 영역에 속한다는 사실이 피터의 마음을 괴롭게 하는가? 아니, 그렇지 않다. 신비에는 지속적인 놀라움이라는 보상이 있다. 침팬지가 그를 의도적으로 놀라게 하는지 아닌지 모르지만—알 수가 없지만—보상은 보상이다. 피터는 그것을 고맙게 받아들인다. 이런 보상들은 예기치 않게 불쑥불쑥 튀어나온다. 무작위로 골라보면 이렇다.

오도가 그를 물끄러미 쳐다본다.

오도가 그를 땅에서 번쩍 들어 올린다.

오도가 자동차 좌석에 자리를 잡는다.

오도가 초록 잎사귀를 찬찬히 살핀다.

오도가 차의 지붕에서 자다가 일어나 앉는다.

오도가 접시를 집어서 테이블에 내려놓는다.

오도가 잡지의 책장을 넘긴다.

오도가 뜰의 담장에 기대어 꼼짝하지 않고 쉰다.

오도가 네발로 달린다.

오도가 돌멩이로 견과를 부순다.

오도가 고개를 돌린다.

매번 피터의 마음은 카메라처럼 **찰칵** 하고 순간을 포착하여, 지울 수 없는 사진을 기억 속에 새긴다. 오도의 동작은 유연하고 정확하며, 의도에 꼭 맞는 크기와 강도로 이루어진다. 그리고 이런 동작들은 전혀 이목을 꺼리지 않고 실행된다. 어떤 행동을 할 때 오도는 아무 생각 없이 순수하게 그 행동을 할 뿐이다. 그런데 어떻게 이치에 맞는 걸까? 왜 생각―인간의 특징―은 우리를 어설프게 만드는 걸까? 하지만 생각해보면, 침팬지의 움직임에 비견되는 인간의 움직임이 있다. 위대한 연기를 펼치는 위대한 배우의 움직임. 똑같이 최소한의 수단으로 똑같이 어마어마한 효과를 발휘한다. 하지만 연기는 혹독한 훈련의 결과이며, 인간이 고군분투하여 습득한 기술이다. 한편 오도는 쉽고 자연스럽게 한다―그런 존재다.

오도를 따라 해야 해. 피터가 속으로 중얼댄다.

오도는 느낀다—피터는 그것을 확실히 안다. 예를 들면 마을에 온 첫날 저녁, 피터는 바깥 계단참에 앉아 있었다. 침팬지는 뜰에 내려가서 돌담을 살피는 중이었고. 피터는 커피를 준비하려고 안으로 들어갔다. 오도는 그가 자리를 뜨는 것을 못 본 것 같았다. 몇 초 지나지 않아 침팬지는 계단을 쿵쿵 올라와서 바람처럼 문으로 들어와, 눈으로 피터를 찾으면서 묻는 듯이 후 하고 입술을 내밀었다.

"나 여기 있는데, 여기 있어." 피터가 말했다.

오도는 만족스럽게 툴툴댔다—울컥한 감정의 물결이 피터에게 밀려들었다.

그리고 바로 어제, 숲속을 산책하다가, 오도가 그를 찾느라 오솔길을 달려왔을 때도 마찬가지였다. 그를 찾아야 된다는 감정이 분명히 감지되었다.

거기에는 침팬지의 감정 상태가 있다. 이 감정 상태로부터 어떤 현실적 사고가 뒤따르는 듯하다. 당신 어디 있어? 어디로 갔어? 내가 당신을 어떻게 찾을 수 있지?

오도가 왜 같이 있으려 하는지, 왜 특별히 그를 원하는지는 알 수 없다. 그것은 또 다른 미스터리다.

내가 당신과 같이 있고 싶은 것은 당신이 나를 웃게 만들기 때문이야.

내가 당신과 같이 있고 싶은 것은 당신이 나를 진지하게 봐주기 때문이야.

내가 당신과 같이 있고 싶은 것은 당신이 나를 행복하게 만들어주기 때문이야.

내가 당신과 같이 있고 싶은 것은 당신이 나의 불안감을 덜어주기 때문이
야.

내가 당신과 같이 있고 싶은 것은 당신이 모자를 쓰지 않기 때문이야.

내가 당신과 같이 있고 싶은 것은 하늘의 구름 모양 때문이야.

내가 당신과 같이 있고 싶은 것은 당신이 나한테 죽을 주기 때문이야.

내가 왜 당신과 같이 있고 싶은지 나도 몰라.

내가 당신과 같이 있고 싶은 것은 뭐 뭐 뭐 뭐 때문이야.

오도가 꼼지락대자, 털을 다듬으며 최면에 빠졌던 피터는 정신
을 차린다. 몸이 떨린다. 그들은 얼마 동안이나 이렇게 바닥에 앉
아 있었을까? 손목시계를 차고 있지 않아서 가늠하기 어렵다.

"우리 세뇨르 알바루를 보러 가자."

그들은 카페로 걸어간다. 그는 커피도 마시고 싶은 데다, 정기
적인 식료품 배달을 의뢰하고 싶다. 둘은 테라스에 앉는다. 세뇨
르 알바루가 밖으로 나오자 피터는 커피 두 잔을 주문한다. 커피가
나오자 그는 일어나서 세뇨르 알바루에게 말한다. "포수…… 팔라
르…… 콩 세뇨르 웅 모멘투?"[*]

물론이지요, 잠시 이야기를 나눌 수 있습니다. 카페 주인은 고개를 끄
덕여 의중을 전한다. 세뇨르 알바루가 의자를 끌고 와서 테이블에
앉자 피터는 놀란다. 그도 다시 앉는다. 그들이, 그들 셋이 거기 있

---

[*]　'Posso…… falar…… com senhor um momento?'

다. 오도가 트럼프 카드를 꺼낸다면 셋이 포커 판이라도 벌일 수 있을 것 같다.

피터는 머뭇거리면서 말하지만 용건은 간단하다. 그는 세뇨르 알바루에게 매주 오렌지, 견과, 건포도, 특히 무화과와 바나나의 배달을 의뢰한다. 카페 주인은 제철에는 사과, 배, 체리, 산딸기, 밤을 마을 사람들에게서 구할 수 있고 채소류도 가능하다고 알려 준다. 그의 마카쿠가 잘 먹는다면 계란과 닭고기도 1년 내내 제공 가능하며 지역에서 제조하는 소시지도 마찬가지라고. 작은 식품점에는 항상 빵, 쌀, 감자, 인근 지역이나 남쪽 지방에서 나는 치즈를 비롯한 유제품과, 그 외에 통조림과 염장 대구도 준비되어 있다.

"바무스 베르 두 케 에 케 엘르 고스타……."[*] 세뇨르 알바루가 말한다. 그는 접시 하나를 들고 카페에서 나온다. 접시에 꿀을 뿌린 말랑한 흰 치즈 한 덩이가 담겨 있다. 그가 접시를 침팬지 앞에 내려놓는다. 툴툴대는 소리와 함께 털북숭이 손이 꿀 바른 치즈를 냉큼 낚아채서 먹어치운다.

다음으로 세뇨르 알바루는 큼직한 호밀 빵 한 조각을 내온다. 빵위에 참치 통조림 하나를 기름까지 통째로 부었다.

똑같은 일이 일어난다. 눈 깜짝할 사이에. 툴툴거리는 소리가 더 요란해진다.

---

[*]   "Vamos ver do que é que ele gosta (그가 뭘 좋아하는지 어디 볼까)……."

마지막으로 세뇨르 알바루는 침팬지에게 딸기 요구르트를 줘본다. 이번에는 먹어치우는 데 시간이 좀 더 걸리는데 이 맛있는 음식이 끈적끈적하고, 성가신 플라스틱 그릇에 담겨 있기 때문이다. 그럼에도 오도는 요구르트를 스푼으로 크게 떠서 핥고 쩝쩝대며 순식간에 먹어치운다.

"오 세우 마카쿠 낭 바이 모헤르 드 포므."* 세뇨르 알바루가 결론짓는다.

피터는 사전에서 확인한다. 그렇다, 그의 침팬지는 정말로 굶어죽지는 않을 것이다.

그렇게 왕성한 식욕을 보이지만—이기적인 것은 아니다. 피터는 이미 알고 있다. 도나 아멜리아가 예쁜 꽃들을 테이블에 근사하게 놔두었을까? 오도는 꽃들을 게걸스럽게 먹어치우기 전에 흰 백합 한 송이를 그에게 내민다.

집에 돌아오지만 환한 낮이 그들에게 손짓한다. 배낭을 꾸려서 둘은 집을 나와 이번에는 평원으로 향한다. 평원에 도착하자, 그들은 도로에서 벗어나 탁 트인 곳으로 간다. 엄밀히 말해 아마존 정글만큼이나 야생적인 환경으로 들어간다. 하지만 토양이 고우면서도 푸석하고, 공기는 건조하다. 이곳에서는 생명체가 조심스럽게 발을 딛는다. 너무 얕아서 숲이 우거지지 못하는 움푹한 지역에 두껍고 가시 돋은 식물—가시금작화, 히스 같은 종류—이 자라고

---

* "O seu macaco não vai morrer de fome(당신의 침팬지가 굶어죽지는 않겠군요)."

인간과 침팬지는 식물들 사이로 미로 같은 길들을 헤치고 건너가야 된다. 하지만 포르투갈의 높은 산 중의 사바나 지대로 나가자, 수 킬로미터에 달하는 황금빛 풀밭이 펼쳐지고 그들은 수월하게 그 위를 걷는다.

대지는 하늘보다 더 단조롭다. 대지에 기후가 직접적으로 반영되는 것은, 그것 말고는 아무 일도 일어나지 않기 때문이다.

투이젤루에 오는 길에 눈여겨봤던 이상하고 큰 바위들이 말 그대로 위압적으로 우뚝 서 있다. 그들은 눈이 닿는 데까지 보려고 최대한 고개를 젖힌다. 바위는 보통 사람 키보다 세 배에서 다섯 배쯤 높이 솟아 있다. 그 주위를 돌려면 족히 40보는 걸어야 한다. 바위들은 오벨리스크처럼 길쭉하게 솟거나 암석으로 만든 반죽 덩어리들처럼 웅크리고 있다. 바위는 각각 홀로 있을 뿐 주변에 더 작은 바위나, 툭 던져져 사이에 끼인 바위는 없다. 큰 바위들과 짧고 뻣뻣한 풀만 자랄 뿐. 피터는 이 바위들이 어떻게 생겼는지 궁금하다. 오래전에 화산이 분출해서 굳은 걸까? 하지만 농부가 밭에 씨를 뿌리듯, 어떻게 이토록 균일하게 용암 덩이를 뿌릴 수 있었는지 놀라운 일이다. 이 바위들은 빙하와의 마찰이 낳은 결과라고 피터는 예측한다. 바위가 빙하 밑에서 굴러갔다면 바위 표면이 거친 까닭이 설명될 것이다.

대평원이 무척이나 마음에 든다. 평원의 광활함에 숨이 멎을 것 같은 흥분과 취기가 느껴진다. 피터는 클래라도 이곳을 좋아했을 거라는 생각이 든다. 어쩌면 둘이서 대담하게 평원을 횡단할 수도 있었을 텐데. 오래전 벤이 어렸을 때 매년 여름이면 알곤빈 국립공원에 캠핑을 가곤 했다. 경치는 사뭇 다르지만, 빛과 고요와 고독에 흠뻑 취하게 만드는 분위기는 비슷했다.

하늘 밖으로 벗어난 양 떼가 소심하나마 돌격하는 침략군처럼 나타난다. 피터를, 특히 오도를 보자 양 떼 군단은 그들 주위에서 양쪽으로 갈라지며 넓은 길을 터준다. 몇 분간 양들은 아마추어 오케스트라가 되어 그들이 아는 한 가지 악기를 연주한다. 종. 그들의 정신없는 지휘자는 길동무를 만나자 반가워서 성큼성큼 다가온다. 그는 피터가 그의 언어를 말하지 못한다는 사실과 덩치 큰 침팬지를 동반하고 있다는 사실에 개의치 않고 긴 대화를 시작한다. 한참 담소를 나눈 후 그는 그들과 헤어져 양 떼를 따라잡으러 간다. 양들은 나타날 때처럼 비장하게 사라져버렸다. 고요와 고독이 다시 찾아든다.

그러다가 실개천을 만난다. 소란스러운 아기 강줄기가 풀밭과 화강암에 둘러싸여 있다. 물줄기는 방금 깨어나기라도 한 것처럼 재잘대고 물거품을 일으킨다. 물을 건너 저만치 가니, 개천은 그들의 감각에서 사라진다. 다시 한번 고요와 고독이 찾아든다.

오도는 큰 바위들에 마음을 빼앗긴다. 대단한 호기심을 보이며 바위들을 킁킁대는가 하면, 자주 주위를 날카롭게 두리번댄다. 그의 코가 눈에게 무슨 말이라도 해주는 걸까?

피터는 바위들 사이로 경치를 볼 수 있게 양쪽 바위들과 거리를 두고 그 가운데로 걷는 게 더 좋다. 오도의 충동은 그와는 다르다.

침팬지는 더 큰 그림 안에서 점들을 연결하듯 바위에서 바위까지 직선으로 걷는다. 바위를 쿵쿵대며 주변을 배회하거나 잠시 생각에 젖었다가, 저 앞에 있는 다음 바위로 간다. 바위와 바위는 크고 작은 각도를 그리며 가까이 혹은 멀리 떨어져 있다. 침팬지는 바위를 자신 있게 결정한다. 피터는 이런 식으로 평원을 거니는 것이 싫지만은 않다. 각각의 바위는 나름의 예술적 균형, 나름의 질감, 나름의 이끼 덮인 세련미를 갖는다. 다만 접근 방법이 다양하지 않다는 점이 의아할 뿐이다. 모래톱 사이의 트인 바다로 나가는 것은 어떨까? 선장은 제안을 받아들이지 않는다. 숲에서 각자 자유를 즐긴 것과 달리, 평원에서 침팬지는 피터에게 가까이 붙어 있을 것을 요구한다. 피터가 저만치 가면 오도는 못마땅해서 툴툴대고 콧방귀를 뀐다. 피터는 고분고분 걸음을 내딛는다. 오도는 어느 큰 바위에서 유난히 집중하며 쿵쿵대더니 그 바위를 정복하기로 결정한다. 침팬지는 그리 힘들이지 않고 바위의 측면을 기어오른다. 피터는 어리둥절하다.

"이봐, 왜 이 바위야? 여기 뭐 특별한 점이라도 있니?" 피터가 소리친다.

바위는 여느 바위와 그리 달라 보이지 않는다. 아니, 더 정확히 표현하자면 다른 바위들처럼 평범하게 다른 모양새다. 오도가 그를 내려다본다. 피터가 조용히 부른다. 큰 바위에 올라가보기로 결정한다. 그에게는 더 힘든 일이다. 그는 침팬지처럼 힘이 세지 않다. 게다가 땅에서는 높이가 그리 대단해 보이지 않지만, 1~2미터 정도 올라가자 떨어질까 두려워진다. 하지만 피터는 떨어지지 않는다. 바위에 난 많은 옴폭한 자국과 틈새가 안전하게 오르게 해준다. 오도는 그가 손이 닿는 곳에 이르자 어깨를 움켜잡아 끌어 올려준다.

피터는 바위 꼭대기의 가운데로 기어오른다. 그는 앉아서 심장의 두근거림이 가라앉기를 기다린다. 오도는 배에서 불침번을 서는 것처럼 먼 지평선을 훑어보지만 가까운 주변도 꼼꼼히 살핀다. 그가 들뜨고 긴장한 것을 보면 이 행위를 즐기고 있음을 피터는 눈치챌 수 있다. 시야를 가로막는 게 아무것도 없는, 높은 곳에 있기 때문일까? 아프리카에서 보낸 어린 시절의 기억이 되살아났을까? 아니면 오도는 특별한 무언가를, 대지로부터, 먼 곳으로부터 보내오는 신호를 찾고 있는 걸까? 피터는 알지 못한다. 그는 오도가 켄터키에서 나무에 올라가 꼼짝하지 않았던 일을 떠올리면서 내내 자리를 잡고 앉아 있다. 피터는 전망에 흠뻑 빠져 구름을 쳐다보고, 바람을 느끼고, 시시각각 변화하는 빛을 탐구한다. 그는 챙겨온 캠핑용 스토브로 간단한 요리를 한다—커피를 끓이고 마카로니 치즈를 준비한다. 그들은 큰 바위의 꼭대기에서 쾌적하게 한 시간쯤 보낸다.

피터는 바위를 오르는 일보다 내려가는 일이 더 끔찍하게 느껴진다. 오도는 입에 배낭을 물고 자연스럽게 느릿느릿 걸어서 내려간다.

집에 돌아오자 피터는 기진맥진한다. 오도는 둥지를 만든다. 낮잠을 위해서든 밤을 보내기 위해서든 둥지 꾸미기는 수월하게 진행된다. 수건이나 담요를 빙빙 돌려서 나선형으로 만들고, 밤의 잠자리일 경우에는 몇 가지 물건을 던지는 정도의 노력이면 족하다. 오늘 밤 오도는 피터가 입은 셔츠와 온종일 신은 부츠까지 더한다. 또 오도는 자리를 바꿔가며 잔다. 지금까지는 옷장 꼭대기, 피터의 침대 옆 바닥, 서랍장, 거실 탁자, 붙여놓은 두 개의 의자, 부엌 조리대 위에서 잤다. 지금 그는 거실 탁자 위에 둥지를 튼다.

둘 다 일찍 잠자리에 든다.

다음 날 새벽 피터는 발꿈치를 들고 부엌으로 가서 커피를 준비한다. 그는 김이 나는 커피 잔을 들고 오도 앞에 앉아, 잠든 모습을 바라보며 기다린다.

하늘에서 구름이 지나가듯 시간이 흘러간다. 몇 주가, 몇 달이 마치 하루처럼 지나간다. 여름이 가을로 저물고, 겨울이 봄에게 자리를 넘겨준다. 같은 시간대에서 불과 몇 분이 지나는 것처럼.

캐나다와 연락하는 빈도가 줄어든다. 어느 아침 카페에 들어서니 세뇨르 알바루가 종이 한 장을 내민다. 달랑 이름만 메모되어 있다. 보통은 벤이나 테레사의 이름이다. 이번에는 원내총무의 이름이 적혀 있다. 피터는 카운터 끝에 있는 전화기로 가서 캐나다에 전화를 건다.

"드디어 통화가 되는군." 원내총무가 말한다. "내가 지난주에 세 번이나 메시지를 남겼는데."

"그랬나? 미안하네, 메시지를 못 받았네."

"마음 쓸 것 없네. 포르투갈은 어떤가?" 전화의 감이 멀어서 그의 목소리가 지지직댄다. 어두운 밤, 멀리서 타오르는 불꽃처럼.

"좋아. 이곳의 4월은 아름다운 시기지."

통화음이 열띠고 다급한 속삭임처럼 갑자기 아주 또렷해진다. "저기, 자네도 알다시피 우리 당의 여론조사 결과가 신통치 않네."

"그런가?"

"그래. 피터, 솔직하게 말해야겠네. 상원의원은 의회 밖에서 가장 큰 성과를 이루기도 하지만, 그럼에도 의원은 의회에서 자리를 지켜야 되지, 적어도 가끔은 말일세."

"맞는 말이네."

"자네는 9개월 이상 여기 나타나지 않고 있네."

"그랬지."

"그리고 상원의원으로서 그 어떠한 업무도 하지 않았고."

"맞아. 성과가 있든 없든 아무 일도 안 했지."

"자네는 그냥 자취를 감췄어. 자네의 이름만 여전히 상원의원 명단에 올라 있을 뿐이지. 그리고⋯⋯." 원내총무는 헛기침을 한다. "자네는⋯⋯ 어⋯⋯ 원숭이랑 살고 있지."

"정확히는 유인원이네."

"그 소문이 돌고 있네. 신문에 났더군. 저기, 클래라 일이 몹시 힘들었다는 건 나도 아네. 진심일세, 자네가 겪은 일이 안쓰럽게 느껴져. 하지만 동시에 캐나다의 납세자들은 북부 포르투갈에서 동물원을 운영하는 자네에게 의원 세비를 지급하고 있는 셈이지."

"나도 전적으로 동의하네. 안 될 일이지."

"이 일이 이슈가 되었다네. 당 지도부가 달가워하지 않아."

"정식으로 캐나다 상원의원에서 사임하겠네."

"그게 적절한 처신일세—물론 자네가 돌아오고 싶지 않다면."

"그러고 싶지 않네. 그리고 오타와를 떠난 이후에 받은 세비를 반납하겠네. 그 돈은 건드리지도 않았지. 저축한 돈으로 생활해왔거든. 이제 연금도 나올 테고."

"그러면 더 좋지. 모든 내용을 서면으로 받을 수 있겠나?"

이틀 후 카페에 새 메시지가 와 있다. 테레사였다.

"오빠, 사임했다면서. 신문에서 읽었어. 왜 캐나다에 돌아오지 않으려는 거야?" 그녀가 묻는다. "난 오빠가 보고 싶어. 돌아와요." 따뜻한, 누이다운 말투다. 피터 역시 동생이 그립다. 이런 장거리 전화가 아닌 정기적인 통화와 토론토에 살던 시절 함께하던 저녁식사가 그립다.

하지만 오도와 투이젤루로 이주한 후 캐나다에 돌아가는 것을 진지하게 고민해본 적이 없다. 이제 그와 같은 종인 인간은 피로를 안겨준다. 그들은 너무 시끄럽고, 너무 성미가 까다롭고, 너무 오만하고, 너무 믿음이 가지 않는다. 피터는 오도의 곁에서 느끼는 강렬한 고요가, 무슨 일을 하든 생각에 잠긴 더딘 움직임이, 대단히 간결한 수단과 목적이 더 좋다. 그게 오도와 있을 때마다 그의 인간다움이, 경솔하게 서두르는 행동이, 복잡다단한 수단과 목적이 수치스럽다는 뜻이라 할지라도 그렇다. 또 사실 오도가 거의 매일 그를 인간 동료들과 만나도록 끌고 나가는데도 그렇다. 오도의 사교성은 끝을 모른다.

"아, 모르겠다."

"독신인 친구가 한 명 있거든. 매력적이고 정말 좋은 사람이야. 그런 생각을, 다시 한번 사랑하고 가족을 일구겠다는 생각을 해본 적 있어?"

없다. 그의 마음은 그런 식으로, 특별한 한 사람을 사랑하는 데 바쳐졌다. 그는 자기 존재의 세포 하나하나까지 다해서 클래라를 사랑했지만 이제 아무것도 남지 않았다. 오히려 그로 인해 그녀의 부재를 안고 사는 것을 배웠고, 그 빈자리를 채우고 싶은 마음이 없다. 그러면 그녀를 두 번 잃는 것과 비슷하리라. 대신 모든 이에게 친절하고, 어느 한 개인보다는 더 많은 이들에게 베푸는 쪽을 선호한다. 육체적인 욕망으로 말하자면 더 이상 성욕의 유혹을 받지 않는다. 피터는 발기를 마지막 사춘기 여드름이라고 생각한다. 오랫동안 찌르고 짜고 나면 결국 사라져버렸고, 육욕은 그에게 흠하나 남기지 않았다. 그는 섹스를 하는 방법은 기억해도 그 이유는 기억하지 못한다.

"클래라가 세상을 떠난 후 한 번도 그런 생각은 해보지 않았어." 그가 말한다. "난 그럴 수가 없어……."

"유인원 때문이지, 아니야?"

그는 아무 대꾸도 하지 않는다.

"종일 그거랑 뭘 하는데?" 그녀가 묻는다.

"우린 산책을 해. 가끔 레슬링도 하지. 주로 그냥 빈둥거려."

"그거랑 레슬링을 한다고? 아이랑 하는 것처럼?"

"이런, 벤은 그렇게 힘이 세지 않았지. 난 얻어맞고 멍이 드는걸."

"하지만 그게 다 무슨 소용이야, 피터? 산책, 레슬링, 빈둥거려 본들 무슨 소용이 있냐고?"

"나도 몰라. 그게……." 그게 뭐 어떻다고? "……흥미로워."

"흥미로워?"

"그래. 사실 온 마음을 사로잡아."

"그거랑 사랑에 빠졌군." 그의 누이가 말한다. "오빠는 침팬지랑 사랑에 빠졌고 그게 오빠의 삶을 차지한 거야." 그녀는 비난하지 않고, 공격하는 것도 아니지만—그 말에 얼핏 신랄한 구석이 있다.

피터는 테레사가 방금 한 말을 되새긴다. 오도와 사랑에 빠지다니, 과연 그런가? 그게 사랑이라면, 정확히 사랑이기는 하다. 항상 그에게 관심을 기울이고 집중할 것을 요구하는 사랑. 그래서 거북한가? 잠시도 거북한 적 없다. 그러니 아마도 그것은 사랑이다. 그렇다면 특이한 사랑. 어떠한 특권일지라도 박탈당하고 마는 사랑이다. 피터에겐 언어가 있고, 인지 능력을 가졌고, 구두끈을 묶을 줄 안다—그런데 그게 뭐? 단순한 기술에 불과한걸.

그리고 그것은 여전히, 또 언제나 두려움이 감도는 사랑이다. 오도가 훨씬 더 힘이 세니까. 오도는 이질적이니까. 오도는 알 수 없는 존재니까. 지울 수 없는 두려움의 편린이지만, 그로 인해 못 하는 것도 없고 그리 걱정될 것도 없다. 피터는 오도에게 공포나 불안을 느끼지 않는다. 오도가 그런 감정을 **지속적으로** 느끼게 한 적은 한 번도 없었다. 단지 이런 식이다. 침팬지가 아무 기척도 없이 예상치 못하게 불쑥 튀어나오면, 밀려드는 감정―놀라움, 경이, 즐거움, 환희―가운데 두근거리는 두려움이 있을 뿐이다. 그는 두근거림이 가라앉기를 기다리는 수밖에 없다. 두려움은 강력하지만 부분적인 감정으로 대하라는 것이 그가 이제껏 배운 교훈이다. 그는 겁낼 필요가 있을 때만 겁낸다. 또 압도할 수 있는 힘을 가진 오도지만 두려워해야 할 이유를 준 적이 없다.

또 그게 사랑이라면, 그것은 **접점** 같은 것을 암시한다. 그를 놀라게 하는 것은 이 접점이 함축하는 바, 그러니까 동물과 인간 사이의 모호한 경계가 아니다. 피터는 오래전에 그 모호함을 받아들였다. 오도가 고등한 상태로 제한적이나마 조금 **격상**된 게 놀랍지 않다. 오도가 죽 끓이기를 배운 것, 잡지 넘겨보는 걸 좋아하는 것, 피터의 어떤 말에 적절히 반응하는 것은 엔터테인먼트 업계가 천박한 재미를 주려고 요란하게 보여주는, '유인원이 흉내 낼 줄 안다*'는 사실을 확인해줄 뿐이다. 정말로 놀라운 것은, 피터 자신이 소위 하등하다는 오도의 상태로 격하된 점이다. 상황이 그러했으니까. 오도가 죽 끓이기 같은 간단한 인간의 기술을 터득한 반면,

---

* Apes can ape. ape은 명사로 '유인원'이라는 뜻이지만, 동사로는 '흉내 내다'라는 뜻도 갖는다.

피터는 아무것도 하지 않는 어려운 동물의 기술을 익혔다. 그는 시간이라는 경주에서 족쇄를 풀고 시간 자체를 음미하는 법을 배웠다. 피터가 판단할 수 있는 한, 오도는 바로 그 일을 하면서 시간을 보낸다. 마치 흘러가는 강물을 지켜보는 사람과 비슷하다. 처음에 그는 한눈을 팔고 싶었다. 기억 속으로 빠져들어 머릿속으로 같은 영화를 돌려보고, 후회하고 조바심치며 잃어버린 행복을 갈망하곤 했다. 하지만 강변에 앉아 빛나는 휴식의 상태에 젖는 데 점점 익숙해진다. 그러니 정말 놀랍지 않은가. 오도가 사람처럼 되려고 노력하는 게 아니라 그가 오도처럼 되려고 노력하는 것이 놀랍다.

테레사의 말이 옳다. 오도는 그의 삶을 차지해버렸다. 그녀는 오도를 닦아주고 보살펴준다는 의미에서 한 말이다. 하지만 그 정도를 훨씬 넘어선다. 피터는 침팬지의 기품에 감동받았고, 평범한 인간으로 돌아갈 수가 없다. 그렇다면 이것은 사랑이다.

"테레사, 누구나 상황이 납득되는 순간을 찾고 싶어 하잖아. 난 그곳을 떠나와 여기서 항상, 매일매일 그런 순간들을 발견해."

"오빠의 침팬지랑?"

"그래. 이따금 오도가 시간을 호흡한다는 생각이 들어, 들이쉬고 내쉬고 들이쉬고 내쉬고. 난 오도 옆에 앉아서 그가 매분, 매시간으로 엮인 담요를 짜는 것을 지켜보지. 큰 바위 꼭대기에서 해넘이를 보면서 오도가 공중의 뭔가를 손짓하면, 장담컨대 내 눈에는 안 보이는 형상의 모서리를 조각하거나 표면을 다듬는 거야. 하지만 마음이 불편진 않아. 시간을 짜고 공간을 조각하는 존재와 함께 있는걸. 내게는 그걸로 충분해."

전화선 저쪽에서 긴 침묵이 흐른다. "무슨 말을 해야 좋을지 모르겠어." 마침내 테레사가 입을 연다. "오빠는 유인원이랑 빈둥대면서 세월을 보내는 성인이야. 어쩌면 여자친구가 아니라 카운슬러가 필요하겠네."

벤과의 대화 역시 쉽지 않다. "언제 집에 돌아오실 거예요?" 그는 계속 물어댄다.

그의 짜증 이면에 아버지가 필요하다는 의중이 담겨 있는 건 아닐까? "이곳이 집이야." 피터가 대답한다. "이곳이 집이다. 네가 날 보러 오지 그러니?"

"시간이 나면요."

피터는 오도 이야기를 꺼내지 않는다. 벤은 오도에 대해 알았을 때 매몰차게 화를 냈다. 그 후로 아버지가 동성애자로 밝혀지기라도 한 것처럼, 그래서 불쾌한 세부 사항이 드러날 질문은 피하는 게 최선인 것처럼 굴었다.

가장 다정하게 대해주는 사람은 놀랍게도 손녀 레이철이다. 지구 반대편에서 두 사람은 잘 지낸다. 멀리 있으니 레이철은 십 대만의 비밀을 피터에게 털어놓을 수 있다. 소녀에게 그는 동성애자 할아버지이고, 소녀는 남학생 이야기를 할 때와 똑같은 말투로 오도에 대해, 또 동거에 대해 숨 가쁘게 묻는다. 할아버지 집에 와서 짧은 털의 남자친구를 만나고 싶지만, 학교와 캠프가 있고 포르투갈은 밴쿠버에서 너무 멀다. 또 입 밖에 내지는 않지만 이를 못마땅해하는 어머니도 있다.

오도를 제외하면 그는 혼자다.

피터는 북클럽들과 여러 잡지를 구독 신청한다. 누이에게 부탁해 문고판 소설과—다채로운 음모가 난무하는 내용으로—오래된 잡지 몇 상자를 배달받는다. 오도는 피터 못지않은 다독가다. 내셔널 지오그래픽 신간 호가 도착하자, 요란하게 우우 소리를 내고 양손으로 땅바닥을 두드리면서 환영한다. 오도는 사진 하나하나를 눈여겨보면서 천천히 책장을 넘긴다. 특히 접어 넣은 페이지와 지도들에 관심이 많다.

오도의 독서 취향은 일찌감치 드러났는데, 그중 하나가 가족 사진첩이다. 피터는 오도의 비위를 맞추느라, 유년 시절과 청년 시절의 사진들을 함께 넘겨보면서 캐나다 토비 가문의 이야기를 들려준다. 점점 성장하고 나이 들어가는 가족들, 새로 생긴 식구들, 그들의 친구들, 스냅사진으로 추억되는 특별한 행사들. 피터가 어느 나이에 이르자 오도는 놀라서 숨을 헐떡이며 그를 알아본다. 침팬지는 검은 손가락으로 강조하듯 사진을 두드리면서 피터를 올려다본다. 피터가 사진첩을 넘겨서 세월을 거슬러 올라가 점점 더 젊은 모습을 손짓한다. 더 날씬하고 머리가 검고 피부가 팽팽한 모습의 컬러사진들과 그 이전의 흑백사진들을 오도는 아주 골똘히 쳐다본다. 그들은 한 번에 건너뛰어서 가족이 캐나다로 이주하기 전 두 살 무렵 리스본에서 찍은, 피터의 가장 오래전 사진을 펼친다. 다른 세기에 촬영한 느낌이 드는 사진을. 오도는 눈을 꿈뻑이며 믿을 수 없다는 듯 바라본다.

앨범 맨 앞쪽의 사진 몇 장은 그의 부모가 젊은 시절에 포르투 갈에서 찍은 것들이다. 한 면을 메우는 가장 큰 사진은 하얀 외벽 앞에 뻣뻣하게 서서 찍은 단체 사진이다. 피터는 사진 속의 친척 들 대부분을 알아보지 못한다. 틀림없이 그들이 누군지 들었을 테 지만 잊어버렸다. 너무 오래전, 너무 먼 곳의 사람들이라서 실존 인물들로 느껴지지 않는다. 오도 역시 믿기지 않지만 믿고 싶은 눈치다.

1주일 후 오도가 다시 사진첩을 펼친다. 피터는 리스본 사진 속 의 그를 알아보리라 기대하지만, 침팬지는 멀뚱멀뚱한 표정으로 들여다볼 뿐이다. 시간을 거슬러 사진을 한 장 한 장 되짚고 나서 야 오도는 유아기의 피터를 알아본다. 그리고 나중에 둘이 사진첩 을 볼 때 또다시 잊는다. 피터는 오도가 현재의 순간을 사는 존재 임을 깨닫는다. 시간의 강에 대해 그 원천이 되는 샘이 어디인지, 삼각주는 어떻게 해야 할지 걱정하지 않는다.

삶을 돌아보는 것은 달콤 쌉싸름한 일이다. 그는 향수에 젖는다. 어떤 사진은 벅찬 기억들을 불러온다. 어느 날 저녁, 아기 벤을 안 은 젊은 클래라의 사진을 보다가 피터는 울음이 터진다. 벤은 자그 맣고 빨간, 주름투성이의 갓난아기다. 앙증맞은 손이 엄마의 새끼 손가락을 꽉 잡고 있다. 오도는 동요하지 않고 근심스럽게 피터를 바라본다. 침팬지가 사진첩을 내려놓고 그를 껴안는다. 잠시 후 피 터는 부르르 떤다. 왜 이렇게 흐느끼는 걸까? 이래 본들 무슨 도움이 된다고? 아니다. 명징하게 보는 데 장애가 될 뿐이다. 다시 사진첩을 펼쳐 클래라와 벤의 사진을 물끄러미 바라본다. 쉽게 슬픔에 매몰되지 않으려 애쓴다. 대신 그가 두 사람을 사랑한다는, 단순하지만 중요한 사실에 초점을 맞춘다.

피터는 일기를 쓰기 시작한다. 일기장에 오도를 이해하기 위한 노력들, 침팬지의 습관과 기벽들, 침팬지에 대한 일반적인 미스터리를 적는다. 또 새로 배운 포르투갈어 구절들도 메모한다. 그다음에는 마을에서의 생활, 그가 영위하는 생활, 그 모든 것에 대해 반추한다.

피터는 벽에 등을 기대고 바닥에, 그가 구입한 모직 담요들 중하나에 주저앉는다. 바닥에서 책을 읽고 글을 쓰고, 털 다듬기를 해주고 받는다. 때때로 낮잠을 자고, 이따금 아무 일도 하지 않고 그저 바닥에 앉아서 보낸다. 앉았다 일어났다 하는 게 성가시지만, 이 나이에 좋은 운동이라고 자신을 다독인다. 거의 항상 오도가 바로 옆에서 가볍게 몸을 붙이고서 침팬지다운 일을 한다—아니면 피터를 간섭하거나.

오도가 집 안의 물건들을 다시 배치한다. 부엌 조리대에 나이프는 나이프끼리, 포크는 포크끼리, 식사 도구를 줄지어 놓는다. 컵과 그릇을 죄다 조리대 벽에 붙여 엎어 놓는다. 집에 있는 다른 물건들도 똑같이 정리한다. 선반에 두거나 서랍에 숨기지 않고, 책이나 잡지처럼 손 닿기 쉬운 곳에, 벽 아래에 조르르 기대놓거나 바닥 여기저기에 둔다.

피터가 물건들을 원래 자리에 갖다 놓지만—그는 정돈을 잘하는 사람이다—곧장 오도가 침팬지 스타일로 제대로 정리한다. 피터는 이 상황을 곰곰이 궁리한다. 그는 구두를 평소와 다름없이 문옆에 갖다 놓고, 돋보기를 원래대로 서랍에 넣는다. 그런 다음 잡지 몇 권을 벽의 다른 쪽에 세운다. 그의 뒤쪽에서 오도가 구두를 집어 아까 있던 타일 바닥에 갖다 두고, 돋보기 케이스 역시 지정된 타일 바닥에 내려놓는다. 또 잡지들은 이전의 자리로 옮긴다. 그렇구나, 하고 피터는 생각한다. 이건 어지르는 게 아니다. 다른 종류의 정리인 것이다. 이러는 통에 바닥이 흥미로워진다. 그는 정리에 대한 개념을 놓아버린다. 이것은 웅크린 자세로 하는 생활의 일부일 뿐이다.

그는 정기적으로 물건들을 1층 방들에 다시 갖다 놓아야 한다. 그곳은 애초에 동물들을 키우는 공간이고, 농사를 짓는 데 필요한 도구들을 모아두는 창고다. 이제 긴 세월 동안 모인 쓰레기 더미가 천장까지 쌓여 있다. 이 마을 사람들은 대대로 병적이리만치 물건을 버리지 않는다. 오도는 가축우리를 아주 좋아한다. 거기는 끝없이 호기심을 채워주는 보물 창고다.

저 너머에는 마을이 있다. 오도의 관심을 끄는 천 가지가 있는 곳. 예를 들면 도로 포장용 자갈돌. 창가에 놓인 간이 화단. 쉽게 기어오를 수 있는 수많은 돌담. 나무. 특히 줄줄이 이어진 지붕이 오도의 마음에 쏙 든다. 피터는 마을 사람들이 집 위에서 침팬지가 어슬렁대는 것을 못마땅해할까 봐 걱정한다. 하지만 대부분은 눈치조차 채지 못하고, 알게 된 사람들은 빤히 바라보며 빙그레 미소 짓는다. 또 오도는 민첩하고 정확한 발걸음으로 움직인다—쿵쾅대고 다니면서 기왓장을 건드리는 일이 없다. 그가 좋아하는 지붕은 고풍스러운 교회의 지붕으로, 전망이 아주 좋다. 오도가 거기올라가 있을 때 피터는 가끔 교회 안으로 들어간다. 소박한 예배당은 벽이 휑하고, 간소한 제단과 세월의 때가 묻은 이상한 십자고상이 있다. 통로의 다른 쪽 끝에는 마지막 신자석 뒤편에 선반이 있고, 선반 양 끝에 꽃병이 놓였다. 어느 교회에나 있는, 먼지를 뒤집어쓴 기독교 성인에게 바치는 제단이다. 피터는 기성 종교에는 흥미가 없다. 처음 방문했을 때 2분쯤 대충 훑어본 것으로 족했다. 하지만 작은 교회는 조용하고, 제대로 앉아 있을 만한 장소라는 점에서 카페와 똑같은 장점이 있다. 보통 그는 창문 근처의 신자석에 자리 잡는다. 오도가 지붕에서 타고 내려올 수직 물받이 홈통이 보이는 자리다. 피터는 혹시 모를 불상사를 피하려고 예배당에 오도를 데리고 들어온 적이 없다.

하지만 마을에 가면 오도의 관심을 끄는 건 주민들이다. 마을 사람들은 경계하지 않는다. 오도는 특히 여자들에게 호의를 보인다. 그를 아프리카에서 데려온 평화봉사단원이 여자였을까? 어린 시절 연구소에서 여자 연구원에게 좋은 인상을 받은 걸까? 아니면 단순히 생물학적인 현상일까? 이유가 뭐든 오도는 늘 여인들에게 접근한다. 결과적으로 마을의 과부들은 처음에는 침팬지를 보고 겁을 먹고 퉁명스럽게 굴었지만, 오도를 가장 아끼는 사람들로 변한다. 오도는 그들 모두에게 다정하게 대하고, 표정과 소리로 그들을 위로하며 마음을 더 활짝 열게 만든다. 상복 차림의 키 작고 구부정한 여인들과 키 작고 구부정한 검은 털북숭이 동물이라니 잘 어울리는 한 쌍이다. 멀리서 보면 누가 누구인지 구분이 안 될 만도 하다.

여인들은 십중팔구—사실 마을 사람들 전부가—먼저 오도에게 활기 있게 말을 건다..그런 다음 그들은 피터에게 몸을 돌려서, 아주 단순하고 어린애 같은 언어로 말한다. 피터가 마을의 천치라도 되는 것처럼 그들은 목소리를 높이고, 과장된 표정과 몸짓으로 말한다. 결국 그가 포르투갈 말을 제대로 못하기 때문이다.

도나 아멜리아는 오도와 가장 친한 여성 팬이 된다. 머지않아 그녀가 청소하러 와도 그들이 집을 비울 필요가 없게 된다. 오히려 그 반대다. 1주일에 한 번 도나 아멜리아가 찾아오는 날이면, 오도는 즐겁게 집에 머물고 피터는 외출해서 일을 본다. 도나 아멜리아가 도착하는 순간부터, 침팬지는 집 안을 돌면서 간단한 일을 하는 그녀 옆에 붙어 있다. 그래서 일하는 시간이 길어지지만, 피터는 급여를 더 지불하지 않아도 된다. 도나 아멜리아가 침팬지의 이상한 정리 감각을 존중해서 독특하게 정리하긴 해도, 그의 집은 투이젤루에서 가장 깔끔하다 못해 거의 휑하다. 그녀는 일하는 내내 감미로운 포르투갈어로 오도에게 수다를 떤다.

그녀는 피터에게 오도가 '웅 베르다데이루 프레젠트 파라 아 알데이아*—즉, '마을의 진정한 보석'이라고 말한다.

피터는 나름대로 마을을 관찰한다. 마을에서 가장 부자는 셰뇨르 알바루다. 상점 주인인 그의 실질소득이 가장 많다. 그다음은 땅을 소유한 자작농들이다. 그다음은 가축을 치는 목동들. 마지막으로 집 한 칸 말고는 가진 게 없어, 남의 일을 해주는 일꾼들. 그들은 마을에서 가장 가난하지만 가장 자유롭다. 모든 계층의 가족마다 젊은이, 늙은이가 있고, 각자 능력에 따라 일을 한다. 엘로이 신부라 불리는 온화한 사제만 여기서 예외로, 그는 가진 건 없어도 모든 사람들과 관계를 맺는다. 그는 모든 계층을 아우르며 다닌다. 전반적으로 투이젤루 사람들은 겉으로 잘 드러나지는 않지만 돈이 없다. 그들은 여러 면에서 자급자족하는데, 가축이든 채소든 먹거리를 직접 기르고, 옷과 가구를 직접 만들고 수선한다. 교환—물건과 노동—이 여전히 흔한 관행이다.

피터는 다른 어디에서도 보지 못한 독특한 지역 풍습을 눈여겨본다. 장례 조문 행렬이 마을을 지나 교회로 향할 때, 그는 그것을 처음으로 발견한다. 많은 조문객들이 뒤로 걷고 있다. 그것은 슬픔의 표현으로 보인다. 길을 따라 내려가고, 광장을 가로지르고, 계단을 오르면서, 그들은 슬픔을 곱씹으며 수심에 젖은 얼굴을 옆으로 기울이고 뒤로 걷는다. 규칙적으로 어깨 너머를 돌아보며 방향이 맞는지 확인하지만, 다른 사람들이 손을 내밀어 행렬을 돕는다. 그는 이 관습에 흥미가 생겨서 물어본다. 도나 아멜리아나, 다른

---

*   um verdadeiro presente para a aldeia.

주민 누구도 그것이 어디서 왔는지, 정확히 어떤 이유로 행해지는지 모르는 듯하다.

침팬지가 마을에서 좋아하는 장소는 카페다. 마을 사람들은 그들이 노천 테이블에 앉아 '카페 콩 무히투 레이트*'를 즐기는 모습에 익숙해진다.

어느 비 내리는 날, 피터와 오도는 카페 앞에 서 있다. 그들은 오랜 산책을 마치고 막 돌아오는 참이다. 둘 다 추위를 느낀다. 노천 테이블과 의자는 하나같이 빗물이 흥건하다. 피터는 머뭇거린다. 세뇨르 알바루가 카운터 뒤에 서 있다. 그는 그들을 보고 손을 들더니, 안으로 들어오라고 손짓한다.

그들은 카페 구석에 자리 잡는다. 전형적인 카페 풍경이다. 카운터에 접시들이 있고, 접시마다 작은 스푼과 설탕이 놓여서 커피 잔만 놓으면 되도록 준비되어 있다. 카운터 뒤쪽 선반에는 와인과 술이 조르르 놓여 있고, 그 앞쪽에는 둥근 테이블들과 철제 의자들이 있다. 떡하니 공간을 차지하고 있는 텔레비전은 늘 켜져 있지만 다행히 볼륨이 아주 낮은 편이다.

놀랍게도 오도는 텔레비전에 넋을 잃지 않는다. 쥐방울만 한 하얀 공을 쫓아다니는 작은 남자들이나, 서로 강렬하게 쳐다보는 커플—침팬지는 스포츠보다 연속극을 좋아한다—을 지켜보기는 하지만 그마저도 잠깐이다. 더 큰 흥미를 보이는 것은 따뜻한 실내와

---

* 우유를 많이 넣은 커피.

그 안에서 살아 움직이는 사람들이다. 텔레비전이 권좌에서 밀려나는 사이, 손님들은 오도를 쳐다보고 오도는 그들을 쳐다본다. 한편 피터와 세뇨르 알바루는 눈을 맞춘다. 두 사람은 싱긋 웃는다. 피터는 손가락 두 개를 들어서 평소와 똑같이 주문한다. 세뇨르 알바루가 고개를 끄덕인다. 그 후 그들은 카페의 단골이 되어 고정 좌석까지 생긴다.

피터와 오도는 자주 긴 도보 여행에 나선다. 오도는 오클라호마에서 한 번 안아달라고 한 후로 다시는 그러지 않는다. 이제 침팬지의 에너지는 마르지 않는 샘 같다. 하지만 그는 여전히 규칙적으로 높은 나뭇가지로 올라가 나무를 피난처 삼는다. 피터는 나무 아래에서 참을성 있게 기다릴 수밖에 없다. 숲속에 있으면 너무 조용해서—한바탕 뒹굴기에 안성맞춤인 푹신한 이끼가 깔린 빈터를 발견할 때를 제외하면—오소리, 수달, 족제비, 고슴도치, 사향고양이, 야생 멧돼지, 산토끼, 토끼, 자고새, 올빼미, 까마귀, 따오기, 어치, 제비, 산비둘기, 비둘기, 그 밖의 새들을 본다. 한번은 겁이 많은 스라소니를 봤고, 한번은 희귀한 이베리아 늑대를 본 적도 있다. 매번 피터는 오도가 그것들을 쫓아갈 거라고, 덤불 사이를 뚫고 달려갈 거라고 생각하지만, 침팬지는 우뚝 서서 물끄러미 바라만 본다. 분명히 숲속에 재밋거리가 많지만, 둘은 탁 트인 평원을 탐험하는 게 더 좋다.

어느 오후, 산책하고 돌아오다가 마을 외곽의 시냇가에서 개 두 마리와 마주친다. 마을에는 겁 많은 똥개들 천지다. 두 마리 개는 물을 마시고 있다. 오도는 겁내지 않고 예리한 관심을 갖고 개들을 관찰한다. 개들은 병들어 보이지는 않지만 비쩍 말랐다. 개들은 인간과 침팬지를 보자 긴장한다. 오도는 조용히 우우 소리를 내면서 개들에게 다가간다. 개들은 쭈그려 앉고 등의 털이 곤추선다. 피터는 마음이 불편하지만 개들이 별로 크지 않은 데다, 무엇보다 그는 침팬지의 위력을 알고 있다. 그래도 폭력적으로 맞붙는다면 살풍경할 것이다. 일이 벌어질 새도 없이 개들이 몸을 돌려 뛰어간다.

며칠 뒤 피터가 맨 위층 계단참에 놓인 의자에 앉아 있는데, 주둥이 두 개가 대문 사이로 보인다. 그 개들이다. 오도가 옆에서 계단참 벽 꼭대기에 버티고 서 있다. 그도 개들을 본다. 오도가 부리나케 뜰로 내려가서 대문을 연다. 개들이 비켜선다. 오도는 조용히 우우 소리를 내고 낮게 웅크리고 앉는다. 결국 개들이 뜰로 들어온다. 오도는 기뻐한다. 불쑥불쑥 후 소리와 낑낑대는 소리를 내면서 침팬지와 개들은 거리를 점점 좁히기 시작한다. 결국 오도는 몸집이 큰 검은색 잡종견의 등에 손을 댄다. 침팬지가 개의 털 다듬기를 시작한다. 피터는 평생 바깥에서 지낸 이 개들의 털을 다듬는다는 게 여간한 일이 아닐 거라 여긴다. 검은 개가 초조한 듯하지만 순종적으로 완전히 웅크려 앉고, 오도는 개의 꼬리 끝부터 조심스럽게 털을 다듬는다.

피터는 안으로 들어간다. 몇 분 후 다시 부엌 창으로 내다보니 검은 개가 몸을 굴려서 배를 드러내고 있다. 오도는 그 위에 엉거주춤하게 서서, 털을 세우고 이빨을 드러낸 채 갈고리 같은 손을 개의 배 위로 뻗는다. 개가 낑낑대면서 털북숭이 손을 예의 주시한다. 피터는 놀란다. 오도가 무시무시해 보인다. 이게 무슨 일이지? 방금 전만 해도 불안해하는 개를 다정하고 부지런한 손길로 달래지 않았던가. 이제 개는 몸을 뒤집어 보드라운 배를 드러내고, 사실상 너무 두렵다 못해 더는 제 목숨을 지키지 못하겠노라 고백하는 꼴이다. 피터는 거실 창으로 옮겨 간다. 내가 뭘 어떻게 해야 되지? 내가 뭘 어떻게 해야 되지? 그는 오도가 울부짖는 개의 창자를 뽑는 상상을 한다. 가엾은 개의 심정은 차치하고 마을 사람들은 어쩌나? 이따금 비명을 지르고 컵을 깨고 지붕 위를 어슬렁대는 것과 개의 창자를 뽑는 것은 다른 얘기다. 마을의 개들은 북아메리카의 애완견들처럼 귀여움을 받지는 않지만, 먹이를 주고 보살펴주는 주인이 있다. 피터는 위층 거실 창으로 가다가, 개가 뒷다리를 들고 움찔대는 것을 본다. 개는 바닥에서 경련을 일으킨다. 그는 문으로 가서 계단참으로 뛰어내린다. 목구멍에서 금방이라도 비명이 터져 나올 것 같다. 무슨 일인지 조금 더 지켜보게 된다. 장면이 바뀐다. 그는 뻗었던 손을 내린다. 오도가 그 개를 간지럼 태우고 있다. 개는 기분이 좋아서 몸을 떨고 침팬지는 같이 웃는다.

그 후 더 많은 개들이 나타나기 시작한다. 마침내 열두 마리 정도가 찾아온다. 피터가 개들에게 먹이를 주지 않는데도 매일 아침 개들이 슬그머니 안뜰로 들어와서, 낑낑대거나 칭얼대지 않고 그저 조용히 기다린다. 오도가 창문이나 계단참에 나타나면 개들은 이상한 말이지만 흥분한 듯하면서도 안정적인 모습이 된다. 오도는 개들과 합류하기도 하지만, 모르는 척할 때도 있다. 관심을 주면 개들은 머물고 무심하게 굴면 결국 돌아가지만, 다음 날 아침이면 희망에 찬 표정으로 다시 찾아온다.

침팬지와 개들의 소통방식은 아주 다양하다. 때로 그들은 따스한 안뜰 돌바닥에 앉아서 햇빛을 쬐며 눈을 감는다. 유일한 움직임이라고는 숨을 들이쉬고 내쉬는 것뿐이고, 유일하게 들리는 소리는 가끔 킁킁대는 소리뿐이다. 그러다가 오도가 한 팔을 들고 어느 개를 토닥이면서 아래 이빨을 보이며 씩 웃는다. 어떤 때는 자리에서 일어나 다리를 똑바로 세워 발을 구르고, 거친 호흡으로 우우 소리를 내거나 툴툴대면서 과시한다. 토닥이는 것, 씩 웃는 것, 과시하는 것은 모두 같은 뜻을 가진 신호다. 놀 시간이다! 오도가 개들을 쫓거나 개들이 오도를 쫓거나, 이따금 모두가 모두를 쫓는 게 놀이다. 거칠고 즐거운 소통 속에서 개들은 달리고 뒤집고 비틀고, 구르고 점프하고 허둥지둥 달아난다. 반면 오도는 쫓아가거나 피하거나, 와락 덤비거나 멈춘다. 담 밖으로 뛰어내리거나 개들에게 돌진하고, 내내 개 짖는 소리와 침팬지의 비명이 귀청이 떨어지게 울려댄다. 침팬지는 유난히 명민하다. 오도는 코너에서 빠져나오지 못하는 법이 없고, 쓰러뜨리지 못하는 개가 없다. 그를 지켜보면서 피터는 둘이 레슬링을 할 때 오도가 얼마나 많이 자제하는지 새삼 깨닫는다. 오도가 개들과 노는 식으로 나온다면 피터는 지금 입원 중일 것이다. 오도가 숨을 몰아쉬면서 나가떨어질 때까지 즐거움은 계속된다. 그러면 개들도 숨을 몰아쉬고 침을 줄줄 흘리면서 똑같이 나가떨어진다.

피터는 동물들이 쉴 때의 자리 배치를 흥미롭게 관찰한다. 그것은 매번 다른 패턴을 보인다. 거의 항상 개 한 마리가 오도에게 머리를 기대고 누워서 자고, 다른 개들은 근처에서 서로 붙어 있거나 이리저리 누워 있다. 이따금 오도는 피터를 올려다보면서, 둘이 처음 만났을 때처럼 소리 없이 입술을 오므려 후 하고 말한다. 그렇게 개들을 깨우지 않고 그에게 인사를 건넨다.

하지만 아무리 놀이라고 해도 오도가 개들과 노는 모습을 지켜볼 때면 때로 말 그대로 머리털이 쭈뼛 선다. 늘 경계하는 기운이 감돌고, 쉽게 불안감이 엄습한다. 개가 달아나는 것은 몸을 움츠리는 것에서 시작된다. 왜 개들이 다시 찾아오는지 피터로서는 의아할 따름이다.

어느 날 개들이 포근한 포르투갈의 햇볕을 받으며 세상에 아무 근심도 없는 듯이 누워 있을 때, 요란하게 끙끙대고 짖는 소리와 함께 소란이 일어난다. 그 소동의 중심에 오도가 있다. 그는 으스대지만 이번에는 놀자는 뜻이 아니다. 무시무시하게 이빨을 드러내고 으라아아아 하고 포효하면서, 무슨 이유 때문인지 몰라도 기분을 거슬리게 한 개에게 달려든다. 가엾은 그 개는 호되게 얻어맞는다. 손바닥과 주먹세례가 쏟아지는 소리가 뜰에 울려 퍼진다. 개는 고음으로 가련하게 끙끙댄다. 자비를 구하는 간청은 오도의 포효와 다른 개들의 소리에 묻혀버린다. 다른 개들은 불안감에 휩싸여 지켜보면서 끙끙대고 으르렁대고 씰룩거리고, 꼬리를 다리 사이에 바짝 내리고 빠르게 빙빙 돌기도 한다.

피터는 계단참에서 아연실색해서 지켜본다. 어떤 생각이 그의 머리를 스친다. 어느 날 오도가 그의 잘못을 발견한다면?

그때 그 불안의 순간이 지나간다. 마지막으로 끔찍하게 휘갈긴 뒤에 오도는 개를 내던지고, 얻어맞은 개에게 등을 돌리고 물러난다. 개는 엎드려 있고 눈에 보이게 벌벌 떤다. 다른 개들은 여전히 털을 곤두세우고 툭 불거진 눈으로 바라보지만 이내 조용해진다. 오도의 호흡이 느려지고 개들의 떨림도 조금씩 잦아든다. 피터는 상황이 종결되었다고, 이제 동물들이 각자 다치거나 다쳤다고 느껴지는 곳을 핥을 거라고 짐작한다. 그런데 묘한 일이 벌어진다. 문제의 개가 고통스럽게 몸을 일으킨다. 개는 바닥에 배를 납작하게 붙이고 오도에게 기어가서 아주 낮게 낑낑대기 시작한다. 개는 일어나지 않고, 결국 오도는 고개를 돌리지 않고 손을 뻗어 개를 만진다. 오도가 손을 치우자 개는 다시 낑낑대기 시작한다. 오도는 다시 개에게 손을 뻗는다. 한참 후 침팬지는 몸을 돌려 더 가까이 다가가서 개의 털을 다듬기 시작한다. 개가 옆으로 몸을 돌리고 더 나직이 낑낑댄다. 오도의 양손이 개의 몸을 만진다. 한쪽 옆구리가 끝나자 오도는 개를 들어 가만히 뒤집어서 다른 쪽 옆구리를 다듬는다. 털 다듬기가 끝나자 오도는 개 바로 옆에 몸을 누이고, 둘은 잠에 빠진다.

다음 날 아침, 바로 그 개가 지치고 구중중한 모습으로 절룩대는 다리를 끌고 뜰로 들어선다. 더 놀라운 일은, 오도가 개들의 무리로 가더니 전날 아무 일도 없었던 듯 그 개 옆에 털썩 주저앉은 것이다. 그 후 열흘간 그들은 쉴 때도 놀 때도 함께 어울린다.

피터는 오도와 개들 사이의 갈등이 매번 이런 식으로 끝나는 것을 간파한다. 긴장이 일어났다가 사라지고 그 후에는 아무것도 남지 않는다. 감정의 찌꺼기 따위는 없다. 동물들은 현재의 순간에 중심을 둔 이런 종류의 감정적 기억상실 속에서 산다. 소란과 격발은 마치 먹구름과 같아서 극적으로 일어나지만 어느 순간 잦아들고, 그러고 나면 다시 한번 푸른 하늘이, 영원히 푸른 하늘이 되어간다.

개들은 여전히 오도를 겁내면서도 매일 다시 찾아온다. 피터라고 다를까? 그는 이제 눈에 보이게 오도를 무서워하지는 않는다. 항상 침팬지의 존재감은 방 안을 가득 채운다. 무시할 수가 없다. 때로 오도를 보면 피터의 심장이 마구 뛴다. 하지만 그것은 두려움이 아니다, 이제 그는 그 감정을 두려움이라고 부르고 싶지 않다. 유인원의 존재로부터 달아나기보다 오히려 그의 존재에 더 향하고 싶게 만드는, 긴장의 자각에 가깝다. 왜냐하면 오도가 늘 그의 존재를 향해 다가오기 때문이다. 결국, 피터가 장담할 수 있는 건, 오도가 변함없이 방에 나타나는 게 피터가 그 방 안에 있기 때문이라는 사실이다. 그리고 오도가 들어오기 전에 피터가 방 안에서 무얼 했든지 간에, 오도만큼 그의 의식을 채울 수는 없다. 늘 그를 휘어잡는 그 눈길이 있다. 언제나 줄어들지 않는 경이로움이 있다.

왜 개들이 매일 다시 찾아오는가 하는 질문의 대답은 이미 그가 하지 않았던가? 개들의 마음을, 존재를 그렇게 사로잡는 게 또 있을까? 아니, 그런 건 없다. 그래서 매일 아침 개들은 이 집으로 다시 온다―그리고 매일 아침 그는 오도와 멀지 않은 데서 잠을 깨는 것이 기쁘다.

오도는 개들에게서 이가 옮는다. 피터는 참빗으로 해충과 알을 긁어낸다. 그리고 피터도 이가 옮자 마침내 오도는 열렬히 좋아하는 털 다듬기에 도전하게 된다.

몇 주일 후 그들은 큰 바위들이 늘어선 들판을 산책하고 돌아온다. 날씨가 좋고 대지에는 조심스레 봄의 푸르름이 펼쳐지지만, 피터는 고단해서 쉬고 싶은 마음뿐이다. 커피 한 잔 마시면 좋겠지. 그들은 카페로 향한다. 피터는 맥없이 자리에 앉는다. 커피가 나오자 조금씩 홀짝거린다. 오도는 조용히 앉아 있다.

피터가 밖을 내다본다―그런데 성에 긴 뿌연 유리가 와장창 깨지며 갑자기 밖이 또렷이 보이는 듯한 현상이 일어난다. 그는 자신의 눈을 믿을 수가 없다. 벤, 그의 아들 벤이 막 택시에서 내려 광장에 서 있다.

여러 가지 감정이 북받쳐 오른다. 놀랍고 걱정스러우면서도―무슨 일이 생겼나?―단순하게 부모로서의 순수한 기쁨이 더 크다. 그의 아들, 그의 아들이 여기 왔다! 벤과 만나는 것이 거의 2년 만이다.

피터는 일어나서 달려 나간다. "벤!" 그가 부른다.

벤이 몸을 돌려 아버지를 본다. "놀라운걸요!" 벤이 피터를 포옹하면서 말한다. 그 역시 기쁜 기색이 완연하다. 벤이 말을 잇는다. "2주 동안 휴가를 냈어요—이 빌어먹을 동네에서 아버지가 어떻게 지내는지 보려고요."

"정말 보고 싶었다." 피터가 미소 지으면서 말한다. 그의 아들은 눈부시도록 젊고 활기차 보인다.

"하느님 맙소사!" 벤이 공포에 질린 표정으로 몸을 뗀다.

피터가 돌아온다. 오도가 호기심 가득한 얼굴로 주먹으로 땅을 밀면서 그들 쪽으로 급히 걸어온다. 벤은 몸을 돌려 도망칠 기세다.

"괜찮아. 널 해치지 않을 거야. 인사하러 오는 것뿐이다. 오도, 여기 내 아들 벤이야."

오도가 다가와서 벤을 킁킁대고 그의 다리를 토닥인다. 벤은 눈에 띄게 불안해한다.

"투이젤루에 온 걸 환영한다."

피터가 말한다.

"저것들이 사람 얼굴을 물어뜯는대요." 벤이 말한다. "그런 이야기를 들었어요."

"이 녀석은 그러지 않을 거야." 피터가 대답한다.

이후 열흘간 피터는 아들과 같이 지낸다. 그들은 대화를 나누고 산책을 한다. 아버지와 아들은 에둘러서 관계를 바로잡고, 가까이서 배려하면서 이전의 거리감을 좁힌다. 내내도록 벤은 오도를, 침팬지에게 공격당하는 것을 염려한다. 그는 피터와 오도가 뛰어오르고 야단법석을 떨면서 레슬링하는 것을 본다. 피터는 아들이 함께하기를 바라지만 벤은 그러지 않는다—긴장된 표정으로 물러나 있다.

어느 날 아침 두 사람이 식사를 마치고 뒷정리를 하는데, 오도가 책 한 권을 들고 부엌에 와서 옆으로 다가온다.

"뭘 가져온 거니?" 피터가 묻는다.

오도가 그에게 책을 내민다. 애거서 크리스티 소설의 포르투갈 어 판본이다. 낡은 양장본의 표지는 색감이 화려하지만 속지는 흐 늘흐늘하고 누렇다. 제목은 'Encontro com a morte'.

"저게 '죽은 사람과의 만남'일까요?" 벤이 묻는다. "아니면 '죽 음과의 만남'인가? 잘 모르겠는데." 피터가 대답한다. 저작권 페이 지를 확인하자, 정확한 영어 제목이 나와 있다. 그가 말한다. "아. '죽음과의 약속'이네. 이 책 읽고 포르투갈어 실력을 키워야겠는 걸."

"그러죠, 뭐." 벤이 말한다. "아버지 먼저 읽으세요."

피터는 사전을 가져오고, 셋은 바닥에 자리를 잡고 앉는다. 아버 지와 침팬지는 느긋하고 편안하게 앉지만, 아들은 그러지 못하고 좀 조심스럽게 앉는다. 피터는 해석뿐 아니라 발음에도 신경 쓰면 서 첫 문단을 소리 내어 읽는다.

'너도 알잖아? 그 여자는 죽어야 해.'
의혹의 목소리가 밤공기 속으로 떠올라 허공에 머물다가 어
둠을 타고 사해로 밀려갔다.

에르퀼 푸아로는 창문 손잡이를 잡고서 가만히 서 있었다. 그는 곧 이맛살을 찌푸리며 창문을 닫아 불길한 밤공기를 차단했다. 그는 바깥 공기는 바깥에 두는 게 최선이고, 밤공기는 특히 몸에 해롭다고 믿게 되었다.

오도는 매혹당한다. 그는 책장을, 피터의 입술을 빤히 쳐다본다. 침팬지의 마음을 사로잡은 건 뭘까? 강한 억양? 다듬어진 목소리로 발음하는 긴 문장이, 평소 짧게 끊어 말할 때와 달리 새롭게 느껴져서? 어떤 이유인지는 몰라도 피터가 낭독하는 동안 오도는 그에게 몸을 기대고 앉아 가만히 귀를 기울인다. 벤 역시 관심을 기울이고 있음을 피터는 감지한다. 아마도 포르투갈어 때문이겠지만, 아버지와 침팬지의 관계 때문일 가능성이 더 크다.

피터는 세 페이지를 읽고 나서 그만둔다.

"그래서 어떻다는 거예요?" 벤이 묻는다.

"핵심은 이해가 되지만 안갯속 같구나." 피터가 오도에게 고개를 돌리고 묻는다. "이 책을 어디서 찾았니?"

오도는 창문을 가리킨다. 피터가 밖을 내다보니 뜰에 입구가 열린 옷 가방이 있다. 그는 가방이 어디서 나왔는지 짐작한다. 쓰레기로 가득 찬 가축우리겠지. 그와 벤이 아래층으로 내려가고 오도가 따라온다. 오도는 자신이 찾아낸 옷 가방들에 유별난 애정을 보였다. 그 신비로움을, 가방이 열리고 나오는 것들을—대부분은 이불보와 낡은 옷가지다. 하지만 이번 가방에는 힐끗 보기에도 이상할 만큼 다양한 물건들이 담겨 있다. 피터와 벤은 오도가 흩어놓은 물건들을 하나하나 가방에 다시 담는다. 붉은 사각 천, 옛날 동전 몇 개, 나이프와 포크, 몇 가지 도구, 목각 장난감, 소형 거울, 주사위 두 개, 양초 하나, 트럼프 카드 석 장, 검은 드레스, 피리, 굴 껍질. 닫혀 있지만 봉인되지 않은 봉투 한 개. 빈 봉투 같았지만 피터는 확인하기 위해 입구를 열어본다. 그 안에 거칠고 검은 털이 들어 있는 걸 보고 그는 아연실색한다. 그가 털을 만진다—뻣뻣하고 건조하다. 오도의 털이라고 장담할 수 있다. "무슨 놀이를 하는 거냐?" 그가 침팬지에게 묻는다.

피터가 옷 가방을 닫으려 할 때 벤이 말한다. "잠깐만요, 이걸 빠뜨리셨어요."

그가 아버지에게 종이 한 장을 건넨다. 종이에는 검은색의 네모진 글씨가 달랑 넉 줄 적혀 있다.

Rafael Miguel Santos Castro, 83 anos, da aldeia de Tuizelo, as Altas Montanhas de Portugal.[*]

피터는 물끄러미 쳐다본다. 슬그머니 기억이 밀려들어 사실들이 조심스럽게 연결되고, 결국 확실한 기억이 떠오른다. 라파엘 미구엘 산투스 카스트루—바티스타 할아버지의 형제? 오른쪽 상단에

---

[*]   라파엘 미구엘 산투스 카스트루, 83세, 포르투갈의 높은 산 투이젤루 출신.

날짜가 있다. 1, Janeiro, 1939.* 그 시기라면 얼추 맞아떨어진다. 그는 83세에 죽었다. 편지지 위에 'Departamento de Patologia, Hospital São Francisco, Braganca**'라고 나와 있다. 몸에 한기가 든다. 클래라가 떠난 후 다시는 병리학과와 아무런 연관도 맺고 싶지 않았다. 그럼에도 그는 라파엘 카스트루의 기본 정보 아래 적힌 두 줄을 읽지 않을 수가 없다.

Encontrei nele, com meus próprios olhos,
um chimpanzé e um pequeno filhote de urso.

알 만한 어휘들이다. 나는 두 눈으로 똑똑히 그의 몸 안에서 침팬지 한 마리와 작은 새끼 곰 한 마리를 발견했다. 그 아래에는 대충 알아볼 만한 서명과 병리학자의 이름 직인이 선명히 찍혀 있다. 닥터 에우제비우 로조라.

"뭐라고 적혀 있어요?" 벤이 묻는다.

"여기에……." 피터는 말끝을 흐리면서 봉투를 다시 열고 손가락으로 검은 털을 비빈다. 그는 가방에 담긴 물건들을 힐끗 쳐다본다. 이 가방은 어떤 이야기를 하려는 걸까? 외가 쪽 종조부인 라파엘의 부검 보고서가—그게 정말 부검 보고서라면—어쩐 일로 이

* 1939년 1월 1일.
** 브라간사 상 프란시스쿠 병원 병리학과.

집에 있을까? 그는 가족이 살던 집에 대해서는 조사하지 않았다. 어설프게 마을과의 연관성을 찾아내면 시끄러워지고 관심을 끌게 될 텐데 피터는 그게 내키지 않는다. 그는 자신을 귀향한 마을 주민이라고 여기지 않는다. 오도처럼 현재의 순간을 사는 게 행복하다고 말하는 편이 더욱 적절하고, 그 현재의 순간에 과거의 주소 따윈 없다. 하지만 이제 그는 궁금하다. 이 집이 그 집일 수 있을까? 그래서 빈집이었고, 그가 들어와 살 수 있었던 걸까?

"네?" 아들이 채근한다.

"미안. 일종의 부검 보고서 같구나. 의사의 주장으로는—어떻게 표현해야 될까?—그가 어떤 남자의 몸속에서 침팬지 한 마리와 새끼 곰 한 마리를 발견했다는데. 그렇게 적혀 있어. 봐라, 단어가 똑같아. 응 심판제[*]."

"뭐라고요?" 벤이 오도에게 믿을 수 없다는 눈길을 던진다.

"틀림없이 은유적인 표현일 거야. 내가 이해 못 하는 포르투갈숙어겠지."

"그렇겠죠."

"또 하나 이상한 점은 사망자의 이름이야. 이건 어쩌면 도나 아멜리아가 말해줄 수 있을 것 같구나. 자, 가방을 위층으로 가져가자꾸나."

"제가 할게요. 힘쓰지 마세요."

---

[*]   um chimpanzé(침팬지 한 마리).

그들은 도나 아멜리아의 집으로 간다. 피터가 챙긴 가족 사진첩을 오도가 기꺼이 들고 간다. 도나 아멜리아는 집에 있다. 그녀는 두 사람을 친절하게 차분히 맞이하고 침팬지에게 미소를 짓는다.

"미냐 카자—아 카자 드 켕?"[*] 피터가 그녀에게 묻는다.

"바티스타 헤이날두 산투스 카스트루."[**] 그녀가 대답한다. "마스 엘르 모헤우 아 무이투 템푸. 에 아 수아 파밀리아……."[***] 그녀는 손등으로 휩쓸면서 빠르게 날아가는 동작을 해 보이며 말을 잇는다. "무도스 파라 론즈. 아스 페소아스 방스 엠보라 에 눈카 마이스 볼탕."[****]

바티스타 산투스 카스트루—그렇다면 맞구나. 기대하지도, 노력하지도 않았는데, 이 단기 세입자는 그의 생가를 찾은 것이다.

"부인이 뭐래요?" 벤이 속삭인다.

"이 집에 살던 사람이 오래전에 죽었고 그의 가족은—그녀의 어휘들을 정확히 이해하지 못했지만 그녀의 몸짓은 아주 명확했지—그의 가족은 마을을 버리고 멀리 떠나갔던가 했나 보다. 사람들이 떠나고 결코 돌아오지 않는다고 하는구나." 피터는 다시 도나

---

[*]　"Minha casa—a casa de quem(나의 집—누구의 집입니까)?"

[**]　"Batista Reinaldo Santos Castro."

[***]　"Mas ele morreu há muito tempo. E a sua família(하지만 그는 오래전에 죽었어요. 그리고 그 가족은……)."

[****]　"mudou-se para longe. As pessoas vão-se embora e nunca mais voltam(옮겨 갔어요. 사람들은 떠나서 돌아오지 않지요)."

아멜리아에게 몸을 돌린다. "에 세우 이르망?"* 그러면 그의 형제는 요? 하고 그는 묻는다.

"오 세우 이르망?" 도나 아멜리아는 갑자기 더 흥미를 느끼는 것 같다. "오 세우 이르망 라파엘 미구엘 에라 오 파이 두 안주 나 이그레자. 오 파파! 오 파파!"** 그녀가 강조하듯 말을 잇는다. 그의 형제는 교회의 천사의 아버지예요. 아버지! 아버지!

교회의 천사? 피터는 그녀가 무슨 말을 하는지 감이 잡히지 않지만, 이 순간 그가 정말 알고 싶은 것은 가족 관계뿐이다. 그는 익명성을 버릴 각오를 하고, 오도에게 사진첩을 받아서 펼친다.

"바티스타 산투스 카스트루—싱?"*** 그가 사진첩의 맨 처음에 있는 단체 사진을 가리키며 묻는다.

도나 아멜리아는 피터가 바티스타의 사진을 갖고 있다는 사실에 깜짝 놀라는 눈치다. "싱!" 그녀가 눈을 크게 뜨면서 대답한다. 도나 아멜리아는 사진첩을 낚아채서 뚫어져라 쳐다본다. "라파엘!" 그녀가 다른 남자를 가리키면서 외친다. "에 수아 이스포자, 마리아."**** 그러더니 그녀의 호흡이 가빠진다. "에 엘르! 오 메니누 도루! 오트라 포투 델르!"***** 도나 아멜리아가 소리친다. 그 아이예요!

---

*   "É seu irmão?"

**   "O seu irmão Rafael Miguel era o pai do anjo na igreja. O papá! O papá!"

***   "Batista Santos Castro—sim(바티스타 산투스 카스트루—맞습니까)?"

****   "E sua esposa, Maria(그리고 그의 아내 마리아)."

***** "É ele! O menino d'ouro! Outra foto dele!"

황금 아이! 아이의 다른 사진이네요! 그녀는 어린아이의 다른 사진을 가리킨다. 어머니 뒤로 얼룩덜룩한 암갈색 점이 삐죽 나와 있다. 피터는 도나 아멜리아가 이렇게 흥분하는 것은 처음 본다.

"바티스타—메우…… 아부."* 그가 털어놓는다. 피터는 벤을 가리키지만 포르투갈어로 '증손자'라는 단어가 뭔지 모른다.

"오 메니누 도루!"** 도나 아멜리아가 거의 고함을 지른다. 그녀는 바티스타가 피터의 조부이고, 그의 아들이 증손자라는 데 별로 관심이 없다. 그녀는 피터의 소매를 잡고서 끌고 간다. 그들은 교회로 향한다. 그녀는 교회의 천사라고 말했다. 교회로 가는 동안 그녀의 흥분은 전염된다. 다른 마을 사람들, 주로 여인들이 합류한다. 교회에 도착한 시끄러운 무리는 포르투갈어를 속사포처럼 쏟아낸다. 오도는 즐거운 듯 행복하게 우우 소리를 내서 소란을 더한다.

"무슨 일이에요?" 벤이 묻는다.

"나도 잘 모르겠다." 피터가 대답한다.

그들은 교회 안으로 들어가서 제단과 떨어진 왼쪽으로 향한다. 도나 아멜리아는 예배당 뒤쪽, 북쪽을 바라보는 벽에 마련된 제단에서 그들을 멈춰 세운다. 양 끝에 꽃병이 놓인 선반 앞에 모래가 채워진 길쭉한 3단 꽃 상자가 있다. 모래에 꽂힌 가는 초들은 몇 자

---

*   "Batista—meu…… avô(바티스타는—내…… 조부입니다)."
**   "O menino d'ouro(황금 아이)!"

루는 불이 켜져 있지만 대개는 타버렸다. 정갈했던 제단 주변은 선반과 바닥에 온통 흩어져 있는 수십 장의 종이로 어지럽다. 두루마리처럼 말린 종이도 있고 깔끔하게 네모로 접은 것도 있다. 피터는 전에 여러 번 교회에 왔지만 이곳까지 들어오지 않아서, 이렇게 쓰레기가 흩어진 광경을 본 적이 없다. 선반 가운데 위쪽에 걸린 액자에, 어린 소년의 얼굴을 찍은 흑백사진이 들어 있다. 잘생긴 사내아이다. 아이는 진지한 표정으로 앞을 응시하고 있다. 눈이 유난히 창백해서, 사진의 명암 속에서 배경인 하얀 벽과 거의 똑같은 색을 띤다. 아주 오래된 사진 같다. 오랜 과거의 사내아이.

도나 아멜리아가 사진첩을 펼친다. "에 엘르! 에 엘르!"* 그녀가 반복해서 말한다. 도나 아멜리아는 벽에 걸린 사진 속 아이를 손짓하다가 사진첩 속의 아이를 가리킨다. 피터가 쳐다보면서 찬찬히 살핀다. 눈이 똑같고, 턱이 똑같고, 표정이 똑같다. 그렇다, 그녀가 옳다, 두 아이는 동일 인물이다. "싱." 그가 생각에 잠겨 고개를 끄덕이며 대답한다. 사람들이 놀라서 웅성댄다. 다들 피터의 손에서 사진첩을 빼앗아 돌려보면서 각자 확인한다. 도나 아멜리아의 얼굴에 환희가 넘친다―그러면서도 예리한 눈은 계속 사진첩에 머문다.

몇 분 후 그녀가 다시 사진첩을 움켜쥔다. "프론투, 자 셰가! 테

* "É ele! É ele(그 아이예요! 그 아이)!"

뉴 케 이르 부스카르 오 파드르 엘로이."* 좋아요, 그만 됐어요. 난 엘로이 신부님을 모시러 가야겠어요. 그녀가 급히 나간다.

피터는 사람들을 비집고 벽에 걸린 사진에 더 가까이 다가간다. '황금 아이.' 다시 한번 기억이 떠오른다. 부모님에게 들은 이야기. 피터는 머릿속을 뒤지지만, 기억은 늦가을 마지막 잎새처럼 바람에 날려 흩어져버린다. 손에 잡히는 것은 잃어버린 기억의 어렴풋한 느낌뿐이다.

그는 문득 궁금해진다. 오도는 어디 있지? 마을 사람들 무리의 한쪽 끝에 벤이 있고, 교회의 반대쪽 끝에 침팬지가 있다. 그는 사람들 사이를 빠져나와, 아들과 함께 오도에게 다가간다. 오도는 위를 쳐다보며 툴툴 소리를 내고 있다. 피터가 눈으로 그의 시선을 좇는다. 오도는 제단 위와 뒤쪽으로 어렴풋이 보이는 나무 십자고상을 물끄러미 쳐다보고 있다. 제단으로 기어오르고 싶어 하는 눈치이고, 바로 피터가 예배당 안에서 벌어질까 걱정하던 일이다. 다행히 그 순간 도나 아멜리아가 부산스럽게 엘로이 신부를 데리고 돌아와 서둘러 그들에게 다가온다. 그녀가 흥분하자 오도가 관심을 돌린다.

사제는 그들에게 제의실로 자리를 옮기자고 권한다. 그는 둥근 테이블에 두툼한 서류철을 내려놓고, 앉으라는 제스처를 한다. 피터는 신부가 교회에 나오게 하려고 애쓰는 기미가 없었기에 그와

---

*   "Pronto, já chega! Tenho que ir buscar o Padre Elói."

우호적인 관계를 유지한다. 그가 자리에 앉고 벤도 앉는다. 오도는 창턱에 걸터앉아서 그들을 쳐다본다. 햇빛에 오도의 실루엣이 드러나지만, 피터는 그의 표정을 읽을 수가 없다.

엘로이 신부는 서류철을 펼치고 테이블에 종이들을 늘어놓는다—손으로 쓰거나 타자한 서류들과 상당히 많은 편지들이 있다. "브라간사, 리스보아, 로마." 사제가 편지지 윗머리에 박힌 주소를 가리키며 말한다. 피터가 자주 사전을 찾아보기 때문에 신부는 참을성을 발휘하며 설명한다. 도나 아멜리아는 때때로 감정적이 되어 눈에 눈물이 고이고, 그러다가 미소를 짓고 웃음을 터뜨리기도 한다. 엘로이 신부는 더 꾸준한 집중력을 보인다. 벤은 조각상처럼 가만히, 조용히 앉아 있다.

그들은 교회에서 나와 카페로 직행한다.

"이런, 포르투갈 시골 생활이 심심할 거라 생각했는데." 벤이 에스프레소를 홀짝이면서 말한다. "이게 다 어떻게 된 일이에요?"

피터는 안절부절못한다. "저기, 우선 우리는 가족이 살던 집을 찾아냈다."

"농담이죠? 그게 어딘데요?"

"우연하게도 이미 내가 그 집에서 살고 있었구나."

"정말이에요?"

"마을 사람들은 내게 빈집을 찾아줘야 했고, 그 집은 우리 가족이 떠난 후 쭉 비어 있었지. 사람들이 집을 팔지 않고 그대로 두었더구나."

"그런데 다른 빈집도 있었을 텐데요. 정말 놀라운 우연이네요."

"하지만 들어봐라—엘로이 신부와 도나 아멜리아에게 들은 이야기가 있으니."

"오래전의 사내아이에 대한 이야기일 것 같네요."

"그래, 1904년에 일어났던 일이지. 아이는 다섯 살이었고, 바티스타 할아버지의 조카였어, 네 증조부의 조카. 아이는 친구의 농장에서 일을 돕는 아버지—내 종조부 라파엘—를 따라서 마을을 떠났지. 그런데 곧 아이는 수 킬로미터 떨어진 도로변에서 죽어 있었어. 마을 사람들 말로는 아이의 몸에 난 상처가 십자가에 매달린 예수의 상처와 일치했다는구나. 부러진 팔목, 부러진 발목, 옆구리의 깊게 베인 상처, 멍들고 찢긴 곳들. 천사가 하느님에게 데리고 가려고 들판에서 아이를 들어 올리다가 실수로 떨어뜨렸다는 소문이 돌았지. 아이의 몸에 생긴 상처들은 그렇게 설명되었어."

"아이가 도로변에서 발견됐다면서요?"

"그랬지."

"제가 듣기에는 차에 치인 것 같은데요."

"사실 이틀 후 자동차 한 대가 투이젤루에 나타났고, 이 지역을 통틀어 차가 등장한 것은 그게 처음이었어."

"그것 봐요."

"마을 사람 몇몇은 당장 자동차가 사내아이의 죽음과 관련이 있을 거라고 믿었지. 곧 동네에 그런 이야기가 퍼졌고 모두 문서로 남겨졌어. 하지만 증거가 없었단다. 방금 전 아버지 옆에 있던 아

이가 어떻게 몇 킬로미터 떨어진 곳에서 차에 치여 목숨을 잃었을
까?"

"틀림없이 이유가 있을 거예요."

"저기, 사람들은 신이 행한 일로 받아들였지. 신이 직접 하셨든,
이 신기한 새 교통수단을 이용하셨든 그 뒤에는 신이 있었지. 그리
고 이야기는 거기서 끝나지 않는단다. '오 케 에 도라두 데브 세르
수브스티투이두 펠루 케 에 도라두.'[*]"

"그게 무슨 말이에요?"

"지방 격언이야. 금박 입힌 것은 금박 입힌 것으로 대체되어야 한다.
천사가 아이를 떨군 게 미안해서 신이 아이에게 특별한 능력을 주
었다는 거지. 아이가 없는 부인들이 그 아이에게 기도를 하면 얼마
지나지 않아 임신을 한다는 거야. 도나 아멜리아는 자신도 그런 일
을 겪었다고 고백했어. 이 지역에 그런 전설이 있다는구나. 사실
그 이상이란다. 교황청에 아이를 가경자[**]로 공표하라는 청원이 진
행 중이야. 그 아이 덕분에 임신했다는 증언들이 있어서 그렇게 될
가능성이 크다는구나."

"그래요? 우리에겐 성자인 당숙과 침팬지와 사는 아버지가 계시
죠―알고 보니 대단한 대가족을 일구었네요."

"아니, 가경자는 두 단계 아래 서열이야."

---

[*]   'O que é dourado deve ser substituído pelo que é dourado.'
[**]   가톨릭에서 신자의 성덕과 행적을 평가해 붙이는 경칭. 성자, 복자의 전 단계에 해당함.

"죄송해요, 가경자와 성자를 구별 못 했네요."

"그 사내아이의 죽음이 온 마을을 발칵 뒤집어놓은 게 분명해. 가난은 이곳에 본래 있는 농작물과 같아. 모두 그걸 키우고 그걸 먹지. 그러다가 그 아이가 나타났고 아이는 살아 있는 풍요와 같았어. 모두 아이를 사랑했어. 그들은 아이를 황금 아이라고 부르지. 엘로이 신부에게 들었는데, 사람들은 그 아이가 죽자 낮이 잿빛으로 변하고 마을에서 모든 색이 빠져나갔다고 말한다는구나."

"저, 그렇겠죠. 어린아이가 죽으면 믿기 힘들 정도로 동요될 거예요."

"동시에 사람들은 그 아이에 대해 마치 아직도 살아 있는 것처럼 말해. 아이가 여전히 그들을 행복하게 하지. 너도 도나 아멜리아를 봤지—그런데 그녀는 그 아이를 만난 적도 없거든."

"그런데 그 아이가 우리와 친척 관계라고 하셨죠. 정확히 어떻게 되는 거죠?"

"내 어머니의 사촌이었어—그러니까 나랑은 6촌간이라고 해야 하나, 아니면 5촌쯤인가 잘 모르겠구나. 아무튼 나랑 한집안 사람이야. 라파엘과 아내인 마리아는 아주 늦게 아들을 낳았고, 그래서 내 어머니는 사촌인 그보다 나이가 훨씬 많았지. 어머니가 십 대였을 때 그 아이가 태어났어—아버지도 십 대였고. 그래서 부모님 모두 그 아이를 알았지. 도나 아멜리아가 그렇게 흥분한 것도 그 때문이야. 어려서 부모님에게 집안의 어느 아이가 죽었다는 이야기를 들은 기억이 어렴풋이 나는구나. 두 분은 이야기를 시작했지만 마무리 짓지는 않았지 ─ 끔찍한 전쟁 이야기처럼 말이야. 늘 어느 특별한 시점에서 입을 다물어버렸어. 말하자면, 아이가 사람들 사이에서 부활하기 전에 내 부모님은 마을을 떠났을 거야. 그들이 이후의 일은 몰랐다는 생각이 드는구나."

"아니면 그분들은 믿고 싶지 않았겠죠."

"그랬을 수도 있지. 그 아이의 어머니처럼 말이지. 아이 아버지와 어머니는 그 일에 대해 의견이 달랐던 것 같아. 아버지는 아이의 능력을 신봉했고 어머니는 아니었지."

"슬픈 사연이네요." 벤이 말한다. "그런데 몸속에 침팬지가 있었다는 것은 뭐예요?"

"모르겠어. 부모님에게 그런 이야기는 못 들었거든."

오도는 그들 옆의 의자에 앉아 커피를 손에 들고서 창밖을 내다본다.

"흠, 아버지의 침팬지가 진짜 유럽인처럼 카푸치노를 홀짝거리네요."

집으로 돌아오자 피터는 뭔가 다른 느낌이 드는지 이 방 저 방을 둘러본다. 이제 벽에서 추억들이 새어 나올까? 작은 맨발로 타박타박 걷는 소리라도 들릴까? 젊은 부모가 어린아이를, 아직 미래가 신비에 싸인 아이를 품에 안고 나타날까?

아니다. 이곳은 집이 아니다. 그가 오도와 함께하는 이야기가 집이다.

그날 저녁, 간소한 식사를 하면서 그와 벤은 다시 사진첩을 넘기고, 닥터 로조라가 작성한 라파엘 미구엘 산투스 카스트루의 부검 보고서를 이해하려 애쓴다. 벤은 혼란스러워 고개를 젓는다.

다음 날 오후 그들은 자갈 깔린 광장을 지나 작은 교회로 걸어간다. 쓰다듬어 주는 손길처럼 포근한 날이다. 그들은 촛불이 켜진 제단과 투명한 눈을 가진 아이의 사진을 다시 찾아간다. 벤은 '독실한 신앙'을 들먹이며 주절댄다. 두 사람은 교회 앞쪽의 신도석으로 가서 나란히 앉는다.

문득 벤이 깜짝 놀란 표정을 짓는다. "아버지!" 그가 외치면서 십자고상을 가리킨다.

"왜?"

"저기 십자가—침팬지처럼 생겼는데요! 농담이 아니에요. 얼굴과 팔다리를 보세요."

피터는 십자고상을 찬찬히 쳐다본다. "네 말이 맞는구나. 그렇게 생겼다."

"이건 말도 안 돼요. 침팬지로 뭘 하자는 거죠?" 벤이 초조하게 두리번거리면서 덧붙여 묻는다. "그런데 아버지의 침팬지는 어디 있어요?"

"저쪽에." 피터가 대답한다. "오도 때문에 안절부절하지 말아라."

교회에서 나오자 피터가 아들에게 고개를 돌리고 말한다. "벤, 네가 나한테 물었지. 침팬지로 뭘 하자는 건지 나도 모르겠다. 내가 아는 것은 오도가 내 삶을 채우고 있다는 거야. 그가 내게 기쁨을 가져다준다."

오도는 씩 웃더니 양손을 들고, 마치 관심을 끌려는 듯이 가만히 손뼉을 친다. 아버지와 아들 모두 멍하니 쳐다본다.

"끝내주게 신의 은총을 입은 상태네요." 벤이 말한다.

그들은 느릿느릿 집으로 걸어가지만 곧 오도는 산책길에 나선다. 벤은 같이 가지 않기로 한다. "저는 마을을 한 바퀴 돌면서 계속 뿌리를 파헤쳐볼래요." 그가 말한다. 벤이 비아냥대는 말투가 아님을 깨닫는 데 피터는 시간이 좀 걸린다. 그는 기꺼이 아들과 동행하고 싶지만, 오도에게 충실하기에 벤에게 손을 흔들고는 배낭을 들고 오도를 따라나선다.

오도는 큰 바위들을 향해 출발한다. 그들은 평소처럼 조용히 사바나 지대를 지난다. 피터는 그리 주의를 기울이지 않고 뒤에서 쫓아간다. 불쑥 오도가 걸음을 멈춘다. 그는 다리를 버티고 서서 코를 킁킁대고, 앞에 있는 큰 바위를 쳐다본다. 새 한 마리가 바위 꼭대기에서 그들을 쳐다본다. 오도의 털이 곤추서서 끝이 뻣뻣해진다. 침팬지가 몸을 이리저리 흔든다. 그러다 다시 네발로 걸으면서 몹시 흥분하여 양팔을 땅에 대고 몸을 홱 들었다 내린다. 하지만 이상하게 잠잠하다. 다음 순간 오도는 큰 바위를 향해 전속력으로 내달린다. 눈 깜짝할 새에 침팬지는 바위 꼭대기로 오른다. 새는 날아간 지 오래다. 피터는 어리둥절하다. 새가 어쨌기에 오도가 그렇게 동요했을까?

그는 오도가 바위에서 놀도록 내버려둘까 생각한다. 누워서 한

숨 자고 싶을 따름이다. 하지만 오도가 바위에 높이 올라앉아서 몸을 돌려 그에게 손을 흔든다. 피터가 따라오기를 바라는 게 분명하다. 피터는 큰 바위로 다가간다. 바위 밑에서 호흡을 가다듬으며 올라갈 마음의 준비를 한다. 준비가 되자 위를 올려다본다.

바로 위에서 바위에 완전히 거꾸로 매달린 오도를 보자 피터는 깜짝 놀란다. 침팬지는 적갈색 눈으로 맹렬하게 노려보면서 손으로 그를 부른다. 리듬감 있게 굽혔다 펴지는 길고 검은 손가락에 피터는 매혹당한다. 동시에 오도는 깔때기 같은 입술을 내밀며 소리는 내지 않고 다급히 후, 후, 후 한다. 오도는 큰 바위들이 늘어선 벌판에서든 다른 어디서든 이런 적이 없다. 침팬지에게 긴급한 호출을 받자, 또 그만큼 강하게 인정받자─그는 충격을 받는다. 피터는 방금 무無에서 태어난 듯한 기분을 느낀다. 그는 개인적인 존재, 고유한 존재, 올라오라고 요청받은 존재다. 기운이 나서 손을 짚고 오를 만한 곳에 처음 팔을 뻗는다. 구멍이 패거나 튀어나온 부분이 많지만 그래도 바위의 측면은 제법 수직에 가깝고, 그는 지친 몸을 끌어 올리려고 애쓴다. 피터가 바위를 타고 올라가자 침팬지는 물러난다. 그들이 꼭대기에 도달하자 피터는 숨을 몰아쉬고 땀을 흘리면서 털썩 주저앉는다. 몸이 좋지 않다. 심장이 터질 것처럼 요동친다.

그와 오도는 나란히 몸을 붙이고 있다. 피터는 올라온 길을 내려다본다. 직각에 가까운 경사다. 그는 다른 쪽으로, 오도가 마주 보는 쪽으로 눈을 돌린다. 풍경은 여느 때와 똑같지만, 익숙하다고 감동이 사라지진 않는다. 지평선까지 금빛 도는 노란 풀로 뒤덮인 거대한 사바나가 펼쳐지고, 드문드문 검은 바위들이 있다. 늦은 오후가 만개한 하늘을 제외하면 단출하고 아름다운 전망이다. 그들 위쪽으로 공기의 부피는 어마어마하다. 그 안에서 해와 흰 구름이 서로 장난을 한다. 풍성한 빛이 말로 표현할 수 없을 만큼 찬란하다.

피터는 오도에게 몸을 돌린다. 침팬지가 위쪽을 멀리 응시할 거라고 피터는 생각한다. 오도는 그러지 않는다. 오도는 아래를 내려다보고 가까운 곳을 본다. 그는 정신없이 흥분한 상태인데도 묘하게 차분하다. 시끄럽게 헐떡이면서 우우 소리를 내거나 요란한 몸짓을 하지 않고 고개를 들었다 내렸다 할 뿐이다. 오도는 몸을 숙여서 바위의 맨 아래를 쳐다본다. 피터는 침팬지가 뭘 보고 있는지 알 수가 없다. 알아낼 엄두조차 나지 않는다―그는 쉬어야 한다. 그런데도 바닥에 엎드려서 손을 짚을 곳을 확인하면서 조금씩 앞으로 나간다. 이런 높이에서 떨어지면 크게 다칠 것이다. 그는 바위 꼭대기의 가장자리 너머로, 밑에서 오도의 관심을 끌고 있는 게 무엇인지 본다.

그것을 보고도 그는 숨을 헐떡이지 않는다. 감히 소리조차 나오지 않으니까. 하지만 그는 시선을 고정시켜 눈을 깜빡이지 않고 숨도 멈춘다. 이제야 바위 들판을 헤치고 지나가는 오도의 전략이 이해된다. 왜 침팬지가 트인 곳을 누비지 않고 큰 바위에서 다음 바위까지 직선으로 가는지, 왜 바위에 기어올라 관찰을 하는지,

왜 눈치 없는 인간 친구에게 딱 붙어 있으라고 요구하는지 안다.

오도는 지금까지 그것을 찾아왔고, 마침내 그것을 발견했다.

피터는 바위 아래에 서 있는 이베리아 코뿔소를 빤히 쳐다본다. 그는 공중에서 갈레온을 보고 있는 느낌을 맛본다. 거대한 곡선의 몸통, 돛처럼 솟구친 두 개의 뿔, 깃발처럼 펄럭대는 꼬리. 코뿔소는 누군가 지켜보는 것을 의식하지 못한다.

피터와 오도는 서로 바라본다. 피터는 굳은 미소로, 오도는 입술을 깔때기처럼 내밀다가 아랫니를 드러내며 씩 웃는 것으로 서로의 놀라움을 알은체한다.

코뿔소는 꼬리를 가볍게 치고 가끔씩 머리를 돌린다.

피터는 코뿔소의 크기를 가늠해본다. 길이는 약 3미터. 늠름한 체격에 뼈대가 큰 짐승이다. 가죽은 회색이고 단단해 보인다. 머리가 크고 이마는 길고 비스듬하다. 뿔은 누가 봐도 상어 지느러미 같다. 촉촉한 눈망울은 놀랍도록 섬세하고 속눈썹이 길다.

코뿔소는 바위에 제 몸을 긁는다. 고개를 숙이고 풀을 쿵쿵대지만 먹지는 않는다. 귀를 실룩거린다. 그러더니 꿀꿀대면서 발을 옮긴다. 땅이 흔들린다. 코뿔소는 육중하지만 민첩한 몸놀림으로 곧장 다른 바위로 향한다. 그러고 나서 다른 바위로, 또 다른 바위로 옮기다가 결국 사라져버린다.

피터와 오도는 아주 오랫동안 꼼짝하지 않는다. 코뿔소가 무서워서가 아니라 방금 본 광경을 어느 것 하나라도 잃고 싶지 않아서, 움직임이 망각을 가져올까 봐 걱정되어서다. 하늘은 파란색,

빨간색, 오렌지색으로 타오른다. 피터는 자신이 나직이 흐느끼고 있음을 깨닫는다.

마침내 그는 몸을 밀어 큰 바위의 꼭대기로 간다. 똑바로 앉아 있기조차 힘에 부친다. 심장이 심하게 두근거린다. 눈을 감고 고개를 숙이고 앉아 숨을 고르려 애쓴다. 가슴 통증이 이렇게 괴롭기는 처음이다. 그는 신음한다.

오도가 몸을 돌려 그를 껴안아주자, 피터는 의식이 가물가물한 와중에도 놀란다. 오도는 기다란 한쪽 팔로 피터의 등을 감싸고, 다른 팔로는 피터의 두 팔을 받친 채 세워진 무릎을 끌어안는다. 든든하고 완전한 포옹이다. 피터는 그의 품에서 편안함을 느끼고 긴장을 푼다. 침팬지의 몸이 따뜻하다. 피터는 떨리는 손을 오도의 털북숭이 팔뚝에 내려놓는다. 얼굴에 닿는 오도의 숨결이 느껴진다. 고개를 들어 눈을 뜨고 친구를 곁눈질한다. 오도는 그를 똑바로 쳐다본다. 훅, 훅, 훅. 침팬지의 숨결이 가만히 그의 얼굴에 닿는다. 피터는 약간 버둥대지만, 피하려는 게 아니라 무의식적인 행동이다.

그는 늘어진 채 움직임을 멈춘다. 심장이 그대로 멎는다. 오도는 몇 분간 아무것도 하지 않다가 피터를 바위의 평편한 곳에 가만히 눕힌다. 오도는 피터의 몸을 물끄러미 쳐다보고는 슬픔에 겨워 기침을 한다. 그는 피터 옆에 누워 반시간쯤 보낸다.

침팬지가 일어나서, 손발을 이용해 넘어지지 않고 바위에서 내려간다. 바닥에 내려서자 그는 트인 벌판으로 나간다. 오도는 걸음을 멈추고 큰 바위를 돌아본다.

그러더니 몸을 돌려 이베리아 코뿔소가 있는 방향으로 내달린다.

옮긴이의 말

제법 오랫동안 꽤 많은 소설들을 통해 여러 작가들을 만났다. 그 중에서도 가장 인상 깊은 작품 하나를 꼽으라면 주저 없이 얀 마텔의 『파이 이야기』라고 답한다. 그의 작품을 번역하면서 그토록 다양한 주제를 다채로운 언어로 능란하게 다루는 작가라는 점이 항상 놀라웠다. 얀 마텔의 네 번째 신작 장편소설인 『포르투갈의 높은 산』은 플롯과 주제, 스토리, 인물들이 그야말로 '어디로 튈지 모르는' 소설이었고, 이리도 낯설고 새로운 이야기를 창조해낸 작가의 상상력이 놀라움을 넘어 경탄스럽기까지 했다. 한 해외 언론에서 "『파이 이야기』 이후 최고작…… 얀 마텔의 소설 중 가장 매혹적인, 아름다움의 결정체"라고 극찬한 대로, 이 책은 『파이 이야기』 이후 15년 만에 완성한 또 하나의 경이로운 여정이다.

이 소설은 3부로 구성되어 있다. 각 부의 내용은 한 편의 소설로도 읽힌다. 전체적인 구성도 독특하지만, 1904년 포르투갈 리스본, 1939년 브라간사, 1980년대 캐나다로 이어지는 시공간의 배경과 무관해 보이는 인물들과, 현실과 판타지를 넘나드는 사연도 독특하고 신비롭다.

1부 '집을 잃다'는 1904년 리스본에서 사랑하는 여인과 아들, 아버지를 연달아 잃은 고미술 박물관 학예 보조사인 토마스의 이야기다. 신에 대한 반항으로 거꾸로 걷는 그는 아프리카에서 노예들에게 세례를 주는 율리시스 신부의 일기장을 발견하고, 그가 만든 기독교 역사를 바꿀 만한 십자고상을 찾아 '포르투갈의 높은 산'으로 떠난다. 마차와 수레가 다니던 당시에는 진귀한 사물이었던 자동차를 몰고, 힘든 여정 끝에 그가 발견한 십자고상에는 예수의 모습이 아닌 침팬지의 형상이 있다.

2부 '집으로'는 1939년 포르투갈의 높은 산 인근 브라간사에 사는 병리학자 에우제비우가 주인공이다. 영국 추리 소설가 애거서 크리스티의 열렬한 팬이자, 직업적으로 늘 죽음을 대하는 그는 미스터리한 사고로 사랑하는 아내를 잃었다. 새해를 맞이하던 밤, 죽은 아내가 그를 방문하고, 두 사람은 크리스티 소설에 나타난 살해 미스터리와 복음서의 유사성을 중심으로 종교와 믿음에 관한 대화를 나눈다. 그리고 그날 밤, 또 한 명의 손님이 그를 찾아온다. 남편의 시신을 들고 먼 길을 찾아온 노부인은 에우제비우에게 부검을 요청한다. 남편의 시신 안에는 이미 활동을 멈춘 장기 외에도 침팬지와 새끼 곰이 들어 있다. 노부인은 남편의 시신 안에 자신을 넣고 꿰매달라고 청한다. 남편의 시신이 노부인의 '집'인 것이다.

3부 '집'의 주인공은 1980년대 캐나다 상원의원 피터 토비다. 아내와 사별한 후 외로움에 시달리던 그는 미국의 영장류 연구소를 방문했다가 몽상하듯 평온한 눈빛으로 자신을 바라보는 침팬지 한 마리와 교감을 나누게 된다. 피터는 거금을 주고 '오도'라는 이름의 침팬지를 사들이고, 캐나다에서의 모든 생활을 정리한 후 그를 데리고 부모의 고향이자 그의 출생지인 포르투갈의 높은 산으로 향한다. 오도와 평화로운 삶을 누리던 피터는 어느 날 작은 예배당에서 침팬지의 형상을 한 십자고상을 발견한다. 그리고 그즈음, 피터는 평소와 다름없이 오도와 산책을 하다가 높은 바위에 올라 생의 마지막을 맞이하게 되고, 오도는 전설의 동물인 이베리아 코뿔소를 본 후 평원 속으로 사라진다.

세 편의 이야기에는 사랑하는 이의 죽음, 포르투갈, 침팬지, 여행이 운명적 모티브로 연결 고리를 갖는다. 1부에서는 토마스가 여행을 시작하고, 2부에서는 토마스가 차로 친 아이와 그의 부모가 등장한다. 또 3부에서는 그들의 친척이 캐나다로 이민했다가 자신의 '집'인 포르투갈로 돌아간다. 상실과 애도, 고독이라는 밑바탕에 종교, 철학, 믿음 등을 더해 이야기를 짜나가는 이 소설은 마치 각각의 패턴이 하나로 어우러진 태피스트리처럼 보인다. 또한 현실과 환상을 넘나드는 이야기 속에서 관계와 소통의 지평은 산 자와 죽은 자, 사람과 동물까지로 확장된다.

무엇보다도 소설 속에 등장하는 세 남자의 공통점은 사랑하는 사람의 부재라는 크나큰 상실을 경험한다는 것이다. 삶의 전부였던 모든 것이 사라졌을 때, 그들은 절망하고 분노하는 데 머무르지 않고, '포르투갈의 높은 산'으로 나아간다. 그렇다면 '포르투갈의 높은 산'은 과연 어떤 의미를 지니고 있을까?

얀 마텔은 한 인터뷰에서 "나는 믿음이라는 대단히 불합리한 현상에 압도되었다. 우리는 이성적인 존재지만, 우리가 믿는 믿음이라는 것은, 누군가와 사랑에 빠지든지 신에게 경도되든지 간에 즉각적인 원인과 결과를 갖는 문제가 아니다"라고 말한 바 있다. 그에 따르면 인간은 불합리한 현상에 압도되는 이성적 존재이자, 인간성을 상실했을 때에야 비로소 가장 인간다워지는 부조리한 존재인 것이다.

이와 같은 역설은 '포르투갈의 높은 산'이라는 제목에서도 잘 나타난다. 3부에서 피터가 침팬지 오도를 데리고 포르투갈의 높은 산을 찾았을 때 그의 눈앞에 펼쳐진 것은 고산이 아닌 드문드문 바위가 놓인 사바나 지대다. "높은 산이 되기에는 너무 낮고 쓸모 있는 옥토가 되기에는 너무 높은 이 메마른 황무지"인, 어중간한 높이의 땅. 마침내 그는 "포르투갈의 높은 산에는 산이 없다. 그저 언덕들 외엔, (…) 아무것도 없다"고 말한다.

그렇다면 포르투갈의 높은 산은, 현실 어디에나 있을 법하지만 존재하지 않는, 그러나 그 산을 찾고자 하는 이들의 마음속에는 분명히 존재하는 장소, 그것을 절실히 믿고, 찾아 헤매고, 발견하려는 자들에게만 비로소 그 모습을 드러내는 신화적 장소가 아닐까. 그리고 이쯤에서 우리는 다시 믿음, 그리고 그것에 대한 '이야기' 자체의 문제로 돌아온다.

존재의 충일성을 깨뜨리는 상실에 맞닥뜨린 인간들과 그 구원을 다룬 이 소설은 '신'으로 대변되는 절대 불변의 신념 또는 믿음에 관한 이야기이기도 하다. 그리고 그 이야기를 다시 믿음으로 바꾸고자 하는 인간의 의지를 얀 마텔은 환상적인 기법과 마법 같은 서사로 펼쳐 보인다. 『포르투갈의 높은 산』은 그 자체로 성스러우며 강력한 힘을 가진 존재가 다름 아닌 '이야기'임을 일깨워주는 놀라운 소설인 것이다.

2017년 가을
공경희

『포르투갈의 높은 산』을 향한 찬사

단연코 얀 마텔의 소설 중 가장 매혹적인 작품이며, 지나치게 감상적이지도 비극적이지도 눈물을 짜내지도 않는 아름다움의 결정체다. 『포르투갈의 높은 산』은 '기적'을 볼 수 있는 높은 곳으로 우리를 인도한다.

_ 워싱턴 포스트

기발한 마술적 리얼리즘이 빛을 발하는 가운데 그에 못지않은 슬픔의 감정이 소설 속 세 번의 여행 내내 절절하게 흐른다. 우리는 지금과 다른 삶을 살 수 있을 것이다.

_ NPR(미국 공영 라디오 방송)

인간과 동물 사이에는 메울 수 없는 거리감이 있는 동시에 결코 끊을 수 없는 유대감 역시 존재한다는 역설을 숙고하는 데 천재적인 재능을 가진 작가. 얀 마텔의 초현실적이며 부조리적인 글쓰기는 그런 역설을 탐사하기에 최적화된 방법이라고 할 수 있다.

_ 어슐러 르 귄(네뷸러상 수상 작가)

『포르투갈의 높은 산』은 많은 지혜를 담고 있지만, 절대적 진실을 전달하려는 작품이 아니다. 진실보다는 작품 속의 미스터리, 그리고 우리가 공유하는 세계의 미스터리에 대한 의식을 깨우는 데 주력하며 우리를 교묘히 비껴가는 작품이다.

_ 글로브 앤 메일

존재라는 미스터리를 더 없이 보잘것없게 만드는 우스꽝스러운 재앙들을 기꺼이 축하하는 동시에 삶의 비극을 감사하게 받아들이는 경지에 올랐다.

_ 퍼블리셔스 위클리

유머와 슬픔, 사랑과 모험이 완벽하게 균형을 이루며, 인간의 정신을 통찰할 수 있는 힘을 길러주는 기분 좋은 소설.

_ 북페이지

『파이 이야기』 이후 정신적 허기를 채워줄 작품을 만나지 못했다면 『포르투갈의 높은 산』이 그 결핍을 해결해줄 것이다. 얀 마텔의 예리한 관찰력과 인간의 고통을 탐구하려는 조용한 열정이 작품 곳곳에서 빛을 발한다.

_ 새터데이 페이퍼

옮긴이 공경희

서울대학교 영어영문학과를 졸업하고 성균관대학교 번역대학원 겸임교수를 역임했으며
서울여자대학교 영어영문학과 대학원에서 강의했다. 현재는 전문 번역가로 활동하고 있다.
『파이 이야기』『헬싱키 로카마티오 일가 이면의 사실들』『비밀의 화원』『매디슨 카운티의
다리』『우리는 사랑일까』『모리와 함께한 화요일』『천국에서 만난 다섯 사람』『스틸 미』『프
레디 머큐리』『길가메시 서사시』 등을 우리말로 옮겼으며, 지은 책으로 북에세이 『아직도
거기, 머물다』가 있다.

포르투갈의 높은 산

초판 1쇄 2017년 11월 22일
개정판 1쇄 2021년 12월 1일
개정판 2쇄 2022년 1월 21일

지은이 얀 마텔
옮긴이 공경희
펴낸이 박진숙 | **펴낸곳** 작가정신
편집 황민지 | **디자인** 나영선 | **마케팅** 김미숙
홍보 조윤선 | **디지털콘텐츠** 김영란 | **재무** 오수정
표지 및 본문 디자인 석윤이
인쇄 및 제본 영림인쇄

주소 (10881) 경기도 파주시 문발로 314
대표전화 031-955-6230 | **팩스** 031-944-2858
이메일 editor@jakka.co.kr | **블로그** blog.naver.com/jakkapub
페이스북 facebook.com/jakkajungsin
인스타그램 instagram.com/jakkajungsin
출판 등록 제406-2012-000021호

ISBN 979-11-6026-246-9 03840